新　潮　文　庫

B U T T E R

柚 木 麻 子 著

新　潮　社　版

11245

B
U
T
T
E
R

I

生成り色の細長い建売住宅が、なだらかな丘に沿う形でどこまでも連なっている。よく整備された町並みからはどこに居ても均一な印象しか受けとることが出来ず、里佳《りか》はさっきから同じ場所をずっとぐるぐる回っているような気がする。冷え切った右手の指先のささくれが、大きくめくれた。

初めて降りる田園都市線の駅だ。子育てモデル地区に指定された郊外のこの町は、車を持つファミリー向けに作られているせいか、途方に暮れるほど道幅が広い。夕食の買い出しの主婦が行き来する駅周辺を、町田《まちだ》里佳はスマホに表示された地図を頼りに歩いている。あの伶子《れいこ》がこの町に終《つい》の住処《すみか》を購入したことが、今さらながらしっくりこない。量販店にファミレス、チェーンのレンタルDVDショップ。昔からある書店や個人商店の類《たぐ》いが見当たらず、いわば文化や歴史の香りが一切感じられないのだ。

先週、里佳はある少年事件の被害者の評判を調べるために、九州のさる町に日帰りで

出張した。初めて名前を聞く地域密着型のスーパーや塾の看板がたまに目につく他は、個人宅がひたすら続く何もない住宅地だった。東京では見たことのない独特なスカート丈の女子高生とすれ違った。この仕事をしていなければ来ることがなかった町を一人歩いていると、日常が遠ざかり、自分が人生ごと消えていくような気がした。空はのっぺりしたクリーム色だった。あの、色のない夢の続きのような手触りが蘇《よみがえ》ってくる。

少なくとも、この町には自分を受け入れてくれる場所があるのだから、と遠のきそうになる意識を手繰り寄せて、里佳はここで最後と決めた店に足を踏み入れる。スーパーマーケット特有の、冷えたりんごと濡《ぬ》れた段ボールのにおいがふわりとまとわりつく。中年女性がホットプレートで肉を焼き、小さく切り分けながら、甲高い声で試食をすすめている。パックされた豚肉の一つをなんとなく、手に取った。こんな風に生の食材を間近で見るのはいつ以来だろう。甘やかな桃色の肉と白く輝く脂身《あぶらみ》がせめぎあい、冷たく濡れていた。

二子玉川を過ぎたあたりからLINEでやりとりしている。駅まで迎えに行く、という伶子の申し出を遠慮し、それより近所で何か買っていこうか、と提案した。今日は早朝に帰宅し、倒れるようにして昼過ぎまで寝た後、シャワーを浴びデータ原稿をまとめた。連載中のコラムニストと渋谷で打ち合わせをし、時間が来たので急いで切り上げ、電車に飛び乗った。買い物をする余裕は全くなかった。気心の知れた仲とはいえ、新婚

家庭を訪れるのに手土産さえ用意していないのは後ろめたい。うさぎのスタンプとともに返事はすぐにきた。こんな茶目っ気は、昨年仕事を辞めてからようやく彼女が取り戻したものだ。

——じゃあ、お言葉に甘えちゃおうかな。もし、見つけたらでいいんだけど、バターを買ってきて。この冬、バター不足でなかなか手に入らないの。でも、探して無ければ、本当にいいよ。それより早く来て欲しいな。

乳製品売り場はのほほんとした黄色い光で満ちていた。商品棚の下段に五列ほどごっそり抜け落ちた空間があり、こんな張り紙で遮られていた。

『現在、品薄につきバターはお一人様一個までとさせていただきます』

スーパーを三軒回ってすべてこのパターンだ。もう仕方ない、と里佳はすぐそばにある数種類のマーガリンの中から、濃厚さを強調した比較的バターに近そうなものをつかみ取ると、足早にレジへと向かう。

伶子の新居は駅から歩いて五分ほどの、なだらかな坂沿いにあった。周囲と見分けのつかないような、三十坪に満たない土地をめいっぱいに使った三階建てで、駐車スペースにはトヨタの車が採寸したようにぴったりと収まっている。門から玄関まで続く短いスロープには、ひなぎくやビオラなど多種の花をふんだんに寄せ植えたプランターが並び、ドアにはひいらぎのリースが飾られていた。インターホンを押しながら、ようやく

息をつく。

「いらっしゃい！　わあ、里佳、久しぶりだね」

　玄関のドアが開くなり、エプロン姿の伶子が勢いよく飛び出し、抱きついてきた。里佳もごく自然にその薄い肩に手をまわす。身長百六十六センチで手足の長い里佳は、小柄できゃしゃな伶子をすっぽり包むことが出来る。彼女の特徴であるすみれの花のような香りが髪から立ち上った。ふと、目頭が熱くなる。こんな風な直球の愛情表現や人の身体《からだ》の温かさに、自分はもしかして飢えていたのかもしれない。

　この出迎えは決しておおげさなものではない。大学時代はあれほど毎日一緒に過ごした二人なのに、もはや会うのは半年ぶりなのだ。伶子が退職した今なお、里佳の忙しさのせいで時間を合わせることは難しい。週二日、火曜日と水曜日に一応休みはもうけられているけれど、のんびり過ごす同僚など、後輩の北村《きたむら》くらいなものだろう。現に水曜である今日も打ち合わせを入れていたし、この後も社に戻り調べ物をする予定だ。

　新築らしい木の香りに混ざって、部屋の奥からふんわりと甘やかなだしやチーズの焦《こ》げる匂《にお》いが漂ってくる。伶子にすすめられた温かい素材のスリッパに履き替え、トレンチコートを預けると、つるつるとした傷一つないフローリングの廊下を通って、オレンジがかった光に満ちた室内へと向かう。ダイニングキッチンから続く十畳ほどのリビングはごくごく平均的なものだが、カーテンとソファのリバティ柄、アンティークらしい

よく使い込まれた焦げ茶色の食器棚と本棚、壁にかけられた無名の作家のコラージュのおかげで、かつて伶子が一人暮らしていた尾山台のマンションによく似た、こぢんまりと屋根裏部屋めいた雰囲気が引き継がれている。すみれの香りがいっそう強くなった。くつろいだ印象なのに、結婚式や新婚旅行の写真は一切ないのが彼女らしい。そういえば、昔から彼女は写真が苦手だった。洗面所でうがいと手洗いをし、ホテルのパウダールームのように籠《かご》に整然と並ぶふかふかのミニタオルで水滴を拭《ぬぐ》う。柔軟剤の優しい香りがして、普段はそんなことを気にしないのに、どこの銘柄かきいてみたくなった。

「ごめんね。遅刻した上に、こんな適当なやつしか見つけられなかったよ」

「バター50％配合濃厚マーガリン」なるしろものをレジ袋からとほほ、と取り出して見せると、伶子はうわあ、助かる、ありがとう、と冷蔵庫に仕舞いに行った。バターとマーガリンの味の違いなど、里佳には本当のところ、よくわからないのだけれど。

「この辺のスーパー、ぐるぐる回ったんだけど、結局マーガリンしか……」

「わ、ごめん！　でも、ぐるぐる回って、バタか。まるで『ちびくろ・さんぼ』だね」

伶子がくすくすと笑いながら、こちらまで踊るように戻ってきて、本棚から真っ赤な表紙の本をひょいと抜き取って差し出した。その「ちびくろ・さんぼ」と題された絵本なら確か、幼稚園の頃に読んだ気がする。内容はおぼろげにしか思い出せない。ビビッ

ドな色使いや迷いのない線に見覚えはあるが。

「生まれてくる子供のために、いいなって思った絵本があったら、買っておくようにしているの。最近はすぐに絶版になるから。『ちびくろ・さんぼ』も黒人表現のせいで、今じゃほとんど流通していないんだ。でも、少しも差別的な内容には思えないんだけどね」

その口ぶりのせいで、伶子の子供はもう世界に存在している気分になる。この部屋に姿を現すのを、ただ皆で待っているだけなのかもしれない。結婚して二年、妊娠しないのは、あまりにも多忙な労働環境からくるストレスが原因と産婦人科医に宣告され、通院の時間もままならない職場に、伶子があっさりと見切りをつけたのは去年の夏のことだ。

楽しそうに絵本をめくる親友を盗み見る。

現在も妊娠の兆候はないらしいけれど、伶子はすでに母親らしい落ち着きを得ていた。働いていた頃に比べ、化粧気のない肌や髪の艶《つや》がいいのはもちろん、茶色の瞳《ひとみ》はうるみ、唇は花弁のようにふくらんで、ゆったりとした空気を漂わせている。小花柄のスカートから伸びるほっそりした脚に紺のレギンスを穿《は》き、毛糸のレッグウォーマーを重ねていた。常に隙《すき》のない出《い》で立ちだった大手映画会社の広報時代とはくらべものにならないカジュアルさだが、愛らしくどこかパリの香りがする。同じ三十三歳とは思えないくらい、

少女然とした佇《たたず》まいだ。優秀な彼女が仕事を手放す決意をした時はまずもったいないと思ったし、自分一人が取り残されたようで、よく眠れなかった。実際、電話口で何度か口論にもなった。

伶子の薄い肩ごしに絵本を目で追っていると、大学時代、階段教室でノートや教科書を見せ合った時間が蘇るようだ。「ちびくろ・さんぼ」なる黒人の少年がジャングルで虎《とら》たちと出会い、衣服や持ち物を奪われる。しかし、虎たちは自分が一番だ、と張り合ううちに、互いの尻尾《しっぽ》に食らいついて、ぐるぐると木の周囲を回転し、いつしか液体化して黄色いバターになってしまう。さんぼの父が偶然それを見つけて持ち帰り、虎はホットケーキになってさんぼ一家の胃におさまるという、あっけらかんとしつつもちょっぴり残酷な物語だ。

「さんぼの家族がしたたかなのかな？　虎、なんかちょっと可哀想《かわいそう》な気がする」

「何言ってんの。悪いのは虎でしょ。先にさんぼを食べようとしたのは虎じゃん？　虚栄心にかられて競争に夢中になって、勝手に自滅した方がいけないと思うべきじゃない」

二人でやりあっていると、ドアが開く音がした。

「あ、里佳さん、もう来てたんですね。久しぶり〜」

中堅の菓子メーカーの営業部に勤める亮介《りょうすけ》さんの帰宅時間は、里佳の生活からは考え

られないほど早かった。学生時代アメリカンフットボール部のクオーターバックだったという彼は、見上げるほど体格が良い。いかにも屈託がなさそうな常に笑っている細い目と、子供のようにてらてらした赤い頬が特徴で、一見伶子とは話も合わなさそうだし、接点もないように見える。

さる映画のプロモーションを通じて、二人は知り合った。ヒロインをイメージしたタルトを劇場限定で販売することになり、何度も打ち合わせを重ねたという。好意を持ったのは伶子の方からだ。彼しかいない、と一目でピンときたのだそうだ。高嶺《たかね》の花ともいえる伶子の猛アタックに初めは戸惑っていた亮介さんも、彼女の内向的でピュアな面に触れるうちに、心を開いていったらしい。埼玉で酒屋を経営する仲の良い両親のもと、三人の兄弟と育った亮介さんは、身にまとったおおらかな空気だけで十分に伶子を惹《ひ》き付けたのだ。里佳がかつて彼に抱いていた嫉妬心《しっとしん》も、今はすっかり凪《な》いでいる。花嫁姿の彼女を見た時自分の一部を奪われたような気がしたのは、本当だけれど。

伶子がデザインも違えば焼き方も違う様々な大皿を次々に並べ、夕食が始まった。

こくのあるアンチョビソースとたっぷりの蒸した冬野菜のバーニャカウダ、塩漬けした豚をゆでて薄く切ったもの、長ネギの豆乳グラタン、土鍋《どなべ》で炊《た》いた牡蠣《かき》の炊き込みご飯にお味噌汁《みそしる》。いずれも旬の食材の持つ力に溢《あふ》れ、味付けはあっさりとしているが奥行きある滋味を感じた。牡蠣は妊娠しやすくなるんだっけ、と海の香りと醤油《しょうゆ》味が香ばし

いご飯を口に運びながら、ちらりと伶子を盗み見る。いつになく里佳の食欲が旺盛《おうせい》になったのは、味はもちろんのこと、亮介さんの食べっぷりがほれぼれするようだったせいもある。

「おかわりいい？　この豚肉、とっても、やわらかいなあ。お店出せるんじゃないの？」

と目を糸のようにして感嘆しながら、空になった皿を差し出す。伶子はいかにも誇らしそうに料理を取り分けている。

文化の香りがしない町だなんて勝手に決めつけたことを、里佳は恥ずかしく思う。夫婦で相談し、亮介さんの年収からよくよく人生設計し、安全と住みやすさを最優先して、この地を選んだのだろう。伶子は実家とはほとんど連絡をとっていないらしい。

「月並みな表現だけど、奥さん欲しいって思っちゃう。亮介さんは幸せだね」

お世辞ではなく目の前でのんきな笑みを浮かべる亮介さんがつくづく羨《うらや》ましかった。彼が肌艶良く、すっきりとした風情《ふぜい》で余裕を漂わせているわけが、わかる気がした。

職場でも、一回り上の世代の既婚の男達はどことなく伸びやかだ。多忙な彼らの妻の多くは専業主婦らしい。そうした生き方は考えたこともないけれど、彼女達が家族に与える力の大きさはよくわかる。毎日少しずつ溜《た》まるパートナーの澱《おり》を夜ごとにリセットしてくれるのだ。澱は放っておくといつしか身体を蝕《むしば》む。先月、自宅で急死した先輩の

男性社員は一人暮らしで独身だった。彼のそれとそう違わないであろう、ずっと掃除をしていない冷たい自分の部屋を思い浮かべた。

「ねえ、今度は彼氏も連れてきてよ。まだ誠《まこと》さんに一度も会ったことないんだもん」

ああ、そういえば、私は恋人がいたんだっけ——。里佳は思わず笑いそうになる。同期入社で文芸出版部に配属されている藤村《ふじむら》誠とは、友達からスタートした関係なだけに、どうしても甘い空気からは程遠い。平日は社内ですれ違う程度、月に一度どちらかの家で朝まで過ごせればいい方だ。でも、この距離感は有り難くもあった。

「里佳、何食べてるの。ちゃんと暮らしてる？　また痩《や》せたみたい。この間、何かで読んだんだけど、日本女性のエネルギー摂取量、終戦後すぐのデータよりも低いんだって」

「わかるな。私も自炊する時間や余裕もない。炊飯器さえ持ってないの。大抵の夜は官僚の接待や取材相手との食事で埋まっているし」

「官僚の接待なんて、僕たちが思いもつかないような美味《おい》しいもの食べているんだろうな」

ホステスのように扱われた、銀座の料亭での数時間が思い出された。官僚の多くは時にあきれるほど都合の良い勘違いをする。もしかすると女の記者はネタが欲しくて近付いているのではなく、自分を異性として慕っているのではないか、と。グラタンのとろ

けるようなネギが途端に苦く感じられ、話を変えた。

「味なんてよくわからないよー。私、子供みたいな舌だし。コンビニ弁当やファミレスのカレーで十分満足しちゃう」

食やお洒落《しゃれ》に里佳は昔から無頓着《むとんちゃく》だ。ただ、長身ゆえ嵩《かさ》高く見られがちなので、体重は決して五十キロを超えないように気をつけている。美意識が高い母親の影響もあるのかもしれない。夜間は極力食べないようにしている。接待でごちそうが出ても野菜と汁物から手をつけることは忘れない。日に二度は通う会社前のコンビニではヨーグルトやサラダ、はるさめヌードルなどを選ぶように心がけている。ジムに通う時間がないぶん、なるべく徒歩を選ぶ。すらりとした体型のおかげで特に美形ということはなくても褒められるし、無造作に選んだファストファッションでもそれなりに着こなせる。ある程度の外見さえ維持していれば得をすることの多い業界だ。切れ長の目と細面の男顔も手伝って、女子校時代はよく後輩から手紙をもらっていた。

「里佳は舌のセンス悪くないと思うけどなー。美咲《みさき》さんは料理に時間をかけられなかったっていつも言うけれど、限られた中で一番のものを娘に与えてたんだよ。女手ひとつで娘を育てて、うちの親なんかよりずっとずっと立派だよ」

里佳の母のことを、伶子は親しみを込めて美咲さんと呼ぶ。

中高一貫の女子中学に入学した直後に、両親は離婚した。母はそれを機に、友人の開

いたセレクトショップに共同経営者として勤め始めた。慰謝料はなく、父からの生活費も期待できない状態だったので、母は休みもなく夢中で働いていた。料理はそう上手ではなかったものの、父と暮らしていた頃はそれなりに彩《いろど》り豊かな食卓を心がけていた母だったが、「ごめんね、これからは里佳ちゃんがママを助けてくれる?」と頼まれ、里佳はむしろ張り切って協力したのだった。母が帰るまでに掃除と洗濯を簡単に済ませ、ご飯を炊き、汁物を作る。八時過ぎに帰宅した母が成城石井やピーコックで買ってくる総菜がメインとなって、遅い夕食がはじまる。手のこんだ家庭料理もない代わりに、父が居た時のようなぴりぴりした空気もない。ファミレスで落ち合って食べる夜も多かった。合宿めいた日々は、遊びの延長のようで楽しく、頼られているという自信にも繫《つな》がった。

そのリズムは、二十二歳で里佳が家を出るまで続いた。母の店が軌道に乗るにつれて、買い付けで海外に行くことも増え、奥沢に住む祖父母と過ごす方が長い月もあったが、それでも母娘《おやこ》仲は今も良好だ。反抗期もなく、進学も就職もすべて一人で決めて乗り切った。働き者の母は還暦を迎えた今も、二号店となる自由が丘の店に立っている。はっきりと口にはしないが、恋人も居るらしい。

大学時代、母と暮らす旗の台のマンションに伶子はよく食材や調理器具を手に遊びにきた。彼女の料理の腕前に母娘は驚かされ、感嘆したものだ。お茶漬けやパスタといっ

たシンプルな料理にさえ、柚子《ゆず》の皮や塩レモンをひそませるなど、センスと工夫が行きとどき、ゆっくり時間をかけて食べ続けたいような味わいだった。金沢にある老舗《しにせ》ホテルのオーナーの一人娘として生まれた伶子は、その可憐《かれん》な容姿からは想像もつかないほど、確固たる美意識と反骨精神を持っている。幼い頃から両親は家庭内別居状態にあり、お互い公認の愛人がいたらしく、ほとんど娘を構わなかったらしい。料理自慢のお手伝いさんと過ごす時間が多かった彼女にとって、家庭の味とは、美しい切り口のテリーヌや完璧《かんぺき》なカロリー計算に基づいた小鉢がたくさん並ぶ食卓である。「いつか私に娘か息子ができたら、手作りのお菓子やご飯を食べてもらいたい。たくさん食べられて、体にもいい、そんな味を今から研究してるの」彼女は口癖のように繰り返していたものだ。育った環境は違えど、世間一般でよしとされる家庭の形に、なんらかの緊張感を覚えた少女時代は共通している。だから、大学の入学式で目が合うなり、話しかけることができたのかもしれないと思う。伶子の瞳は好奇心にきらめいている。

「ねえ、仕事の話をして。ほら、梶井真奈子《かじいまなこ》に取材の申し込みをしているっていう話、あれ、どうなったの」

梶井真奈子はここ数年世間を騒がせている、首都圏連続不審死事件の被告人である。婚活サイトを介して次々に男達から金を奪い、三人を殺した罪に問われている。彼女が逮捕直前まで書き続けていた、美食と贅沢《ぜいたく》に溢れたブログは話題となった。趣味は食べ

歩きやお取り寄せ、かなりの料理自慢でもあったらしい。メディアは飽きもせずに今も取り上げている。現在、彼女は東京拘置所に勾留《こうりゅう》中だ。

ずっと気にかかっていた事件だった。当時は、別のチームにいたせいで直接関わることはできなかった。胸の中でくすぶり続けたまま、いつの間にか逮捕時の梶井の年齢に追いつこうとしている。選挙の担当が一段落した今、ようやく、自分の裁量で動き出すことが出来そうだ。

「カジマナってなんかすっごいよく食べるんだろ。デブなわけだよなあ。あんなデブがよく結婚詐欺《さぎ》なんてできたと思うよ。やっぱ料理上手《うま》いからかなあ?」

伶子が一瞬、分からないくらいに眉《まゆ》をひそめ、ひやりとする。昔から女性蔑視《べっし》には里佳以上に敏感だ。でも、亮介さんが特に無神経なわけではない。これが世間一般の男性の平均的な反応なのだろう。この事件がこうも注目されるのは、大勢の男達を手玉にとり、法廷でも女王様然としていた梶井が、決して若くも美しくもなかったためだ。写真で見る限り、体重はあきらかに七十キロを超えているだろう。

「梶井真奈子の手口っていうより、あの事件を生んだこの社会背景……。被害者もカジマナも、関わっている男達も、みんな女を憎んでいるような気がする。うちみたいな男性週刊誌でそのニュアンスが上手く伝えられるかはわからないけど。でも、本人に何度手紙を出しても反応なくて。東京拘置所まで行ったことも二回あるけど、やっぱり向こ

うに会う気はないみたい」

——ずっと孤独だったから、老後の世話をしてくれるのなら、どんなブスでも良かった。——ご飯を作ってくれる家庭的な女であれば、もう誰でもよかった。——デブかもしれないけれど、すごいお嬢様なんだ。すれてなくて世間知らずなんだよ。

いずれの被害者も生前、近しい相手にそう語っている。梶井真奈子を強く必要とし、多額の金を貢《みつ》いでいたことは確かなのに、第三者には何故か見下すような発言を繰り返していた。法廷では、検察側がアリバイや証拠そっちのけで、梶井の貞操観念を繰り返し批判したため、論点が何度もすり替わり、審理は難航した。証人の一人だった介護ヘルパーの女性に、セクハラめいた尋問が突きつけられたこともある。事件に関する論争は、男性と女性でまっこうから意見が対立し、さる男性評論家が口にした言葉が女性蔑視発言と批判され、謝罪に至った。

「最後の被害者。なんだっけ、ほらネット界隈《かいわい》では有名なオタクの人。電車にひかれる直前に、梶井真奈子の手作りのビーフシチューを食べているんだよ。それも、あのフランス料理教室、ええと、サロン・ド・ミユコで習ったものなのかなあ」

どうやら、伶子は週刊誌やネット情報まで熱心にチェックしているらしい。昔から、いい意味でミーハーであるばかりではなく、勉強熱心で大学では常に首席、院に進むかどうか最後まで迷っていた。

「サロン・ド・ミユコ」は西麻布の有名なフランス料理店「バルザック」のオーナーシェフ笹塚《ささづか》氏の妻であり店のマダムである笹塚美由子《みゆこ》が、定休日を利用して、女性向けに始めた知る人ぞ知る料理教室だ。厨房《ちゅうぼう》を開放し、シェフが使う業務用のオーブンや調理器具だけではなく、一流の素材も使えるというふれこみである。月三回の授業料は一回一万五千円と高額で、一年間通い続けると五十万を超える。修了したからといって、免許がとれるわけでもプロになれるわけでもない。裕福な主婦や高収入の女性だけに許された、とても贅沢な習い事だろう。梶井真奈子は逮捕される二ヶ月前まで、被害者の一人に授業料を払わせ、熱心に通っていたとされている。生徒達と彼女が写っている教室での集合写真はネットを検索すれば簡単に見ることが出来る。シックな出で立ちをしたセンスの良い女性達の中で、豊満な身体を強調するようなデート仕様のぴっちりしたワンピース姿の真奈子は悪目立ちしていた。マスコミの取材攻撃により、教室は休業状態にあると聞く。

「そうそう、その被害者は死ぬ前に母親にメールを送っているんだよね。『彼女の作ったビーフシチューがとても美味しかった』って。法廷でも、美味しいビーフシチューを恋人のために煮込むような女性が、果たしてその相手を電車の前に突き落として殺すでしょうかって、梶井側の弁護士が言っていたじゃない。あ、そうだ。里佳、今度、梶井容疑者に手紙を出す時はこう書いてみれば？　あの時のビーフシチューのレシピをぜひ、

教えてくださいって。きっと会ってもらえるんじゃないかな」

里佳は目をしばたたかせた。そんな発想はまったくなかったのだ。広報時代、伶子はその心配りとユーモア、意表をついた手土産で、気むずかしい有名映画監督や芸能会社社長、スポンサーらを、次々と陥落させ味方に引き入れていたことを思い出す。

「だって、料理好きな女って、レシピを聞かれると喜んで、いろいろと聞かれていないことまで話してしまうものだもん。これは絶対の法則だよ。現に私がそうだし」

「そうそう、この間、会社の同僚が奥さんと子供つれて、うちに遊びに来たんだけど、伶ちゃんの作ったシュウマイに感動しちゃってさ。そしたら、伶ちゃん、作り方とか蒸し器の種類とか、めちゃめちゃよくしゃべるから驚いたよ」

と、亮介さんがくすくす笑っている。

「ねえねえ、亮ちゃん、私もいつか行ってみたいなあ、サロン・ド・ミユコ」

「俺の給料じゃ、無理だっつうの」

デザートは手作りだという栗《くり》の渋皮煮と、甘酒と米粉のシフォンケーキ、しょうがの効いたチャイだった。ふんわりと柔らかいだけではなく、豊かなコシと弾力のあるケーキ生地を里佳が褒めると、伶子がさも悔しそうに眉を下げた。

「クリスマスが近いし、本当はどっしりしたバタークリームのブッシュドノエルみたいなものにしたかったんだけどねえ。ねえ、亮ちゃん。さっき里佳に探してもらったけど、

やっぱりまだこの町にバター無いみたいなんだ。当分はパウンドケーキやジェノワーズは焼けそうにないな。菜種油で焼くシフォンしか作れなさそう」

「いや、これ、もっちもちで、うまいよ。バター不足はまだまだ続くと思うよ。去年の夏は猛暑続きだったから、たくさんの乳牛が乳房炎にかかったのが原因だっていわれているけど、今年は品薄を見越して緊急輸入したくらいなのにな。一体どこに消えているんだろうなあ。もともと酪農家も減っているしね。そのうち、乳製品を海外に頼る時代も来るかもしれないなあ。いずれにせよ、うちみたいな小さいメーカーには打撃だよ」

亮介さんの話に相槌《あいづち》を打ちながら、梶井真奈子がバターを好きなことを急に思い出した。彼女のブログはつい読み飛ばしてしまうのだが、高級なバターについてしつこいくらいに記述していることだけは、印象に残っていた。そういえば、被害者の一人のクレジットカードを勝手に使って二千円近いバターをいくつも購入していたことが、法廷で明かされていた。新潟出身で酪農家に囲まれて育ったらしいから、乳製品にこだわりがあるのだろうか。ネットでは「バターの食べ過ぎであんなに太ったのでは」「バターをいやらしいことに使っていたのでは」などとよく揶揄《やゆ》されているほどだ。

もっとゆっくりしていって、朝早いなら泊まればいいのに、という名残惜しそうな夫婦の申し出を断って、里佳は九時過ぎにいとまを告げた。伶子が持たせてくれたラップに包まれた牡蠣ご飯のおにぎりとシフォンケーキを携え、そのまま会社を目指す。

——本物がわかる人としか、おつきあいしたくありません。本物の人間は少ない。

梶井真奈子がブログでよく好んで使うフレーズである。

でも、それは伶子のような女にこそふさわしい。

改札の前でもう一度、町並みを振り返る。丘に沿う建売住宅の灯りの群れが、さっきとは打って変わって温かく見えた。PASMOを取り出す際、指先に脂気が蘇り、ささくれがなだめられていることに気付いた。

——リベンジポルノの論争は、裸の写真をとらせた、とられたという被害者側の落ち度ばかりクローズアップされ、本質を見失っていますよ。自己責任論を唱え続ける限り、こうした事件は今後も後を絶たないと思いますよ。

コメンテーター席の机上に無造作に投げ出されたスーツの腕は、肘《ひじ》から手首までがとても長い。浅黒い頬は瘦《こ》け、髪には白いものが混じり、少し見開けば落ちてしまいそうなぎょろ目の下は不健康などす黒いクマが目立つ。彼の険しい顔つきがふとした瞬間に緩むたび、長い首ののど仏が大きく動くたび、目が離せなくなる。ワイドショーで彼が意見を求められているのは、元交際相手に裸の写真をネット流出させられた上、絞殺された、浜松町で働いていた女性会社員の事件についてだった。

「へえ、最近はこんな番組も出るんですね、篠井《しのい》さん。まあ、ヤクザ顔だけど、四十代半ばのオヤジにしては女目線だから、主婦層の受けも悪くないだろうし。年齢のわりにはシュッとしてるし」

背後から四年後輩の北村の声がした。そうかあ？と里佳は出来るだけ興味なさそうに笑ってテレビ画面から目を逸《そ》らし、古びたソファの上のリモコンを引き寄せる。

最近メディアで顔が知られるようになりつつある、大手通信社の名物編集委員、篠井芳典《よしのり》は、昔からご意見番として何かと重宝され、部内でよく知られた存在だった。コの字形の古いソファとテレビの置かれたこのスペースは、小休憩にもってこいの場所である。人目さえ気にしなければ仮眠も出来る。目の前の喫煙室のドアから漏れ出たヤニで、黄色く煮染《にし》めたようになっている壁を仰ぎ、里佳はテレビの音量を小さくした。

大手出版社、秀明社で喫煙室があるのはこの「週刊秀明」編集部だけだ。文芸や営業のヘビースモーカー達がわざわざ一服しにやってくるので出入りが激しく、ぼんやり過ごせるのはこんな風に人の少ない午前中だけである。調べもののために早めに出社したというのに、ここに座るとついだらけてしまう。里佳は本日の朝食、コンビニのレジ袋からおにぎりを取り出し、セロファンを剝《は》がした。電子レンジでチンしてもらったばかりなのでほの温かい。いつものように出社前にバラエティ豊かなおにぎりが並ぶ棚を物色していたら、先週の伶子のもてなしが恋しくなり、普段は食べない「たきこみご飯」

につい手を伸ばしてしまった。

「この『浜松町リベンジポルノ殺人』ですけど……。この容疑者が、立件されなかっただけで過去の交際相手二人にも同じようなストーカー行為を働いていたっていうネタ、あれ、町田先輩発信でしたよね。どこよりも早かった」

いつの間にか、北村が隣に腰を下ろし、同級生のような調子で話しかけてくる。むくみや余分な脂肪の一切ないひょろりとした身体をよく糊《のり》づけされたストライプのシャツに泳がせ、白い肌に柔らかそうな亜麻色の髪がよく映える。大切に育てられたお嬢様のようなこの男は実際、誰よりもたくさん寝て、酒も煙草《たばこ》も摂取せず、話題の本や映画には一番早く触れている。週刊誌の記者らしくなく、いつ見ても疲れを感じさせない。不機嫌になることはもちろん、体調を崩すこともないので、まったく仕事熱心ではないのに、不思議と重宝されていた。

「いやいや、あれはまぐれみたいなもんだよ。はあ、今日のテーマ会議、憂鬱《ゆううつ》だな。今週はろくなのが見つからなかったよ。苦労してスクープとったところで、すぐにネットに流れちゃうし」

「うちみたいなおやじ雑誌は相続税対策とがん予防の記事やっとけば、それなりに売れるんだから、いいんですよ。何事もそこそこで。そろそろ『死ぬまでセックスし続ける十の方法』とかやるべきなんじゃないですか」

木曜日である今日は、それぞれがつかんだネタやテーマを発表することになっている。金曜日にはそれを元に編集長がラインナップを発表し、月曜日の締め切りを目指して、週末はそれぞれ取材と原稿書きに充《あ》てられる。短いコースを全力疾走するような一週間が月に四回、一年に換算するとおよそ四十八回。入社十年目ともなるとこうしたリズムは身体の奥深くまで染みついていて、寝ても覚めても走っている感覚が抜けない。七十名居る部員の内訳はカメラマン十名、庶務八名、デスク十一名、その他は記者。正社員の女性記者は里佳たった一人である。四人居た同期の女性のうち二人は異動願を出し他部署へ、二人は心身を煩《わずら》い退職した。自分を導いてくれた同性の先輩達も結婚を機に、文芸や営業に移っていく。出産や育児との両立は、魔法でも使わない限り不可能な職場だ。

「町田先輩、このままスクープ連発していけば、『週刊秀明』初の女性デスクになれるんじゃないですか。すごいな」

「週刊秀明」ではデータ原稿をとりまとめ記事にするのは、常にデスククラスの仕事だった。いつか自分の書いた原稿が掲載されることは、里佳の目標である。

「なんだそれ。北村ちゃん、出世なんてすっこしも羨ましくないくせにさあ」

北村の仕事への冷めたスタンス、早く帰ることだけを目標とした、やる気を決して出さない姿勢は、もはや誰もが一目置くほどに徹底している。自ら積極的にネタを出すこ

とはない代わりに、取材対象に思い入れを持たないので、ミスがなく、誰よりも仕事が早い。そんな彼が珍しく物言いたげに見える。

「芸能からスポーツまで、町田先輩のあげてくるネタは幅広くて、脈絡がないですよね。失礼ですけど横で見てると……。女性記者って、警察や官僚とどんなに頻繁に会ったとしても、可愛《かわい》がられることはあれど、なかなか心までは開いてもらえないじゃないですか。で、結局、同じ時間と気力を使っても男の記者が『客』に信頼されてネタをつかんじゃう」

ネタ元のことを「客」とこの業界では呼ぶ。おにぎりは伶子の手作りとは似ても似つかない香りもコクもない飯粒だった。舌先には確かに温度を感じているのに、喉《のど》から落ちるなり、ひんやりしたものが広がっていく。ペットボトルの緑茶でざぶざぶと流し込み、歯の裏に入り込んだ米を舌をとがらせて取り払う。

目の端で、篠井さんがキャスターに向かって、浅く頷《うなず》いている。

「ハンデがあるのにスクープ連発だなんて、町田先輩はよっぽど太い『客』つかんでるんだなって。ま、情報源は言えるわけないでしょうけど」

北村みたいな人間が気付いているわけはない。気付いていたとしても、さほど興味があるわけでもないのだ。里佳はへらへらした笑みを崩さず、北村の色素の薄い瞳に向き合っている。

「あの、すみません、町田さん。この段ボール、いつになったら片付くんですかー?」と、顔なじみのアルバイトの女子大学生、内村有羽《うちむらゆう》のいかにも邪魔くさそうな叫び声がした。来年の入社が決まってからというもの、遠慮がなくなっている。これ幸いと里佳は立ち上がり、北村に背を向けた。

「そのうち、自宅に送る。ごめん、ごめん」

自分のデスクまで飛んでいき、通路にはみでた段ボールをデスクの下に押し込むと、椅子《いす》に腰を下ろす。三年分のブログは紙になると段ボール一箱分に相当する。もともと長文な上に、梶井真奈子ときたら一日に何度も更新しているものだから、かさばることこの上ない。現在は削除されているが、「客」の一人が素早く「魚拓」をとっていたおかげで、こうして手元に残すことが出来た。段ボールから五日分程度の日記を抜き取り、ぱらぱらとめくる。食べ歩きとショッピングだけで日が暮れていく生活は、貴族のようである。都内の有名店、一流と呼ばれるお菓子やワインの描写がひたすら続く。千疋屋《せんびき》、ニューヨークグリル、ロブション、なだ万、マキシム・ド・パリ、レカン……。いずれも里佳でさえすぐにわかるような、クラシカルなチョイスばかりなので、その感想を含めてどこか借り物のようだ。何度読んでも文章が頭に入ってこない。実際、色々な文献やブログから拝借している部分も多いらしい。

梶井真奈子は一九八〇年東京都府中市生まれ、のちに父親が故郷で祖父の不動産業を

手伝うことになり、新潟県安田町に移り住む。母親はフラワーアレンジメント講師。七歳年下の妹と比較的裕福に育つ。高校卒業と同時に大学入学のために上京するも、三ヶ月で中退。以来、愛人業を生業《なりわい》として、裕福な初老の男たちによる不思議なネットワークに守られて、定職に就くことなく品川区不動前を拠点に生活してきた。二〇一三年、約半年の間に起きた三件の殺人により逮捕される。被害者はいずれも、出会い系や婚活サイトを介して知り合った首都圏に住む四十代から七十代の独身男性であり、梶井との結婚を真剣に考えていたという。料理教室の授業料を、家族が怪我《けが》をしたから治療費を、などという梶井の要求を受け、多額の金銭を渡している。いずれの死因も、睡眠薬の過剰摂取、風呂《ふろ》場《ば》での溺死《できし》、電車の飛び込み、と自殺とも事故とも受け取れるものだが、直前まで梶井が傍に居たことが逮捕の決め手となった。その他、五件の詐欺罪でも再逮捕されている。いずれの事件も物的証拠に欠けたまま、一審で無期懲役となる。判決が出るなり梶井側は即日控訴《こうそ》し、現在は来年春に控訴審を控え、東京拘置所に勾留中である。取材は一切受けないことで有名であり、特に女の記者に対しては冷淡らしい。

こんなにもこの事件が注目されたのは彼女の容姿のせいだろう。美しい、美しくない以前に、彼女は痩せていなかったのだ。このことで女達は激しく動揺し、男達は異常なまでの嫌悪感《けんおかん》と憎しみを露《あら》わにした。女は痩せていなければお話にならない、と物心ついた時から誰もが社会にすり込まれている。ダイエットをせず太ったままで生きていく、

『あなたにならばお会いしてもいいと思います。あなたは他の記者とは違いそうですね。いつでも遊びにいらしてください。かしこ』とだけあった。検閲の印が確認できる。見とれるほどに整った、流れるような筆跡だった。梶井真奈子は達筆だ、と彼女を知る人々が証言している通りである。周囲を気にして叫び声を必死で飲み込んだ。目に入る景色が急に白っぽくなっていく。一体、何が起きたのだろう。先週、彼女にあてた何度目かの取材申し入れの手紙を思い出してみる。普段と違うことといえば、『追伸　あなたが被害者の山村《やまむら》さんに作ったビーフシチューのレシピがとても気になっています。一度、教えていただけないでしょうか』

と、伶子に言われた通りに、急いで文末に付け加えただけなのに——。東京拘置所の面会受付時間をスマホで確認する。八時半から昼休憩の一時間を挟んで十六時までとある。今から出れば十時には到着するだろう。会ってもらえる保証は確かではなくても、動かずにはいられなかった。

「テーマ会議までには、絶対に戻るから！」

と北村と有羽に言い放ち、トレンチコートに片腕を突っ込みながら、社を後にした。木枯らしに肌を強張《こわば》らせながら、駆け足で神楽坂《かぐらざか》駅を目指す。綾瀬《あやせ》駅か小菅《こすげ》駅か。一瞬迷ったが、大手町で千代田線に乗り換えることにした。北千住を過ぎると電車は地上に出、車内が明るくなった。荒川橋梁《きょうりょう》を越えれば、巨大な東京拘置所がその全貌《ぜんぼう》を現す。

エレベーターの通る中央の棟を中心に四つの棟が放射状に伸びるそれは、上空から見たら翼を広げたコウモリのような形をしているだろう。綾瀬駅で下り、タクシーに向かって手を上げた。

かつて日本一汚い川と呼ばれた綾瀬川は、最近ではかなり水質改善されているようだ。窓を開けてもその風にどぶ臭さはない。川を越えて、ぐるりと東京拘置所を半周し、面会用の入り口を目指す。建物に沿うように小川が流れていた。この周辺はやや寂しげではあるものの、殺伐とした空気は感じられない。個人住宅やマンションが建ち並び、軒先には洗濯物が揺れ、拘置所に隣接した公園では親子連れが楽しそうに遊んでいる。門の向かいには、学園ドラマにでも出てきそうな緑色の土手がずっと続き、荒川を挟んでスカイツリーがきらめいている。タクシーを降り、警備員の立つ門を抜け、獄舎に続くスロープを里佳は早足で歩いていった。社会的影響が大きい未決囚が多く収容されることから、外側も内側も最先端の設備が整い、屈強なコンクリ造りながら洗練された印象がある。一階で面会手続きをし、面会整理表を手に、待合室で順番を待つ。三十分ほどで里佳の番号が液晶モニターに表示されると同時に、アナウンスされた。メモとペン以外の持ち物を預け、金属探知機検査を受ける。長い廊下を渡って、獄舎を貫く明るいエレベーターホールへと向かった。ドアが左右に開くと、指定された番号の振られた部屋の前に立つ。ドアを開けると、アクリル板で仕切られた小部屋が現れた。向こう側には

ら。私は今、美味しいものの会話にとっても飢えているんですもの。あくまで話し相手ということであれば、これからも面会に来ていただいても構いません」

芝居がかった口調に戸惑いつつ、里佳はたちまち困り果てた。向こうの心を開くのに、時間はかかるとわかっていたものの、食の知識が豊富でもないのに伶子の真似《まね》をすべきではなかった。さっき口にしたコンビニのおにぎりの話をするわけにもいかない。

「まず、あなたの部屋の冷蔵庫に何が入っているか、教えてくださらない？」

質問が来てほっとした。面会の時間は、その日の混み具合によってまちまちで、十分の時もあれば三十分許されることもある。いずれにせよ無駄なやりとりは許されない。同時に、何か良くない流れが出来たとも思う。

「あ、ええと、野菜ジュースと栄養ドリンクと、マーガリンですかね。梶井さんのように、まめまめしく料理をするようなそんなタイプではないので……。とにかく、私はがさつで、家庭的なことなんて全部苦手なんですよ。仕事仕事の毎日です。ブログ拝見して、本当に驚きました。とても日常を大切に丁寧に暮らしてらしてすごいなって……」

我ながら白々しいと思っていても、どうしてもお世辞めいた言葉がとまらない。どういうわけか、彼女と居るとまるでこちらが道化になって、何か差し出さなければいけない気持ちにさせられるのだ。太い一本眉が真上に動いた。

「ねえ、今、マーガリンっておっしゃった？」

「ええ、バターよりカロリーも低いですし……。あ、コレステロールが低くて身体にもいいんじゃないでしたっけ？　それに今、バターはなかなか手に入らないじゃないですか」

「問題は、バターの味もよく知らないあなたが、バターはよくないものだと決めつけているということよ。マーガリンの方がずっと身体によくないのに。あんなまがいもの……。トランス脂肪酸のかたまりなのよ。いい？　そもそも乳製品は……」

梶井真奈子の声がかすかに震え、ぶつぶつとマーガリンがいかに毒か講釈をたれている。そうそう、彼女のブログはこんな調子だった。レディとしてのたしなみや教養についてくどくどと語るわりには、すぐに他人を見下し、ささいなことで蔑《さげす》む機会をうかがっている様子が隠しきれなかった。クリームのようになめらかな言葉遣いに、どこか猛々《たけだけ》しい印象が滲《にじ》む。突然、彼女は押し黙った。何か言わねばと里佳が乾ききった舌を動かした瞬間、再びしゃべり出した。

「私は亡き父親から女は誰に対しても寛容であれ、と学んできました。それでも、どうしても、許せないものが二つだけある。フェミニストとマーガリンです」

里佳はぎこちなく笑い、それは申し訳ありません、とつぶやいた。

「バター醤油ご飯を作りなさい」

一瞬、なんのことかわからず、咄嗟《とっさ》に、は、と小さく声が出た。

「炊きたてのご飯をバターと醤油でいただくものです。料理をしないあなたにもそれくらいは作れるでしょう。バターの素晴らしさが一番よくわかる食べ方よ」

茶化すことが不可能なほど、厳かに彼女はそう告げる。

「バターはエシレというブランドの有塩タイプを使いなさい。丸の内に専門店があるから、そこで手に取って、よく見て買うといいわ。バター不足の今、海外の高級バターを試すいい機会よ。美味しいバターを食べると、私、なにかこう、落ちる感じがするの」

「落ちる？」

「そう。ふわりと、舞い上がるのではなく、落ちる。エレベーターですっと一階下に落ちる感じ。舌先から身体が深く沈んでいくの」

今し方乗ったばかりのエレベーターで感じた重力を思い浮かべようとした。メモをとることを忘れ、里佳はその前にのめるような語りっぷりに引き込まれる。梶井の目と唇が濡れ始めていることに、ぎょっとする。そのうっとりした視線は、ここではないどこかに向けられていた。

「バターは冷蔵庫から出したて、冷たいままよ。本当に美味しいバターは、冷たいまま硬いまま、その歯ごたえや香りを味わうべきなの。ご飯の熱ですぐに溶けるから、絶対に溶ける前に口に運ぶのよ。冷たいバターと温かいご飯。まずはその違いを楽しむ。そして、あなたの口の中で、その二つが溶けて、混じり合い、それは黄金色の泉になるわ。

ええ、見えなくても黄金だとわかる、そんな味なのよ。バターの絡《から》まったお米の一粒一粒がはっきりとその存在を主張して、まるで炒《いた》めたような香ばしさがふっと喉から鼻に抜ける。濃いミルクの甘さが舌にからみついていく……」

口の中に唾《つば》が湧《わ》く。喉を鳴らしたら、きっとごくりと音がする。それだけは避けたい。梶井は突然、姿勢を正し、胸の前でぷくぷくした指を組み合わせた。

「もし、私が次にあなたとしゃべる時があるとすれば、あなたがマーガリンを食べるのを金輪際やめると決めた時かもしれませんね。私は本物がわかる人としかおつきあいしたくありません。それにあれはビーフシチューじゃない。フランス料理のブフ・ブルギニョンよ。法廷でも何度も訂正したはずです。あなた達は食に対してあまりにも無知であきれかえります。今日は疲れました。すみません、もう打ち切っていただいてもよろしいですか？」

聞き慣れない料理名を慌《あわ》ててメモする。面会の終了は普通、刑務官によって告げられるものだが、梶井は自ら終わらせようとした。恥ずかしいことに、最初から最後まで、彼女のペースに呑《の》まれる格好になった。記録に残っている彼女の法廷での振る舞いと何も変わらない。のしのしと去って行くたっぷりと肉のついた背中と光る毛先を、里佳は呆然《ぼうぜん》と見送る。

エレベーターを使って一階に下りる際、彼女ならではのバターの表現を思い出した。

落ちる味なんて、よくわからない。来たときと同じ長い廊下を渡って、獄舎を後にした。帰りは最寄りの小菅駅を使うことにした。何やらプールで泳いだ後のように、身体が重く頭が回らない。このままばったりと倒れて眠ってしまいたいくらいだが、里佳はなんとか気力を振り絞る。ガードレールの下に花が供えられているのにふと気付く。容疑が晴れて拘置所を出てすぐに、命を落とすという不運な人間が居たということなのだろうか。それとも一般人がたまたまここで事故に遭ったのだろうか。巨峰のような二つの目と甘い声がいつまでも胸を離れず、ふわふわした気持ちのまま、里佳は電車に乗り込んだ。

会社に戻る前に、家電量販店で一番小さな炊飯器と一キロの米を買った。テーマ会議の後は取材で霞《かすみ》が関《せき》に出かけることになり、丸の内に寄った。まるで雑貨店かアクセサリーショップのような外観のエシレバター専門店で、ほんの百グラムの塊なのに千円近いバターを購入した。たかが食材にこんなに金をかけたことなどない。商品に張られたラベルも青い紙袋も、食品のそれではないように愛くるしくロマンティックだった。伶子にこんな手土産を持って行くべきだったと反省する。溶けないように保冷剤を付けてもらい、社に戻るなり給湯室の冷蔵庫に入れておいた。勇者のアイテムが揃《そろ》っていく気分だった。

その夜、会社から徒歩十五分の場所にある飯田橋《いいだばし》の自宅マンションに里佳はそれらを持ち帰った。こんなに早く帰るのは久しぶりだ。明日から週末にかけては息をつく暇もないほど忙しいので、この案件は今すぐ手をつける必要があった。

梶井が興味を持ちそうな話題を用意しなかったのは、確かに落ち度だ。でも、梶井はもう会わない、とは決して言わなかった。つまりこちらの歩み寄り次第で、心を開く可能性があるということだ。十年近く住んでいるのに新品同然の流しに立ち、手首に力を入れて一合分の米をとぐ。

箱から出したばかりの炊飯器をセットし、久しぶりに部屋をぐるりと見回す。会社から近いというだけで選んだ家賃八万五千円のこの部屋で過ごすことはあまりない。特に気に入っているわけではないが、引越す理由も見当たらない。社会人一年目に伶子が選んでくれた淡い青灰色のカーテンとベッドカバーもそのままだ。炊飯器から甘い香りが漂い出すと、まめまめしい気持ちのようなものが湧いてくる。久しぶりに拭《ふ》き掃除をし、洗濯機を回している間に、ご飯が炊けた。

蓋《ふた》を開けると、湯気の向こうでつやつやと米が光っていた。炊きたての白米の澄んだ輝きに、思わず見とれてしまう。茶碗《ちゃわん》がないので、炊飯器にセットで付いていたしゃもじでカフェオレボウルに乱暴に盛りつける。梶井に言われた通り、冷蔵庫から冷たいバターを取り出し、包み紙を剝がし、そのなめらかな山吹色をしばらく見つめた。この先

に待っているものは、まだ里佳の知らない領域なのだ。ハンバーグに添えられたバターライスは知っていても、バター醤油ご飯は知らない。もちろん、高級バターで温かいご飯を食べたという経験もない。

バターをひとかけらご飯に載せる。ついつい溜まりがちなコンビニの弁当に添えられた醤油の小袋から、ほんの一滴を落とす。指示通り、バターが溶けないうちにご飯と一緒に口に運んだ。

里佳の喉の奥から不思議な風が漏れた。冷たいバターがまず口の天井《てんじょう》にひやりとぶつかったのだ。炊きたてのご飯とのコントラストは質感、温度ともにくっきりとしていた。冷たいバターが歯に触れる。柔らかく、歯の付け根にまでしんとしみいるようなそんな噛《か》み心地である。やがて、彼女の言った通り、溶けたバターが飯粒の間からあふれ出した。それは黄金色としか表現しようのない味わいだった。黄金色に輝く、信じられないほどコクのある、かすかに香ばしい豊かな波がご飯に絡みつき、里佳の身体を彼方《かなた》へと押し流していく。

確かに落ちていく、そんな感じがする。里佳はまじまじと食べかけのバター醤油ご飯を見つめる。濃い乳の香りがする長いため息が一つ出た。

伶子の料理は今でも味わいが隅々まで蘇るくらい美味しかった。くたびれた身体を抱きしめるような香りと滋味。旬の食材は確かに明日への活力を授けてくれた。しかし、

これはもっともっと舌先から搦《から》め捕りながら、知らない場所へと連れて行くような、力強くあくどいような旨《うま》さだった。

気付くと、いつの間にか一合分の米が胃に収まっていた。まだ食べたりない。むしろ、バターとご飯を受け入れる度に、味蕾《みらい》が新しい才能を開花させ、もっともっととねだっているようだ。

梶井真奈子の愛するバター。男達から奪った金で得た美食の象徴。それは、「ちびくろ・さんぼ」の虎が溶けて一つになったような明るい黄金色の味をしていた。

里佳は立ち上がった。

伶子ももっと食べろといっていたのだし、自分は十分過ぎるほど痩せている。たまに自分を甘やかすくらい、誰にもとがめられるいわれはない。これは取材の一環である。相手の心をこちらに引き寄せるためなのだから、仕方ない。

まだ熱い釜《かま》を流しに置くと、里佳は勢いよく蛇口をひねる。水がざあざあと釜を冷やした。もう一合、いや二合、米を炊こう。ちょっと食べ過ぎだろうか。多ければ冷凍しておけばいい。時計はいつの間にか、とっくに零時を回っていた。

2

パスタが茹《ゆ》で上がったようだ。

スマホに設定しておいたアラームの音で、里佳はパソコンのデータ原稿から目を上げる。小麦の香りが漂う温かい空気をかき分け、鍋《なべ》の取っ手をつかむと、流しに置いたざるの上に一息に放った。ステンレスがドラを打ったような音を立ててへこみ、腰のあたりにずんと響く。一瞬、視界が真っ白になるほどの湯気がわっと立ち昇り、コンロ一つ分しかない深夜のキッチンいっぱいに広がっていく。頰と鼻が蒸気にさらされ、皮膚が潤《うるお》った。ぴちぴちと息づくように光るパスタをざるから深皿に移し、冷蔵庫を開け、カルピスバターとトレイにパッキングされたたらこ、この季節にしては緑の濃い紫蘇《しそ》を取り出す。

梶井真奈子が忌《い》むマーガリンは先週、可燃ゴミの日に捨てた。

あれから拘置所にもう一度面会に出向き、手紙は二回送った。教えてもらったレシピはさっそく試した、あんなに美味《おい》しいものがこんなに身近にあったなんて感動している、もう二度とトランス脂肪酸の塊はとらない、あなたにもっと美味しいものの話をしてもらいたいし、私もあなたを楽しませることが出来るように知識を身に付けたい――。相

手に寄り添い、言葉を尽くして伝えたつもりだが、梶井はそれに応《こた》えなかった。だが、あきらめるつもりはない。どんな手を使ってでも、彼女の心を再びこちらに向けさせなくては。

このカルピスバターは、裕福そうな主婦や外国人の客が多い、輸入物を多く扱う神楽坂のスーパーマーケットで一つだけ残っていた。「特撰《とくせん》」と記された茶色と白のパッケージは静謐《せいひつ》な佇《たたず》まいだ。十二月も半ばを過ぎクリスマスはもうすぐそこなのに、町からは相変わらずバターが消えたままだが、こうした高級ブランド品はたやすく手に入る。

温かいご飯にバターを載せ、醬油《しょうゆ》を一滴だけ落とした味わいにやみつきとなった。その上、朝食のパンにもたっぷり塗りつけたため、丸の内の専門店で買った百グラムのエシレバターはほんの数日で使い切ってしまった。年末進行で睡眠時間さえ削る日々が続いていて、買いに行く暇はない。どうしても食欲を抑えられず、手近なもので間に合わせたつもりだったのが、このカルピスバターは煮詰めたミルクのような濃厚さながら後味が非常にさっぱりとしている。いつまでも風味がたなびく旨みのかたまりのようなエシレバターとはまた違った美味しさで、里佳はたちまち気に入った。

梶井真奈子のブログを読み直していると、しきりにカルピスバターを絶賛していることを発見し、自分の味覚は間違ってはいないのだ、と誇らしくなった。以前は少しも面白いと思えず、何度読んでもどうにも頭に入ってこなかった梶井の文章だが、バターの

味を覚えてからというもの、最近はいくつかのフレーズだけは身体《からだ》にぽとりぽとりと落ちていくようになっている。

アルバイトの有羽にいい加減片付けてくれ、とせっつかれていた、段ボール一箱分に相当する「魚拓」は会社からここに郵送しておいた。置くスペースがないため、折り畳みテーブルを仕舞い、我ながら貧乏くさいな、と嫌になりつつも、箱の上にトレイとランチョンマットを載せ、食卓代わりにしている。

彼女がブログで公開するフランス料理や焼き菓子のレシピはどれも里佳にとってはハードルが高く異世界の呪文《じゅもん》のようだが、混ぜるだけの、このたらこパスタなら作ってみようと思え、深夜営業のスーパーで食材を買い集めた。このところ里佳はファミレスやほか弁には寄らずに帰宅している。温めたご飯やパンにバターを載せ、買ってきたサラダやインスタント味噌汁《みそしる》、カップスープなどを並べるだけで、自炊と呼べるほどのものではないが、キッチンに立つのがおっくうではなくなっている。以前はインスタントラーメンを作るのも面倒だったのに。

トレイから取り出したくすんだピンク色のたらこはぬめりと光り、一瞬、梶井真奈子のおちょぼ口を思わせた。皮をむくこともせず、フォークでぷつりぷつりと突き崩し麵《めん》に乱暴にまぶしていく。カルピスバターをナイフで思い切って大きく切り取り、その上に載せた。淡い山吹がやわやわと色づいて横に広がり黄金色となって、輝く魚卵と混ざ

り合っていくのを、里佳はじっと見守った。乳脂肪のまろやかさが海の香りと一緒になって立ち昇り、存分に吸い込んだ。手でちぎった紫蘇をこんもりと盛りつけ、段ボールの上へと運ぶ。たらこのピンクというのはあっけらかんとしていて、バターのとろみと合わさると暢気《のんき》でさえある。麺をフォークで巻き取り、口に運ぶ。

たらこの粒とバターがからんだ麺一本一本が、里佳の舌ではしゃぐように跳ねた。塩気は十分に感じられるのに、どこか余裕というか丸みを感じさせる。口の中でぷつりぷつりと千切れていくパスタの茹で加減も我ながら見事である。外ではこんなにたっぷりバターを使った料理は食べられない。バターとは高ければ高いほど品質が良く、使えば使うほど味わいが増すものなのだ。大らかで奥行きのあるたらこバターの味わいは、今日の卑怯《ひきょう》な自分に対する苛立ちをどこか遠くに押しやるようだ。

さる躍進中の人気若手政治家をトップで取り上げることとなり「何か揚げ足をとる材料はないのか」とデスクにしつこく要求された。選挙中の彼に密着取材してはいたが、きわめて気持ちの良い人物だった。それでも、さっぱりした振る舞いの中の、ほんのわずかな癖や表情の変化を大げさに切り取り、傲慢《ごうまん》そのものであるかのような印象を作り上げた。

疑問を振り払うように、薫り高い麺を噛みしめる。紫蘇の爽《さわ》やかさがますます食欲をくすぐり、おいしい、と声に出した。自分がこの味を作り出したという事実が、いっそ

うこの瞬間を得がたいものにしている。

たったこれだけのことで、今までにはなかった満ち足りた気持ちが味わえる。食べたいものを自分で作って好きなように食べる。これを豊かさと呼ぶのではないか。これまでは、何が食べたいかさえ、よくわからなかったのに、キッチンに立つようになってからは、ぼんやりとだが欲するものをイメージ出来るようになっている。

取り澄ました印象のカジマナブログだけれど、読み込むうちに気付いた。バターに関する記述だけは明らかに、血が通っている。麺をすすりながら、ファイルされた一枚を手に取った。

「魚卵とバターはとっても相性がいいんですよ。プチプチとした、まるでミクロサイズの卵黄の結晶体のようなたらことバターが合わさると、生臭さが消え、えもいわれぬまろやかな味わいのソースになり、炭水化物にからみつき、そのふくよかさや食べ応えをいっそう引き立てます。なにより、春の夕焼けのような甘やかなピンク色がとっても可愛らしいんですよね（私が一番好きな色はピンク色です）。パスタの一本一本にバターとたらこのピンク色がしっとりと絡み、セモリナ粉の香りを最大限に引き立て、胸の奥から優しさがこみ上げてくるような美味しさ。刻んだ紫蘇をふんわりたっぷり載せるのが私流。ピンク色とみずみずしい緑がまるで四月の野原のよう。黒い海苔《のり》を散らすのは

ピンクを殺すようで、あまり好きではありません。歯につくと、殿方にも嫌われてしまいますしね（笑）」

携帯で撮ったとおぼしき、二つ並んだたらこパスタの写真はお世辞にも上手とは言えない。まるで八十代の女性が孫とやりとりするために必要に迫られ、おそるおそる撮影したような、ぼんやりとした画像だ。繊細な絵柄の皿はロイヤルコペンハーゲンのものらしいが、テーブルクロスの色と全く合っていない。人のことは言えないが、盛りつけも雑だ。コンサバな好みでテーブル周りや食材にはかなり金をかけている様子だが、基本的に梶井真奈子という人物は、おおざっぱな性格なのだろう。どこでも手に入りそうな旬の食材を使い、ノーブランドの食器を無造作に並べたように見えて、はっとするほど洗練されている伶子の食卓とつい比較してしまう。タイムスタンプを確認すると、二〇一二年四月二十日とあった。

翌年五月、最初の被害者である七十三歳の本松忠信《もとまつただのぶ》が睡眠薬の過剰摂取で、松陰神社前の自宅で死亡している。梶井の亡き父親と同じく多数の不動産を所有する、裕福な独身男性だった。数年前から不眠に悩まされていたが、睡眠薬は医師に処方されたものではなかった。大量服用が可能なバルビツール酸系で、個人的に何らかのルートで手に入れていたらしい。出入りしていたヘルパーの若い女性は、数日前からぼんやりすること

が多かったと証言している。ひょっとすると認知症の初期症状から起きた不幸なミスかもしれないし、自殺の可能性も高い。しかし、本松が梶井に金を搾《しぼ》り取られていたこと、そしてなかなか結婚に踏み切らない彼女に疑いを持ち、しきりにせっついたり、真意を確かめるような探偵まがいのアグレッシブな行動をとっていたことが確認された。当時の梶井には同時進行で付き合っていた男も何人かいたようなので確実とはいえないが、このたらこパスタを本松が口にしている確率は非常に高い。

孫ほどの年齢の恋人の美味しい手料理に舌鼓《したつづみ》を打ち、眠るようにして死ぬ——。それは、世間が騒ぐほど悲劇的な死なのだろうか。被害者に思いを馳《は》せてみても、たらこパスタの美味しさは少しも変わらない。里佳はわざとずるずると麺をすする。冷めるとバターは膜となり、たらこ粒とパスタを密着させ、新しい旨みを作り出す。もっとたくさん麺を茹でるべきだったかと後悔しかけた瞬間、段ボールの食卓の上のスマホがスン、と音を立てた。LINEにメッセージが届いている。

『ごめん。今から行ってもいい？　西橋先生の刊行打ち上げが盛り上がりすぎて、終電のがしちゃってさ。明日早いから今夜泊めて』

同期の恋人、藤村誠からの久しぶりの連絡だった。こんな風に寝床を求めてふらっとやってくるのはいつものことなので、ためらうこともなく打ち返す。

『いいよ。自分が飲むものだけはコンビニで買ってきてね。歯ブラシは新しいのあるよ。

置き短パン出して布団《ふとん》敷いとくねー』

ふと、思いついて鍋を火にかけた。クローゼットの奥で丸まっている布団と彼の部屋着を出す。ちょうど湯が沸騰《ふっとう》した頃、布団を敷き終わった。沸騰した湯に塩を加え、パスタを花のように広げる。洗面所の鏡を拭き、新品の歯ブラシを出し、室内を片付けているうちにパスタは茹で上がった。先ほどと同じようにたらことバターをまぶし、紫蘇を盛りつけていると、インターホンが鳴った。

「え、もしかして、料理作ったの？」

スーツ姿で玄関に現れた誠は、ネクタイを緩めながら室内に入るなり、段ボールの上の皿に目を留め、すっとんきょうな声を出した。

「うん、ついでに作ったたらこパスタ、よければ食べて。さっき私も同じの食べたとこ。茹でてあえるだけだから簡単簡単」

かなり飲んだのか、誠の鼻の頭と頬は真っ赤に染まっている。大御所の作家を担当するようになり、金をかけた接待が最近とみに増えたせいか、顎《あご》まわりがもたつき始めている。入社当時は秀明社の王子と呼ばれた誠だけれど、年齢とともに角がとれ、親しみやすさが増していた。自分と同様に母子家庭で姉と育った誠は、家事などむしろ里佳よりも得意なくらいである。出版業界に色濃く残るパワーゲームにはなんの興味もなく、自慢話やこちらをねじ伏せる物言いを決してしない。そのせいでかえって、同僚や仕事

相手の心をつかんでいる。時たま思い出したように会うだけの関係だし、実を言えば性的な接触はもう一ヶ月以上ないのだけれど、手をつないだり髪を撫《な》でられるだけで、ほんのりと心が潤う。茶色く染めたパーマっ気のある髪はやや若作りだが、くりくりした淡い色の目とよく合っていた。

「マッチーんち来るの本当にひさしぶりだよなー。ああ、このにおいだ」

「へんなにおいする？　ちゃんと掃除してないからな、ごめん」

「ううん。マッチーのにおいだよ。ほっとする」

そう言って、後ろを向き、置きっぱなしの部屋着に着替える。酒で赤くなった柔らかそうな裸の背中を見ていたら、ふいに触れたくなった。なんでも話せる同志だったが、初めて彼に抱きついた時、その体温の高さに身体の奥のこわばっていた部分が緩んだ。あの時、彼は里佳のにおいが好きだと言ってくれた。友達の期間が長かったせいで、どうにも照れ臭く、お互いに甘いムードを回避する傾向にあるが、付き合い始めた頃のようだ、においや体温をただじっと感じていられる時間がもう少しあればいいのにと思う。あの頃は、寝ないで出社することが今ほど苦ではなかったので、一晩中抱き合っていた。こんなに長く、異性と続いたことなどない。

スーツをハンガーにかけ、皺防止スプレーをしてから、ようやくくつろいだ様子であぐらをかいた誠は大学生のようだ。パスタをずるずるとすすりはじめた口元をつい覗き

込んでしまう。思えば、誠に何かを作ったのはこれが初めてだった。

「美味しい？」

「うん、もちろん、美味しいよ。さすが」

何やらパスタを巻き取る手つきがどこかぎこちない。それきり無言で咀嚼《そしゃく》した。飲んだ後の麺類が大好きなだけに、相好を崩すとばかり思っていたので、里佳はがっかりした。あっという間にパスタを食べ終えた誠は、ぱんと両手を打ち合わせて、こちらに向き直った。

「ごちそうさま。ほんと、美味しかったよ。でも、驚いた。マッチーがこういうことするのとか。手料理なんて初めてじゃん？」

そう？と笑いながら皿を流しに運び、軽くすすいだ。実はこれも取材の一環なのだ、と説明しようとして、やめた。恋人とはいえ同業者だ。どこをどう伝わってネタが流出するかはわからない。報告しておいて口止めするのも、彼を信頼していないようで嫌だった。梶井の独占取材だけはどうしても邪魔されたくない。洗面所から顔を突き出し、歯を丁寧に磨きながら、誠はもごもごと続けている。

「あのさ、俺が来るからって、こういう時に気をつかわなくていいよ。マッチーに家庭的とかそういうの俺、求めていないからね。俺、ただ単にマッチーの顔が見たくてきたわけで、お腹《なか》が空《す》いてたら、自分で何か買ってくればいいわけだし。今日だって、年末

進行ですっごく疲れてるんでしょ？」

自分とまったく結びつかないその単語に里佳はぽかんとしたが、すぐに、そっか、と笑ってベッドに腰を下ろす。何を口にしても、いっそう溝が深まる気がして、言葉が出てこない。大きなうがいの音の後、さっぱりと濡《ぬ》れた顔に冷たいはっかの匂いを漂わせながら、誠はこちらまでやってきて早口で続けた。

「そういうの俺、まったく求めないからさ。同じくらい働いているのに彼女ばっかに負担かけるとか、そういうの嫌なんだよね。母親が苦労してるの見ているだけに」

こちらの頰にチュッと唇をつけると、誠は床に敷いた布団の上にごろりと横になった。おやすみ、とつぶやき、電気を消すと、里佳も床についた。誠はこちらに手を伸ばし、軽く握るが、その力はすぐに弱くなっていく。

ブランケットをたぐり寄せながら、どうしてささやかなやりとりがこんなにも引っかかるのだろう、と自問した。誠は何もおかしなことを言っていない。むしろ、里佳を思いやり、誰よりも理解しているとも言える。手料理を拒否されたことで、二人の未来が不安になったのだろうか。違う。そもそも彼との結婚なんてぼんやりとしかイメージ出来ない。

どうして、彼はあんな受け取り方をしたのだろう。ただほんの気まぐれに、ついでに

パスタを茹でたに過ぎないのに。自分の何がいけなかったのか、一つ一つ点検していると、暗闇《くらやみ》の中でなお、目がぱっちりと冴《さ》えていく。

年齢の割にいかにも苦しげで地を割りそうな、誠の鼾《いびき》が聞こえてきた。


綾瀬川の水面《みなも》を通過した北風はコートをやすやすと通過し、骨をつかんで揺さぶるようだった。冷え切った指先がまた小さなささくれを起こしている。東京拘置所を訪れたのは、今月に入ってこれで三度目である。コートの襟をかき合わせながら面会用出口を出た里佳は、車道を挟んで向かいの通りにある「増田屋」という看板にふと目を留めた。古びた木造の小さな建物は、小学校のすぐ前にあった学校指定の文房具屋を思わせる懐《なつ》かしい佇まいである。確か、ここは拘置所内への差し入れを請け負う店だったはずだ。隣の店も同様だが、今はシャッターが下りている。腕時計を見ると、四時少し前。次の待ち合わせまで十分に時間はある。気付くと、車道を渡っていた。ガードレールの下には、今日も献花が揺れている。

梶井は会ってくれなかった。

彼女がこのところずっとご機嫌斜めなのは、あながち里佳だけのせいとも言い切れないのかもしれない。なにしろ、来週はもうクリスマスなのだ。梶井のような人間がこの

季節に出歩くことさえ許されず、決められた食しか味わえないのは、とても不幸なことなんだ、と理解し始めている。

梶井のブログ更新は、逮捕前日にあたる一昨年十一月二十八日を最後に途絶えている。

「もうすぐクリスマス。一年で一番街が華やぐこの季節が、私は大好きです。今年ははりきって栗《くり》やお米を詰めた七面鳥を焼いてみようと思います。お教室で習ったレシピ通りに。こってりとしたはちみつ入りのグレイビーソースも添えて。クリスマスケーキの予約も始まりますね。どこのものにしようか迷ってしまいます。でも、きーめたっ(笑)」

と、さもうきうきした調子で結ばれている。彼女にとって拘置所で過ごす三度目の冬。もう我慢の限界だろう。

「増田屋」の店内には、外壁に使われているのと同様の古びた木材で出来た棚が張り巡らされ、筆記用具、タオルや肌着、袋菓子、週刊誌などが所狭しと並んでいた。お菓子はいずれも少女時代にスーパーマーケットで見た覚えのある、まだ製造していたのか、と驚くようなラインナップである。

基本的に拘置所への食品の差し入れはここか、今日は閉まっている隣の店で買ったもののしか許されていない。収監者の名を告げれば購入した商品を届けてくれる。髪の白い女主人がカウンターの奥から里佳を睨《にら》んでいる。冷やかしだと思われたくないし、何か

買わないわけにはいかなかった。落ち着け、と自分に言い聞かせる。差し入れ屋でしか食品を調達できないのは梶井真奈子も知っていることなのだし、これだけ選択肢が少ないのならばかえって気楽ではないだろうか。

ガラスケースに入ったファミリーパックの焼き菓子詰め合わせは、お楽しみ会でクラスメイトと分け合ったものだ。棚にずらりと並んだ「サンヨー」の緑色の缶詰が気になった。缶入りの果物なんて久しぶりに見た。中学生の頃、風邪をひくと、母が仕事に行く前に桃缶を冷蔵庫に入れて置いてくれたっけ――。冷蔵庫を自由に使える環境にあるかはわからないが、つるりとのどごしの良い桃ならば、梶井もそれなりに楽しんでくれる気がした。栗まんじゅう、フルーツ寒天、麩《ふ》菓子、カステラの餡《あん》サンド……。耳慣れないブランドの渋い袋入り和菓子が並ぶ中、森永製菓のクッキー箱の群が一番明快できらめいている。マリー、ムーンライト、チョイス。どれにするべきなんだろう。三種類ともいつかどこかで食べたことがあるような気はするが、味わいまで覚えていない。原材料や説明文をチェックしたくてもいずれもガラスケースの向こう側だし、厳しい目つきの女主人に取り出して見せてくれと頼むのははばかられた。

「桃の缶詰と森永のチョイスを差し入れたいのですが……」

チョイスの黄色い箱にだけ、バターの写真が入っていたのだ。女主人はそろばんをぱちぱちと弾《はじ》き、こちらに用紙とボールペンを差し出した。収監者の項目に梶井真奈子と

書き、必要事項も順に記入していく。冷蔵ケースが目に留まり、つい聞いてしまった。

「あの……、ここでバターは扱っていないんですか？」

「置いてたこともあったけど、今はこの通り品薄だから」

そっけなく応えられ、里佳は会計を済ませると、店を後にした。あったとしても雪印、もしくはノーブランドの手頃な価格のバターだろうが、それが一番梶井が喜ぶ差し入れであるような気がした。次に来た時には入荷しているといいな、と思う。

タクシーをつかまえ綾瀬駅で降りると、千代田線に乗り、日比谷《ひびや》で下車した。完全に場所を把握している、改札内のトイレに真《ま》っ直《す》ぐに向かう。鏡の前に立つと、バッグからメイク落としのシートを取り出し、顔をごしごしと拭《ぬぐ》った。黒と肌色で汚れたウェットティッシュを洗面台下のごみ箱に丸めて捨てる。

個室を出てきた若い女が、里佳の隣に立ち、ピンク色の口紅を付け、鏡に向かってにっこりして見せた。なんとなく優しい気持ちになって、彼女の後ろ姿を見送った。

里佳は素肌にわざと乱暴にニベアを分厚く塗りつけた。コンタクトを外しケースに収め、眼鏡をかけ、髪を黒ゴムでひっつめに結ぶ。鏡の中の、背が高くぎすぎすした印象の、性別すらよくわからない人間の姿に、里佳は深く満足した。疲れきった青い顔色にも。昨日はトラブル続きで三時間しか寝ていない。

運動不足は十分認識しているので、地上に出ると、ＪＲ高架に沿って新橋まで歩くこ

とにする。帰宅時間にはまだ早いものの、夕暮れの有楽町は勤め人で溢《あふ》れていた。乾いた咳《せき》があちこちで聞こえ、マスクで顔半分を隠しているせいで行き交う人の目元がやけに気になる。インフルエンザの予防接種をいい加減受けないといけないな、と頭の中にメモを走らせた。乾いた冷たい風が濡れた肌を叩《たた》き、ナイフの刃を頬にぴたりと当てられたかのようだ。山手線と京浜東北線がひっきりなしに頭上ですれ違っていく。「客」と呼ばれるネタ元と身体の関係を結ぶ女性記者の噂《うわさ》はたまに耳にする。しかし、一対一の男女関係など他人が口を挟む問題ではない。そもそも、彼女達はそれを公言しないし、はっきりと認めてしまえる者なんて一人もいないのだから。

境界線を曖昧《あいまい》にして、どこにもジャンル分けできないオリジナルの関係性を作りだし、自己正当化できるぎりぎりのところまで変形させる。もちろん噂のある一人一人に聞いたことはないけれど、おのおのが自分の中でそんな作業をして、後ろめたさを感じまいとしているはずだ。

現に自分も官僚や警察相手に、媚《こ》びるような真似をしたことがまったくないとは言えない。政界スキャンダルを何度もスクープし、密《ひそ》かに尊敬していた他社のベテラン女性記者が、さる議員の古くからの愛人であり、すべての情報は彼から得ていたと知り、失望した記憶は新しい。誰を責めるべきかよくわからなくなり、ビルに囲まれた夕焼けを仰いだ。

だからこそ、梶井真奈子に、軽蔑《けいべつ》と同時におののきも覚えるのだろう。自分という女の身体には特別な価値があり、相手は確実に素晴らしい体験をするのだから、それと引き替えに金銭を得ることは、ごく当然でなんら自分をおとしめない行為である、という法廷での梶井の弁は、彼女の身体とやらがどんなものなのか誰にも確かめようがないだけに、聞いていると思考が停止してしまう。

先ほど洗面所で隣り合わせた女を思い浮かべようとして、もう顔立ちがぼやけていることに気付く。風貌《ふうぼう》ではなく彼女を取り巻く、自分をきちんと慈《いつく》しんでいる安定した空気、そういったものに視線が吸い寄せられたのだから当然だ。伶子も結婚してからそんな雰囲気を身に纏《まと》っている。

新橋のガード下にある、みりんで煮つめたような古ぼけた個室居酒屋は月に一度、二人が落ち合う場所だった。第三木曜日、店が混み出す前の十七時。いつも一時間半ほどで切り上げ、すぐ仕事に戻る。互いに酔わないので、もはや飲み会とさえ言えないだろう。

厨房《ちゅうぼう》の奥から、古い油がたぎる音と匂いがした。七十代くらいのご主人の、いらっしゃい、と間延びした声がした。厨房から一番遠い、衝立《ついたて》で目隠しされた掘りごたつのお座敷席を目指す。

「あー、やっぱり禁煙失敗しているんじゃないですか」

わざと乾いた笑い声をあげる。ハイライトを吸っている背広姿の彼の向かいにどすんと腰を下ろし、バッグを畳に投げ出した。おしぼりで額と頰を拭う。お酌はしない、料理は取り分けないし、他の接待のように相手を持ち上げない、話したいことだけだらだら一方的に話す、と決めている。大手通信社の編集委員、篠井芳典さんはコメンテーターとしては饒舌《じょうぜつ》だが、普段は物静かだ。気付くと、里佳一人がずっと愚痴っている時があるが、別につまらなそうでも楽しそうでもなく、ふんふんと頷きながら、自分のペースで飲んでいる。テレビで見る彼はいかにも眼光が鋭く屈強そうな体つきに見えるが、目の前にいるのはごく細身の淡々とした中年男性だ。白いものが多い髪はさらさらと柔らかそうである。長い手足をもてあまし、縦長の背中を丸めている様は、所在なさげだ。シャツにほんの少し皺が目立つが、不潔な印象はない。

「禁煙できたとはいってない。減らすのに成功しただけ」

ぼそりと篠井さんは言って、灰皿に吸いかけの煙草《たばこ》をすぐにねじ込むと、水蒸気でくもったガラスのコップに口をつけた。

「テレビでのお仕事も増えて、寝ている暇もないって感じですね。わ、おやじくさいつまみだなあ」

麦焼酎《じょうちゅう》のお湯割り、きんぴら、枝豆、ほっけ、湯豆腐。出会った頃はビールと唐揚げだったのに、確かに健康に留意するようになったな、とおかしく思う。里佳もそうビ

ールは好きではないので、熱燗《あつかん》とコーンバターと焼き明太子《めんたいこ》を頼んだ。とっくりとお猪《ちょ》口《こ》と一緒に運ばれてきたお通しに箸《はし》をつけ、ぐんにゃりしたものを薄気味悪そうにつまみ上げる。

「相変わらず、なんだかよくわからない突き出しですね。貝？　こんにゃく？」

いつもこの店で一口だけ出される、甘辛い煮物は何度通っても正体がよくわからない。美味しいわけでもまずいわけでもない店だが、いつ来ても客が少ないところがもってこいだった。

「実は今日、東京拘置所で初めて差し入れっていうのをしてみたんですよ。クッキーと缶詰。相手は女性なんですけど、この季節にケーキやチキンが食べられないなんて物足りないでしょうから」

梶井真奈子の件は篠井さんにまだ話していない。でも、相談に乗ってもらう日はそう遠くないかもしれない。包み隠さず仕事の話が出来るのは、おそらく世界で彼しかいない。

「いやいや、小菅ってけっこう飯がうまいらしいぞ。三食とも調理師免許を持っている受刑者が作るんだよな。その旨さに惹《ひ》かれて、わざと犯罪に手を染めて舞い戻ってくる輩《やから》がいるって聞くくらいだし」

「え、そうなんですか？　クサイ飯とかよく言うじゃないですか」

「それはたぶん、白米至上主義の時代の認識だよ。拘置所の米には何割か麦が混ざっているんだ。昔はそれを嫌がる人間が多かったんじゃないかな。今はむしろ、麦だのひえだのあわだのが健康食として再評価されているだろ。たぶん、俺達なんかより、ぜんぜんいいもん食ってるはずだよ」

「確かに、私の食事よりもヘルシーで栄養満点かもなあ。料理なんてしないし、いっつもコンビニ飯だから」

最近、キッチンに立つようになったことは、何故か言いたくなかった。誠の反応が今も引っかかっているからではない。

「調べとくよ。最近の催事の拘置所メニューな」

ぼろぼろの茶色の革の手帳に、篠井さんはメモを走らせた。この人、いつ見ても疲れている――。お猪口越しにそっと篠井さんを盗み見る。顔色が土色で、白目が濁っている。自分も似たようなものなのかもしれないが、篠井さんのそれはもっと深いところに染《し》みついた、消せない諦《あきら》めのようなものだ。離婚してもう何年も経《た》つと噂で聞いたことがある。プライベートなことを彼はほとんど話さないから、本当のところはよくわからない。わざとずけずけした口調で切り込んでいく。

「私の離婚した父もいい加減な暮らしして、アル中みたいになって、一人で自宅でぽっくり死んじゃったクチなんで気をつけてくださいよ。ちょうど、篠井さんくらいの年齢

だったと思います。今おいくつでしたっけ」

「四十八……。あんまり不吉なこと言うなよ。食事はいい加減かもしれないけど、健康面はまめにチェックしてるよ。朝も皇居の周りを走り始めた。駅のスタンドで気付いた時は野菜ジュースを飲むようにしている」

むっとしたのか、珍しく彼は自分からしゃべった。

篠井さんは確かに疲弊してはいるけれど、その佇まいは荒《すさ》んでいない。自分でこまめに回復する強さや知恵を持っているのだろう。だから、一緒に居て落ち着く。それは誠にもある要素で、おそらくはこうしたタイプの異性との相性がいいのだ。きっと篠井さんもそう思ってくれているに違いない。うまが合うから、こうして時間を作って会ってくれるのだ。ネタ元と記者にありがちな男同士の信頼関係と何ら変わらない。

「まあ、その年の男の人にしちゃ、気をつけているほうですよね。不思議ですよね。どうして世の中の男の人って誰にも見られていないと、どこまでも生活がずさんになっていくのをやめられないんでしょうか。そして、それが自己管理の甘さではなく、哀れで切ないこととして世間に優しく許されるんでしょうか……」

つい最近、裏社会との交流疑惑により表舞台から遠ざかった五十代の元スポーツ選手が、荒れた振る舞いで話題となった。長年連れ添った妻が子供を連れて家を出たため、目に見えて生活が荒れ、夜の町で酔って暴れる姿が何度も目撃されている。薬物に手を

出しているのではないか、という疑惑も濃い。直撃した記者に向かって、「一人の食事が寂しくてまずくて仕方ない。だから、つい外に飲みに出てしまう。ご飯の炊《た》き方もわからない。どこに塩があるかもわからない。こんなに寂しい人生になるなんて俺は何を間違えたんだろう。家族に帰ってきて欲しい」としきりに嘆き、家裁の審判により今はもう会えない息子たちに向かって「おとうさんより」で始まる公開メッセージを送った。栄華を極めた男の切ない落日、と男性週刊誌はこぞって取り上げ、自分達の身にも起こる可能性があるとして、非常に同情的な記事ばかりだった。

少しも可哀想《かわいそう》と思えない。昔から何かと黒い噂がついてまわり、モラハラめいた言動が目立ち、愛人問題でさんざん妻子を泣かせた過去がある人間だから、ではない。彼が一人の食生活を自力で改善しようと思わない点がひどく引っかかるのだ。身体は十分に動く年齢だし、無職とはいえ一般人に比べれば財産も時間もあり、人脈や情報も豊富だろう。今の東京なら深夜にやっている飲食店はもちろん、コンビニやファミレスでもそれなりに野菜の豊富なヘルシーメニューはいくらでもある。

すべてを投げ出した自堕落さが、離れていった取り巻き、もてはやしては去って行くメディア、なによりも自分を捨てた妻や、新しい生活を送る息子に対する呪《のろ》いのように感じられる。こんなに惨《みじ》めな自分の姿をよく目に焼き付けておけ、お前達のせいだからな――。口に出して救いを求めることはなく、誰かが手を差し出すまで騒ぎに騒ぐ。て

こでも暮らしを変えない頑《かたく》なさ。家族が大切だと言いながらも、妻子が自分を見殺しにしたという見方を世間にされることはまったく厭《いと》わない。気持ちを切り替え自分の力で人生を立て直すくらいなら、もう彼は命をなげうっても構わないのだと思う。梶井真奈子に殺されたとされる男達にも多かれ少なかれ、そんなにおいがありはしないか。被害者が生前語ったとされる言葉、そして彼らの周辺に居た人間の証言が次々に蘇る。

――このまま一人で年をとっていくことが怖い。生活がどんどん荒れていく。誰でもいいから、食事の準備をして、面倒を見てくれる女が欲しかった。怪しいとは思っている。騙《だま》されているかもしれないとも。家族はあんな女と別れろと五月蠅《うるさ》い。それでも構わない。家族と絶縁してでも彼女を選ぶ。

――あの女は、寂しい生活を送る被害者の心のすきまにつけ込んだんですよ。男の人って不器用な生き物じゃないですか。女の人のサポートや優しさなしでは、生活していけないものじゃないですか？

――梶井真奈子には女なら誰でも学ぶところがありますよ。料理上手の優しい女性が居たら、男なら誰だってころっとまいってしまうんじゃないでしょうか。男をつかむにはまず、胃袋からっていいますからね。

この事件はどこを切ってもその断面に、孤独な男達の過剰な自己憐憫《れんびん》が滲《にじ》んでいる。今は身体が丈夫で手に職があるから、思いやりが欠如しているのかもしれない、と里

佳はフェアな視点を守ろうとする。離婚して女手ひとつで自分を育てた母の生き様に肩入れし過ぎているのは十分承知している。自分だってたった一人の荒んだシニアライフを送る可能性は大いにあるのだ、と言い聞かせる。若い男にだまされすべてを奪われる可能性も。

いや、いや、もし自分だったら——。孤独であれば孤独なだけ自暴自棄にはならないし、貯金は何よりも大事にするはずだし、甘い誘いは警戒するはずだ。ネットで知り合ったひとまわり以上も年下、出会ったその日から金をせびる無職の男など、一番信用が出来ない相手だろう。万が一だまされかけたとしても、同じように年齢を重ねている伶子がすぐに気付いて忠告してくれるはずだ。もし、伶子が先に死んでいて相談相手さえいないとしても、どうせネットを使えるのならば近所の老人達のコミュニティを見付けて、その輪に入っていくのではないだろうか。そんな地に足のついた考え方やフットワーク、コミュニケーション能力は、里佳が女だから、と一蹴《いっしゅう》されるのか。しかし、梶井真奈子の被害者三人のうち二人はまだ到底老人とは呼べない年齢で、資産も十分にあったのに——。

ああ、もうあまりこの件については考えない方がよさそうだ。せっかくの席が沈んだものになりそうで、里佳は日本酒をあおる。じゅうじゅうと音をたてながら運ばれてきたコーンバターの鉄板を見つめるうちに唇が動いた。

「あ、そうだ。篠井さん『ちびくろ・さんぼ』って知ってます？　最近、結婚した友達の家で久しぶりに読んだんですけど。虎《とら》がバターになっちゃうやつです」

「知ってるよ。表現の問題で今はあんまり流通していない絵本だろ」

「そう。あれ、虎が可哀想だと思います？　さんぼ一家は残酷ですか？」

「自然淘汰《とうた》と思えば仕方ないんじゃないか。誰が悪いわけでもないんだよ。虎だって食べなければ、生きてはいけないわけだし」

枝豆の皮をむきながら、篠井さんは考え考え言葉をつなぐ。浅黒い中指はとても長い。

「さんぼは何の策略もなく、ただ真っ当に対応していたら、虎が勝手に死んでしまっただけだろう？　バターだって父親がそうと知らずに、持ち帰ったから口にしただけだ。そうやって、自然界とか生態系って、無理なくたまたま生き残った者がのさばることで秩序が保たれているんだよな。残酷なようだけれどさ。進化ってなにかとてもいいことのように言われているけど、その環境にたまたま対応できたものだけが生き延びて、他種が死んでいくってだけのことなんだよ。マスメディアのあり方もアメリカ同様、紙媒体から淘汰されるってよく言われるけど、それは別に進歩ではないんだよな」

自然淘汰、という言葉がぐるぐると、それこそ木の周囲を回転する虎達のように頭を巡っている。枝豆に眼を落としたまま、彼はまったく同じトーンで続けた。

「銀座の会員制クラブ『ラ・ヴィ』って知ってるか。そこのママが紀尾井町にある芸能

人御用達の産婦人科に通院しているのを見たヤツがいるらしい」

目の前に現れた小さなジャングルに、里佳は踏み込んでいくことにした。言葉を慎重に選びながら。

「へえ……。そのママの噂なら聞いたことあります。まだ、独身でしたっけ？」

「昔はモデルをしてただけあって今でも大した美人らしい」

「なら、お店の常連はさぞ華やかな方ばかりなんでしょうね」

篠井さんの黒目の奥がゆらりと揺れた気がした。

「元アイドルの大谷知己、野球選手の豊橋。あと、ほら……」

次の総選挙で注目を集めることになりそうなその男の名を口にする時、彼の唇の端が大きく曲がった。

「……ありがとうございます」

もちろん、明確な情報は一度としてもらったことがない。核心の周辺にちりばめられたふんわりしたヒントを、篠井さんはごく一般の世間話のようにさらりと口にする。出会いは二年前の編集部の忘年会、当時コラムをよく頼まれていた彼が飛び入り参加し、偶然隣に座った。メディアで目にする様子とは違い、あまり騒ぐのが好きではなさそうな物静かな姿が印象に残った。次に会ったのは、さる議員の自宅前だった。雨が降っていた。その議員に関する情報欲しさに里佳から飲みに誘ったら、雨宿りをしよう、とこ

の店に連れてこられた。里佳がスクープを連発するようになったのはそれからだ。

「いや、俺、何も言っていないぞ」

不摂生だったわりには白く頑丈な前歯を見せて、篠井さんは今日初めて、少しだけ笑った。目が見えないほど細くなり、口の周囲にたくさんの皺《しわ》が集まる。お座敷が一瞬ふっと狭くなり、彼と二人きりであることを認識させるような、湿度のある笑顔だった。

新聞や民放大手メディアでは決して伝えられないことはいくつかある。議員の不倫、被害者側の事情、渦中《かちゅう》の人物の前歴。篠井さんのような人間が、偶然知り得た有益な情報を、自分が発信できないからといって、みすみす捨てられるわけがない。こうして親しい週刊誌記者に、まるで前日の食べ残しを餌《えさ》として投げ与えるように提供するのは、ごく自然なことなのかもしれない。でも、何故、私なのだろう。こちらからは何も差し出すことなどできないのに。彼の目に映る自分を何度も思い浮かべる。先ほどトイレの鏡で見たままの姿であれば、決して異性として惹き付けられる要素などないはずだ。事実、口説かれたことも、その予兆さえもない。

「あ、一本いいですか?」

煙草を一本ねだる。篠井さんのライターが切れかかっていたので、里佳はやる気のなさそうな中年女性の店員を呼び止めて、厨房のチャッカマンをもってこさせた。乾いた煙草を唇にくわえ、銃口に似たそれを構えて、顔を傾け火を点《つ》ける。普段は吸わない煙

草にむせないように細心の注意を払う。煙の向こうの彼のあきれ顔に、里佳は深く安堵《あんど》する。

篠井さんがたった今、目の前に捨てたものを、私は拾い上げたに過ぎない。ジャングルでバターの泉を見つけたさんぼの父が、それを持ち帰ったのと同じだ。

コーンバターは熱いうちは香ばしかったが、どうやらマーガリンを使っているようで、冷めるとえぐみが喉《のど》に残った。

「町田里佳様

お久しぶりです。この間は桃缶とクッキーの差し入れをどうもありがとうございました。森永のクッキーの中で私はチョイスが一番好きです。一般的にはムーンライトが人気ですが、ムーンライトもマリーもマーガリンを使っていますからね。そろそろクリスマスですね。私は一昨年、『ウエスト』のクリスマスケーキを注文しようとしていたんです。残念ながら食べることは叶《かな》いませんでしたが。よく出来たバタークリームは本当に美味《おい》しいものですが、最近では残念ながらほとんど見ることがなくなりました。あなた、代わりに召し上がってみてはいかが？ 『本物』を食べてどんな感想を抱いたのか、すぐにお聞かせいただけたら、私達にとってとても楽しい時間になると思います。梶

井真奈子」

取材から帰り、編集部のデスクの上にあったこの手紙に気付いたのは昨日のことだ。

二回読むと、里佳はすぐにスマホを取りだし、「ウエスト」のホームページから電話番号をタップした。数回の呼び出し音のあと、物静かな生徒会長のような女性の声がした。

――大変申し訳ありませんが、クリスマスケーキは十二月一日から予約を受け付け、十二月二十日で締め切らせていただいております。特に今年は例年にはない注文数となっておりまして……。まことに申し訳ありません。

きっと何度も繰り返しているのだろう、なめらかだが、決して事務的には響かない口調で彼女は告げた。電話を切り、この人気はバター不足とも何か関係があるのかな、と思いながら、デスクのパソコンを立ち上げた。「ウエスト　クリスマスケーキ」で検索すれば、個人ブログからフードブロガーの食べ歩きを綴《つづ》ったサイトまで、いくらでもその味わいに言及するものを見つけることが出来た。判で押したように誰もが、クラシックで上品かつ濃厚な味わいを絶賛している。だが、誰かの借り物の表現では駄目なのだ。人の評価で分かった気になるべきではない。里佳が自分の舌で感じたことを、自分の言葉で伝えなければ、なんの意味もないのだ。梶井のような女はすぐに嘘《うそ》を見破る気がし

た。

里佳は今、確かに試されているのだ、と思った。

何か使えるコネはないか、と懸命に頭を巡らす。官僚、警察、芸能関係者、大手のスポーツ記者……。どこもケーキとなんて繋《つな》がらない。店頭でケーキを受け取る客に金を積んで、譲ってもらうのはどうだろう、と半ば本気で考え始める。ふと、デスク席の傍にあるラックに差し込まれた、各社の週刊誌が目に入った。「週刊秀明」の立ち位置は、業界NO．3というところだろうか。篠井さんの自然淘汰の話を思い出す。雑誌の売れない時代と言われるが、少なくとも同業者同士はこうして毎週必ず目を通しているわけだ。ひょっとして誰よりも週刊誌を熱心に読み、金を落としているのは、読者ではなく他ならぬマスコミではないだろうか――。気付いたら、あ、そうだ、と声に出していた。スマホをもう一度タップする。伶子の声がすぐにした。

――里佳からこんな時間に電話なんて珍しい。仕事中じゃないの？　どうしたの？

水の音がすることから察するに、夕食の支度中かもしれない。

――ねえ、亮介さんの会社って、クリスマス時期になると、他社のデコレーションケーキをリサーチとして買い集めたりする？

――もちろん。クリスマスもバレンタインもホワイトデーも、競合の商品は買い集めて、会議室にずらっと並べて、写真をとったり試食したりするって聞いている。名店のケー

キは、余ったらこっそり持って帰ってきてくれるから、私もお相伴にあずかることもある。

手短に事情を説明すると、察しの早い伶子はすぐに飲み込んだようだ。

——ウエストのクリスマスケーキか……。了解。定番だし、きっと取り寄せているんじゃないかな。聞いてみる。まかせて。

張り切っていることがわかる弾んだ声が返ってきた。

——ほんとありがとう。メールしたけど、伶子のアドバイスのおかげで、梶井がこっちに心を開きかけてくれたようなもんだし……。何から何まで、全部伶子のおかげ。

伶子との電話でのやりとりのすぐ後、亮介さんから直にLINEがきた。

イブの今日、里佳は外苑前《がいえん》駅にほど近い、洋菓子メーカーの東京本社を訪ねている。地下鉄の階段を昇りきると、246沿いにちらほらと粉雪が舞っていた。一階に直営店のカフェが入っているそのビルに辿《たど》り着くと、背広姿の亮介さんが店長らしき女性と言葉を交わしているのがガラス越しに見えた。店内は赤と緑に飾られ、クリスマスツリーの電飾が点滅し、同じケーキをつつくお洒落《しゃれ》したカップルの姿が目立つ。里佳に気付き片手を上げた亮介さんは、何やら顔色が悪く、いつものようなぴちぴちした生気がない。無茶を聞いてくれたお礼を言いつつ、遠慮がちにそれを指摘すると、彼は力なく笑う。

「クリスマスは毎年、本社の人間もみんな工場にかり出されて、一晩中ケーキの飾り付

けラインに立つことになってるんですよ。それで、そのまま寝ないで都心の百貨店にリサーチに出かけるんです。菓子屋なんて夢のある仕事に思えるけど、内情はこの通り、同族企業でガッチガチの体育会系」

「お疲れ様です。それでも帰宅したら、伶子とクリスマスディナーなんていいですねえ」

まあね、と亮介さんは照れたように笑い、奥の従業員用エレベーターへと誘った。狭い箱はひんやりした生クリームの匂いがする。

「今度お礼も兼ねて、ぜひ、うちの誌面で御社を取り上げさせていただきますね。食品業界の開発秘話やマーケティング裏話とか、読者に評判がいいんですよ」

「いいよ、いいよ、嫁さんの親友の頼みだもん。と、いいたいところだけど、まあ、そうしてもらえるとありがたいのは事実だなあ。うち、広告費が捻出《ねんしゅつ》できなくて。里佳さんのところみたいな大きな媒体で取り上げてもらえるのは有り難い。まあ、お菓子なんて、家計で真っ先に削られる部分ですよね。コンビニだってそこそこのものが食べられる時代、うちみたいな中途半端《はんぱ》な立ち位置のメーカーは辛《つら》いっすよ」

食の贅沢とは金銭以上に気力体力を要するものだと痛感する。梶井のそうしたエネルギーは執念とか命の炎と呼んでもいいほどだ。自分はどんなに時間や金があったとしても、ああはなれないだろう。

エレベーターが四階に到着し、亮介さんが会議室のドアを開けた。フルーツのみずみずしい香りが流れている。無人の部屋の中央に置かれた長いテーブルに、有名店のクリスマスケーキが端から端までずらりと並んだ光景は壮観だった。

「資料用の写真はとったし、もう食べても大丈夫。あとで商品企画室の連中が試食しにくるから、全部食べられたら困るけど、一切れくらいなら問題ないです」

そう笑って示された、四号のバタークリームケーキは、周囲の苺《いちご》やひいらぎや砂糖菓子に彩《いろど》られたにぎやかなケーキ類とは一線を画していた。真っ白な表面にリースとろうそくの形のクリームが絞ってある他は、炎に見立てた三枚のクッキーと、ピスタチオやくるみなどのナッツが数粒飾られているだけだ。雪景色のようななめらかさだが、目には見えないものの、上質な動物性脂肪の粒子が内側からみっちりと深く輝いているのが分かる。本当はこうしている今も空にまたたいているはずの、真昼の星々のようだと思う。

「今時、苺もサンタもプレートもなし、バタークリームとスポンジだけで勝負なんて、かえって迫力があるよなあ。ウエストさんはいつも赤字覚悟で素材にはお金をかけているからなあ」

「へえ……。リーフパイくらいしか知らないけれど」

会社の休憩室に置いてあった白い箱の木の葉の形のパイ菓子。男だらけの職場なのに、

あっという間に空になった。里佳は出遅れてしまい、一枚も食べられなかった。

「例えば、二年前閉店しちゃった目黒の喫茶室も、あんなに繁盛《はんじょう》していたのに、一度も黒字を出した事がないなんて言うんだから、すごいですよね。頭がさがるよ」

目黒といえば、梶井が住んでいた不動前から歩いてすぐの場所にある。きっと彼女にとってお気に入りの店だったはずだ。となれば、クリスマスケーキもそこで受け取ろうとした可能性が高い。

亮介さんが慣れた手つきでケーキにナイフを入れ、紙皿に取り分け、プラスチックのフォークとともに差し出した。里佳はお礼を述べ、早速ケーキをくずしにかかる。ずしりとした手応えを感じた。白と明るい黄色の切り口がたおやかで、それだけで頬がほころぶ。

「私、実はバタークリームって初めてなんです」

直前まで冷やしてあったせいか、バタークリームにはこりっとした硬さが残っていた。舌の熱で溶けていく甘いバターはじゅうっと広がり、身体中の旨《うま》みを感じる細胞を浮き上がらせるようだ。ふわふわした甘酸《あまず》っぱいショートケーキでは、きっともう満足できないだろう。目を閉じ、舌に記憶を焼き付ける。うわ、真剣だな、と亮介さんが茶化す声がはるか遠くで聞こえる気がした。

ビルを出ると、粉雪はまだ舞っていた。傘を買うのももどかしくコートに雪を纏いな

がら、表参道駅まで早足で歩き、千代田線で綾瀬駅に向かった。タクシーで東京拘置所まで乗り付け、いつものように面会手続きをする。金属探知機検査を受け、長い通路を渡り、エレベーターで指定の階に行く。番号の振られたドアの前で、里佳は今日は必ず会える、という確信に胸を熱くしていた。ややあって、男性刑務官をおつきの者のように従えて梶井真奈子が悠然と姿を現す。ほぼ三週間ぶりだった。

あれ、なんだか――。肌がいっそう白く、すべすべしているように思われたのだ。頬と瞼《まぶた》がうっすらとピンク色に染まり、はれぼったい印象だが、まるで泣き濡れているような色気があった。白いセーターにチェックのロングスカートは少し野暮ったい分、上品で顔映りがよく、何より今日という日にぴったりである。自然淘汰、という篠井さんの言葉がまた蘇った。この人は戦争が起きようが、飢饉《ききん》が起きようが、生き残りそうだよな、と思う。

「お久しぶりです。今日はあの……、すすめていただいたウエストのクリスマスケーキをたった今食べたので、教えていただいたお礼と感想を伝えに来ました」

梶井のやや眠たげな目の焦点は定まっていない。もこもことした素材のセーターのせいもあって、雪だるまのようで、今日の彼女からは怖さを感じない。舌の上にはケーキの味が十分に残っていた。里佳ははやる気持ちを抑え、バターの油分でまだ潤《うるお》っている唇を開いた。

「中心にキャンドルが揺れるリースをかたどったシンプルなデザイン。クリームの繊細な絞りが彫刻のようです。炎に見立てたクッキーとナッツ以外、装飾はありません。お菓子のことはよくわかりませんが、普通お菓子には塩気のないバターを使うんですよね。でも、ウエストのバタークリームは、有塩タイプのバターを使っているせいで、ほのかな塩味がします。それがケーキ全体の甘さを引き締め、まろやかさの奥行きを広げているような気がします。スポンジ生地はどっしりと食べ応えがあって、卵と粉の香りは高く、舌にざらついて主張する。クリスマスケーキといえばショートケーキタイプしか食べたことはありませんが、ふわふわと頼りない生クリームや自己主張の激しい甘酸っぱい苺は、むしろスポンジの香りや歯ごたえを殺すものだと思いました。バターを食べると『落ちる』という感じがすると以前おっしゃってましたが、あのケーキはなんていうか……」

いつか自分で記事を書くのだ、ありきたりな表現など使うものか。彼女をぐっと引き込む言葉を懸命に探す。バター醬油《しょうゆ》ご飯の熱弁には負けない。外苑前で遭遇した粉雪が蘇る。灰色の空からくるくると舞い落ちてきたひとひらの結晶。

「どこまでもワルツのように回転しながら螺旋《らせん》を描き、終わらない落下を続けているような美味しさです」

真っ黒な瞳《ひとみ》がこちらをまっすぐにとらえた。アクリル板越しにも彼女の唇が濡れてい

るのがわかる。皺の寄ったむちむちした喉元が大きく動いた。あ、お腹が減ったんだ、と里佳は悟る。誰かの欲望を刺激したことなんて、もう思い出せないくらい遠い日のことだった。

ずっと忘れていたある記憶が浮かんで来た。女子校時代、同級生に「一度だけキスさせて」と涙ながらに懇願されたことがある。もちろん、戸惑いつつも丁重に断った。数年後、同窓会で再会した彼女はほがらかな、二人の子供を育てる人妻になっていて「あの時は、恋したい気持ちは巨大なのに周囲に男がいなかったから、一番イケメンの里佳に夢中になるしかなかった。頭おかしくなってたんだよ」などとあっけらかんと語り、笑い話として昇華しようとしていたが、里佳は意地悪くもちゃんと覚えている。あの時の彼女は確かに自分に欲情していた。この梶井真奈子のように目と唇を濡《ぬ》らし、じりじりと焦《こ》げるような表情でじっとこちらを見据えていた。気付いていた。たくさんの女の子が自分をほしがっていたこと。それが男の代用品としてだとわかっていても、里佳は自分がまるごと肯定され、特別な存在になったようで誇らしかった。

思えば、丸みのある柔らかい体つきにならないよう、あの頃から節制を心がけていた。少年っぽく乱暴にひょうひょうと振る舞い、けれど勉強もスポーツも誰にもひけをとらないよう、秘かに努力した。女の子たちの王子様願望を叶えるには、何もかも涼しい顔で秀《ひい》でている必要があった。そして時折、これぞと目をつけた同級生の前でシャツのボ

タンを開け、ごつごつした首筋や鎖骨をちらりと見せた。さりげなく腕をからめたり、自然を装《よそお》って肩を寄せた。彼女達の鼓動の速さは制服越しに伝わってきた。

誰かを欲情させるのは、すごく楽しい。それが男であれ、女であれ。

相手の粘膜が光り、甘やかな飢えが可視化される。自分の力を駆使して誰かを熱狂させるのは、悪いこと、卑劣なこと、汚いことだとどこかで思い込んでいた。誰にそんな風に思わされたんだっけ——。関わりたくない相手を無意識のうちに欲情させていたと知れば怖気《おぞけ》が走り、自己嫌悪に打ちのめされる。でも、自分の意志でこれぞと狙《ねら》い定めた相手に働きかけたものであれば、それは少しも里佳の存在をおとしめない。

「メリー・クリスマス。町田さん」

サバランのシロップのような梶井真奈子の声はとろりと響き、面会室の冷たく硬い壁にじんわりと浸《し》みていった。

3

『東京拘置所では毎年元旦《がんたん》にはお雑煮と紅白まんじゅう、おせちの入った重箱が特別に支給されます。予算によって内容は微妙に変わってくるのでしょうが、今年はおそらく揚げ物、煮しめ、豚の角煮、焼き魚、海老《えび》の煮物、数の子、羊羹《ようかん》、伊達《だて》巻《ま》き、紅白かま

ぼこ、栗《くり》きんとん、黒豆、果物らしいです。そしてこの日だけは麦飯ではなく百パーセントの銀シャリです。今年も町田さんにとっていい年でありますように』

年が明けてから誰よりも早い時刻に届いたメールは篠井さんからだった。フローリングの硬さがそのまま伝わってくるような、薄い敷き布団《ぶとん》と羽毛布団の間から顔を出す。枕元《まくらもと》に置いておいたスマホを手繰り寄せ、いかにもビジネス以外のメールに慣れていない文面に里佳はほんのりと微笑《ほほえ》む。ブラインドから差し込む澄んだ陽差しが、まだ傷一つない真新しい一年が広がっていくのを告げていた。ささやかなお願いを彼がこうして覚えていてくれたことが嬉《うれ》しい。返信をしようとしてキーを表示し、やはり夜にすることにした。今日くらいは慌《あわ》ただしいやりとりから離れていたい。明日二日にはもう出社なのだから。

午前十時。タクシーで乗り付けこの部屋に転がり込んだのは、紅白歌合戦が終わり、除夜の鐘つきの中継が始まる数分前だった。飲み過ぎで足取りのおぼつかない里佳にテレビを見ていた母があきれて笑い、柚子《ゆず》の皮をちょこんとのせた軽めの量の年越し蕎麦《そば》を振る舞ってくれた。ユニットバスで汗をうっすらかくまで温まり、時折歯ぎしりする母の隣でたっぷりと九時間以上寝た。それだけで、この一週間の忘年会ラッシュでよどんでいた身体が生まれ変わったのが分かる。

梶井真奈子は人生三度目となる東京拘置所のおせちの味に満足しただろうか。見慣れ

ない天井を眺めながら、想像を巡らせた。過去のブログによれば彼女は毎年暮れを迎えると、妹と二人、おせち料理を手作りしている。出身地の新潟に伝わるのっぺ、氷頭《ひず》なますと呼ばれる郷土料理も作る。お雑煮は鮭《さけ》といくらの入った、だしが効いていて根菜たっぷりの祖母仕込みのものらしい。あの白くむっちりとした小さな手で丁寧に作られていく煮物や焼き物を思い浮かべるだけで、むくむくと食欲が湧《わ》いてきた。

　里佳は身を起こし布団を畳むと、去年の正月以来の訪問となる、母の一人住まいの部屋をぐるりと見渡す。ジャンヌ・モローの映画のポスター。NYを歩くお洒落な老婦人ばかり集めた写真集。ガラス瓶に無造作に投げ入れられた胡蝶蘭《こちょうらん》の切り花にジャズのレコード。母の部屋はどことなく、伶子の部屋と共通する印象がある。親友には母親と似たタイプを自然と選んでしまうものだ、と何かで読んだことがある気がした。実際、母と伶子はうまが合う。

　五、六十代の女性向けのインポート雑貨から洋服までを幅広く扱っている自由が丘の二号店に、母は今、週三回立っている。

　隣のベッドに母の姿はなく、イケアの丸テーブルには「あけましておめでとう。おじいちゃんの家にいってます。起きたら鍵《かぎ》かけてきなさいね」とメモの書き置きが残してあった。

　家賃七万八千円。今年六十三歳になる母が、自分のマンションよりほんのわずかばか

り安く狭い部屋に住んでいることに、時たま胸がちくりとする。どんなに説得しようが、仕送りは決して受け取ってもらえない。女一人の人生は何が起きるかわからないのだから、私に渡すお金があるなら、自分のために貯金しなさい、の一点張りである。祖父が亡《な》くなったら、遺産と相談しながら終《つい》の住処《すみか》を考えるつもりらしいが、それまでは引き続きこの部屋で十分だという。店がそれなりに軌道に乗っている今も、母は決して無駄なお金を使おうとしない。ここにある家具や雑貨も一見そうとはわからないが、量販店のものや安価なアンティーク、もらいものばかりだ。

里佳が私立の中学に入ったばかりの頃、父から受け取るのは月々の養育費のみという条件で離婚が成立したため、母とはこれまで旅行一つ行ったことはなかった。不思議と生活が苦しかったという記憶はない。母娘《おやこ》二人が里佳の大学卒業まで暮らした旗の台の1LDKのマンションはここよりも狭く、家賃は六万二千円だった。当時の母の年収を知った時は、本当に驚いた。

服に着替え、コップ一杯の水をゆっくりと飲む。窓から見える赤レンガ造りのマンションには祖父と叔父夫婦が住んでいる。

奥沢駅から徒歩十分の距離にあるあの場所に、祖父母が戸建てを売り払って移り住んだのは十二年前のことだ。九十三歳になる祖父はまだ十分に足腰は丈夫なものの、認知症の初期症状から日常生活がおぼつかなくなりつつあり、同じ階に住む叔父夫婦と母と

で、ヘルパーの助けを借りながらその暮らしを支えている。母と、その弟の妻である叔母は、昔から美咲ちゃん、えっちゃんと呼び合うほど仲が良い。最近では祖父の家に泊まる夜も増えているようだが、母は「自分の領域だけは確保しておきたい」との思いから、一人暮らしをやめるつもりはないようだ。

ドアノブに鍵を差し込む音がした。キッチンから顔を出すと、母がコートを脱ぎながら入ってくるところだった。頭に柄物のスカーフを巻いて黒いタートルに大ぶりのアクセサリーを合わせている。どんな場所であれ常に場違いなほどお洒落な人だ。

「え、どうしたの？　これから、行こうと思ってたのに」

「いい。来なくて。おじいちゃんが今、機嫌損ねて、みんなでなだめるの大変なの。布団かぶって出てこないの」

そういうと、母はこれ、お餅《もち》、といい丸テーブルの上に包みを置くと、換気扇の前までやってきて、煙草に火を点けた。淡い煙の向こうの横顔は早くも疲れ切っている。

「えっちゃんがデパートで買ってきたおせちが気に入らなかったみたい。おばあちゃんが生きていた頃は、手作りしていたのに、手抜きもはなはだしいって。そんなんだから私は出戻りになるんだって」

「でも、なんで。えっちゃんじゃなくて、ママが当たられるのよ！」

それには応えず、母は包みを指差した。

「焼く？　近所の和菓子屋さんで予約した、つきたてのやつだって」

祖父は叔母には何かと気を遣うのに、一人娘の母には昔から容赦がない。離婚をしてからなおさらだ。確かに、祖母は亡くなる数年前まで、黒豆から伊達巻きまですべて手作りしていた。母と正反対の料理上手だったが、里佳は当時その有り難さがよくわからず、ただ単に習慣として口にしていただけだった。祖母のおせちは褐色を中心とした、くすんだ色合いだった。

ふいに、蘇《よみがえ》る光景があった。小学校六年生の大晦日《おおみそか》、父が突然、家を飛び出したのだ。母の作る鴨《かも》せいろが気に入らなかったためだ。甘やかされて育ち、大学で英文学を教えていた父は食べ物にうるさく、おおざっぱな母の作るものを何かにつけてなじるところがあった。この話を他人にすると、大抵「グルメなお父さんだね」と、愉快な思い出として昇華されてしまう。しかし、テレビを見て笑い合っていたはずの年末が一転して、張り詰めた空気となり、母がすすり泣き始めた時の記憶は、断片を辿るだけでも今なお胃が締め上げられるようだ。以来、里佳は鴨せいろが好きではない。

母はかつての父の教え子だった。学生運動の全盛期、体制側に反発していた若き講師の父は学生にとってアイドル的存在だったらしい。二人は祖父母の猛反対を押し切って、駆け落ち同然で結婚にこぎつけたのだという。

手作りの料理を前にした団欒《だんらん》の場での冷たい緊迫感からは、もうとうに母と二人で逃

げ出せたかと思ったのに。

「そういえば、えっちゃんのパート仲間の大学生は、おもちに砂糖醤油かけてバター載せてるんだって。気持ち悪いよね。若い子に流行《はや》ってる食べ方らしいけど」

「へえ、バターかあ」

「えっちゃんがくれたバター、まだ開けたばっかりだよ」

里佳は頬の内側がくぼみ、じわりと唾《つば》が湧くのがわかった。炭水化物にバターを合わせると、えもいわれぬふくよかな味わいになるのだから、餅にも合わないわけがない。

里佳は手を洗うと、粉で化粧されたなめらかな切り餅をトースターに並べた。

「おじいちゃん、お正月でヘルパーさんが来ないから、機嫌が悪いの。今のヘルパーさん、若くて可愛《かわい》くて、なんでもうんうんって聞いてくれるから、おじいちゃんの大のお気に入りなの。いつか二人でデートするんだなんてはしゃいじゃってさあ」

冷蔵庫を開けると中は清潔に拭《ふ》き清められ、自分と同じで、あまり食材が入っていなかった。小岩井の瓶入りバターを見つける。開封したばかりらしいそれは蓋《ふた》を開けるなり、清涼な甘さが漂う。かつて大好きだった祖父が梶井真奈子の被害者に重なる気がして、少し哀《かな》しくなった。

赤色に照らされたトースターの中でじんわりと角を丸くしていく切り餅を見つめながら、いつの間にか母娘は無口になっていく。

急に篠井さんと交わした会話を思い出した。ほとんどの種が環境に対応しきれず絶滅していくおかげで、地球は定期的にアップデートされている。自然淘汰を乗り切った種が少数派なのではなく、絶滅する種が多数派なのだ。死に絶えることもまた、必要な現象である。こうして高齢の祖父と里佳が同じ時代に存在することは、長い人類の歴史から考えてみれば、かなり不自然なのかもしれない。餅は次第に色づき、ぷっくりと膨み始める。こんがりとした焼き目を突き破り、白く輝く中身を覗《のぞ》かせた餅をトースターから取り出す。小岩井のバターをたっぷり載せ、砂糖醤油を小皿に用意する。焦げ目と白く柔らかい部分の両方にバターが優しく流れていくのを見つめていたら、お腹《なか》が鳴った。行儀が悪いと思いつつも、里佳は立ったまま餅を頰張る。

鼻に抜けるような香ばしさとぱりぱりと壊れていく表面の歯触り、そして口の中の肉という肉をぺたんととらえて離さない餅のなめらかさ。熱いバターが砂糖と醤油を溶け合わせ、ほの甘く柔らかく形のない塊に絡《から》みついて、輪郭を得ようと泳ぎ出す。バターの脂《あぶら》っこさと砂糖のしゃりしゃりとした食感、醤油の強い味が一つになる。餅をかみきった歯の付け根が快感で大きく震えた。里佳はため息まじりにつぶやく。

「確かにこれはやみつきになるかもなあ。もうちょっと焼こうか、四つ、六つ？」

「忘年会続きで胃が弱っているとか、言っていたじゃない」

と、母は目を丸くして、まだ熱いままのトースターに切り餅を放り込む里佳を見てい

る。

「ママ、これ食べたら、ちょっぴり遠出しない？　目黒不動尊で初詣《はつもうで》して、お茶するの」

こういうときは、強引にでも外に連れ出して気を紛らわせた方がいい。祖父や父の暴言で母がダメージを受け、それでもなんとか周囲に気付かれずに心を立て直そうと奮闘する痛々しい様を、過去数え切れないほど目にしていた。母はまだ心ここにあらずといった調子で、里佳に言われるまま椅子《いす》の上に脱ぎ捨てたコートを着込み、ふらふらと外に出た。マンションの前で捉《つか》まえたタクシーの後部座席に乗り込み、行き先を告げると、里佳はごく軽い調子で話しかける。

「おじいちゃんに当たられてつらくない？　いくらボケ始めてるからって」

「あったり前よぉ。超むかつくわよ！　一緒に住んでいるわけじゃないし、ヘルパーさんもえっちゃんも居てくれるから、落ち込まなくて済んでいるけど、これ二人きりだったら私だってどうなってるかわからないわよ。本気で介護引き受けている人からみたら、ちゃんちゃら甘いとか言われちゃうんだろうけど」

里佳がしきりに相槌《あいづち》を打ち不満を吐き出させているうちに、目黒線不動前駅にほど近い、桜並木の続く坂の途中にあるコンシェルジュ付きの高級マンション前に車は辿り着いた。怪訝《けげん》そうな顔つきの母に、里佳はいたずらっぽく耳打ちする。

「ねえ、ママ、梶井真奈子が住んでたマンションってここなんだよ。時間がある時に一度見ておこうと思ってさ。家賃三十万くらいするらしい」

「なにかと思えば、なんだ、結局仕事なの？」

母が唇をとがらせながらも、さっきまで纏《まと》っていた憂《うれ》いを吹きとばしつつある。伶子同様、ミーハーで好奇心旺盛《おうせい》な性格なのだ。

「あのお料理好きの結婚詐欺師《さぎし》でしょ？　随分いいとこに住んでたのね。男達から巻き上げた金で！　あっぱれね」

母ははしゃいだ声を上げ、よく整えられた花壇や、まるで美術館のようなガラス張りのエントランスに飾られた、流木風のオブジェや門松を無邪気に眺めた。マンションから出てきた住民らしき男に睨《にら》まれひやりとするものの、ひとまず気分が変わったようでほっとする。

記者の目で改めて、十二階建てのマンションを見上げた。確かに贅沢《ぜいたく》な造りだが、取材対象である芸能人やスポーツ選手が住んでいる類《たぐ》いのよくあるタイプで、梶井の新たな面を教えてくれるものではなかった。

マンションをぐるりと周り、不動尊を目指して歩き出す。隣で息を弾ませる母は年齢を感じさせないはりのある肌を紅潮させていた。

参拝客でごったがえす寺で初詣をし、温かい甘酒を飲み、おみくじをひく頃には、す

っかり緊張感は消えていた。目黒駅に向かう道すがら、中二階にあるフルーツパーラー前を通り過ぎる際、クリスマスのケーキの味を思い出しながら、里佳は言った。

「ここ、もとはウエストで、梶井のお気に入りだったみたい」

当然のことながら、その店には正月休み中の看板が下がっていた。へええ、と母はまたもや目を輝かせた。

スタバは嫌、煙草《たばこ》が吸えないから、との母の意見から、JR駅前のドトールに入ることにした。元旦とは思えないほど店内は混み合っていて、何を生業《なりわい》にしているのかよくわからない一人客で賑《にぎ》わっている。母と自分はどんな関係に見えるのだろう。母はひいき目ではなく四十代後半で通る。年の離れた友人ととられてもおかしくない。事実、十代の頃は姉妹に間違われた。マグカップコーヒーに口をつけるなり、母は饒舌《じょうぜつ》になった。

「でもね、私、梶井真奈子がモテたのってすっごくよくわかるのよ。あのね、実はね。絶対だれにも言うんじゃないよ?」

そう言うと女子高校生のようにくすくす笑い、身を乗り出してこちらに耳打ちしてきた。その内容に、里佳はミルクティーを思ったよりも大きく飲み込んでしまう。

「ママがお見合いパーティーのさくら? え、なにそれちょっと、興味深いんだけど」

「いやね、何その記者の顔。絶対、記事にするんじゃないわよ。秘密厳守ってことで話したんだから」

母はすっとメビウスを取り出し、火を点けた。彼女の話によれば、店の客として知り合い、飲み友達となった結婚相談所の女性経営者から誘われたらしい。母のような見た目の華やかな女が居ると助かると懇願されて、面白半分で参加した。六本木のホテルの会場で行われた六十歳以上限定のそのパーティーは、母の言葉を借りれば「地獄」だったという。うんざりといった調子で、それでもサービス精神たっぷりに母は語り出す。

「この年になってもホステス扱いされるなんて思ってもいなかった。団塊世代のジジイの栄光の武勇伝を聞かされるなんて、お金もらっても嫌なのに。私達が知り合いたいのは、偉い男じゃなくて、会話が出来る男なのにさ。うんざり顔の女は私だけじゃなかった。同志が二人いてね。目が合うとすぐ意気投合して、パーティーが終わるなり、懐《なつ》かしいアマンドでお茶会をしちゃった。六本木なら私達の方が男どもより全然詳しいっての！」

「あはは、ママらしい。それでもそこそこはモテたでしょ」

「それがぜーんぜん。ああいう男が求めてるのって、人生を一緒に歩くパートナーじゃないの。すごいすごい、あなたみたいな人、他に知らないって、話を聞いてくれるやり手のホステスみたいな存在なの。で、そういう女の人も何人か居るには居るんだけどね、大抵主催者側が雇っている。つまり、プロなのよ。これはあんまり大きな声じゃ言えないんだけれど、シニアのお見合いパーティーを主戦場としたプロの売春も最近じゃ横行

していたんですって、お茶会した人達から聞いたの。あの場にも何人かいたんじゃないかしらね。そういえば、いきなり男にしなだれかかったりして、ちょっと様子がおかしい女の人が居たわ」

「プロか……」

梶井の被害者たちの悲劇とは、そうしたプロの女性の金銭と引き替えにされるべきサービスを、女性本来の優しさと取り違えたところにあるのではないか。

「ただし、一見素人《しろうと》以上に素人くさいプロね。普通のおばさんに見えなきゃ駄目。そういうプロの周りには必ず男の人が輪になるわ。いいんじゃない？　ニーズが一致している者同士、楽しくやってれば」

煙を吐き出しながら、母が乾いた声で言った。ああ、例の恋人とも駄目になったのだろう、と里佳は理解する。

生真面目《きまじめ》で律儀《りちぎ》な性格なのに、奔放に見えてしまうという損な役回りだ。祖父にも父にもきつくなじられてばかりで、それを笑って流し、結局は相手のわがままに応えてしまう。それは母が周囲に気を遣って何事もため込むタイプで、決して爆発しないと彼らがよく知っていたからなのだろう。

離婚直後、母の給料のほとんどは旗の台の家賃と生活費に消えてしまい、私立の中ではかなり安い部類だったとはいえ、里佳の中学の学費は一時期祖父が払っていたらしい。

自分のせいで、母が今なお祖父に頭が上がらないのかと思うと、申し訳なさでいっぱいになる。

「あ、里佳。パパのお墓参り、最近行ってる？」

「時間を見つけて行こうとは思ってるんだけどね、なかなか」

「あなたにとっては実の父親なんだから、たまには行ってあげなさいよ。私なんて他人なのに、去年だけでも二回行ったくらいなんだから」

さらりとした口調に驚いて、まじまじと母を見つめる。父の話題は母娘の間で、別にタブーということもないが、進んで出るわけでもない。

母が離婚を切り出した後、父は呆然《ぼうぜん》としていた。子供のように狼狽《ろうばい》し、やがて手がつけられないほど怒り出した。蘇る光景があった。里佳を自転車の後ろの席にのせて坂道を立ち漕《こ》ぎする母の背中だ。汗ばんだ肌にカットソーが張り付き、背骨が盛り上がっていた。専業主婦時代、母は区内の図書館から図書館に自転車を走らせ、父が予約して届いた新刊の小説の借り出しに回っていた。五つの図書館を駆け巡るのはざらだった。大好きな図書館に母の自転車で行けるのは里佳にとっては楽しかったが、一つでも予約を取りこぼすと、父が不機嫌になって黙り込むので、母は常に必死の形相だった。思えばあの頃から我が家は金銭的に厳しかったのかもしれない。小学校高学年になると、母は父の反対を押し切ってパートを始め、図書館通いすることを拒否した。

――本当にお金を払う価値がある本は少ないよ。

というのが口癖の父は吝嗇《りんしょく》だった。映画はビデオをレンタルするか、テレビで放送しているものをまめに録画、または名画座にかかるまで待った。最小限のコストで、ありとあらゆる芸術に精通しているのが父の自慢だった。ほぼ無料で鑑賞したにもかかわらず、好みに合わない場合は、こちらの背筋が寒くなるほどこっぴどくこきおろした。妻子が離れた後も、里佳の生まれ育った三鷹《みたか》のマンションで父は一人暮らしを続けていた。

里佳の沈黙を、母は困惑と受け取ったらしい。

「なによ、そんな顔しないでよ。単にみなとみらいでインポートブランドをチェックした帰りに横浜の墓地に寄っただけよ。パパにいい思い出なんてないわよ。あなたの中学受験が目前っていう時になって、いきなり、大学やめて昔からの夢だった小説を書きたいなんて言い出して。本当に困った人だったわ。私達がどれだけ苦労したと思ってる？」

くどくどと亡き父への文句を吐きながらも、どこか軽快なテンポがあるから、里佳は重い気分を味わうことがない。しかし、それは母にとっては楽なことなのだろうか。店内を流れるBGMが懐かしいメロディだったらしく母はぷっと吹き出したが、祖父の元に戻るタイミングを計ってか、ちらちらと腕時計に目をやり始めた。

広尾の自宅マンションの前でまちぶせしていた里佳の取材要請に、銀座の会員制クラブ『ラ・ヴィ』のママである大安百恵《おおやすももえ》がようやく応えたのは三が日が明けてすぐの夜のことだ。紀尾井町の産婦人科に通院する彼女の写真、そして店の常連であるさる政治家とのツーショットは、もちろんカラーグラビア記事として載ることをあらかじめ告げてある。

——お正月だっていうのに、よくやるわね。

と二日から張り続けている里佳にあきれたらしく、百恵はしぶしぶとだが立ち話するのを許してくれた。贅沢なコートにすっぽり包まれた身体は少女のようにか細く、お腹のふくらみは確認できなかった。母と同じようにスカーフで長い髪をまとめ、剝《む》き出しの白い額を暗闇《くらやみ》に光らせている。とがった顎《あご》と大きな瞳がこちらを圧するようで、観察する隙《すき》を全く与えない年齢不詳の美女であった。

——彼が常連なのは本当ですが、プライベートで会うことはありません。あの写真はただの同伴出勤の途中に撮られたものです。ええ、私が妊娠しているのは否定しません。父親の名を明かすつもりはございませんが、母親になった以上、店はうちの女の子達に任せ、私は夜の世界を退き、エステを始める予定です。

きっぱりと告げた凜々《りり》しさに里佳は胸打たれた。しかし、デスクがデータをもとに書

き上げた原稿に彼女の言い分は載ったものの、交際を否定する内容にはならず、「週刊秀明」の新年のトップを飾るにふさわしい、大物政治家のセックススキャンダル記事でしかなかった。

七草粥《がゆ》を食べる暇もなく、元旦の清らかさはすっかり慌ただしい日々にかき消されている。今日のランチだけはどうしても外に出なければ、と里佳は自分でも恥ずかしくなるような強さでエンターキーを叩《たた》いた。

「あれ、町田先輩、ちょっと太りました？」

今日だけですでに何度目かの、揶揄《やゆ》と好奇心を含んだ声にうんざりして振り返る。基本的に他人に関心がないはずの北村までが、さも驚いたように声を掛けてくるのだ。

「お正月休みもろくにないのに、そんなに太れるってどういうことですか？」

指摘が正しいだけに、聞こえなかったふりをした。おそらく昨年末から、少しずつ脂肪をため込んでいたのだろう。母にもたされた大量の餅は、あれから毎晩の夜食になっている。

もちろん、体型の変化には薄々気付いていた。確かに頰の周りがもっちりと重たいし、胸が大きくなりブラジャーのアンダーバストがきつくなっていた。下腹部は脂肪がうっすらと白く光っている。嫌な予感がして、医務室の体重計に乗ってみたら、過去最高の体重を記録していた。咄嗟《とっさ》には信じられず、何度も乗ったり降りたりを繰り返した。

昨日の深夜、珍しく誠からLINEが届いたことも、胸をざらつかせている。

――もしかして……、なんかぽっちゃりしちゃった？

頰を押さえ絶叫しているポーズのアニメキャラクターのスタンプのセンスにかちんとする。見かけたなら声ぐらいかけてくれてもいいのに。恥ずかしさで一人真っ赤になる。

――夜中にあんなこってりしたパスタなんて食べるからじゃん？　まあ、起きちゃったことは仕方ないよ、今なら節制すれば間に合うからさ。

間に合うとは何をさすのだろう。新年のあいさつもメールで済ませる恋人が、こんなにも里佳に執着を見せるのは、おそらく交際してから初めてではないか。

――でも、まこっちゃんだって、人のこといえないじゃん。お酒いっこうに控えないから、最近お腹やばいじゃん。鼾《いびき》かくようになったし。

――男のデブと女のデブは違うでしょ？　里佳のためを思って言ってるんだからね？

マッチーではなく里佳と呼ぶのは、誠が苛立《いらだ》っている時に限られる。返信はしなかった。だめ押しのように、今朝またLINEが届いた。

――心を鬼にして言うけど、太ることだけは、本当によくないって。俺は別に女の人の体型に理想とかないけど、まわりに努力が足りないって思われて、信頼を失うよ。

やりかけの仕事を強制的に終了し、コートに腕を通し神楽坂を駆け下りていく。運動不足だったため、ほんの十分走っただけで、全身がうっすらと汗ばみ、これだけで多少

は減量にならないか、と期待してしまう。

飯田橋駅前のお堀を望むカフェテラスで伶子はすでにハーブティーをゆったり飲んでいた。新しく通い始めた産婦人科が水道橋にあるらしく、お昼に時間があればランチでもどうかと誘われたのだ。柔らかな紅茶色のニットに下ろした髪を目にしただけでとがった心が凪《な》いでいくのがわかる。新年のあいさつを交わし、メニューを広げ、てきぱきと注文を済ませる。

「なんか、近所まで来てもらっちゃってごめんね」

「いいのいいの。動ける方が動けばいいんだし」

隣のテーブルでパスタをすするサラリーマン風の男性をちらちら見ているので、首を傾《かし》げると、伶子はささやいた。

「さっき、あの人、煙草を吸おうとして若い女性客にこっぴどくしかられてた。可哀想《かわいそう》なくらいだったよ。あの取り分け皿のデザインが灰皿そっくりだから、勘違いしたのも仕方ないよね。私は絶対に吸わないけど、日本の禁煙ブームはちょっと異常だよね」

言われてみれば、その男はどこか所在なさそうに背中を丸めフォークを使っている。

「今日行ったのは、不妊の権威とも言われる有名な先生なの。予約はできないところだから、平日でも三、四時間待ちは当たり前。さっき受付で名前を告げたら、二時間後に来いって言われたくらいだもん」

「そうなんだ。すごい人気だね。ね、次はいつ来るの？　教えてくれれば、その日は空けとくようにするよ。伶子と頻繁にランチできたら、嬉しいな」

「今日の診察によるかな。タイミング療法って排卵次第だから、次は明日来てっていわれたり、先の予定が全然組めなくて。仕事している時は本当に大変だった。自分の都合で午後出社を月に何度も、なんてやっぱり周囲に迷惑だもの。その点、今は暇でなんの予定もないから、どうとでもなるよ」

伶子の口から「暇」という言葉を聞くのは初めてな気がした。

「あ、なんかごめんね。投げやりなこと言って。自分の意思で主婦になったのに、かっこわるい。そんなことといいんだよ。何か最近変わったことある？」

たとえ短い時間であれ、許す限り彼女の話にじっくり耳を傾けたかったが、話をこちらに振られてしまい、里佳は仕方なく打ち明けるはめになる。

「実はこのところ、梶井真奈子のアドバイスに従って食べまくっていたら、いつの間にかうっかり五キロ太っちゃって。実は、そのう、今五十四キロなんだよね」

恥ずかしい気持ちでいっぱいになりながら、周囲に噂《うわさ》されていることまで話すと、伶子は少しだけ顔を遠ざけ、里佳をまじまじと見つめた。

「ちょっとふっくらしたかもね。でも、身長百六十六センチだっけ？　里佳の身長で五十四キロなんてぽっちゃりでさえないよ。マスコミ人種って美の基準が本当に厳しいん

だねー。でも、里佳が気になるなら、食べた分、運動量を増やせばいいんじゃない？有酸素運動より筋トレがおすすめ。里佳は運動神経抜群なんだから、楽しみながら二キロくらいすぐに落とせるよ。その方がただ痩《や》せているだけより、メリハリあるかっこいいスタイルになる気がする」

誠の意見にはあんなにも反発を覚えたのに、伶子の言葉は不思議なくらいにすっと身体に入ってくる。そうなると、周囲の反応が変わっただけで、ここまで自信を喪失し、ペースを崩していたのがおろかしく思えてくる。

「でも、梶井真奈子ってすごいね。仙人みたいに無欲だった里佳を変えちゃうなんて。よくも悪くもカリスマ性があるのは確かみたい。なんだか私も会ってみたくなっちゃう」

「伶子とカジマナねえ。ハブとマングースって感じ。相性がいいとはとても思えないよ」

「えっ、なによ、それ。私が殺人犯以上の猛者《もさ》ってこと⁉」

伶子がたちまち頬をふくらませたので、里佳はくすくすと笑った。一見そうとは見えないが、彼女はこうと決めたら周囲におかまいなしに突き進むところがある。おまけに食に対するこだわりの強さは梶井に劣らない。基本的に自分が一番でないと気が済まないあの女が、打ち解けるとは思えない。そこまで考えて初めて、色気もこだわりもな

い自分だから、梶井も張り合わずに、のびのびと振る舞えるのではないかと思った。

「にしても、適量が難しい時代なのかもね。さっきの煙草もそうだけど」

適量って？　と聞き返すと、伶子はシュガーポットを引き寄せ、カップにほんの半匙《はんさじ》ほどの砂糖をさらさらと落とす。

「料理本の表記で、塩適量とか塩少々ってあるでしょ？　最近、ああいう個人の裁量に任せた表記をするとクレームがくるって、料理本の編集をしている知り合いが言ってたの。なんていうか、絶対に失敗したくない、自分の適量っていうものに自信がない人が増えたんだなって、言ってた。料理ってトライアンドエラーなのにね」

「うわ、耳が痛い。私もそのタイプに近いかも」

伶子はカップを置いて少し笑うと、お堀の向こうを走る中央線に目を向けた。やはり、会う度に小さくなり、研ぎ澄まされているような気がする。不健康という意味ではなく、ほんの少しずつ少女に逆戻りしている印象だ。出会った頃の十八歳の彼女と目の前の人妻は何も変わらない。それがいいことなのか今はよくわからない。

「別にどれか一つで満腹にならなくてもいいし、なにもかも人並みのレベルを目指さなくてもいいのにね。自分にとっての適量をそれぞれ楽しんで、人生トータルで満足できたら、それで十分なのにね。煙草だって食後に一本ぐらい楽しんでもいいし、ちょっと太っちゃっても周囲が騒ぐほどのことじゃないよ。私の言っていることって、怠け者っ

て怒られちゃうのかな」

そう言って小首を傾げる彼女の白い手を握りしめたかった。変わらない。自分も伶子も。そのことが嬉しいというより、何故《なぜ》か切なかった。

「でも、それには自分の適量を知らないといけないんだね」

「そうだね。だから、色々なものをたくさん食べて、自分にとって合う味やサイズを見つけないといけないのかも。ねえ、ランチを習慣化して二人で新しいお店を開拓しない？　この界隈《かいわい》って美味《おい》しいもの屋さんでいっぱいなんだよ。私は里佳が美食に目覚めたのはいいことだと思ってるんだ。カジマナにちょっと感謝かな」

「そうだね。ちょっとずつ、味覚の縄張りを広げてみようかな」

注文したパスタとサラダが並べられた。二人の目の前に広がるお堀の水面《みなも》はなごやかで、まだかろうじて元旦の面影を残したままの高い青空を飲み込んでいる。

「ふうん、お餅にバター、それはすごく美味しそうね。バターの芳醇《ほうじゅん》な味わいは、どんな素材も受け止めて、柔らかく伸びていく温かいお餅と、すんなりとつないでくれるでしょうからね」

梶井真奈子は目をたちまち潤《うる》ませ、いつものように唇を鈍く光らせた。新年初めての

面会である。元旦に出たおせち料理は彼女の舌をそれなりに満足させたものであったらしく、その味わいを聞いてみるなり、煮しめの出来が悪い、きんとんはまあ悪くない、などと語り出した。自然と梶井家の正月料理について話を持って行くことができた。

「お餅の何が美味しいって、あのなめらかなどこまでも続くようなもっちりした柔肌の中で、かすかに形を留めたもち米が舌にざらついて主張してくるところよ。実家できりたんぽをあぶって、バター醬油で食べたことを思い出すわ。きりたんぽって、お米の粒がわざと残してあって、もっちりとざらりの交互の舌触りがドキドキするようなの。そこにバターのとろみが絡むとああ、もう」

身をよじりハアとため息をつく梶井に、背後の男性刑務官がちらりと視線を泳がせた。いつにない食いつきの良さに、里佳はつい口をすべらしてしまう。

「でも、お餅を食べ過ぎたせいで、同僚には太ったって笑われてしまって。減量を計画中なんです」

たちまち、アクリル板の向こうの白くぽっちゃりした顔に影が差した。顎の皺《しわ》が深まり、幾重にも重なっていく。

「ダイエットほど無意味でくだらなく、知性とかけはなれた行為はありません」

ああ、しまった、と里佳は自分の頭を叩きたくなる。開きかけたドアが目の前でぱたんと閉まったのがわかった。

「私の母は、ダイエットにのめり込み、娘にもそれを強要する、実に知性の低い女性でした。夫そっちのけでくだらない趣味や社交や仕事にのめり込む、女らしさのかけらもない、冷たく貧しい女でした。いかにも貧相で魅力のかけらもなかった。父に満足いくまで愛されたこともなかったはずよ」

これはかなり重要な発言である気がする。法廷でも、実の母のこととなると口をつぐむことが多かったっけ。

「あなた一体、なんのために痩せるんですか。男性の目を気にして？　それなら心配ないわ。男性は本来、ふくよかで豊満な女性が好きです。男性といっても、精神的に大人で裕福でゆとりのある本物の男性という意味ですが。痩せた子供のような体型の女性が好きだという男性は自分に自信がなく、例外なく卑屈で、性的にも精神的にも成熟しておらず、金銭面でも余裕がない方が多いんです」

梶井真奈子につきまとう、樟脳《しょうのう》のようなにおいは、年配の裕福な男とばかり付き合ってきた女特有のものなのだ。

「あ、別に男性の目を意識していることはないです。あの、これはあくまで一般的な意見ですから、気を悪くなさらないでいただきたいです。日本では痩せているのが美しいとされていますし、健康にも良いし、服も綺麗《きれい》に着こなせますから……」

「ポンパドゥール侯爵《こうしゃく》夫人の本を読んでみるといいわ」

「ええと、確か、マリー・アントワネットの……義理のおじいさんの愛人でしたっけ?」

思いがけない切り返しにおずおずと問うと、梶井真奈子はあきれたように、ふんと鼻を鳴らす。

「あなたたちマスコミの人って、いい大学は出ていても、ものを知らないのね」

莫迦《ばか》にした口調でも、そう嫌な気はしない。自分でも驚いているのだが、彼女に上から物を言われることがだんだんと楽しくなり始めているようなのだ。

「ルイ15世の公妾《こうしょう》だった貴婦人よ。戦争に疲弊した王を和ませることだけを考え、あらゆることを勉強し、毎日のように素敵なことを思いついた女性。文化人を宮殿に呼んで『サロン文化』の第一人者になった。お芝居をプロデュースし、自らも舞台に立ち、貴族達に演じる楽しさを教えた。ワインを勉強し産地で選ぶ流行を作った。彼女のひらめきのいくつかは、今のフランス料理にはなくてはならない要素にもなっているの」

ポンパドゥール夫人に関する文献を集めてみようと素直に思った。それにしても、この話には母から聞いたお見合いパーティーの話と共通する何かを感じる。結局のところ、男達が求めるのは生身の女ではなく、プロのエンターテイナーなのではないか。

「でも、ポンパドゥール夫人のしたことに自己顕示欲や野心はないわ。何百年も経《た》って残るのは、そうした心からの献身や、女らしい自然な優しさから発されたものなのよ」

認めたくはないが、確かに百年後語り継がれるのは、梶井真奈子と彼女を取り巻くこの事件であり、自分が死にものぐるいで書く記事ではない気がした。いや、引っ張りこまれている場合ではない。いい加減、一ヶ月におよぶこのやりとりを原稿にしなければならない。どのようにして梶井に切り出すべきか、考えを巡らす。タイミングを見計らい、決して事件の真相には触れない形でインタビュー記事を書かせてもらえないか、と交渉せねば。春には二審が始まるのだ。

「ねえ、あなた聞いてるの？　ねえってば！」

梶井の苛立った声で、ようやく狭い面会室に引き戻された。

「だから、本物の男の人が女性本来のグラマラスな美を理解できるように、本物のフランス料理はちゃんとたっぷりバターを使うのよ。甘さ控えめ、カロリー控えめ、薄味、あっさり、なんてものが褒め言葉になる、この日本は本物を知らないの。バターの良さを知った上で、あっさり味を好むならまだわかる。でも、彼らはバターとマーガリンの違いさえよくわからないの。私のような本物志向の女は息苦しくて仕方がないわ。あなたもクラシカルな王道のフレンチを是非、一度食べてみるべきよ。そうね、恵比寿《えびす》のジョエル・ロブションがいいわ」

「え、ガーデンプレイスにあるディズニーランドのお城みたいなところですか？」

使い古された感のある固有名詞の登場に面食らい、思わずそう問う。彼女はむっとし

た顔をした。

「そうよ。王道こそ一番の近道よ。色々な人に連れられて、あそこでよくデートをしたわ。そういえば、山村さんとも二、三度行ったかしらね」

梶井の口から被害者の名前が出るのは、おそらくこれが初めてである。指の間がさっと汗で濡れた。この瞬間のために、自分はこの一ヶ月とりつかれたようにバターを食べ続けたのだと思う。

山村時夫《ときお》。二〇一三年十一月、電車にはねられ亡くなった首都圏連続不審死事件、最後の犠牲者。大手シンクタンクに勤める当時四十二歳の独身男性で、梶井とは同年七月にお見合いサイトで出会い、すぐに結婚を前提に交際を開始する。他の被害者に比べて若いだけではなく、彼は筋金入りの電車マニアでネットではちょっとした有名人だった。ブログで披露していた小田急線と阪急《はんきゅう》電車における知識は様々な界隈で一目置かれるほどだった。都内に母と二人で暮らしていたが、梶井との交際をきっかけに、小田急線のY駅近くの線路がよく見えるマンションで一人暮らしを始めた。写真で知る彼は少年のように線が細く、ひげのそり跡の青さや襟を立てたポロシャツがいかにも潔癖そうだった。

「あの、山村さんはフレンチにお詳しかったんですか?」

「いいえ、全然。ワインの選び方も知らないし、ジビエを口にするのも初めてらしくて

いちいち困惑したように黙り込むものだから、こちらは恥ずかしかった。会話や料理を楽しめるタイプではなかったけれど、私に対する一生懸命さや一途《いちず》さは伝わってきたわ」

放っておくといつまでも武勇伝が続きそうなので、里佳はキラーフレーズを盾に切り込んでいくことにした。

「ええと、確か、あなたの手料理のブフ・ブルギニョンをビーフシチューと勘違いした方ですよね。ちょっと調べたんですが、ブフ・ブルギニョンはフランス語でブルゴーニュ風の牛肉……、牛肉の赤ワイン煮のことですよね。料理に詳しくない方がビーフシチューと呼んでしまうのは、仕方がないような気がしますが……」

ブフ・ブルギニョンという言葉を出すなり、梶井の表情がさっと変わった。本当に伶子の言う通り。食べ物の単語さえ出せば、たちまち彼女は高揚する。思わぬほど簡単に感情を操ることが出来る。

「あら、全然違う料理よ。サロン・ド・ミユコで習った最初の料理。作ってあげたのは、山村さんからの援助であの教室に通っていたから、そのお礼の意味も込めてよ」

またしても、伶子の勘が正しかった。すべてはあの西麻布の料理教室から始まっているのかもしれない。梶井が憎んでやまないはずの、女の園。梶井はいかにもやれやれといった様子で艶《つや》やかな巻き毛を振ってみせた。

「おまけに、あの人、パンではなくご飯で食べたいといったのよ。私のブフ・ブルギニヨンをまるでハヤシライスかなにかのように思っていたのよ。こんな失礼な話はないわ」

「でも、彼はあなたの作る料理の美味しさを、ちゃんとわかっていたみたいですよね？　山村さんは亡くなる直前にもあなたのブフ・ブルギニョンを口にし、その感想をお母さんにメールしていますよね。とても美味しかったたって」

「彼は私の作る料理の味を理解していたっていうより、単に私と食事をしたかっただけなのよ。『君の手料理が食べられなくなるくらいなら、一人でホカ弁を食べる惨《みじ》めな生活をするくらいなら、いっそ死んだ方がましだ』ってよくいっていたから」

またただ。梶井真奈子の被害者の頭には二通りの食卓しかないように感じられる。女が時間をかけて整えた温かく優しいテーブルか、ひとりぼっちのわびしく貧しい出来合いの食事。彼らもまた自分にとっての適量が、よくわかっていないのではないか。里佳はその疑問を素直にぶつけてみることにした。

「あの、長期的に付き合うつもりがない男性相手に、どうしてそんなに美味しいものが作れるんですか？　面倒ではなかったのですか？」

「あなたは本当に何もわからないのね」

聞き違えでなければ、梶井はチッと小さく舌打ちをしたようだ。唇がぐにゃりと歪《ゆが》み、

二重顎の皺がまた深くなる。

「男性を喜ばせるのはとても楽しいことで、私にとってはあなたが思うような『仕事』ではないの。男の人をケアし、支え、温めることが神が女に与えた使命であり、それをまっとうすることで女はみんな美しくなれるのよ。いわば女神のような存在になれるの。わからない？　最近、ギスギスした雰囲気の女が増えているのは、男の人への愛を惜しんでいるせいで、かえって満たされていないからよ。女は男の力には決して敵《かな》わないってことをよく理解しなきゃ。少しも恥ずかしいことではないの。違いを認めて、彼らを許し、楽しませてサポートする側に回れば、びっくりするほど自由で豊かな時間が待っているわ。自然の摂理に逆らうから、みんな苦しいのよ」

話す内容とは裏腹に、梶井の顔は激しい怒りと苛立ちでじわじわと歪みつつあった。口や鼻がたっぷりした頰の肉を押し分けて不思議な位置を陣取って、ずっと見つめているると顔ではない何かに見えてくる。白目が充血し、瞳《ひとみ》の周囲がどす黒い。

「仕事だの自立だのにあくせくするから、満たされないし、男の人を凌駕《りょうが》してしまって、恋愛が遠のくの。男も女も、異性なしでは幸せになれないことをよくよく自覚するべきよ。バターをけちれば料理がまずくなるのと同じように、女らしさやサービス精神をけちれば異性との関係は貧しいものになるって、ねえどうしてわからないの。私の事件がこうも注目されるのは、自分の人生をまっとうしていない女性が増えているせいよ！

みんな自分だけが損をしていると思っているから、私の奔放で何にもとらわれない言動が気にさわって仕方がないのよ！」

話すうちにどんどん興奮してきたのか、語尾を叩きつけるような話し方になっている。里佳は、彼女が他人からどう見られているか、ということに言及したので驚いた。そんなことなど、少しも気に留めていないと思っていた。

「だから、駄目なのよぉ、あんたたちはあ！」

男どころか、日本中を凌駕した被告人は真っ赤になってそう吠《ほ》えた。「面会終了です」と叫びながら、刑務官が慌《あわ》てて駆け寄り、彼女の身体《からだ》を押さえる。普段の取り澄ました物腰をかなぐり捨て、鼻の穴をふくらませて、肩で息をしている。あっけにとられ目を見開いている里佳に気付くと、我に返ったように、疲れました、と吐き捨てた。

しばらくの間、里佳は立ち上がることが出来なかった。長い廊下を渡って東京拘置所を出ると、人気のない住宅地の光景がいつも以上に寒々しく映った。

ガードレールの足元の花がまた新しいものに変わっている。福寿草だ。詳しいわけではないのに、何故かそんな気がした。正月の花である。

男に決して舞台裏を見せずにエンターテイナーに徹し続けるには、やはり梶井がかつて生業としていたようなプロになる他ないような気がする。だったら、社会人生活および母親業はあきらめざるを得ない。実際、男を楽しませるプロ中のプロである大安百恵

でさえも、母になる決意をした瞬間、すべてを断ち切り一人になることを選んだくらいだ。

プロを求める男と、人生を共にする相棒を求める女。両者の溝の深さになんだか気が遠くなっていくようだ。いやいや、そんな男ばかりではない、例えば誠――とかばいたい気もするが、この間のLINEの内容を思い出し、砂を嚙《か》んだような気持ちになった。知り合ったばかりの頃は、お互いの育った環境や愛読書について何時間でも語り合った。共通点を見つけるたびに、彼の目の輝きが増していくのを発見した。なんだか、最近は付き合い始めの頃を振り返ってばかりだ。先のことを少しも楽しく想像することができない。こんなにも関係に自信が持てなくなっているのは、一緒に過ごす時間が少なすぎて、誠の輪郭がぼやけ始めているからだ。今年は出来るだけ会う時間を作る努力をしなければ。

努力、努力、努力――。まるで呪《のろ》いのように、二十四時間里佳についてまわるこの言葉。でも、これ以上何をどう頑張ればいいのだろう。家族にも恋人にも親友にも、めったに会えないのに。たった一日しかない正月休み。伶子にアドバイスをもらっても、運動する時間さえなかなか作れない。今日の昼食はカロリーを気にして、食べたくもないわかめサラダをデスクでかきこんだ。真冬に口にする冷たい海藻は身体を芯《しん》まで凍えさせた。

漠然と夢見ている女性社員初のデスクの地位も、梶井の言う、異性をおびえさせる何かであることは間違いない。かであることは間違いない。男の目なんてどうでもいい、と開き直れるほど、自分は強い人間なのだろうか。ああ、加減がよくわからない。伶子の言う適量が自分にはわからない。

里佳はスマホを取り出した。恵比寿のジョエル・ロブションに電話をする。来週のディナーを、ほんの少し迷って一名で予約した。伶子と行きたいのは山々だけれど、専業主婦である彼女を高い夕食に誘うのは酷だろう。祖父の世話と仕事に追われる母は、平日の夜は誘いづらい。誠はといえば、たぶんこうした店は気が張るから、と行きたがらないし、バターたっぷりの贅沢な味わいにも難色を示すだろうと思った。

どうせお金を払うのなら、体験をわかち合える相手と向き合いたい。それが叶《かな》わなければ、いっそ一人で構わない。外食をするならば異性のエスコートがあるべきだ、という揺るぎない信念を持つ梶井とは、かけはなれた考え方だ。恋人とはお互いのニーズがぴたりと一致する時だけ会えればいい。きっと誠もこんな気持ちなんだろうな――。ならお互い様なのかなあ、と思いながら、里佳は片手を上げてようやくタクシーを止めた。鼻の奥がきゅっと痛くなるような、冷たい川風が、もっと努力しろ、でも絶対に世界を凌駕はしない形で、と命令しながら、頬をぴしゃぴしゃ張っていく。

目の端で福寿草が揺れたような気がした。

4

蛇のごとくひたすら地を這《は》う長い動く歩道を抜けると、服どころか肉まで剝《は》ぎ取り、そのむき出しになった骨を容赦なく叩くような真冬の夜風が吹き付けてきた。横断歩道を渡ると、恵比寿ガーデンプレイスが一望でき、いくつかのスロープを越えた先にある、ライトアップされた宮殿のような「ガストロノミー　ジョエル・ロブション」が一直線に目に飛び込んできた。そこまで続く何にも遮られないだだっぴろい空間に、里佳はたちまち気後れし、このまま自宅に引き返して、最近気に入っているバター醬油《しょうゆ》ご飯に目玉焼きをのせたものでもかきこみたくなる。正面から向かって右手にあるエントランスにたどり着く頃には、寒さと緊張ですでに疲弊していた。

散々迷った末、改まった場で使うことにしているこげ茶のツイードスーツを選んだ。ロブションに一人で訪れる女の客なんてまず居ないだろう。ここの従業員に自分はどんなふうに映るのか。

「いらっしゃいませ。お待ちしておりました。町田様」

受付の前で、黒いスーツ姿の背の高いシニヨンの女性がするりとこちらのコートを奪う。その流れるような仕草は着古した重たいコートが羽衣に思えるかのようだ。シニヨ

ンの女性に導かれ豪華な手すりのついた階段を上って、二階のフロアへと進んだ。

ガラス扉が開かれた。目の前に広がる、シャンパングラスの中に飛び込んだような眩《まぶ》しさに瞬《まばた》きをする。それは蜜色《みついろ》に輝く空間だった。皿にフォークが触れるかすかな音やグラスがぶつかりあう音が、きらめきのかけらになってこだましている。

導かれるまま、広い部屋の直角のひとつに当たる席に座った。ガラスで守られた、スワロフスキーが輝く壁に背をつける格好だ。本日のコースの説明を受けるが、聞き覚えのない単語ばかりで少しも頭に入らない。メニュー表に顔を埋め、一番安いと思われるグラスシャンパンを注文した。なにしろ、公式の取材ではないため領収書が切れないのに、今晩のディナーだけで三万円を超す支払いなのだ。

今にも落下しそうなほど大量のクリスタルを実らせたシャンデリアを見上げる。知らず知らずのうちに薄目になって、周囲を観察した。予想はしていたが、見事なまでにカップルばかりである。それだけではない。年配の男性と若い女性という組み合わせが、ざっと見ただけで三組も見受けられた。親子ではない、と雰囲気で分かる。女性は皆、肌と髪が異様に艶めき着こなしが素人離れしていて、男性の方はいかにも裕福そうだった。

アミューズに運ばれてきたのは、透明のゼリーである。きっと詳しい人であれば目を見張るのだろうと思われる、ずしりと重たい贅沢な漆器だった。整然と並んだナイフと

フォークはよく磨かれ、シャンデリアの光を打ち返している。ひとすくいするとレモンの皮の苦味に強く当たった。つるんと舌を滑ってまっすぐに喉《のど》に落ちる。まったく甘くはなかった。しかし、ゼリーのかけらが胃の表面をつるつると行き来するうちに、腹の底から静かに食欲が湧《わ》いてくるのが分かる。これは感覚を研ぎ澄ます魔法のくすりだ、と思った。その証拠に隣のテーブルの話し声が、聞き耳を立てたわけでもないのにはっきりと飛び込んできたのだ。

「この後ね、部屋はとってあるから」

部屋、とはここから数十メートルと離れていない場所に佇《たたず》むウェスティンだろうか。白髪の男性がそう予告すると、向かいに座る若い女は魚料理を咀嚼《そしゃく》しながら、彼と目を合わさずにとがった顎を小さく引いた。里佳は自分の十代を取り巻いていたあの空気を思い出さずにはいられない。当時は援助交際という言葉がメディアをにぎわせていた。制服姿で渋谷あたりを歩けば、父親世代の男から値踏みされるような視線を浴びせられ、指の数で値段を提示された経験は一度や二度ではない。女ばかりの穏やかな青春時代に、裂け目のように覗《のぞ》く、思い出しただけで怖気《おぞけ》の走るいくつかの記憶。

二歳年上の梶井も多かれ少なかれ同じ空気を感じていたはずだろう。新潟の女子高生がどのような場所で放課後を過ごし、何を見ていたのか里佳にはまだわからないが、法廷での証言によれば、彼女の初めての男は四十代の既婚者だ。梶井は十七歳だった。営

業マンとして東京と彼女の地元を行き来していた彼に導かれるようにして、梶井は故郷を離れることになる。そう、彼女にあって自分にない場所とは、故郷だろう。東京で生まれ、父の死により実家を失い、ずっとここで生きている里佳は、捨てるべき場所も帰るべき場所も持たない。

目を上げると、ガラスの蓋《ふた》つき容器に入っている山吹色のバターの塊が運ばれてきた。

「ここ最近、バターはなかなか手に入らないのに、こんなにたくさん……」

思わずそうつぶやくと、すかさずメートルドテルが微笑《ほほえ》んで、ガラス容器の蓋をうやうやしく持ち上げる。

「海外から空輸したものでございます。お好きなだけお取りください」

ワゴンで運ばれてきたパンの種類は豊富すぎて、どれを選んでいいのか見当が付かないので、一番シンプルなバゲットを頼んだ。改めて、伶子と来ればよかったと思う。彼女ならどれを選ぶべきか、てきぱきと決めてくれただろう。バターを思う存分、たっぷりとパンに塗りつける。舌でゆっくり潰《つぶ》れる固さのバターが、ぱりぱりと壊れていく香ばしいバゲットの表面にめりこんでいく。これだけで、里佳にとっては十分に来たかいがあるというものだ。

続いてやってきたのは、アボカドとズワイガニを繊細なケーキのように重ねたものにたっぷりとキャビアが添えられた冷たい一皿だ。ぷちりと弾《はじ》けるザクロの酸味がアボカ

ドの濃厚さとカニの甘みを引き立てる。その天真爛漫《らんまん》な朱《あか》い色がアクセントになって散らばり、皿全体を華やかにしていた。シャンパンに後押しされ、カニとキャビアの風味が光のように広がっていく。

梶井真奈子の証言を信じるのであれば、若き日の梶井は裕福な老人のネットワークに守られた、いわばミューズのような存在だったらしい。その場所は売春組織というにはあまりにもルールが緩く、しかし梶井が主張するような「本物を知る人だけが出入りできる知的なサロン」というには、いささかいかがわしい集まりであった。まだ雪国から出てきたばかりの彼女は一体どんな娘だったのだろう。

アボカドの皿が下げられるのを待ってグラスの赤ワインを注文した。値段を見て適当なものを選んだだけだが、ベーコンのような風味を持つそれは、喉の奥をふっくらと丸く押し広げた。舌の付け根がじんと熱く痺《しび》れる。

自らの二十代を振り返り「『ティファニーで朝食を』のホリー・ゴライトリーのような生活を送っていた」と総括したのは、数ある発言のうちで法廷を最も大きく沸かせたものだ。売春で生計を立てていたのか、という検察側の厳しい追及に、澄ました顔で「それは、ホリーのような暮らしでした。精神的にも肉体的にも私はどこにも所属しない、『旅行中』だったのです」と応《こた》えたのである。スポーツ新聞や雑誌はその身の程知らずぶりを嘲笑《あざわら》った。しかし、彼女が常にオードリーの演じたキャラクターに己を重ね

ていたとすれば、いろいろと納得が行くことも多いような気がするのだ。

梶井はサロン・ド・ミユコに入会する前は、ル・コルドン・ブルー代官山校に通ったこともあるようだ。ル・コルドン・ブルーといえば、オードリー主演「麗《うるわ》しのサブリナ」でヒロインが学ぶパリの料理学校である。サブリナはそこで料理ばかりではなくセンスや生き方も教わる。シェフに「馬のしっぽはやめなさい」と助言されて、ポニーテールをベリーショートにカットし、洗練された美女へと変身するのだ。最初はぺしゃんこだったスフレもふっくら膨らむようになる。極端に年上の男性との交際も、梶井にしてみればハンフリー・ボガートやフレッド・アステアと恋するオードリーの気分だったのかもしれない。ブログによれば、好事家《こうずか》だった梶井の父親は幼い娘を新潟市内の名画座に連れていくことがあったらしい。そこで鑑賞したと記されている「マイ・フェア・レディ」や「パリの恋人」、「ローマの休日」が梶井の独特の価値観を作ったのではないか。

ホリー・ゴライトリー。カポーティの原作と映画のそれは、ヒロインの個性も結末も大きく異なっている。オードリーが演じることで透明感のある都会の妖精《ようせい》として認識されているが、本来のホリーは女優崩れの高級娼婦《しょうふ》だ。男とのデートを生業《なりわい》とし、複数のパトロンの間をひらひらと舞い、自分にとって心地よいことだけを追求して生きる。少女時代、里佳も憧《あこが》れと羨望《せんぼう》を持って見つめたNYのホリー。現代日本を舞台に梶井真奈

子主演で再現した「ティファニーで朝食を」——それがこの事件の本質なのではないだろうか。

焼き目のついたフォアグラの皿にだいだい色のあんぽ柿《がき》のバターソテーが添えられていた。バターは塩が効いているぶん、ねっとりとどこまでも絡《から》みついてくる果肉を存分に引き立てている。執念さえ感じる旨《うま》さは、木になる実とは到底思えない。フォアグラの舌で押すだけでぷつりと壊れる柔らかさ、そこから流れ出す血の香りや濃厚なとろみに少しもひけをとらない、甘く崩れる肉のようだ。燻《いぶ》した香りのする赤ワインと偶然にもよく合った。里佳はため息をつく。フォアグラは口に入れるなり緩やかに消えてしまう。食べ終わることが切なかった。

「美味しいだろう。この時期のトリュフは」

と、確かめるように初老の男が言う。女は相変わらず無言でもくもくと食べている。ほとんど会話が成立していないのに、男の顔はやけに満足げだ。母相手に思いの丈をまくしたてる、ぼけ始めた祖父のトーンによく似ていると思った。彼らの自己満足に付き合わされるのだから、女側もそれなりのものは要求していいのではないか、と最近の里佳は考えるようになっている。

思い浮かぶ顔があった。本松忠信と山村時夫の中間に位置する、首都圏連続不審死事件の二番目の被害者、新見《にいみ》久範《ひさのり》。二〇一三年八月中旬、一人で暮らしていた幡ヶ谷の自

宅マンションの浴室にて溺死《できし》している。六十八歳の彼と梶井真奈子も、隣の席のカップルのようなデートをしていたのではないか。ロブションには山村時夫とも来たことがあると言っていたけれど、新見とはもっと回数を重ねていたはずである。

彼とは他の被害者よりもずっと早い時期にネットで知り合っている。付き合いは彼女がまだ二十代の頃にスタートしていたらしい。互いに結婚を要求することはなく、居心地の良い関係だったであろう腐れ縁のパトロンをなぜ殺害しなければならなかったのか、という疑問は里佳の中で今なお解消されていない。梶井が何度も口にする「精神的にも金銭的にも余裕のある大人の男」という理想像とは、おそらく新見を指すのではないか。

レモンの薫る白いソースがかけられた平目がやって来た。淡白だが爽《さわ》やかな、初夏を思わせるような味わいに、ようやく高ぶっていた心に風が吹き込んだ。

新見と他の二人との違いは他にもある。離婚経験者であり、別れた妻との間に子供が一人居るということだ。中肉中背ではあるが、ゴルフ焼けした精悍《せいかん》な顔立ちであり、それなりの見た目を維持している。一人息子に半ば譲っていたものの、小さな輸入会社を経営してきたせいか社交的な性格で、梶井を外に連れ出し見せびらかすところがあった。娘ほども年の離れた世間知らずのお嬢様と交際している、とかつての仕事仲間や行きつけの居酒屋の店員に自慢していた。グルメらしく、梶井との食べ歩きは積極的に楽しんでいたらしい。

飴《あめ》でぱりぱりと包まれた豚のローストに、トリュフとなめらかなとうもろこしのマッシュのようなものが添えられた皿が姿を現した。マッシュの中に仕込まれたらしき飴がぱちっと舌の上で弾け、里佳は目が覚める思いがした。あっ、と小さく声が漏れてしまい、たちまち頬が熱くなる。アミューズの魔法のゼリーといい、ここで提供されるものは食というより、よく考え抜かれたエンターテインメントではないだろうか。導入部はゆっくりと、緩急をつけながら山場がやってきて、ちりばめられた伏線は収束していく。梶井真奈子は嫌な顔をしたけれど、やっぱりディズニーランドのようだと思う。トリュフの美味しさは里佳にはまだよくわからない。秋の森に落ちている香り高い枯れ葉をはりはりと食《は》んでいるようだ。

いちじくのコンフィとマスカルポーネの印象派の絵画のようなデザートで、もうお腹《なか》がはちきれそうだというのに、最後に縁日の屋台を思わせる、小さなお菓子をたくさんのせた賑《にぎ》やかなワゴンがゆっくりと現れ、うめきそうになる。

濃いカフェを飲み終えたら、ここを出ていかねばならない。家までの道のりと外の寒さを考えたら、億劫《おっくう》さに気が遠くなる。漆黒のテーブルクロスに突っ伏したくなって、軽く目を閉じた。これだけ緊張したというのに、アミューズからもう一度繰り返したい気もする。自分はちゃんと味わったといえるのだろうか。次に来るのは何年も先か、それともこれで最後か、と考えたら里佳は何やら悲しくなっていた。

まぶたの向こうでシャンデリアが挑発するように揺れている。

「ただの胃もたれだよ。心配することない、ない。ほら、特製スープつくってきたから。口に合うといいけど」

伶子はトートバッグから魔法瓶を得意そうに取り出し、フタ部分に白濁したスープを注ぐ。しょうがの味がぴりっとして、喉がたちまち熱くなる。ねぎ、大根、クコの実が入っているらしいスープはするすると胃に入っていく。塩気はほとんどない、素材の甘みが溶け込んだだけの淡白な味わいだが、豊かな風味に飽きることがない。胃がきゅるっと小動物の鳴き声のような音を立てたので、二人は顔を見合わせて笑った。

排卵のタイミングに添って水道橋の産婦人科に通う伶子の診察に合わせ、会社の近所でランチの約束をしていたのだが、前日のロブションのディナーがまだ胃にそのまま残っていて、何か食べるどころの話ではなかった。身体全体が塩分と脂肪でむくんでいてもったりと重く、脳まで蜜で固められたように何も閃《ひらめ》かず、だるくてやる気が起きない。今朝、正直にLINEを送ったら、伶子は手製のスープの入ったバスケットを手に会社の受付までやってきたのだ。昼休みの真ん中、まさに今が一番混んでいる社食で、伶子はガラスケースの中のサンプルをじっくり眺めたあげく、一番人気の定食を選んだ。

「すごいね。さすが秀明社の社食だね。この黒酢酢豚、ホテルの中華の味だよ。これで四百円なんてうらやましすぎる。出版不況だなんていうけど、大手はまだまだ豊かだね」

プラスチックの皿を前に、黒酢あんに唇を光らせて伶子は無邪気に笑う。なんだか不思議な気持ちで白兎《しろうさぎ》のようなモヘアのニット姿の親友を、見知らぬ人のようにまじまじと見つめる。社食で彼女と向き合う日が来るなんて思わなかった。一年半前まではいつ会っても走っているような敏腕広報だった伶子は、今では少女が社会科見学でもするように、部外者として自分の職場に紛れ込み、気楽な立場で楽しんでいるのだ。

「いいなあ。ロブションでディナーなんて。ロブションって日本びいきだから、和の食材が得意なのよね。柿とフォアグラなんて、ねっとりこってりしていて超美味しそう！」

「でもさあ、なんかもう食器もインテリアも呆気《あっけ》にとられたっていうか、あまりの贅沢さにびっくりしちゃって、ちゃんと観察できてないし、そもそも味わえてないかもしれない。私も歳《とし》かなあ。一番びっくりしたのがね、肉料理の皿にパチパチキャンディみたいなのが仕込んであったこと。小学生の頃に食べた、駄菓子みたいなやつ」

「そうそう、なんでもありなんだよね。ロブションの素材の組み合わせって。パチパチキャンディか。私、そういうの食べたことないの。うちの親、放任のくせに買い食いは

許さなくて」

伶子は実に悔しそうだ。舌の経験に対する貪欲《どんよく》さでは、まったく梶井に負けていない。もしかして、美食を楽しむためには、まずエネルギーというものが必要なのではないか。

「改めて梶井真奈子ってすごい体力だよね。あんなご馳走を食べた後、ウェスティンでセックスして、翌日はまた食べ歩いて、それをブログにアップして……」

里佳はふと違和感を覚えて、視線を上げる。居心地悪そうな、困惑したような、親友の見たことがない顔がある。なにかまずいことを言ったか、とたった今の発言を点検してすぐに気付く。伶子の前で性的な話をしたことが、これまでほとんどないのだ。彼女は潔癖だ。異性のちょっとした卑猥《ひわい》なジョークでさえ許容できない。お互いの初体験がどうだったのか、という報告さえ、曖昧《あいまい》なものだった。

「いつか一緒に行こうね、ロブション。私、六本木のカジュアルなカウンターの方しかいったこと、ないんだもん」

話の流れを断ち切るように、伶子が口の両端をくっきりと持ち上げた。それでも里佳はつい元に戻してしまう。

「二人目の被害者の新見さんともロブションにはよく行ってたのかも。もう若くない人たちがよくあの食生活やライフスタイルに付き合えたよね。つくづくそう思った。店にもそういう感じのカップルがたくさん居たんだけどね」

「新見さんて、もともとグルメでちょっと遊び人のおじさんだったんでしょ？　週刊誌情報だけど」

「うーん。それもあるけど、梶井真奈子にいいところを見せたくて見栄《みえ》を張っていた部分もあるんじゃないかな。彼女の食生活に付き合ってたら、私だって身がもたないもん。新見さんももともと不摂生を続けていて、血圧高かったみたいだし、お風呂場《ふろば》での事故も自然に起きたことのような気がするよ。ああいうご馳走食べ続けていたら誰だって……」

「ちょっと、里佳。なにが言いたいの」

伶子の目がまったく笑っていないことに気付き、まだ消化されていないであろうフォアグラの脂《あぶら》が、急速に温度を下げ、身体の中でくっきりと輪郭を現した。

「いくらなんでも肩入れしすぎじゃない？　死んだ男たちが全員、梶井の生活についていけなくなって体調や精神状態を崩して勝手に死んだなんて、まさか本気で考えているんじゃないでしょうね。ねえ、彼女が無実だっていいたいわけ？」

社食の喧騒《けんそう》が、潮が引くように遠のいたのが分かる。伶子の言葉が鋭い角度を作り、こちらの肉を分け入って急所を目指している。

こうしてはっきり口にされると、あながち荒唐無稽《むけい》な話でもないような気がする。実を言えば、このところずっと考えていた可能性だ。睡眠薬を飲み過ぎた本松忠信、新見

久範の溺死、山村時夫の電車の飛び込み。直前まで梶井が隣に居たというだけで、そもそも物的証拠はどこにもないのだ。伶子は言うんじゃなかった、というように眉《まゆ》をひそめている。里佳は恐る恐る、口を開く。

「あなただってカジマナのこと好きだったじゃない。ほら、去年、おうちに遊びに行ったとき、『ちびくろ・さんぼ』の話したよね。あの時、伶子、勝手に自滅してバターになった虎《とら》がいけないって言ってたよね。あのさ、つまり」

「男たちが虎だっていいたいのね。里佳は」

ぴしゃりと伶子は遮った。食べかけの酢豚のあんがどんどん固まっていくことを、もはや気に留める様子はない。

「梶井真奈子はただそこにあったバターを持ち帰って美味しく食べただけだから、罪じゃないっていいたいの？　嘘《うそ》ついている自覚がないから嘘にはならない。殺している自覚がないから、殺人ではない。そんな風に思ってる？　食欲だの性欲だののパワーが尋常じゃないから、付き合わされる人は自然におかしくなってペースを乱してしまうっていいたいわけ？　ねえ、それだったら里佳、あなたこそ、もうおかしくなってるんじゃないの？」

自分はうまく笑えているのだろうか。あの伶子がこちらに攻撃を仕掛けている。十四年に及ぶ交際の中で口論をしたことは何度かあったが、こんなに険しい顔つきを浮かべ

る彼女も、そしてこちらは返す言葉が一つもないという状況も、経験したことがない。

「もしかして、ちょっとカジマナに憧れているんじゃないの」

「憧れ？　なに、それ。何で私が殺人容疑者に憧れるの」

どうして声が震えているのだろう。伶子が何も知るはずなどないのに。とんだ見当違いなのに。目の前の大きな色素の薄い瞳は、逃げることを許していない。

「好きなように食べるだけ食べて、男がそれに付き合わされただけで死んだとしたら、それは世にも美味しい完全犯罪だね」

挑むように唇を引き締めてしばらくこちらを見据えていたが、ややあって、彼女はうつむき、ぽつりとつぶやいた。

「里佳、最近疲れているんだよ。見たところ、運動も全然やる気ないみたいだし」

ちらりと全身を見回した目つきは、彼女らしくもない底意地の悪い色があった。伶子まで自分に痩《や》せろとほのめかしているのか。確かに体重がまた一キロ増えた。よほど落ち込んだ顔をしたのだろう。彼女はようやくこちらに道を譲ってみせた。

「いいや。ごめん、この話やめよう。そうそう。ジョエル・ロブションってフリーメイソンの一員なんだよねー。自伝にそう書いてあったね」

それから診察の時間に間に合うぎりぎりまで、伶子はわざとらしいほど朗らかによくしゃべった。里佳に玄関まで見送られ、バスケットを揺らして神楽坂を駆け足で下って

いく。編集部に戻るなり、有羽が回覧書類を手にこちらにやってきた。

「さっきの女の子、OG訪問か何かですか？」

里佳は吹き出しそうになりながら、書類の挟まったバインダーを受け取る。

「まさか、同い年の親友。大学の同級生で、結婚もしているんだよ。おとしまでは大手映画会社の広報として働いていたんだから。有羽ちゃんよりひとまわりは上だよ」

「えー、嘘。すみませんでした。見えなーい。バスケットなんて持ってるし」

有羽は大げさに目を丸くした。

「ははは、本人に言ったら喜ぶと思うわ。まあ、昔から若く見える方だとは思うけど」

「うーん。なんていうかな、外見ももちろん若いんだけど、それだけじゃなくて」

その目は宙を泳ぎ、その先にここにいないはずの伶子が見える気がした。しきりに誉《ほ》めそやしていた名医の前で、親友はあのきゃしゃな脚をゆっくり広げるのだろうか。里佳は慌ててその光景を打ち消す。

「あの人の雰囲気ですかね。何ひとつ諦《あきら》めてないひたむきな感じっていうんですか。町田先輩を見る目がきらきらしてて、友達っていうより、憧れの先輩を見る感じで」

「まさか、あの子の方がずっとしっかりしていて、優しい旦那《だんな》さんまで居るのに」

そう言って、パソコンを立ち上げる。昼過ぎに出勤する者が多いため、この時間の編集部は一番活気づいていた。有羽はまだまだ話し足りない顔つきである。

「みんな多かれ少なかれ、諦めムードが出てくるじゃないですかあ。大人になると」

「なにそのアンニュイ顔。うちの内定も出て有羽ちゃん、安泰そのものなのに。わかった、内定ブルーだ。私も覚えがあるよ」

「わかります？　なんか自分の未来が一本の道になって見えちゃうっていうんですかねえ。こんなこと言ったら、贅沢病だって叱《しか》られちゃうかな。ま、今夜は好きなアイドルのライブだし、そこで元気を充電して、明日にはパワー復活ですよ」

「へえ、アイドル？　ジャニーズとか？」

「知りません？　スクリームっていう女子中学生のグループ。まだあんまりメディアには出ていないんですけど。今に紅白出て国民的アイドルになって、うちみたいなおじさん雑誌でも、絶対取り上げられるようになりますよ。すっごい実力派なんですから！」

どちらかといえばドライな彼女の勢い込んだ口調に、思わずその顔を見上げたら、急に恥ずかしくなったように頬を染めて、左手で空気を大きく払ってみせた。

「あ、別にキモヲタとかじゃないですよ！　うちの会社にもけっこうファンいるんですよ。ほら、文芸の藤村さんとか筋金入り。もともとは担当作家さんの趣味に無理やり付き合わされたのがきっかけらしいんですけど」

へえ、そうなんだ、藤村くんが意外、と言う自分はぎこちない表情だったはずだ。二人の間でそのアイドルの話題が出たことは一度もないのだ。有羽が背中を向けるなりス

マホを取り出し、誠にLINEを送った。ぽん、ぽん、と慌てたような返信音がすぐに鳴った。いつのまにか胃もたれが嘘のように軽くなっている。

誠に指定されたのは、最近人気があるらしい、神楽坂の表通りにある和食ダイニングバーだ。地下に続く階段を降りるなり、ここの料理は梶井の言う王道ではないのだな、と理解する。BGMのジャズも店員の声も大きすぎる。柔らかい間接照明に照らされた個室に通されたのに、何やら落ち着かない。向かいに座った誠はナフキンを広げながら、安心したように頷《うなず》いた。

「そっか、梶井真奈子の取材のためだったんだ。ああ、道理で最近よく食べているな、と思ったよ。あの女から独占インタビューをとるなんてすごいじゃん」

久しぶりに食事の約束をしたのは、アイドルの件もあったけれど、梶井と面会を重ねていることをこうして打ち明けたかったためである。彼を信頼してもいいだろう、と自分に言い聞かせている。なんでもいいから、今すぐに何かを共有したかった。

「それ聞いて安心した。なんか、煩《うるさ》いことといってごめんな。それなら太ってても全然構わないよ。きついこというんじゃなかった。本当にごめんね。無神経だったよ」

謝られたのに釈然としないのは何故《なぜ》だろう。

誠と店員とのやりとりからして、前にも来たことがあるらしい。有機野菜をふんだん

に使う、ヘルシーな調理法が触れ込みのようだ。痩せろ、という圧力をまた強く感じ、里佳は一瞬萎縮《いしゅく》するが、もういちいち落ち込むことが面倒になっている。そう、面倒なのだ。人にどう見えるか、と考えながら、答え合わせをするように生活することに辟易《へきえき》している。オーガニックの貴腐ワインは水のようにするすると入っていく。

「ほら、ここはカロリー低いから、いくら食べても大丈夫だよ」

誠はおおらかに微笑むが、次々にやってくる料理に箸《はし》をつけ、そのぼんやりした風味にすぐに苛立《いらだ》った。豆腐のカプレーゼに根菜のラタトゥユ。和風でも洋風でも、濃厚でも淡白でもない、主張のない味わいに皿全体が退屈している。しじみの玄米パエリアを前にして、あまり食が進まない里佳に、誠は怪訝《けげん》そうな顔を見せる。

「たまのデートなんだからさ、ダイエットは忘れて楽しもうよ、ほら」

要求の矛盾にどうしてこの人は気付かないのだろう。それどころか、自分は女性に理解がある方だと思い込んでいる。少し前までは、里佳もそうだと信じていた。誠のこうした気配りに、かつてなら感激していたはずだった。

「そうは言っても、食べたら確実に太るんだよ。玄米だって炭水化物だし」

「あれ、俺が言ったことまだ気にしてるの。それ勘違いだよ。痩せていなくちゃいけないなんて思っていない。努力を怠っているのが、良くないって言っただけ。取材のために無理して食べてたんだろ？　なら仕方ないじゃないか。仕事で努力した結果、太って

しまうのは仕方ないよ。俺だってさあ、接待だの飲み会続きでこんなんなっちゃったんだし」

これではまるで、彼と業務提携を結んでいるような気さえする。もうこの話は続けたくない。

「そうだ。誠、アイドルが好きって本当？　スクリームっていうグループ」

ここに来るまでに彼女たちのことはネットで調べている。弱小事務所からデビューした女子中学生の五人組グループ。どの少女もどこにでもいるような外見なのだが、パフォーマンスでは別人のように輝くのが売りらしい。誠はあっさりと頷いた。

「あ、おたくの内村有羽ちゃんが言ってた？　そうだよ。今度うちの会社のやつらと一緒にライブいかない？　面白いよ。女ファンもけっこう多いし」

「えー、中学生くらいの女の子たちでしょ。私はちょっと遠慮しようかな。へたしたら娘くらいの子たちの歌に、ノレる自信ない」

「いやいや、普通のアイドルと全然違うんだよ。スキル重視で、すごく頑張ってて、見るたびに成長してるんだよ。ファンへの感謝も忘れないし、なによりも、とっても謙虚なんだ。見ていると自分も頑張ろうって思えるんだよね」

誠はスマホを差し出し、ライブ仕様のいかにもオタクめいたメンバーTシャツ姿の自分の写真も見せて、笑わせた。客観性のある語り口には人を不快にさせる要素はどこに

もない。しかしながら、彼が彼女たちのひたむきさや素朴さを褒めるほどに、何やら乗り切れない部分があるのも事実だった。理由がなければ、好きになってはいけない。そんな風に聞こえる。努力をするから評価する、努力をしていなければ評価はしない。単に可愛《かわい》いからファンなんだよね、と言ってくれた方が、よほど素直に受け入れることが出来た。

「マッチーにはさ、アイドルっていないの？」

急にそう聞かれて、里佳は貝殻からなかなか離れてくれないしじみの実と格闘するのをやめて顔を上げた。誠の愛嬌《あいきょう》のある丸い目や柔らかそうな茶色の髪は間接照明に照らされ、とても優しく見えた。彼と付き合いたい女はたくさん居るだろうと他人事《ひとごと》のように思った。

「いや、マッチーさ、あんまりそういうの興味ないじゃない。芸能人でなくてもいいよ。これまで手が届かない存在に憧れて、勇気やときめきをもらったことってなかったのかなーって。例えば十代の頃とかさ」

憧れ――。伶子の言葉が蘇《よみがえ》り、チーズのまがいもののような硬くてしょっぱい豆腐が舌の裏で潰れた。嫌な生臭さが広がった。

「憧れたり焦《こ》がれる対象がいないと、ちょっと辛《つら》くない？　人生って」

「そうねえ。私自身がアイドルみたいなもんだったからなー。女子校の」

会計を済ませ、地上へ続く階段の途中で、先を行く里佳に誠は背後からこう呼びかけた。

「今日、泊まっていってもいい？」

久しぶりの誘いにかすかに胸がときめく。しかし、胃もたれが完全には治っていないので、ヘルシーな夕食にもかかわらず身体が重くて仕方がない。階段を上るために片足を上げるのも辛いほどである。

「ごめんね、明日はまた、すごく早いんだ」

そう言って振り向くと、そっか、と誠はあっさり頷いて手を伸ばし、そっとこちらの指に自分のそれをからめてきた。その物分かりの良さに、たった今駆け巡った一瞬の逡《しゅん》巡《じゅん》さえも里佳にはもったいなく思えてくる。

「ケチなのよ。その人。懐《ふところ》も精神も」

梶井真奈子はあっさりと言い切った。前回、あれほどの剣幕でこちらを圧した女と同一人物とは思えないほど、今日は機嫌がいい。彼女の指示通りに里佳がロブションに行き、そのメニューと感想を手紙にしたためたから、こうして快く面会に応じているのだ。久しぶりのデートで訪れた店の料理が口に合わなかったと話したら、彼女は味の問題は

もちろん、相手にも非があるとした。

「あなた、羽振りのいい精神的に余裕のある人とお付き合いしたことある？」

「いえ、今まで付き合ったのは片手で足りる程度で、それも同級生や同期ばかりでしたから」

いつの間にか、彼女に私生活をさらすことに抵抗がなくなっている。中学生の時に両親が離婚し、母が友人と店を開き、父が亡《な》くなり、女子校で育ち、共学の大学で親友に出会い、会社の同期と交際している、とまで手紙で打ち明けている。梶井はあっという間にこの話題に飽きたようだ。

「まあ、そんなことより、ロブションよ。シャンパンゴールドの内装を黒のテーブルクロスが引き締めているのよね。素敵だったでしょ。私はあの空間が大好きなの！」

「それは新見さんと、ということですか？」

「さあね、私、あそこにはいろんな人と出かけたから、いちいち覚えていないわよ」

「そうですか。正直なところ、私には豪華過ぎました。目がくらんでしまうみたいで」

こうした素直な感想こそ、彼女の胸を打つものだと、里佳はだんだん学習し始めていた。実際、彼女は表情を和らげた。ずっとこんな顔でいてくれたら、と思う。梶井の機嫌を取ることをやめられなかった亡き男達の気持ちがまた一つ理解出来るようになった。

「町田さんて、なんだか男の子みたいねえ。それも中学生くらいの」

梶井真奈子がこちらの名前を呼ぶのは、おそらくこれが二度目である。こそばゆいような気持ちになった。彼女はくすくすとからかうように笑っている。

「あなたはもっと自分を好きになるべきなんじゃない？　そうしたら、合わない相手とのデートなんかで自分をすり減らすのはもったいない、と自然に思えるはずよ。自己評価が低すぎるんじゃないの」

「どうでしょう。そんなことできるのかな。彼を逃したら次がある自信なんてありません。基本的にはいい人なんですよ。そりゃ、女性は誰しも、あなたのように自分を好きになって自信を持って振る舞いたいと思っているけど、それが一番難しいんじゃないんですか」

「あら、そんなの簡単よ。努力だの精神論なんてどうでもいいの。その時、一番食べたいと思うものを好きなだけ食べるのよ。耳をよく澄まして、自らの心や身体に聞いてみるのよ。食べたくないものは決して食べないの。そう決心した瞬間から心も身体も変わり始めるわ」

デスクで掻《か》き込むコンビニの海藻サラダ。移動中につまむぱさぱさのドライフルーツ。そして、誠に連れて行かれた和風ダイニング。このところの自分はこれ以上、太るのが怖くて、まさに食べたくないものばかり食べているかもしれない。いや、そもそも三十三年間の人生で、里佳は一度でも、心から食べたいと思うものを自発的に口にしたこと

があったのだろうか。梶井と知り合ってから味わったものはもちろん美味《おい》しかったが、いずれも彼女に勧められたから食べたにすぎない。彼女は突然、ニットの袖《そで》をまくりあげ、ぽちゃぽちゃと肉のついた肌を見せ、指で愛《いと》おしげになぞり出した。その白さに見入っているこちらの目を意識しながら、鼻にかかった声で語り始める。

「この腕も胸もお尻《しり》も、すべて私の好きなものがたっぷり詰まっているのよ。ニューヨークグリルのステーキや今半のすきやき、帝国ホテルのガルガンチュワのシャリアピンパイがこの身体を作ったのよ。ここでの決められた食事にうんざりするたびに、美味しいものを思い浮かべて気が狂いそうになるたびに、自分の身体をそっと撫《な》でたり、つまんだりするの。特に二の腕は冷たくてやわらかくて、舌を突き出してなめるとね、かすかに甘みがあるのよ」

呆気にとられる里佳に、梶井はいたずらっぽく目配せしてみせる。二の腕を撫でてみせ、ニット越しにお腹の肉をつまんで、挑発的な上目遣いをした。彼女が裸になり、巨大な乳房を寄せて顎《あご》を引き、その乳首を口に含むという光景がはっきりと思い浮かんだのだ。自分ごと食べてしまいたい――。

この人はそんな風に、監視の目を盗んで自慰にふけっているのかもしれない。梶井真奈子の欲望の対象は、過去の恋人や憧れの芸能人ではなく、自分自身の身体なのだ。だから、いつもこんなにもみっちりと満たされ、女の香りを濃厚に発しているのではなか

ろうか。自家受粉して咲き乱れる植物のように。実は誰よりも異性を必要としていないのは、彼女自身ではないのだろうか。

「昔からね、虫に刺されやすいの。暖かい季節になると、私の周りにだけ虫が集まってくる。本松さんには、君は吐息まで甘いんだねってよく言われたわ」

はああ、と彼女はわざとらしく小さく息を漏らしてみせる。二人の間を隔てるアクリル板が淡くくもった気がした。

「会社は神楽坂なんでしょ？　ならとてもいいお店があるの。鉄板焼きはお好き？　熟成させた宮崎牛のサーロインステーキはもちろん素晴らしいんだけど、最後に出てくるガーリックバターライスがたまらないのよ。ぜひ試してみて。また感想を聞かせてちょうだいね。私、あなたから聞く話だけが今、唯一《ゆいいつ》の楽しみなんだから」

そう言って無邪気に笑う彼女が、ふと、たまらなく哀れに思えた。このアクリル板を突き破り、外に連れ出してやりたい。梶井真奈子が何かをむさぼり食べる場面をこの目で見て骨の髄までぞくぞくしたいと思った。

会社を出るなり、化粧を落とし忘れたどころか、洗面所で口紅を塗り直してしまったことに気付き、坂の途中で立ち止まりそうになる。篠井さんに会う前は柔らかなものは

すべて捨てる、と自分にルールを課しているのに。最初はこちらがご馳走するつもりで伶子を誘おうかとも考えたが、今は梶井真奈子の名を出しただけで不機嫌になりそうなので、しばらく時間をおくことにした。篠井さんであればいつも安い居酒屋ばかりだから、たまにはいい店に行ってもいいだろうと思えたし、何より相談したいこともあった。行きたいお店があるんです、とこちらから提案し、今日に決まった。

こうして一本道を入れば、神楽坂の裏通りは細い小道が迷路のように曲がりくねり、こちらをしきりに誘惑する。観光客らしき白人カップルとすれ違う。初めて見る小さな鳥居にたくさんの花がお供えされている。料亭から漂うだしの香り。夜空を見上げれば、ここが日常風景の背後だなんて信じられなくなる。接待で何度も通ったことがあるはずなのに、今夜は隅々まで目に飛び込んでくるのが、不思議だった。

「お待たせしました。すみません。なかなか抜けられなくて」

五分遅れで到着すると、客がずらりと並ぶ、鉄板に面したカウンター席の隅で篠井さんはすでにビールを傾けていた。じゅうじゅうと焼ける肉の音と匂《にお》いに舌がたちまち濡《ぬ》れていく。まだ胃もたれの記憶が生々しいのに、肉を食べたいと思うなんて、われながら口がいやしくなっている。唇に感じる口紅の重みがまだ気になって、暖簾《のれん》で目隠しされた化粧室のドアを振り返る。

「あの、太りましたよね。私」

指摘されるより早く、自分で言ってしまおうと決めていた。

「そうかな」

篠井さんは軽く首をかしげ、それが特徴であるぎょろっとした目で、こちらを見つめた。白目がにごっていて、その下は相変わらずクマでどす黒い。自分で仕向けたこととはいえ、異性にこんなにじっくりと正面から観察されるのは久しぶりで、脇腹《わきばら》の辺りが熱くなり、とろとろと血が巡るのがわかった。すぐに篠井さんはよく光る鉄板に視線を移動させ、やや素っ気なく言った。

「ごめん、そういうの気づかないたちだから。女性の外見の変化には昔から鈍感で。でも、別にそのままで問題ないんじゃないの」

突き出しが運ばれる。ガラスの器の中のじゅんさいは喉をすべり落ちると、胸の中にこんこんと泉が湧くかのようだ。

一杯目のビールを飲み干しながら、昨夜、赤坂にある会員制スナックに五十過ぎの財務省主計官と出かけたことを思い出している。カラオケで二回ほどデュエットに付き合わされたあと突然、太ももの辺りに結婚指輪の光るむくんだ手が伸びてきた。

これまでも、それとなく誘いは受けたことはある気がするが、あれほどはっきりと欲望をあらわにされたのは初めてである。やはり自分はどこか変わったのかもしれない。太った身体《からだ》は実を言えば、そんなに嫌ではない。入浴中にふと目に入る自分の太ももや

腹の肉が、内側から光り輝きお湯の玉を浮かべている時、まるでエシレバターのようだと見とれてしまう。周囲にああも責められるのでなければ、別にこのままでも構わないと思える。

男のやけに機嫌をとるような卑屈な言動は、里佳が手をはねのけるなり、一転した。突然、容姿を悪《あ》しざまにののしられた。

――デブったくせに、気取るんじゃねえよ。

と、酔いを装《よそお》った声音で捨て台詞《ぜりふ》を吐かれた。その矛盾が哀れで滑稽だとさえ感じ、笑いそうにもなった。なんだか梶井真奈子に貢《みつ》いだ男達みたいだと思う。肌への接触をぎりぎりで回避出来たせいもあるが、恐怖や屈辱を不思議なくらい覚えなかった。今までだったら、隙《すき》を見せた自分への激しい自己嫌悪《けんお》で数日は落ち込んでいたに違いない。ひんやりとした、しかしどこかからかうような視線を逸《そ》らさなかった里佳の残像は、彼を不安にさせたらしい。今朝方、「酔って何を話したか覚えていないが、非礼があったらお詫《わ》びします」といった、怯《おび》えたトーンのメールが届いたほどだ。こちらは何も奪われないまま、向こうを低姿勢にさせた経験はこれが初めてである。この分だと、予算編成に関する情報を引き出すことができるかもしれない。

口紅を気にすることをやめた。どうせ、肉を食べるうちに落ちてしまうだろうから。ぽってりとしたホワイトアスパラガスのクリームソースを食べ終えたタイミングで、

焼き野菜が運ばれてくる。焦げ目をつけただけの玉ねぎがこれほど、甘くこってりとほどけるとは。苦手なはずのししとうも香り高く穏やかな風味がある。気付けば、ここから数十メートルと離れていない場所にある、この間の和食ダイニングより、よほどたくさんの野菜を胃に納めていた。

斜め前で音を立てて焼かれている赤い肉はこちらの席のものらしい。やがて、透明な液体がじんわりと肉肌からにじみ出る。脂のとける匂いまで甘くて、のどかだ。少しも攻撃的な生臭さなど感じられない。赤身が桃色に、白身が透き通った脂へと変化するのをじっくりと見守る。

切り分けられていた肉は熱々かと思えたが、口に含めばちょうど良い温度だった。温かく愛情のある舌が、するっと入ってきたような心地よさ。香ばしい焼き目に歯を立てれば濡れたレア部分が肉汁を滲《にじ》ませ、頬の裏が大きく震える。目の前に血の色がひとすじ走る気がした。

「ここのガーリックバターライスは天下一品らしいんですよ。肉を焼いた後の肉汁だけではなく、バターもたっぷり入れるんですって」

鉄板の上で炒《いた》められているご飯を見つめる。黄色いバターを絡ませて、飯粒が踊っている。醬油《しょうゆ》を垂らすとじゅっと音がし、短く激しいダンスは終わった。

運ばれてきた茶碗《ちゃわん》の中で褐色に輝くご飯に里佳はしばらく見とれた。お米の一粒一粒

が肉汁とバターにコーティングされ、強く光っている。醬油の香ばしさが食欲をそそる。焦げたにんにくが舌にじんわりと危ないような渋みと苦味を広げた。脂でつるりとした米粒が次々に舌の上を滑って、喉《のど》へと届けられる。先ほどの肉も素晴らしい味わいだが、その肉汁を存分に吸い込んだこのご飯はまた格別である。お米を嚙《か》みしめるごとに、むくむくと気力が湧《わ》いてきた。不思議な倦怠感《けんたいかん》と心地よさにこのまま眠ってしまいたくなる。ああ、美味しい、と何度もつぶやいていた。ふと横を見ると、篠井さんが箸を止め、じっとこちらを見ている。

「どうしたんですか。お口に合いませんでしたか」

「いや……。そんなことない。なんか幸せそうに食べるなと思って」

篠井さんは小さなため息をついた。それはバターとにんにくの香りがするものだった。いつも乾燥した印象の彼の肌と唇が脂で潤《うるお》っているのを見ると、何やら得意な気持ちになる。篠井さんは自分の茶碗を差し出した。

「そんなに美味しいなら、俺の、ちょっとあげるよ」

恥ずかしかったが、食欲に負けて、里佳は篠井さんの茶碗を奪う格好になった。そして、脂で舌がなめらかになったせいか、それともすでに誠に打ち明けていたせいか、里佳は周囲を窺《うかが》って声のトーンを落とし、さらりと口にすることができた。

「実は梶井真奈子のインタビューをうちに載せたいと思ってるんです。去年から東京拘

置所に通い、かれこれ四回以上は接触しています。事件に関係のない話をする程度までは関係を縮められたんですが、そこから先がなかなか。篠井さんならどうされますか？」

「そこまで進んでいるなら、それなりの覚悟があると思うから言うけど」

篠井さんがゆっくりと箸を置いた。肉の焼ける音が急に大きくなった。

「そういう時に大切なのは、君が自分の心臓を差し出すっていうことだと思うよ」

振り向いて見つめた横顔は、とりわけ厳しくも真剣でもない。頬の肉が削《そ》げた分下まぶたが迫《せ》り出している、いつもの篠井さんだったが、彼の心がここではないどこかを旅しているのが分かった。彼がかつて心臓を差し出した相手とは一体誰なのだろう。

心臓、と聞いて真っ先に思いついたのは、ロブションのフォアグラだ。あれはガチョウの肝臓だったっけ。でも、あの様な甘くねっとりと詰まった一番美味しい肝の部分を自分の中から見つけなければならないということか。

「絶対の信頼感を与えるとでもいうのかな。媚《こ》びたり、嘘をついたりということではないよ。君の急所を相手に教え、命の一部を差し出すということだと思う」

デザートはりんごの甘煮とアイスクリームだった。いつものように、会計は割り勘にする。店を出て細い路地を並んで歩き出す。辺りは深い闇《やみ》に包まれていて、大通りの喧騒が遠くに感じられた。

「いい店を知ってるんだな。ちょっと意外だよ。町田さん、あんまりこういうことに興

味がないかと思ってた」

「これまではそうです。でも、最近仲良くなった、美味しいものに詳しい友達が教えてくれたんです」

友達――。自分は今、梶井真奈子のことをそう呼んだ。長いことその座には伶子がどっかりと座り、他の誰も寄せ付けることがなかったというのに。梶井真奈子にはおそらく生まれてこの方、心を許せる同性の友達はいなかったはずだ。

「久しぶりにちゃんとものを食べたっていう感じがした。どうもありがとう。よければ、またこういう店に連れてきてくれよ。次はおごるから」

篠井さんがぼつりと言う。思わずその顔をまじまじとみたら、なんだよ、と照れたように笑い、すぐに目を逸らされた。また誘います、と思わず一歩前に出たら、篠井さんの身体の硬さを感じた。こちらの乳房が彼の二の腕に当たっている。急激に膨張した自分の身体の体積に未《いま》だ慣れず、他人との距離感がまだつかめない。取材の間に駅ビルの下着屋でサイズをはかったら、BカップからDカップに変化していた。どうやら自分はまず胸に肉がつくタイプらしい。五十代くらいの女性店員がこちらの乳房を乱暴につかみ、カップの中に押し込む時、乳首の裏側がじんとしびれるような感覚があった。腕時計を睨《にら》みながら、つかみ取りのようにして買った三つのブラジャーは、手持ちのショーツの色や素材とは合っていない。とても人に見せられる下着ではない。そこまで考えて

里佳は戸惑う。

誰に見せるというのだろう。隣にいるのは大手メディアの編集委員であり、ただの「客」だ。

わざとではないし、急いで離したら後ろめたい既成事実になる気がして、里佳は胸を寄せたまま歩き出す。篠井さんの硬い二の腕を受けて自分の乳房は柔らかくつぶれ、バターが溶けるように真横に広がる。篠井さんてどこに住んでいるんですか？　と尋ねたら、水道橋だよ、という答えが返ってきた。

「あの、全然どうでもいいんですけど、好きな食べ物ってなんですか」

「カステラかな。最近、セブンイレブンの袋入りのやつが美味しいって気づいたんだ」

かわいい、と小さくつぶやいたら、篠井さんは決まり悪そうに暗闇の中に白い歯を光らせた。満腹なのに、里佳はまたもや泣きそうになる。誰かと何かを食べて、別々の場所に帰る。ずっと一緒にはいられない。こんなに胃の中は暖かく、唇は濡れていて舌には旨味が残っているのに、最後はいつも一人なのだ。

誰と来ようが関係ない。美味しい時間を重ねれば重ねるほど、どうやら自分は一人になっていくみたいだ。

その日の午前中、東京拘置所一階で面会手続きをしている時、突然身体に見えないスコールを浴びたような激しい違和感を覚えた。理由は分からない。面会整理表を手に待合室で順番を待ちながら、ずっと落ち着かない気分だった。見慣れたエレベーターホールの殺伐とした空気や、いつもと変わらないそっけない刑務官の対応が急に不穏に思われた。

「あの、昨日、どなたかいらしたんですか？」

面会室に通されそう尋ねるなり、梶井真奈子はほんの少し、にやりとした。家族が来てもおかしくないし、彼女には支援者も多い。でも、里佳は我慢ができないほど不安になってくる。もしかして、梶井はこんな風に他の記者にも思わせぶりな顔をしているのではないか。ぐずぐずしている暇はない。今日こそはインタビューの話を切り出すのだ。

「面会は一日一人と決まってるでしょ。どうしてそんなに苛々しているの。なんだか変よ」

憎らしさをやすやすと通り越して、里佳はアクリル板で守られた目の前の女をこの手で征服してみたくなる。びっくりするような強さで触ってやりたい、と思う。あのニットの前をぴんと張らせている大きな胸に指を食い込ませたい。今にも崩れ落ちそうなほど柔らかい桃をみたら指であとをつけたくなるように、粉がまぶされたつきたての真っ白なのし餅をへこませてみたくなるように、そう思うのは自然なことだ。というのも、

これまで里佳はグラマラスな身体つきの女に触れたことがただの一度もない。母は日頃からエクササイズを欠かさず、人からその若さやスタイルを褒められる。伶子は異性の視線をはねのけるかのように、思春期の少女のごとくかたく無駄のない蒼《あお》い身体をしている。少女時代、身体を押し付けてきたクラスメイトも同じようなものだ。彼女たちのような美意識を持たない、どこまでも豊かで、触れたものをずぶずぶと飲み込んでいきそうなあの未知なる身体を、男達が億近い金をつぎ込んだあの宇宙を、この手で触れて確かめてみたいと思った。

「お願いがあります。あなたのインタビューを載せたいんです。『週刊秀明』を代表する連載にしたいんです。次の公判の追い風にもなるはずです。まだ執筆できる立場にありませんので、私が起こした文章をデスクがまとめることになりますが、あなたの立場を決して貶《おとし》めるものにならないよう、私が責任を持ちます」

うんざりといったように、梶井が顎を引き、肉の襞《ひだ》を増やし一つ一つ深めてみせた。

「最初にあなたがここにきた時に、こういったはずです。事件に関することは一切お話ししませんと。まだあきらめていなかったの？　私がしたいのは食べ物の話だけよ」

「ええ、もちろん。事件や被害者に関する情報が欲しいのではありません。ただ、世間があなたに抱く認識を正しいものにしたい。世論を味方につけましょう。あなたという女性がこれまでどんな人生を送り、どんなことを感じ、どう生きてきたか、包み隠さず

語っていただきたいんです」

「そんなこと一体なんのためになるの。これまで以上に、世間の下品な好奇の目にさらされるだけだわ」

「あなたの生き様を知ることで、生き辛さを感じているたくさんの女性が逆説的に救われる可能性はあるのではないでしょうか。あなたは、女性は男性に負けを認め道を譲るべきだと力説していますが、そういうあなたこそが、こうして呼吸をするだけで、多くの男性にダメージを与え続けている、大変な矛盾をはらんだ存在です。裁判であなたによって調子を狂わされたのは、みな社会的権力を持つ男性ばかりでしたよね。直接手は下していないにせよ、あなたと出会ったせいで、運命が狂った男性が大勢います。そこは否定されないでしょう？ 日本女性は、我慢強さや努力やストイックさと同時に女らしさと柔らかさ、男性へのケアも当たり前のように要求される。その両立がどうしても出来なくて、誰もが苦しみながら努力を強いられている。でも、あなたを見ているとはっきり、わかるんです。そんなもの、両立できなくて当たり前だって。両立したところで、私たちは何も救われないんだって。いつまで経《た》っても自由になれっこないんだって」

「他の女性なんてどうだっていいわよ。別に彼女たちを救いたくなんかないわ。私がこの世界のほとんどの女性を大嫌いなことはご存知だと思いますけど」

冷たい口調には、どこにも手をかけられそうなくぼみが見当たらない。つるつるした岩に爪《つめ》を立ててよじ登るように、里佳は必死に食い下がる。

「他の女性じゃなくて、私自身が救われたいのかもしれません。私のためだと思って話してくれませんか？」

「どうして」

巨峰のような目が下からこちらの顎をすくうように、里佳を見据えていた。彼女はまだこんなものでは、一向に物足りないらしい。心臓を差し出さねばならない。虎になって死に至るまで回転して楽しませ、彼女が舌なめずりするような、とろけた金色のバターになって自らを捧《ささ》げるしかない。里佳が里佳であることを放棄するしかない。

「それは、たぶん、その、あなたが、いえ、違います。あなたが、じゃなくて」

梶井真奈子と出会ったその日から、彼女のことばかり考えている。誠よりも伶子よりも母よりも、もはや心の大きな部分を占めつつある。矛盾だらけの言動も、欲望への百パーセントの忠実さも、見たくないものから頑として目を逸らし続けた結果得ている揺るぎない自信も。すべてが気になって仕方ない。彼女からもう目が離せない。誠がアイドルを応援するような「理由」は、里佳には必要ないのだ。これまでの自分の人生の大部分を否定することになったとしても、認めざるを得ない。

「それは、私があなたを好きだから、だと思います」

梶井真奈子の表情のどこをどう切り取っても、少しも心が動かされた様子がないので、短いナイフがみぞおちに刺さるように、里佳はあっけなく傷ついた。身体中の勇気をかき集めてやっとの思いで口にしたこの生まれて初めての告白を、ごく当たり前のこととして、彼女は受け止めたのである。

「私たち、友達になれるんじゃないでしょうか」

「友達はいらないの」

梶井は艶《つや》のある髪をかすかに振りながら、のんびりと微笑《ほほえ》んだ。

「私が欲しいのは崇拝者だけ。友達なんていらないの」

ばちっと、舌の上で花火が弾《はじ》けた気がする。

5

薄暗かった手元が急に明るくなって、里佳は辺りを見回した。

誰かが編集部のブラインドを開けたらしい。一月の終わりの陽差しが席まで斜めに差し込み、ざらりとした褐色のリサイクル紙を真っ白に変えた。陽を受けた指先が温まっていく。明るいところで見る素のままの爪は粉っぽく乾燥し、縦に筋が何本も走っている。ハンドクリームを切らしていることを思い出した。

胃のだるさが長引き、取材の間に飛び込んだ駅ビル内にある内科で、軽い食道炎だと診断された。飲むと気管がしんと冷え込み、胃の形がくっきり意識されるような粉薬と錠剤を数種類処方された。医師の指示に従って、このところ、あっさりした食事を心がけている。朝はあたためた牛乳とバナナ、昼はほか弁屋のセルフサービスの具沢山スープ。夜はできるだけ早めに帰宅し、小分けして冷凍したご飯でおかゆや雑炊をまめに作るようになった。年が明けてからさすがに暴食が過ぎたのだ。一日に三度飲むことになっている薬が徐々に、正気を取り戻させていた。体重の上昇もようやく落ち着きを見せている。

急に太ったことで、里佳は少しばかりではあるが、自分にとっての「適量」をつかみつつあった。まず、これまでの食生活があまりにもぞんざい過ぎたと気付いた。遅かれ早かれ、体調を崩していたに違いない。時間とお金の許す限り、もっと美味を探求してもいいのだと思う。今の自分のぷくぷくした二の腕やお腹《なか》周りはむしろ好きである。身長百六十六センチであれば、健康上現在の体重でもまったく問題ない。以前はいくらなんでも痩せすぎていた。スタイルがいい、という評価はもう手放しても構わないと思ったが、手持の服を買い換えなくていいよう、五十五キロを超えないことには注意するつもりだ。

それにしても、体重が増えた時の周囲の動揺は異様に思えた。里佳が何か迷惑をかけ

たわけでもないのに、皆非難がましく、どこか怯えているようにも見えた。

デスクに向かい、スクラップブックにスティックのりで切り抜きを貼《は》り付けていく。業務の中で、数分の隙間時間を見つけては、資料室の新聞や他誌、編集部に保管されているバックナンバーなどから、梶井に関する記事をまめにコピーし、こうして細切れに整理するのが習慣化していた。二〇一三年十二月二週目号の「首都圏連続不審死事件」特集ページを素早い手つきでめくる。この事件がもっとも世間の注目を集めていた時期である。梶井やその家族の故郷での評判、料理教室「サロン・ド・ミユコ」の内情や生徒達の容姿、年収について好き勝手に憶測をふくらませた記事、被害者それぞれの私生活と素顔、そして遺族によるいくつかのコメントだ。とはいっても、数は多くない。まず、高齢の本松さんは内縁の妻と別れてからというものあまり親族との接点がなかった。新見さんの妻はすでに亡くなり、父の残した会社を経営する四十代後半の一人息子は、梶井への憎悪と取材攻撃からくる疲弊をあらわにし、発言はごくわずかだった。常識人だった父があのおかしな女に騙《だま》されて我を失った、結婚を約束しながら裏切られ、心臓発作に見せかけてなんらかの方法で殺されたに違いない、と述べている。そんな中、すっと目に飛び込んできたのが、山村さんの姉だという四十代女性による言葉だ。

――弟は彼女の婚約者なんかじゃありませんでした。家族としては言うべきではないのかもしれませんが、恥ずかしながら、弟はただの崇拝者の一人に過ぎなかったんだと思

います。

崇拝者――。先週の梶井との接見から、ずっと尾を引いている言葉だった。首のあたりに急にむずがゆさを感じ、里佳はタートルネックの襟元を引っ張った。友達になりたい、というこちらの申し出は興味なさそうに突っぱねられ、インタビューの話もうやむやになっている。

――あの女はきっとどんな相手であれ生まれた時から誰とも関係なんて結んだことがないんですよ。欲しいのはパートナーじゃなくて崇拝者なんですから。弟はあの見事な語り口に引き込まれて、あの女の劇場のお客にさせられていただけです。とはいっても、私は彼女に法廷以外で一度も会ったことはないのですが。

突き放したような話しぶりが印象的であるが、冷淡さは感じられない。彼女との交際には最初から反対だったが、弟の何がなんでも彼女と別れまいとする執念に根負けした、せっかく顔を合わせても喧嘩《けんか》になるのが嫌でなるべく梶井の話題を避けていたことを後悔している、と語っていた。

それにしても、彼女と男達との時間とは、実際どのようなものだったのだろう。梶井の発言を信じるのなら、奔放な女神のごとく、優しさとわがままを器用に使い分けながら男達をかしずかせていたように聞こえる。しかし、生前の被害者達は梶井に夢中になっていたにもかかわらず、彼女をやや下に見るような発言を第三者に繰り返しているの

だ。見くびりながらも、その対象にのめり込んでいく心情というのが里佳にはよくわからない。

里佳はしばし、陽差しに貫かれているブラインドを見つめていた。父がまさに、そうかもしれない。母の家事にあれこれとやかましく口を出し、ことあるごとに「社会勉強が足りない」と文句を付け、そのお嬢さん育ちぶりを笑っていた。なのに、いざ母が家を出ようとすると動揺し、慌《あわ》て、手がつけられないほど怒り出し、最後はむっつりと苦しげに黙り込んで、対話を拒否した。努めて思い出さないようにしている、離婚後の父の自暴自棄な暮らしぶりが蘇り、胃がさらに締め付けられる。彼の血が確実に自分の中には流れている。年々、顔が似てくるような気がしてならない。若き日の父はすっきりした鼻梁《びりょう》と涼しげな目元、少し不健康にも見える痩身《そうしん》が、女学生を虜《とりこ》にしていたらしい。だが、亡くなる前は見る影もなく酒でむくみ、全身はそこまで肥満しているということもないが、お腹だけがすぐにでも破裂しそうなほど突き出していた。内側に生きた何かを飼っているように、意志を感じさせる不気味な肉のせり出し方だった。

梶井真奈子にどうやったら忠誠を示せるだろうかとそればかり考えていたが、そもそもそれが間違いなのかもしれない。篠井さんのアドバイス通り、心臓を差し出す必要はある。しかし、尽くすばかりでは、被害者たちと同じだ。あの女は甘い顔を見せれば、どこまでもなめてかかるのだから。崇拝者で終わるつもりはない。彼女と血の通った人

間関係を作りたい。それにはどうすればいいのだろう。

「ねえ、この三年前の梶井真奈子特集、これ、もしかして、北村ちゃんのチームが担当してたんじゃなかったっけ」

糊《のり》でべたついた指をこすり合わせ、通路を挟んだ二つ先のデスクに居る北村に声をかける。バックナンバーを掲げ、記事を指し示してみせた。

「そうですよ。あ、この遺族のインタビュー、俺だ、俺だ」

記憶を辿《たど》るように目を泳がせながら、北村はこちらへと歩み寄ってくる。里佳の肩越しにスクラップを覗《のぞ》き込んだ。

「この山村さんのお姉さん。粘らない北村ちゃんが取ってきたくらいだから、わりとあっさり取材に応じてくれたってこと？」

「ええ、でも、最初は全然協力的じゃなかったですよ。山村さんのお母さんが取材攻撃で身体こわしちゃって、都内の大学病院に入院して、彼女は休職してつきっきりで看病している時でした。他の患者さんの迷惑になるから、もう二度と訪ねてくるな、という条件つきで、病院の待合室で答えてくれたんです。この後、そのお母さんが亡くなってるんですよ。後味悪くて、それで今も覚えているんですよね」

なんの思い入れもなさそうな口調に、少しだけ背中がひやりとした。

「さすがに疲れていましたけど、しっかりした女の人に見えましたよ。確か大手建設会

社かどこかの課長さんだったんじゃないかな。今も勤めているかどうかはわからないけど」

「その時の連絡先わかる？　私、会って話聞いてみたいんだけど」

この事件に関わる人物の中で、一番自分と目線が近いという勘が働いている。

「もしかして、町田先輩、梶井の事件追うつもりなんですか。今更？」

「そうよ。五月には控訴審《こうそ》だし、そのうち、世間はカジマナ一色だよ」

「やめといた方がいいですって。女性誌ならともかく、うちみたいな雑誌じゃ、去年ならまだしも今はもう需要ないですって。やるだけ無駄ですよ」

「なんで？　つい最近、ほら、プロの後妻業の特集で売り上げが伸びたじゃない」

裕福な老人の遺産狙《ねら》いで婚姻関係を結ぶ女たちの手口を追った記事は、反響があった。夫を一日でも早く死なせるために、日々の食事の味付けを少しずつ濃くし、油っこい料理に慣れさせる、という地道な方法は、梶井の事件を思い出させた。そもそも料理上手な女にとって、配偶者一人この世から消すことなど容易《たやす》いだろう。

「プロ後妻は金持ちにしか起こり得ない対岸の火事だから、ゴシップの楽しさがあるんですよ。梶井の事件は最初こそ面白がられましたけど、男性読者を不愉快にし、落ち着かない気分にさせるんですよ。打算に打算を重ねて、自分を傷つけなさそうな女を注意して選んだのに、結局ドツボにはまるっていうところが、日常レベルで我が身にも起き

そうでみんな怖いんですよ。被害者たちをこれ以上鞭《むち》打つのはやめましょうよ」

山村さんの姉に対するあっさりした反応と真逆の熱っぽさで、北村はまくしたてた。

「でも、なおのこと、梶井の手口を知ることは、男性にとって身を守り自戒するためのマニュアルになるんじゃないのかな。新たな女性読者を開拓できるかもしれないし。えー、それとも、北村ちゃん、そういう経験あるの？」

ほんの軽口のつもりだったのに、なんか最近、町田先輩変ですよ、と、あからさまに嫌そうな顔をして彼は背を向けた。しばらくすると自分のハンドクリームを手に戻ってきて、差し出した。ありがとう、と面食らってつぶやく。確かに梶井は嘘《うそ》つきだが、里佳にはどうしても人を殺《あや》めるほど、他者に強い感情を抱く性質には思えないのだ。

面会室のドアを開けるなり、梶井真奈子の不機嫌で焦げついた口元を見て、里佳はうまくいった、と内心ほくそ笑む。わざと日を空けて訪れたかいがあったというものだ。この十日のうちに、手は打ってある。出版されて間もないジョエル・ロブション監修の料理本を数冊、送っているのだ。バターたっぷりのレシピに満ちたそれは梶井の目を楽しませると同時に、激しい欲求不満をもたらしたはずだ。

「お久しぶりです。ひょっとして、私に会えなくて物足りなかったんじゃないんです

か」

　里佳がそう言って口の両端を持ち上げると、梶井は一瞬意外そうに目を見開き、すぐにむっつりと顎を引き、皺を深くした。アクリル板をはさんで彼女の向かいに腰を下ろすと、里佳はさっそく切り出した。

「あなたの少女時代から今に至るまでを少しずつ話していただけませんか？　私はこの事件をこう考えます。ネットで出会った、一見世間知らずの家事手伝いに見えたあなたの特異な価値観やライフスタイルに付き合わされるうちに、男性達がペースを狂わせ、体調を崩し、我を失って、ふとした拍子に不幸にも亡くなってしまったのではないかと。法廷ではあなたが会員制の殺人サイトに登録し、日に何度もアクセスして自然死に見せかけた殺害方法を探していたことや、毒物に関する書籍を多数購入していたことが証言されていましたが、いずれも状況証拠でしかありませんよね。あなたが仮に頭の中で殺人を計画していたとしても、彼らを殺してあなたが得する理由は見当たらないんです。真っ先に疑われるのがあなたであることも、分かりきっています。

　最初の被害者、本松さんはあなたの浮気や裏切りを心配して、もともとの不眠症を悪化させていた。医師に処方されていないバルビツール酸系の危険な睡眠薬をうっかり飲みすぎても不思議はありません。

　次に新見さん。もともと高血圧なのにかなり見栄《みえ》をはって、あなたとのデートや食事

に付き合って、コレステロール値を上げていました。医師の診断によれば、発作をそれまでにも何度か起こしています。お風呂場《ふろば》での死は事故だったのではないでしょうか。山村さんに関しては自殺かもしれません。ホームに設置されていたカメラでは、彼が飛び込んだ場所は死角に入っていて、不審な人物の影も見当たらなかった。シンクタンクの仕事はもともとかなりハードだったようです。あなたとの付き合いでさらにお金が必要になり、残業を増やしたせいで疲労は限界に達していた。ご家族の証言が正しければ、初めての恋愛です。あなたの作ったビーフシチュー、いえ、ブフ・ブルギニョンで心も身体も満たされた直後なのに、婚約破棄や他の男の存在をちらつかせられたとしたら、仮に自殺する意思はなくとも、通勤中に身体がふとぐらついたとしてもおかしくない。

あなたに罪があるとしたら、男性にお金を貢がせ、結婚を約束しながら相手を不安にし、体調が悪化するのを見過ごしていたことだけです。実際、あなたに勧められた通りにマーガリンをバターに替え、勧められたお店で食べ続けただけで、私は六キロ太り、胃腸の具合を悪くし、先週医者にかかりました。同時に元の食生活には戻れなくなり、価値観もかなり変化しました。以前の私があなたによって殺されたといっては大げさでしょうか？」

殺すという単語をぶつけても、梶井の唇はへの字に曲がったままだ。しゃべったら損

だとでも言いたげに、頑《かたく》なに表情を変えない。里佳は根気よく待ち続けた。やがて、先に折れてしまった悔しさを漂わせ、梶井はのろのろと口を開いた。

「何度も言ったでしょ。私はあなたに得になるようなことを、なに一つ話すつもりはありません。それに言ったはずよ。私の支援者はあなただけじゃないのよ」

「わかってます。でも、本当にこのままでいいんですか？　このまま、一生をこの建物の中で終えることになってもいいんですか？　世論次第で控訴審はひっくり返せるかもしれないんですよ」

口の中が乾いていた。このところの投薬のおかげで、胃はすっきりしている。里佳の変化は向こうにも伝わるのか、巨峰に似た目の中に光のようなものが揺らいでいる。

「それに、私を使えば、あなたは外とつながれます。心のつながりを得ようなんて考えは、もう捨てました。あなたは私を利用したらいいんじゃないでしょうか？」

利用、という言葉にことさら力を込めた。

「あなたの代わりに私が食べて、感じて、見ます。あなたの身体の一部になって世界と交わります。私がここに来る限り、あなたは少なくとも魂だけは自由です」

里佳は東京を歩く梶井を思い浮かべた。彼女には街や消費が似合う。こんな狭く暗い場所はふさわしくない。梶井が口を開く寸前、二人の間の空気が大きく揺らいだのがわかった。

「今、一番食べたいものがあるの」

梶井はちらっと上目遣いでこちらを窺っている。待ってました、とにやつきそうになる口元を引き締め、里佳はメモを取り出した。

「新宿の靖国《やすくに》通りにTっていうラーメン屋さんがあるんだけど。そこの塩バターラーメンを食べて、どんな味だったか正確に教えてもらえないかしら？　いつものように、あなたの言葉で」

名前くらいは聞いたことがある、数は少ないながらも全国展開している東北のラーメン店だった。そんな簡単なミッションでいいのか、とほっとするというより、何か罠《わな》がありそうで、身構えてしまう。

「はっきりいって、普通に食べたんじゃ、たいして美味しくもないのよ。ここのラーメンを飛躍的に美味しく食べるには、ある状況が必要なの」

梶井は一度言葉を切り、巨峰の目でこちらを掬《すく》い上げ、ねぶるように時間を置いた。

「セックスした直後に食べること。夜明けの三時から四時の間。季節はそうね、できるだけ寒いといい。ちょうど今くらい」

あまりのことに、里佳は少し笑ってしまったくらいだ。アイスブルーのニットを着ている彼女はどこか儚《はかな》い印象さえあり、今の発言にまるでそぐわない。

「あれは三年前の二月、新見さんと新宿のパークハイアットに泊まった夜だった。ニュ

ーヨークグリルのステーキがそりゃ、美味しかったわ。あそこから見る夜景が私は大好きなのよ」

パークハイアット内にあるそのレストランに行ったことはないが、その日の梶井のブログ写真なら思い出せる。巨大な肉の塊と、新宿のものとは思えない星屑《ほしくず》のような夜景。あの量を収めた後でよくラーメンが食べられたな、と里佳はあきれる。

「お腹が空《す》いてふと、目が覚めたの。何か主張がある温かいものが食べたくなって、でもルームサービスにぴんと来るものがなかった。寝ている新見さんを残して、コートを着て部屋を出て、ホテルの車寄せに停まっていたタクシーに飛び乗ったの。ちょうどこんな寒い季節だったわ。目的もなく走り出してワンメーターを過ぎたころに、ふと目に留まったのが靖国通りの、あの店」

「それにしても、どうして、ラーメンだったんですか？」

里佳の中でラーメンとセックスがそもそも結びつかなかった。

「セックスの後って身体がからっぽになるじゃない。だから、熱くてこってりした汁気たっぷりのもので、飢えた自分を満たしてあげたくなるのよ。言ったでしょ、好きな時に好きなものを好きなだけ食べることで、感覚は研ぎ澄まされていくって」

その感覚が里佳にはぴんとこない。というのも、最後にしたのがいつかわからないくらい、自分からは遠い出来事だったのである。まるで影のように気配を消している刑務

官の男と初めて目が合った。努めて感情を表さないが、白目にはほんの一滴の下卑た好奇心が滲んでいる。この男は今、自分の裸を思い浮かべている、と考えると全身が熱くなった。

「券売機で食券を買うと、私はカウンターに腰を下ろしたの。まわりは運転手風だったりホスト風だったりする男性ばかりで、じろじろと見つめられたわ。塩ラーメンにトッピングはバター。麺《めん》は一番固め、ハリガネで注文したの」

「梶井さんはもっと高級なお店にしか行かないかと思っていました」

お世辞のつもりはなかったのだが、この発言は彼女をいたく喜ばせたようだ。

「私、美味しいものに値段は関係ないと思っているし、色々な男の人と交際すると、色々な味を覚えてしまうものなのよ。ねえ、あの店の塩バターがどんな味だったか正確に教えてくれたら、独占インタビューの話、考えてみてもいいわよ」

得意満面で言い放つと、梶井はピンクの唇をすぼめ、ニットの肩をつんと上げた。

「でも、何かをした直後だからって味が飛躍的に変わるということはないはずです」

「へえ、口では女性の権利権利といいながら、自分から男を誘うのはプライドが許さないのね」

からかうような口調に、首筋が火照《ほて》った。早くこの小部屋から出て、冷たい新鮮な空気を吸いたい。そうでないと、この女の妄言に巻き込まれて、判断を誤ってしまいそう

だ。

「注文する時、これだけは忘れないで。バターはましましで」

とうとう里佳が頷《うなず》いてしまったのは、彼女に屈したのではない。セックスの後のバターたっぷりのラーメンとやらを、どうしても食べてみたくなったのだ。


「あのあとに身体がからっぽになる？ なにそれ、男側の感想じゃないの？」

淡い色の眉《まゆ》が、飛び去っていく鳩《はと》の翼のような形にひそめられた。自分で言ってすぐに恥ずかしくなったのか、顔を赤くしている。いつの間にか、昼時の社食で向き合うのが習慣になっていた。神楽坂界隈《かいわい》で食べ歩きをして縄張りを広げる、というわくわくするような計画は、伶子の排卵に合わせた通院ペースがまったく読めないせいで、いつの間にか立ち消えになっていた。

「すぐに眠くなっちゃうから、いちいちそんなこと味わったりしないよ。そもそも、人に言うことでもないじゃない」

伶子が目の周りを染めて抗議する口調になったので、里佳はすぐに謝った。彼女は肩をすぼめ、形のいい唇を引き締めている。伶子、伶子ちゃーん、とおどけて呼びかけても返事さえない。

「じゃあ、これならしゃべりたくなるかな？　去年の十二月、お宅にお邪魔した時、亮介さんが言ってたじゃない。会社の友達が遊びに来た時、伶子のシュウマイが美味《おい》しくて、レシピを聞いたら、伶子が急に饒舌《じょうぜつ》になったって。ねえ、あのシュウマイの作り方教えて」

「料理に興味ないくせに」

「思い出してよ。私は伶子のアドバイスをヒントにして梶井真奈子に手紙を書いたんだよ。梶井と私が近づきすぎるのを心配しているみたいだけど、もともとこれは伶子のおかげでつかんだチャンスなんだよ。料理好きにはまずレシピを聞きなさいって言ったじゃん」

「なにそれ、じゃあ、それもこれも、私が全部いけないってわけ？」

ますます不機嫌そうに伶子は口をとがらせる。梶井の話題がタブーになりつつあるが、二人の間にだけはそうしたキーワードを作りたくなかった。

「違う違う。感謝してるの。何が言いたいかっていうと、実は梶井の事件を追うことは、私のためでもあるし、大げさだけど、伶子に報いるためでもあるっていうか」

伶子は不可解そうにこちらを見上げている。この間会った時よりも、顎《あご》がとがっている。セーターから覗く手首がぽきりと折れそうなほど頼りなく見えた。

「伶子も息苦しさを感じていたじゃない。そこに共鳴して私たちは親しくなったでし

よ」

伶子が黙り込んだ。きっと里佳が今思い浮かべているのと同じ、かつての自分の姿を蘇《よみがえ》らせているのに違いない。大学時代、女性蔑視《べっし》発言をした男性教授に憤《いきどお》り、ゼミの最中にやりあっていた。カフェテラスでしつこくつきまとう男を突っぱねたら、クラスメイトにたしなめられ、そのことでさらに怒っていた。就職してからは、尊敬していた既婚の上司に強引に交際を迫られ、ショックを受けていた。女性主人公で恋愛要素のない映画では客が入らない、とクライアントに提案を突っぱねられた、と悔しそうに愚痴っていた。

「私は今もそう。いつもいちいち立ち止まっちゃうの。私たちの日々感じている違和感がこの事件の背景に隠れている気がする。私はそこを追いたい。もし、できたら、自分の言葉で書いてみたいと思う」

「昔の私って、なんだかとっても……」

それきり伶子はプラスチックの湯のみに視線を落とした。ボタン一つで出てくる、薄いお茶の水面が蛍光灯をくっきり映している。

「私は里佳と違うよ。昔は同じことに怒っていたけれど、私は逃げ出したんだもん」

みぞおちがぎゅっと締め付けられる。元気がない伶子を見ると、いつだって、今すぐ自分がなんとかせねば、という気持ちにさせられた。この世界すべてが間違っていて、

正しいのはあなただけなんだよ、と極端なことを大声で叫びたくなる。

「逃げてなんてないでしょ。伶子は昔となんにも変わらない。会社を辞めたのは、自分なりのやり方をとことんまで模索するためでしょ」

伶子がこちらを見た。薄茶色の眼差《まなざ》しがきらめき、長い睫毛《まつげ》の傘をうるさそうにはねとばしている。

「亮ちゃん、どうしても一緒に病院に行ってくれないの。あれの提出を嫌がってて……。予約を二回したんだけど、すっぽかされてる。私一人が通ってもなんにもならないのに」

「意外。亮介さん、そういう人には見えなかったよ」

それきり言葉が出てこなかった。妊娠という目標に向かって、二人で手をつないで歩んでいるとばかり思っていた。

「亮ちゃんだけは違うと思ってたけど、あの人も、男のメンツってやつが大事なんだよ。今はその時期じゃない、様子を見よう、自然にまかせよう、の一点張り。自分の身体にもし問題が見つかったら、人生から何かが決定的に失われると思い込んでいるんだよ。最近じゃ私、一人で子供作ろうとしているような気持ちになってる」

亮介さんには亮介さんなりの言い分があるのではないか、仕事で疲れているのではないか、伶子が何か誤解しているのではないか、とどこかで必死に自分に問うている自分

に失望する。亮介さんを嫌いたくないが、こうした男へのいたわりが自然に組み込まれている世界そのものが、伶子を苦しめていることもわかる。

「そんな童話なかった？　子供が欲しい女の人が長い長い孤独な冒険に出て、手とか足とか、小さな子供のパーツを一つ一つ森や湖で見つけて、つなぎ合わせて、最後は本物の子供を作る。その子と幸せに過ごしました。めでたしめでたし。最後までお父さんは出てこないハッピーエンド」

里佳には見えた。頭巾《ずきん》をかぶった伶子が森を歩き、小さな手や足を拾い上げ、生真面目《きまじめ》な顔つきで正確につなぎ合わせている姿が。どうしても怖いとは思えなかった。それはこの上なく彼女らしい光景だったのだ。

「ロース肉のかたまり」

ぶっきらぼうに伶子は言った。なんのことかわからず、次の言葉を待つ。

「私のシュウマイはね、叩《たた》いたかたまり肉とひき肉を混ぜて使うの。大量の玉ねぎのみじん切りと練り合わせる。それで、皮に包んで一度蒸したら、冷凍するの。そうやって、玉ねぎの細胞をわざと壊すの。凍ったものをもう一度蒸せば、ジューシーでなめらかでほのかに甘い熱々のシュウマイになる」

今度作ってよ、と甘えたら、もう、と仕方なさそうに口元を緩めたので、少しだけほっとする。

「やっぱり、伶子の言った通りじゃん。料理好きを操る魔法の言葉だね。『ねえ、あの料理、どうやって作ったの？』」

「里佳、いっそ料理教室に通ってみたらいいんじゃない？」

からっとした強引さを彼女が取り戻しているので、ひきつれた胃がほぐれていく。

「私が？　無理無理。果物の皮もろくにむけないくらいなんだから」

「だからこそ、だよ。美味しいものを食べるだけじゃ、梶井と話を合わせるのも限界がある。里佳の飲み込みは早いはずよ。プロにお金払って習うだけで、すぐに上達するって。里佳が行くなら、私も行きたいな」

もし、自分に通いたい料理教室があるとすれば。

世界に一つ、あの場所しかない。


新しい下着を買わねば、と朝から気もそぞろだったが、そんな時間など作れないまま夜になってしまった。隙《すき》のない完璧《かんぺき》な自分で臨みたかった。

パークハイアットに泊まることは予算の問題だけではなく、バレンタイン目前で予約が埋まっていたため不可能だった。小田急ホテルセンチュリーサザンタワーの二十四階から、ネオンの真ん中に黒々とした闇を大きく広げている新宿御苑《ぎょえん》を、里佳は見下ろし

ている。

誠の返事がまだ来ないうちに、この部屋を予約した旨《むね》をLINEで伝えた。もし、来られなかったら、一人でゆっくり眠ってそのまま出社する、とも。反応が怖くて、なかなかスマホを見ることができなかった。彼が部屋を訪れようとするのを断ったくせに、梶井に命令されれば動くなんて、勝手が過ぎるだろうか。

恋人を誘うだけで、これほど後ろめたくて恥ずかしいのはなぜだろう。里佳はカバーのかかったままのダブルベッドに身を沈めた。会社の給湯室で使っているのと同じ種類のパーコレーターが目に入った。自分から動いただけで、こんなに緊張している。拒絶されたらどうしよう、欲求不満だと思われたらどうしよう、とそればかり考えていて、落ち着かない。この部屋のどこかに小型カメラがあって、その向こうではたくさんの知人が大笑いしている気がする。枕《まくら》で目鼻を潰《つぶ》した。

ドアをノックする音が聞こえたのは深夜一時過ぎだった。心地よいうたた寝から緑茶のルームスプレーの匂《にお》いがする部屋に引き戻され、里佳は上半身を起こし、ベッドから降りる。

「遅くなってごめん」

「いいよ。私こそ、突然ごめん」

誠がほんの少しためらっていることが、ドアを開けるなり里佳にはわかった。しばら

く彼は無言でこちらを見ていたが、ようやく室内に入ってきた。いつものように誠は背中を向け、着ているものをすぐに脱ぎ、ハンガーにかける。「疲れたー」と、誠がベッドにどさりと腰を下ろした。里佳は隣に座り、ぎこちなく彼に手を伸ばしていく。

「忙しいのにごめんね」

髪質がふわふわと柔らかく少しも反発しないので、指先にまとわりつくのが楽しい。髪と同じ色の丸い目は充血し、忙《せわ》しなく瞬《また》いている。

「西橋さんが賞を取った時、俺は隣にいないかもなあ」

彼が担当しているベテラン作家は、春に発表される文学賞の候補になっているはずだ。

「もしかして、年度末の異動？　文芸の人事、いつも激しいもんね。何か聞いたの」

「いや、話しても仕方ないね。こういうのは、さ。その時が来れば従うしかないし」

言葉と裏腹に、彼の瞼《まぶた》のあたりがかすかに痙攣《けいれん》していた。

「え、割り切ることないよ。愚痴でもなんでも聞かせてよ。私だって西橋先生と誠が離れたら悲しいもん。あの候補作は、誠が連載当初から関わってきたわけだし」

「いいってば。せっかく二人でいるのに仕事の話するの、もったいないじゃん」

誠の頑なな部分にまた触れてしまった気がする。昔はもっと、みっともない部分まで隠さず話してくれた。だから、里佳もどんな悩みでも打ち明けることが出来た。いつの間にか、職場での緊張感が二人の間に持ち込まれるようになっていた。それは本当に、

時間がないせいだけなのだろうか。

父がそうだった。

絵本を読んでくれる父が好きだった。母に禁止されている袋入りのインスタント焼きそばを、フライパンでこっそり作ってくれる父が好きだった。スノッブに見えて、お正月に必ず「男はつらいよ」を見ては涙ぐむ父が好きだった。融通の利《き》かない性格が災いし、大学で出世コースを外されたあたりから、父は変わった。里佳の目を見て話さなくなった。家計が厳しくなるにつれ、むっつりと押し黙り、毎晩飲み歩いて帰りは明け方になった。酒の勢いで、母にあたることが増えた。完璧な大黒柱なんて母も里佳も求めていなかったのに。中学は私立でなくても良かった。母も働く気は十分にあった。家族に向き合ってくれる父でいてくれれば、それでよかったのに。

――頼むから、ちゃんと話をしてよ。私はそれだけでいいのに。

母の涙交じりの声が襖《ふすま》の向こうから聞こえてきて、布団《ふとん》に潜り込んだ記憶が蘇る。それでも父の声は聞こえてこなかった。まるで一言でも言葉を発したら、自分の身体《からだ》が砕けてしまうとでも思い込んでいるような、頑なさだった。

梶井の男達。彼らもまた男らしさに縛られていたのではないか。梶井の並外れた体力や贅沢《ぜいたく》、高カロリーの食事に付き合わされ、身体中が悲鳴をあげていても、「疲れた、休ませて」がどうしても口に出来なかった。それは、彼女を失いたくなかったというよ

り、負けたくなかったからではないか。命がけで彼女と張り合った結果、彼らは心身を患《わずら》ったのだ。報道では「シャイでコミュニケーションの苦手な人ばかり」と伝えられていたが、彼らは決して一人ではなかったのに。山村さんの姉や母、新見さんの元同僚や長男の妻、本松家に出入りしていたヘルパーや近所の主婦。皆、彼らを心配していた。記事を読む限り、何故《なぜ》か女ばかりだった。例えば、被害者が誰か一人の声にでも耳を傾けて……。

「腰が痛い。目も疲れているみたい」

そう言うと誠はベッドに身を投げ出し、うめきながらうつぶせになった。彼のお尻《しり》が意外にも形良く上を向いていることに里佳は久しぶりに気付き、ついするりと撫《な》で上げた。

「私、マッサージしてあげるよ」

「いいよ、マッチーも疲れてるだろうし」

以前はこうした遠慮をこちらへの気遣いだと思っていたが、ついでに作った手料理ばかりではなくマッサージも受け付けないというのは、一種の拒絶ではないだろうか。

勇ましい気持ちで彼の腰に自分の股間《こかん》を密着させるかっこうでまたがり、肌着の中に手を差し込んだ。うひゃあ、と誠がうめく。どうやら、こちらの肌が冷たすぎたらしい。里佳は指をこすり合わせ、再び腰をもみ始める。誠の皮膚はしっとりとなめらかで、こ

ちらに吸い付いてくる。直《じか》に触れるのは久しぶりで、ああこういう感触だったな、と三ヶ月以上前の記憶をゆっくり蘇らせていった。梶井の命令に、次第にもやがかかっていく。別にセックスなしでも構わないのではないか。出来なかった、と素直に申告すれば、かえって梶井の自尊心をくすぐれるかもしれない。

最初はむずがゆそうに身体を左右に揺らしていた誠だが、すぐに動きが静かになった。こちらの手のひらが温まるにつれ、誠の腰がかちかちに強張《こわば》っていて全体が冷えていることがわかる。付き合い始めの頃は、びっくりするような体温の高さだったのに。

こうしていると、少しずつ彼の肌にも血が巡り、生き生きとした脈の動きが伝わってくる。こちらの股間も誠の熱を受けて、じんわりと潤《ほと》びていく。付き合い始めたばかりの夜は、こうして肌を重ねて、たがいの心臓の音に耳を澄ませた。それだけで、十分に楽しかったのだ。

誠が急に起き上がったせいで、里佳はバランスを失って横に倒れる。くすくす笑っていると、彼はこちらの腕をつかんだ。予想していなかった強い手応《てごた》えを前にして、何もかもが遠ざかっていく。彼が肌着を脱ぎ捨てた。久しぶりに見るその裸の胸は思春期の女の子のようにぎこちなくふくらんでいた。乳首の周囲に毛が生えている。触れた指先が驚くなめらかさですするりと滑っていく。誠の身体が急激に熱くなっていった。鞄《かばん》が開ショーツとタイツを一度に脱がしやすいように、里佳は腰をぐっと浮かせた。

き、書類の束がガサガサと乱暴にのけられ、続いて避妊具をつける音がぱちん、とした。彼の指を尾てい骨のあたりに感じると、乳首が天井の方向に硬くとがった。

ずっと使っていない感覚を総動員しているのがわかる。脚の間がやんわりとこじあけられる。身体中の関節という関節が優しくしびれている。自分ではないもののような甘いにおいが部屋中に広がる。まだ十分に潤《うるお》っていないので、最初は内側がぴりぴりと痛んだが、やがて貪欲《どんよく》な速さで相手になじんでいく。ぽたりとぬるい水滴を額に感じた。見上げると血走った必死な目とぶつかった。次から次へと汗の玉が彼の顔から滴《したた》り、里佳の身体を叩いていく。足指の先端にまで誠と一緒に居る手応えが行き渡っている。足りなかったのはこれだ、もしくはこの延長にあるものだ、と里佳は身体の奥深くで理解し、彼の目を見上げた。誠の汗が恵みのように降り注ぐ。清潔な天井がどんどん高くなっていく。

誠は苦しげに息を整えながら、里佳の上から横に倒れた。すっと熱が引いていく。呼吸が収まり、視界が明るくなるのを待って、生まれたての気持ちで少しだけ首を持ち上げて周囲を観察した。汗のしたたりがシーツを半透明にしている箇所を見て、目を丸くする。シャワーを浴びる気にはまるでならなかった。誠の汗はさらさらとしていてすぐに乾き、においはまるでない。彼の息遣いが段々静かになっていく。

「まこっちゃんもぜんぜん、人のこと言えないじゃーん」

腕を伸ばして、彼の丸いお腹をぽんとたたく。いつの間にかこちらも贅肉を恥ずかしく思わなくなっている。いつまでもじゃれついてくる里佳に根負けしたように、誠はようやく自然な笑顔を見せた。

「マッチーはほんとエロい身体になったよ」

耳元でささやいた言葉がくすぐったく、里佳は手足をばたつかせた。誠の唇は乾いていて、肌をひっかく。喉《のど》の奥からくうっと小鳥のような声が漏れた。誠の首にすがりつき、その丸い肩に額をぶつけた。必死で飼い慣らしてきた自分の子供っぽさがどんどん外に流れ出していく心地よさがたまらない。

この仕事に就くずっと前から、意識して隙のない振る舞いをするようになっていた。母が嫌がるかも、という計算がどこかで働いていたのかもしれない。

母は性的なことには敏感だった。テレビにごくささいなラブシーンが映るだけで、すぐにチャンネルを変えられた。大学に入って恋人が出来たばかりの頃、帰りが遅くなる里佳を感情的になじったこともある。勇気を出して彼を母に会わせ、家族ぐるみのからっとしたオープンな付き合いに持ち込んでからというもの、急にその態度は柔軟になった。母自身も、ボーイフレンドの話さえするようになった。彼女の身になって考えてみれば、娘を一時の恋愛に流され人生の可能性を狭めた自分のようにしたくないという気持ちが先走っていたのだろうか。

「ほったらかしにしてて、ごめん。どこも連れてけないし、いつもほんとごめん」

誠はうわごとのようにつぶやき、天井を見上げ、やがて目を閉じた。里佳は汗粒を光らせている彼の小鼻を見つめた。かすかに鼻歌を歌っている気がした。あのアイドルグループの曲かもしれない。丸いお腹が上下している。

YouTubeで一度だけ再生した「スクリーム」の曲はどれも、愚直なまでに努力と忍耐を讃《たた》えるものばかりだった。可愛《かわい》い女の子たちが口にするフレーズは凜《りん》としているというよりは、息苦しかった。里佳の知る九〇年代のアイドルは、恋やお菓子やリップクリームの色について楽しくてたまらない調子で歌っていたのに。

「別にどこかに行けなくてもいいよ。私はこうやっていちゃいちゃしているだけでいいんだって」

言葉を重ねるほどに誠を追い詰めていることに気付いて、里佳は口をつぐむ。これと同じことを前に経験している。たらこパスタを作った時、「ついでに作っただけ」と気軽さを強調するほどに、彼は後ずさっていったっけ。

「早く起きなきゃな。明日、じゃなくてもう今日か。やり残してきたことあるし。あさっては校了だし。マッチーはゆっくり寝て帰っていいよ」

誠はうわごとのようにつぶやいた。うつら、うつらと意識が遠のいている様子だ。

「こういうことすると、サボってる気持ちになるの?」

抱き合って、互いの体温を感じ合いながら寝転んで過ごしたい。それが自分が彼になによりも望むものだと、今はっきりわかった。この体温こそが、里佳の望む彼だ。指を絡《から》ませ、こちらの足を彼の太ももの隙間にめり込ませていく。

「なんかさー。それ現代病なんじゃない？　ここ最近は、努力して出した結果よりも、日々いかに努力しているかがその人の質になるようになってきたと思わない？　そのうち、努力ってことと、辛《つら》いってことが混同されてきて、辛い人が一番偉い世の中になっちゃったりして。梶井真奈子があんなにも糾弾されるのは、彼女があまりにも辛くない犯罪者だからだと思う」

鼾《いびき》が聞こえてきたので、言葉を切った。誠の喉仏が大きく震え、腹が上下している。また、仕事の話をしてしまった、と自分にあきれてしまう。彼を笑えない。

このまま誠の隣でぬくぬくと寝ていたい、という気持ちが途方もなく強い。居心地の良い場所で、小さな世界に満足して過ごせれば、そう嫌な目にはあわないという確信もある。もっと一緒の時間を重ねれば、誠も心を開いてくれるかもしれない。

ベッドサイドの時計は午前二時五十分を指していた。

でも、約束は果たさねばならない。それがどんなに小さな約束であっても――。里佳は勢いをつけて起き上がると、下着とセーター、パンツを身につけ靴を履き、コートを羽織る。少し迷ったが、携帯電話は置いていくことにした。柔らかく潤びていた皮膚が

繊維に抵抗している。服を着た感覚にまだ意識が追いつかず、裸のままのような気持ちで財布とルームキーを手に部屋を出た。口を開けて寝ている誠に申し訳ない気持ちになって、ドアの隙間から手を合わせる。無人の長い廊下を渡り、エレベーターを乗り継いで、地上階へと降りた。男性スタッフが一人だけ立っている受付を通り過ぎる。自動ドアが開くなり、平たい氷を思い切りぶつけられたように夜風が吹き付けた。くらっとするほど余裕のない寒さと闇《やみ》が、魔法をあっけなく吹き飛ばした。

星の見えない青に近い夜空だった。

歩ける距離なので、里佳はサザンテラスに向かってコートの襟を立てて足を早める。南口に続く人気のない横断歩道を渡り、ルミネを通り過ぎた。数人のホームレスが冷たいアスファルトに段ボールを敷いて横たわっていた。階段を降り、東口方面へと向かうと、終電を逃してふらついているらしい、酔っ払った若者の集団とすれ違った。

誰も里佳を見ようとはしなかった。数分前まで居た、暖かく湿ったホテルの一室と、この街並みがつながっているとは信じられない。閉店したスポーツ用品店のウインドウに映った自分の姿に立ち止まる。長身の平凡な女だ。悲しいというより、むしろほっとした。誠はやっぱり自分に惚《ほ》れているのかもしれない、と思うとほんのりと嬉《うれ》しかった。たった一人にさえ受け入れられれば、誰もが認める美しい存在になどなれなくてもいい。本当のところは誰もそこまで美に関心などないし、そもそもそれがなんなのかさえ、よ

くわかっていないのだから。隣り合ったものとの調和など無視したネオンの洪水が、歩く速さで流れていく。冷気にまじって、生ゴミの臭《にお》いが漂ってくる。誠のにおいや熱を思い出すうちにまばたきを忘れ、悲しくもないのに、乾燥と冷気で、眼球が濡《ぬ》れていく。そうか。ベッドで交わされるごく内輪のじゃれあいをすべて真に受けて、日常レベルにまで持ち込んだのが梶井真奈子なのではないか。

血の巡りがストップし、体の末端まで冷え切っている。鼻の奥が凍えて痛い。足の指がかじかんでいる。あらゆる不快な要素が溢《あふ》れ、さっきまではまろやかでシンプルに思えた自分が、多様な要素を詰め込んだ高層ビルのような、嵩《かさ》高い面倒な存在に思えてきた。

自分を含め、世間が彼女の主観をあまりにも鵜《う》呑《の》みにしていることに、里佳は今、身を以《もっ》て気付いた。いつの間にか、誰もが、梶井の視線を通して見えた世界をそのまま受け入れてしまっていることに。

チェーン店Tの赤と金色の看板を見つけると、外観をろくに観察せず、追われるように滑り込んだ。太った中年男性客が一人、食べかけの丼《どんぶり》を前にうたた寝している。店のロゴが入ったスウェット姿の、頬骨の突き出た若い男が、カウンター内から興味なさそうにこちらを見て、ぼそっと何か言った。券売機のボタンを押し、コートを脱がずに、入り口に近い席に腰を下ろす。スープの匂いと十分に暖かい空調で全身が緩む。チケッ

トを差し出しながら叫んだ。

「塩バターラーメン、ひとつください。あ、バターましまし、ハリガネで」

スープの湯気と麺を茹《ゆ》でる鍋《なべ》から上がる蒸気が、夜風で張り詰めた肌をほどいていく。しばらくして、湯切りする音が店内によく響いた。湯気が立ち込めているせいで調理場がほとんど見えない。もともとラーメンは好きな方だ。入社当時から、誠はもちろん、同期や先輩とも肩を並べて暖簾《のれん》をくぐり続けてきたせいで、神楽坂界隈の店では唯一《ゆいいつ》詳しいジャンルである。奇をてらわないあっさりした醤油《しょうゆ》味が好みだ。カウンターの上に丼が素っ気なく置かれる。ずしりとした重たさと熱で、かじかんだ指先がほぐれていく。割り箸《ばし》を取り、二つに割った。鶏《とり》ガラスープと一緒に木の香が立ち上る。

具材は胡麻《ごま》と青ネギのみという潔《いさぎよ》さ。きっちりと四角いバターが二つ、澄んだスープにだらしなく姿を崩し始めていた。その奥には黄味の強いちぢれ麺が沈んでいる。スープに溶けたバターは、黄金色の円をいくつも浮かべていた。円に麺をわざとくぐらせるようにして、口に運んでいく。ややかんすいの味が強いものの、嚙《か》みごたえのある茹で加減が悪くない。スープをすする。鶏ベースの淡白な味わいに、遠くでかつおの風味も漂う。熱い汁が、乾きすぎて痛いくらいの喉を潤《うるお》しながら、落ちていく。安っぽいバターの乳臭さが麺やスープにからむなり、黄金の味わいになって暴力のように縄張りを広げていく。とろみとコクが生まれる。身体の中心にバターのしずくが落ち、弧がじわじ

わと大きくなっていくのがわかる。鼻の奥が熱くなり、カウンター上のティッシュ箱を引き寄せる。後から後から水分が溢れて、里佳は鼻を思い切りかんだ。バターの膜が里佳の内側に張り付いていく。誠のぬくもりやにおいより、もっとしたたかで自己主張の強い、熱い汁と麺だった。交互に頬張るたびに、里佳の身体は先ほどの柔らかさと熱を取り戻していく。もはや、あの部屋に居るよりも、ずっとあたたかい。

気付けば頬骨の出た男がじっとこちらを見ている。里佳はそれを気にせず、ひたすらラーメンに挑んでいく。

靖国通りを車が絶え間なく行き来している。比較的見慣れているはずの新宿の街並みが見知らぬ異国に思えた。そういえば、海外旅行に最後に行ったのはいつだろう。梶井真奈子が悪人であることは間違いないし、その人格につかみどころはないかもしれないが、これだけは言える。彼女は帰る場所を持たない女だ。

里佳は音を立てて麺をすする。

セックスの後にふらりと外に出て味わうラーメン。それは想像していたような官能の延長ではない。たった一人でしか得ることが不可能な、自由の味だった。部屋に残してきた誠を思い、彼が自分に残した香りや指の跡を味わいながら、ひたすら麺を口に運んだ。

欲望をとことん追求できるのは、何者にもしばられないからだ。初めて故郷という場

所を捨て、なおかつ定職や友人を持たない彼女の、この街に対する認識を知った。東京に生まれ育った自分は、この土地のしきたりや家族や歴史から、よくも悪くも逃れられない。でも、梶井にとってここはいつまでもよそゆきの場所で、ハレにふさわしい舞台で、好き勝手に飛び回り恥は捨てていく異国だ。「旅行中」という表現は、身の程知らずにもオードリーにかぶれていただけではないのかもしれない。結婚相手を探していたはずの彼女は、根本のところでは、誰にも所属するつもりはなかった。それは確かだ。でなければ、こんな時間に男を残してラーメンを食べたくなるわけがない。

そういえば、彼女の周りの男が死に始めたのは、故郷に住む父親が亡《な》くなった翌年からだ。なにか関係があるのだろうか。里佳は食べ続けることで、とうとう手にしてしまったらしい。梶井真奈子の視点、いや味覚を。

丼を抱えて、バターの溶けたスープを飲み干す。視界がすっぽり覆《おお》われる。薄暗がりの中にバターの油分で出来た星空が輝いていた。視線を感じて、ふと丼の底から顔を離した。夜明けの靖国通りに里佳は目をやる。薄闇の中に梶井が立ってこちらを見ている気がしたのだ。

6

声をかけられて顔を上げると、白いものがほとんどのボブの後頭部が差し込んだ陽差しを受けて、薄暗い蕎麦《そば》屋の一角を光らせていた。

「町田ちゃん、久しぶり。えっと、ここ、いい？」

なめらかな青白い顔と白髪の境界線が見つけられない。それは四十代の彼女を老《ふ》けてみせるというよりは、年齢不詳の妖精《ようせい》めいた魅力を与えている。

「お疲れさまです。どうぞ、どうぞ」

里佳は汁をすすっていた温かいわかめ蕎麦の丼をテーブルにごとりと置く。かつて「週刊秀明」の名物記者だった水島依子《みずしまよりこ》さんは、角ばった低い椅子《いす》に置かれた座布団に腰を下ろした。三年前に彼女が文芸営業部に移ってからは、ほとんど顔を合わせることがない。

視界に入った水島さんのローファーはぴかぴかと光っている。ブレザーと風合いが出たボタンダウンシャツ、チノパンといういでたちは、清潔感に溢れ営業としては申し分ないけれど、経験を積んだ四十代女性というより、英国育ちの小さな男の子のようだ。いずれも家で洗える素材で、メイクが薄くても気にならない。彼女は適量を知っているんだろうな、と思う。離れた奥二重の目尻の周りにたくさんの皺《しわ》が集まっていく。鼻のわきの大きなホクロからうぶ毛が生えているのさえ、なんだか無邪気で愛らしかった。

「珍しい。町田ちゃん、こういうところでお昼食べるんだねえ。まあ、お昼という時間

でもないけれど。書店回って食べ損ねてたら、こんな時間になっちゃった」

客は里佳と彼女の二人だけだ。だしの匂いが流れ、水島さんのぽんぽんとした懐《なつ》かしい物言いが自然と心を弾ませた。彼女はかつて取材相手の前でも、独特の立ち位置を確保していた。警察や官僚を前にして自分を変にキャラクター付けるということもなかった。


「社食美味しいんですけど、なんだかずっと会社にいると息苦しくなっちゃう気がして。たまには取材以外でも、外に出ないと。ここ、よくいらっしゃるんですか？」

会社から歩いて二分の裏路地にあるこの蕎麦屋は、分かりづらい場所にあるのと民家と間違えるほど店構えが狭いせいか、客の入りがあまりよくない。初老の夫婦が出前を中心に営業しているため二人が交互に店を出入りしていて、余裕がないのか接客もそっけない。しかし、打ちたてらしい蕎麦は香りが高く、食後に蕎麦湯をたっぷり飲むと、その日の午後は手足がぽかぽかと温かく、体調が良い気がしている。伶子からの誘いがない今、社食にこだわる必要もなくなった。

伶子は通院を休んでいるようだ。本人の口から聞いたわけではないが、週に一度はきた連絡がぴたりと止《や》んでいる。亮介さんの非協力的な姿勢が影響していることは明らかだ。あまりにも配慮が必要な問題だけに、彼女が話し出すのをただ待つしかなかった。

それを思いやりと呼んでいいのか、里佳は自信が持てない。

「今日は保育園でお弁当ある日なんだけど、自分と夫の分は作る時間なくてさあ」

「え、お弁当作ってるんですか？」

「基本給食だからたまにだし。うちの娘今四歳なんだけど、小学校に上がるまでの頑張りだと思えばね。キャラ弁とかは最初っからあきらめさせてる。梅干し、ごはん、卵焼きと残り物、あとなんか青いものをぶちこんだら終わり」

「それだけだってすごいですよ！」

他人丼を注文すると、水島さんはこちらに向き直った。

「いやいや、週刊誌に居た頃とは比べものにならないくらい時間があるもん。基本的には定時に帰れるしね。イレギュラーなオーダーもないから、安心していられるのが一番大きい。そっちは？　なんか今、大きい案件ある？」

通常なら会社の顔である営業だが、秀明社では縁の下の力持ちと見る向きが強い。出産や長期入院を経て、ここの部署に異動した人は多かった。正直な話、水島さんが育児との両立が不可能となり営業に移ると聞いた時、里佳は暗澹《あんたん》たる気持ちになり、自分の将来のビジョンさえ曇りかけたほどだ。そばに居たのに、何のサポートもできなかったことがふがいなかった。他人丼を煮詰めているらしき甘辛い匂いに背中を押され、里佳は声を少しひそめた。

「今日、東雲《しののめ》の事件の被害者宅にいってきたところなんです。取材には応じてもらえま

せんでしたが」

遊び仲間から暴力を受けて亡くなった男子中学生の母親が、世間のバッシングにさらされている。シングルマザーの彼女は医療事務と接客業の掛け持ちで、息子と過ごす十分な時間が持てなかったため、彼の異変に気付くことができなかった。少年は夕食を買うために夜のコンビニに通ううちに、加害者達に声をかけられ、仲間に加わるようになったらしい。「現代の食生活の歪《ゆが》みが招いた悲劇」といった意見が目立ち、週刊秀明もあからさまに批判することはないが、最近の働く母親全般に向けた食生活の提言を掲載した。取材した里佳は最後まで猛反対したが聞き入れられなかった。その号が発売されたばかりなだけに、今日、遺族の母親の元へ足を運ぶのも内心気がすすまなかった。インターホン越しに消え入るような声で繰り返していた「申し訳ありません。迷惑をかけて申し訳ありません。私が全部いけないんです」という言葉が今も耳を離れない。水島さんはぼさぼさの眉をひそめ、ホクロをぴくりと動かした。

「あの事件ねえ。あのお母さんのこと、他人事《ひとごと》とは思えないわよ。たまたまあの家に起きただけで、うちにだって起きることよ」

水島さんがもし今デスクだったら、と思えてならなかった。今の里佳の意見が反映されることはなく、自分の言葉が記事になるわけでもない。デスクが書きたい原稿を成立させるために、ただパーツをかき集め、大きな流れを眺めているだけだ。

「ほんと、町田ちゃんもよく持ってるわねえ。私の同年代はみんな感心してるわよ。あなたが女性初のデスクになれたら、私、本当にやっかみとかなく、単純に嬉しい」

おそらく、週刊秀明で産休だけではなく育休をとったのは彼女が初めてだった。

「これでもさー、両立しようとしたんだよー。利用できるものはなんでも利用して、独身時代から貯《た》めてきたお金使いまくった。保育園の空きが出るまでは、ベビーシッター雇ってさ、周囲に迷惑はかけまいとしてもう必死」

ほんの少し、彼女は睫毛を伏せる。そうすると、目の下のぷっくりした膨らみに青い影が落ち、眠っているようにも何かを堪えているようにも見えた。

「でもねえ、今になって思うのよ。少しくらいは迷惑をかけても良かったのかもしれないなって。私が必死に歯を食いしばって一人で抱え込んで誰にも弱音をはかなかったせいで、町田ちゃんみたいな若い子がそのツケを払わされているような気もするの」

こちらの視線を感じてか、水島さんはすぐに声のトーンを甲高くし、離れた目を細めて鼻に皺を寄せた。

「まあ、北村みたいになっちゃあ、おしまいだけどね。あいつの一人だけ高みにいる態度は異常。あいつ今なにしてんの？　今度はピラティスでも始めたか？」

他人丼が運ばれてきて、彼女は勢いよく割り箸を二つにする。すくいあげた一口は、ふっくらした卵が豚肉やなるとを包んでいて、その下のご飯粒は醤油の色に染まってい

る。しばらく口を動かした後で、水島さんはまじまじとこちらを見つめた。

「なんか雰囲気変わったわよねえ。町田ちゃん、前は修行僧みたいだったのに」

「そりゃ、食べ過ぎて太りましたからねえ。もう、ぷっくぷくです」

「あら、前より全然いいよ。なんていうか、昔はガリガリで見ていると心配だったもの。体ごと投げ出すみたいに仕事していて、自分を全然いたわらないんだもん。なんだかね、自分をいたわってない人を見ると、こっちが責められてる気がしちゃうのよねー」

ガラス戸の開く音がした。奥さんが出前から戻ってきて、無言のまま厨房《ちゅうぼう》に入っていく。それを待っていたかのようにご主人がリモコンをテレビに向け、音を出した。吹き替えの洋画のセリフがどこの国の言語でもないような、明瞭《めいりょう》で淀《よど》みのない調子で店内を流れていく。


向かい合うなり、アクリル板の向こうの梶井は口元をにやつかせた。

「塩バターラーメンは美味しかった？」

里佳は二重の意味だと理解した。頰を赤らめまいと意識するほどに、耳元が熱くなるのがわかる。刑務官の目を意識しないようにしながら四日前の明け方の記憶を辿《たど》る。

「ただのチェーン店のラーメンがあんなに美味しいのは寒いからでしょうか」

「あら、自分が一番よくわかっているんでしょう?」

今日の彼女の物言いにはどこもねばつきがないので、拍子抜けするほどあっさりと胸に入っていく。指摘されるまでもなく、たった一回抱き合っただけで、誠に対する気持ちがぐっと単純化されたのがわかった。

「男の人って純粋にあったかいでしょ? 私が育った街は二月が本当に寒かったから、そのありがたさがよくわかるのよ。私がそのことに気付いたのは高校生の頃だったわ」

「確か、東京と新潟を往復していた営業マンでしたよね。どうやって知り合ったんですか」

里佳はメモ帳を開き、ペンを握る。筆記すると彼女が警戒したそぶりをするので、必要最小限にしていたが、今日の梶井はこちらのことなどおかまいなしに、どこかうっとり夢みるような目線を彷徨《さまよ》わせている。このすきに、と、ペンを素早く走らせた。

「地元の書店でサガンの文庫本を選んでいたら、話しかけられたの。私は文学少女だったのよ。僕もサガンが好きなんだ、君みたいな女の子にこの街を案内してもらえたら最高だな、って。向こうからはすぐに恋人になってくれ、と熱望されたけど、はぐらかし続けたわ。お弁当やお菓子を手作りして持って行くと喜んでもらえるから張り切った。会うたびに情熱的に求められるようになった。バレンタインに、私は彼のためにケーキを焼いて、初めて両親に嘘《うそ》をついて新潟駅近くのホテルに外泊したの。大雪の夜だった

わ。それから関係が始まった。私たち二人がラブホテルから出てくるところを見た同級生が援助交際だって騒いだせいで、あっという間に噂《うわさ》が広まって、無理やり別れさせられたけどね。彼が結婚しているって知ったのはそれからよ。でも、そんなことどうでもいい。今でもあの人との思い出は宝物よ」

驚いたことに彼女は、山盛りにふくらんだ水滴を小指の関節でそっと拭《ぬぐ》う。里佳は居心地の悪さと懸命に戦っていた。思い出さねば。誠と過ごしたホテルの一室での濃密な時間、外に出たときの寒々とした現実との温度差。魔法が解けていくあの感覚を忘れないようにしないと、この女に見えた世界そのものを受け取るはめになる。

「あなた、彼との仲も復活したようだし、バレンタインに何かお菓子を焼いてみてはいかがかしら」

「バレンタインに何かあげたことなんて一度もないです。ましてや手作りなんて。彼、そういうのは重いと敬遠するタイプですし」

「そうね、なら、甘ったるいチョコレートではなく、カトルカールにしなさい。初心者にぴったりのシンプルなレシピよ」

「カトルって確か、ええーと」

「フランス語で四。カトルカールは四分の四。卵、小麦粉、バター、グラニュー糖。すべて同じ分量だけ使うバターたっぷりのパウンド型ケーキ。全部百五十グラムね。ほら、

覚えやすいでしょ。こら、メモらないで、暗記しなさい。あとはレモンを入れるといいわよ。国産の無農薬のものを使いなさい。おろし金で表面の皮だけさっと削るの。あればバニラエッセンスを入れたり、焼き上がりにラム酒をたっぷり塗ってもいいわね」

「ケーキなんて難しそうですね。正直不安です」

手作りのお菓子を口にした経験は人より多いと思う。女子校時代、里佳のファンだという下級生や同級生から、しょっちゅう手作りのパウンドケーキやクッキーをもらっていたからだ。彼女達の甘ったるい体臭や体温が伝わって来るようなそれらは、生焼けだったり、舌にしつこくねばついたり、かちかちに硬かったりした。コンビニ菓子の方がよほど美味《おい》しいと思った。だから、大学で伶子と知り合い、彼女の暮らす女子寮で手製のアップルパイを食べた時は、その完成度の高さに感動したものだ。こちらにおかまいなく梶井はしゃべり続けている。

「オーブン料理はあなたみたいな忙しい人こそ、トライしてみるべきよ。時間を上手に使うとはどういうことかわかるようになるわよ。できたら彼には、焼きたてをサーブするといいわ。パウンドケーキは寝かせて翌日以降になった方がしっとりして美味しいというけれど、私は焼きたてあつあつをたっぷり頬張るのが好き。あなたの彼、手作りに抵抗があるみたいだけど、それは焼きたてのケーキを食べたことがないせいだと思う」

会ったことはないが、埼玉在住の誠の母は夫と死別後、化粧品会社の営業として、誠

と姉を養い、ほとんど家には居なかったらしい。

「バレンタインには必ず、交際している男性にお菓子を作っていたのですか」

同時に何人もと付き合うのが当たり前な梶井だけに、その労力を想像しただけで気が遠くなりそうになる。こちらにしてみれば、誠一人にケーキを焼くというミッションだけでも面倒で仕方がないのだ。ケーキが膨らむ自信もないし、喜んでもらえるとも、とても思えない。

「そうよ、バレンタインの数日前、私のマンションはパティスリーみたいだったわ」

こうした話をする時、彼女は心から楽しそうだった。喉の奥が甘くなっていくようで、里佳は空咳《からぜき》をした。ここを訪ねてきた目的を、ようやく思い出す。

「あの、独占インタビューの件、了承していただけたと思ってもいいでしょうか」

「うん、いいわよ」

あっけなく彼女が頷《うなず》いたので、里佳はボールペンを落とした。パイプ椅子から腰を浮かし、冷たい床に転がるペンを目で追っていたら、くらっとして視界が二重になった。

「でも、あなたのインタビューに答えるとは言っていない」

里佳が椅子に腰を下ろすなり、冷ややかな声で告げられた。乾いた喉に風が落ちていく。彼女はいかにも嫌そうに首をかしげ、斜めからこちらを無遠慮に観察している。

「なんだかねえ、あなたと向き合っていると、心が砂漠みたいになるのよ。投げ出すみ

たいに生きている人を見ると、こっちが責められている気がして疲れちゃうのよね。え、なにその顔」

梶井は水島さんとニュアンスは違えど、まったく同じことを口にしていた。

「いや、意外と私のことをよく見ているんだなって……」

「なに言っているの、莫迦《ばか》じゃないの？」

そう吐き捨てながらも、たっぷり肉のついた顔周りがせわしなく震えている。

あ、またあの表情——。最近の彼女は憎まれ口をたたきつつも、どこかこちらへの甘えと好奇心が滲《にじ》んでいるように見える。この女は本当に同性が嫌いなのだろうか？　ひょっとすると、自分で懸命にそう思い込もうとしているだけではないのだろうか。こんなにも欲望に正直なのに、何故そこだけは頑《かたく》なに押し殺すのだろうか。梶井をじっと見つめすぎていることに里佳がようやく気付いたのは、彼女が初めてといっていいほどたじろいだ表情で目を逸《そ》らしたからである。

「とにかく、ね、焼き菓子を一つでいいからマスターしなさい。そうすれば、上手に壁が築けるようになるのよ。あのね、あなたには壁がない。仕事もプライベートも、本音も社交も全部がまじりあってる。見ていると疲れる。ざらざらした感じが消えたら、すべてをあなたに話してあげてもいいわ」

どちらかといえば、自分はなかなか他人に心を開けない性分である。ならば、とっく

に構築しているのと思うのだが。

「カトルカールのレシピは私のブログをみるといいわ。コツはバターにたっぷり空気を含ませることと、粉を素早く切るように混ぜることよ」

彼女はここにはない何かに満足するようにうなずいた。まるで鍋のシチューを一口味見して、その出来に酔いしれる偉大なるシェフを思わせた。


隣の部屋から、そう若くない女が歌っている、音程のずれたアイドルソングが聴こえて来る。どこか聞き覚えがあると思ったら、サビの部分にきてスクリームの新曲だとわかった。

飯田橋駅から徒歩五分の場所にある、カラオケボックスの薄暗い個室で、里佳は篠井さんと低いテーブルを挟んで直角に向き合っている。会社の近所で人目を避けるにはここが一番だった。二本のマイクはセロファンを被《かぶ》ったままテーブルに横たわり、消音のテレビ画面には売り出し中のバンドのCMが映されている。

「被害者の母親は福井県から東雲に越してきたばかりで、相手方の家の噂をまったく知らなかっただろう。教えてあげる人もいなかったようだ。息子が気兼ねなく家に泊まりに行けるような友達が近所にできてよかった、くらいに思っていたんじゃないのかな。

相手の家に何度電話を入れても留守で気にはしていたものの、とても訪ねて行く時間はなかったらしい、と病院の同僚が話している」

加害者の父親はかつて息子の同級生の親とささいなトラブルを起こしていて、そのせいで彼の家に遊びに来る仲間は減った。孤立感を強めた加害者の少年はまだ噂を知らない仲間を焦《あせ》って求めていたという事実を、篠井さんはウーロンハイを飲みながら、こちらが誘導するままにすらすらと口にした。里佳はメモ帳を鞄に仕舞い、頭を下げた。

「ありがとうございます。加害者宅の周辺をもう一度よくあたってみますね」

「それはそうと、梶井の件、どうなってる？」

「独占インタビューの約束はとうとう取り付けましたが、相手が女の私というところだけはしぶっています。その条件として、私、ケーキを焼かなきゃいけないんです」

里佳は笑いながら、すっかり冷めてしまったグラスの中のプーアール茶に口を付けた。篠井さんが灰皿のふちに載っている煙草《たばこ》をとんとん叩《たた》いてみせた。

「ケーキ？　なんで、また？」

誠の部分のみ上手《うま》く省き、手短に事情を説明する。鞄からクリアファイルに挟んだ出力した梶井のブログのレシピを取り出した。二〇一三年十月のものだ。カトルカールのレシピ、そしてバターたっぷりの「本格的な」焼き菓子への愛、引き出物やコンビニなどの個包装のスライスしたパウンドケーキへの憎悪《ぞうお》が細かく綴《つづ》られている。

「とはいえ、かなり難関です。まず、オーブンはうちにはありません。お菓子作りには色々な道具が必要でしょう？　料理好きの友達の家のキッチンを使わせてもらおうとお願いしたんですが、ご主人がインフルエンザらしくて、難しそうです。バレンタインまであと四日なのに」

伶子からLINEで届いたあの断りの言葉が本当なのかはわからない。ひょっとしたら避けられているのかもしれない、という予感はないでもない。そもそも田園都市線のずっと先にある伶子の家で仮にケーキを焼き上げたとしても、誠に出来たてのままサーブするには距離がありすぎる。撮影用のキッチンスタジオを借りる手もあるが、利用時間の規約はだいたい日中に限られる。それに、バレンタイン目前の今、どこも予約でいっぱいだった。しばらくして、篠井さんがほとんど表情を変えずにこう言った。

「よければ、今からうちに来る？　実はかなり立派な作り付けのオーブンがあるんだ。菓子を作る器具も揃《そろ》ってる。うちのマンションの一階はスーパーで、多分今ならまだ開いている。足りないものはそこで買えばいい」

彼の目に濁ったものがないか、素早く確かめたのも本当だ。しかし、里佳は疑問や言葉を懸命に飲み込む。腕時計を見れば、もう夜の十時半を過ぎている。これから隣の駅にある彼のマンションに行き、買い物をしてケーキを焼き上げる。誠は今は校了前で、おそらく深夜過ぎまで会社にいるはずだ。迷っている暇はない。

こちらが頷くなり、篠井さんが伝票を手に立ち上がり、ドアを開け、さっさと会計を済ませ、受付横の階段を下りていく。里佳は続いて部屋を後にした。店の外に出ると、篠井さんがタクシーに向かって手を挙げているところだった。周囲の視線を気にしながら助手席に乗り込む。篠井さんが住所を告げるなり、四谷《よつや》方面に走り出した車に面食らった。

「おうち、水道橋でしたよね？」

「あれは賃貸している一人住み用の安いアパートだよ。本当の自宅はこれからいくところなんだ。あまり帰ってはいないけど。すぐそこの荒木町だよ」

ということは、離婚前に住んでいた家ということか。元妻が居るのだろうか。自分が上がりこんだら気まずい空気になるのでは、という懸念《けねん》も湧《わ》いたが、好奇心とカトルカールを上手く焼き上げられるだろうかという不安が勝っていた。

「きっと、ボウルも泡立て器もヘラも揃っているはずだよ」

バックミラー越しに目が合ったので、ゆっくり逸らす。立ち並ぶオフィスビルの窓から漏れる光を受け、外堀の水面《みなも》が暗闇に揺らいでいた。大通りから一本入ると、飯田橋駅前のネオンとは別世界のようなしんとした住宅地が広がっている。すり鉢型の荒木町の底の部分まで降りていくと、タクシーは停車した。砂場とブランコだけの小さな公園を、その七階建てのファミリータイプのマンションは見下ろしていた。塗り替えてはあ

るものの今ではあまり見ないタイプの漆喰壁から判断すると、八〇年代初期に建てられたものかもしれない。

一階に入っている、二十三時まで営業しているスーパーは白い光に溢れ、公園のブランコの影を長く伸ばしている。里佳も知っている、有機栽培にこだわった野菜を多く取り揃え、輸入物のお菓子やコーヒーが充実した系列だ。真っ先に向かった乳製品売場では、「品薄につき一人一個まで」の張り紙はされていたものの、幸いにもよつ葉バターの無塩タイプだけは二個残っていた。なんの味もしないバターというものがどういうものなのか、里佳にはまだよくわからない。アルミホイル、国産のレモン、小麦粉、グラニュー糖、卵一パックを数分で揃え、カゴを手にレジへと向かう。レジ係は会計を済ませた商品をすべて紙袋へと入れてくれた。二人並んで自動ドアを抜けながら、パラレルワールドに陥ったような気分になった。会社から近いこの場所で、一度結婚に失敗している同業者の若くない男と今から一緒に暮らし始め、いずれ籍を入れ子供を産み育てる——心は躍らないが、自分にとって地に足のついた将来のように思えた。短い階段を上り、無人の管理人室の前を通る。篠井さんは、彼の所属する通信社のイメージキャラクターのキーホルダーで束ねた何種類かの鍵《かぎ》を取り出し、その一つでオートロックを解除した。古びた鉄扉のエレベーターで五階を目指す間、お互いの紙袋のがさがさした音だけが沈黙を救っていた。

その角部屋のノブに彼が鍵を差し込む瞬間、里佳は息を殺していた。ここから先に足を踏み入れるべきではない、と心の中の誰かが警告している。先に部屋に入った篠井さんが灯りを点《つ》けた。房がぺったり潰《つぶ》れた銀色のカーペットが玄関から廊下、その先に広がる居間までぎっしり敷き詰められている。ひんやりと乾いた室内に小さくくしゃみをしながら、靴を脱ぎ揃え、篠井さんに続いてコートを着たまま居間へと向かう。寒いせいもあるが、なんとなく身体《からだ》の線を出すことを避けたかった。

ドア数から判断するに3LDK。十畳ほどの部屋には椅子四脚とテーブルとプラズマテレビ、ほとんど空の食器棚が一つあるだけだ。篠井さんがエアコンを点けた。対面式の暗いキッチンはがらんとして物がなかった。他人の家特有のこもったにおいはなく、真新しいオフィスに似た白々とした空気が流れていた。彼が暗いカウンター越しに身を乗り出して調理台に並べたのは、ペーパータオルとスポンジ、泡洗剤だった。

「流しの下の棚にあるボウルや泡立て器はずっと使っていないから、一回洗った方がいいかも。月に一度ダスキンを入れているから、部屋自体は汚くはないはずだよ。水回りやオーブンの中も一度大掃除しているから問題ないはずだ。妻と娘が出て行ってからは、俺が月に三、四回くらい戻るだけになってるけど、光熱費は払い続けているから水道もガスも使える。ついこの間、正式に離婚が成立したし、いい加減、こっちを売るか、それともあっちを引き払おうとは思うんだけど、なかなか踏ん切りがつかなくてね。俺は

ここで仕事しているから、好きに使って」

そう言うとテーブルに向かい、鞄からノートパソコンを取り出し、こちらなど気にも留めないようにキーを叩き始めた。里佳はためらいつつも、梶井のレシピと材料を手にキッチンへと足を踏み入れ灯りを点けた。電球がびびん、と音を立てて、ゆっくりと辺りが明るくなる。カウンター越しに、篠井さんの横顔を眺める。この場所から彼の妻もこうして篠井さんを見ていたのだろうか。さほど広くもないのに、彼がひどく遠い場所にいるように感じられる。キッチンというのは孤独な場所だと思った。

お湯が出るまで待ってから洗剤で手を洗い、ペーパータオルで拭った。ずっと使っていないらしい、生成りで統一された四つ口コンロの台所は焦《こ》げ跡やよごれが一切なく、かつての家庭の空気は感じられない。真っ先にオーブンを開けると、煮詰まったカラメルの匂《にお》いが一瞬漂う。ペーパータオルで一度拭《ふ》いてみたが、かすかな油汚れがついただけだった。遠慮している場合ではなかったので、里佳は声を張り上げる。

「すみません、オーブンを百七十度に予熱って書いてあるんですが、やったことがないんで、ちょっと見ていただけますか？」

篠井さんはこちらにやってきて、目盛りを操った。真っ暗なオーブンの中に青い炎が揺れた。彼に教えてもらうままに、流しの下の棚を開けると内側のラックに泡立て器、ナイフ、ゴムベラが収まっていて、確かにお菓子作りに必要な用具が一通り揃っていた。

しかし、鍋やフライパン、まな板などは見当たらない。ケーキ型はいくつかあったが、迷わず長方形のパウンド型を選んだ。四隅にいつついたのかわからない茶色い焦げ跡のようなものが残っていて、何故《なぜ》かほっとした。大中小のボウル、ふるい。念のためすべてスポンジで洗い、ペーパータオルで拭いた。秤《はかり》の上にペーパータオルを一枚敷き、小麦粉を百五十グラムの目盛りに合うように載せる。それをボウルにふるい入れていると、彼がパソコンに目を向けたまま言った。

「念のためにベーキングパウダーを入れてみたらどうかな。あのレシピはかなり本格的だったよ。君、お菓子作り初心者なんだろ」

篠井さんの横顔にまるで似合わないフレーズに、里佳は手を止めた。金網を通り抜け、さらさらと落ちていく小麦粉は指先ほどの白いたつまきを起こしている。残っただまがころころと所在なさげに転がっていく。

「ここ数日、ネットでレシピを見ていると、カトルカールにベーキングパウダーを入れて膨らませるのは普通のことのようですが、私はやっぱり梶井被告のブログ通りに作ってみたいと思います」

「どこまでも真面目《まじめ》だな。梶井は今、君を見ていないでしょ？」

いや、彼女は居る。ほら、そこに感じませんか？　私達をにやにや見ているでしょう？　食材に向き合っていると、必ず梶井の視線を感じるのだ。でも、そんなことを話

したら、頭がおかしくなったと思われるだろう。グラニュー糖を計り、百五十グラムに相当する卵三つを溶きほぐす。

「心臓を差し出せっていったのは篠井さんですよ。彼女に対して真摯《しんし》でありたいです」

「彼女のせいで何人もの罪なき男が死んでいるのにね」

皮肉っぽい口調だったが、聞こえないふりをする。バターを箱から取り出し、銀紙を開いた。しんと冷たい。洗い物を出来るだけ増やしたくないし、まな板は相変わらず見当たらないので、紙の上でナイフで切り分け、ペーパータオルを敷いた秤に載せる。刃についたほんのひとかけを口に運んでみた。塩味のないバターはそのぶん、真冬の緩やかな波のように舌に寄り添い、なめらかさと凝縮された油分を感じさせた。

「百五十グラムってこうして塊でみると、すごく多いですよね。ほとんど一箱分じゃないですか。バター不足に対応して、ココナツオイルや菜種油で代用したお菓子のレシピが売れているみたいですね」

篠井さんが無反応なので、里佳は調理に集中することにした。レシピ通り、ひとかけら分のバターをパウンド型に塗りつけ、粉をまぶし、余分をとんとんと落とす。こうすると焼き上がったケーキが綺麗《きれい》に外れる、とあったのだ。

何等分かに切り分けたバターをボウルに入れた。泡立て器を握りしめ、四角いバターの真ん中にめり込ませる。硬いバターが砕かれていく。まだ冷たすぎるようで、なかな

かほぐれない。どうにか柔らかくなっても、チューリップの形を成す金具部分にまとわりついて、その中心にどんどん入り込んでしまう。ボウル内にほとんどバターがない状態だ。肘《ひじ》から下が水を吸ったように重くなっていく。バターをすっぽり飲み込んだ泡立て器を振り回している里佳をちらちらと見ていた篠井さんが、しびれを切らしたように立ち上がり、こちらまでやってきて背後に回りこんだ。距離の近さに里佳は身体を強張《こわば》らせた。

「だめだよ、その混ぜ方じゃ。空気を含ませるって書いてあっただろう？」

「それがどういうことかよくわからないんですよ。バターに空気？　篠井さん、お菓子作り詳しいんですか？」

オーブンが温まり始めたらしい。冷え切っていたキッチンが柔らかな空気で満たされる。やはり、カラメルの匂いが漂う。ここで最後に作られたのはプリンだろうか。

「力の必要なポイントだけは俺の担当だったから。いつも」

そう言うと、彼は泡立て器を奪った。指先が触れ合う。彼のそれに比べると、荒れていると感じていた自分の肌がしっとりとなめらかなことに驚く。

「お菓子作りの好きなお嬢さんと奥さんだったっていうことなんですね。でも、どうして、お菓子の道具だけ……」

置いていったんでしょうか、と口にしかけて、里佳は黙った。お菓子に必要な道具は

揃っていても、料理に関するそれはあまり見当たらない。ここから先は立ち入るべきではない。ひょっとしてすべては嘘で、二人は亡くなったのではないだろうか。

こちらの質問には答えず、篠井さんはボウルを大きな手で抱え里佳とはまったく違う角度で泡立て器の柄を握りしめた。チューリップ部分に閉じ込められた山吹色のかけらがどんどん外へと放たれていった。決してボウルに泡立て器をぶつけないやり方で、彼は小さな風を巻き起こしながら素早く攪拌《かくはん》を続けている。里佳はこのすきに、もう必要なくなりつつあるコートを脱ぐことにした。エアコンの効き始めたリビングで、椅子の背にコートをかけながらカウンター内に居る篠井さんを振り返る。やはりキッチンの彼はここから見ても、遠くに感じた。調理する人としない人。そこに横たわる溝の深さを実感した。キッチンに戻ると指示が飛ぶ。

「砂糖を三回に分けて加えて」

ペーパータオルを傾け、次第にクリーム状に変化し、黄味を失い白に近づいていくバターにさらさらとひとすじの光を注いでいく。ちょっとした一言が彼の胸を残酷に切りつけてしまいそうで、里佳は何も発せないでいた。顔の高さで彼の肩が動いている。

「今はもう絶対に作らないんだよ。二人とも」

篠井さんの額にうっすらと汗が浮かんでいる。グラニュー糖をすべて入れ終え、里佳は両手をだらりと下ろし、ただ彼を見つめた。

「中学生になったくらいから娘がダイエットするようになった。太ってるっていうんで、いじめられるようになったんだよ。俺からみたら、少しぽっちゃりしているくらいで、どこもおかしなことはなかった。ただの遊びみたいなものだって、あまり深刻にとらなかったんだ。妻や娘の訴えにあまり真剣に向き合ってこなかった。仕事も忙しくて、たぶん無神経なことをしていたんだろう。話もだんだんかみ合わなくなった。娘が摂食障害になって高校を休学するまで、何も気付かなかった。二人がここを出ていくときには、お菓子作りなんて、口にするのもはばかられる感じだった」

ここで最後に家族が集まったのがどれくらい前なのか、篠井さんの年齢からいってなかなか判断がしづらい。どんな慰めの言葉も腐臭を放つと思った。

お嬢さんは今、いくつなのだろうか。どこで何をしているのだろうか。己の体型に満足しているのだろうか。里佳もつい最近経験したばかりの、あの周囲からのヒステリックに刃物を突きつけるような要求をはねとばせるほど、強くなっているのだろうか。

「ほら、ここまでやれば大丈夫だから、ちゃんと自分でもやってごらん」

篠井さんはボウルと泡立て器を突き返した。しかし、よほどこちらが危なっかしいのか、彼はSPのように横に佇《たたず》み、里佳を見張っている。あ、と小さく声を漏らす。嘘のように泡立て器が軽くなったのだ。ただ柔らかいのではない。泡立て器からすんなり離れるバターはふんわりと白く、雲のように軽い。今まで見たことのない、新しいバター

の表情だった。

「あの、一度、聞こうと思っていたんです。篠井さん、どうして、いつも私にネタを投げてくれるんですか？　もちろん、ありがたいです。感謝はしています。人として尊敬もしています。でも、時々不安で仕方なくなるんです。私はあなたに何かを返せる立場にないから。その、失礼かもしれませんが、自分が知らないうちに女を利用しているんじゃないかって。こんなこと言うのは最低ですが、今に見返りを要求されるんじゃないかって」

彼の目を出来るだけ見ないようにする。里佳の混ぜる真っ白なバタークリームに、篠井さんの手で明るい色の卵液が少しずつ、注がれていく。

「分離するから。続けて。止めないで」

それが攪拌を意味するのだとわかるまでに、数秒を要した。

「これまでのことはそういう意味じゃないよ。俺はその、そういうことはもう五年近くしていないんだ。誤解させたとしたら、謝るよ」

篠井さんが細く注ぐ卵液を里佳は懸命にバターに混ぜていく。先ほど彼が含ませてくれた空気をできるだけ潰さないようにして。黄色と白が優しい色合いに変わっていく。

「いやらしい言い方だけど、自分が誰かに何かをしてあげて、感謝してもらいたかった。そういうことに飢えていてね。おっさんの自己満足だよ。なんていうか、君は知り合い

の週刊誌記者の中では一番正直で信用が置けそうに見えた。同時に嘘がつけなくて、器用に客とつながれないタイプに見えたから」

おのれの自意識過剰さを突きつけられ一瞬胃が沸騰《ふっとう》したが、すぐに凪《な》いでいった。張り詰めていた冷たい部分が、消えていく。彼と居ることがどんどん当たり前に思えていくのがわかった。卵とバターと砂糖がふんわりと溶け合って、柔らかい小山を成している。すかさず、小麦粉をゴムベラで加えようとする里佳を、篠井さんが止めた。

「ここは難しいから、俺がやるのを一度見せる」

案外、心配性というか、出たがりなんだな、とおかしくなったが、彼を信じることにした。ゴムベラを奪われる時、再び肌が重なったが、もう何も気にはならなかった。

「お料理が上手みたいなのに、自分じゃ作らないんですか。もったいないですよ」

篠井さんはゴムベラで切りつけるようにさくさくと生地を混ぜていく。小麦粉と黄色いバタークリームが交互に見え隠れし、ボウルの中は混沌《こんとん》とした様相を見せた。篠井さんの土気色の顔がふと気になった。

「自分一人なんてどうでもいいよ。そんなに長生きしても仕方がないだろ」

彼がそっけなくこちらに突き出したボウルには艶《つや》とてりのある生地がぽってりと盛り上がっていた。おろし器を探す手間を省くために、洗ったレモンの表面をナイフの背を使ってこそぎ、里佳は生地に混ぜ入れた。パウンド型に生地を流す。とんとん、と持ち

重りのする型を調理台に落として、空気を抜く。ナイフで生地の表面に切れ目を作り、天板に載せ、予熱が完了したオーブンに入れた。熱風に頬を叩かれ、暗闇《くらやみ》の炎に魅入られる。五十分後にタイマーをセットし、オーブンの扉を閉めると小さく息を吐く。すぐに洗い物に取り掛かった。

「ちゃんと暮らしてくれないのって、暴力だと思うんですよね」

いつの間にか、篠井さんはテーブルに戻り、我関せずといったようにパソコンを眺めていたが、里佳は続けた。

「自分を粗末にすることは、誰かに怒りをぶつけていることだと思うから。私自身……」

言えない。今は決して言えない。スポンジから染《し》み出していく無数の泡から目をそらさないようにする。ひょっとすると、無意識のうちに小さく傷つけていたのかもしれない。投げやりに暮らすことで、母を、水島さんを、伶子を、誠を。父があの頃、自分にそうし続けていたように。

父が三鷹で住んでいた家とこの場所は清潔度はまったく違うが、雰囲気はよく似ている。廃墟《はいきょ》化した家庭だ。嫌いではないけれど、ここにはあまり長いこと居たくない。篠井さんは、先ほどとは別人のような素っ気ない声で言った。

「身近に大切に思ってくれる人が誰一人いないような男でも、ちゃんと暮らさなきゃい

けないのかな。随分と厳しい意見だね」

里佳は洗ったボウルなどをペーパータオルで拭き、すべてを元の位置にしまう。調理台を拭くとキッチンを後にした。コートを羽織り、彼の向かいに腰を下ろした。甘い香りがここまで漂ってくる。角がどこにもない、バターと卵が加熱され美味に向かって走っていく未体験の匂いに引きこまれる。

「そう思うことも、無言の暴力だと思います。身近に大切に思ってくれる人がいないから、自分を労《いた》わらないなんて、やっぱり誰かへの暴力なんですよ。篠井さんが投げやりに暮らしているとは思いませんが、もし、自分なんてどうでもいいと思っているとしたら、切ないです。たとえ今それを知らなくても、離れて暮らすお嬢さんは傷つくんじゃないでしょうか。私、思うんです。あの人たちは……、被害者たちは、梶井がいなくても、女性なしでも幸せになれたと思うから。誰かに大切にされなくても、自分で自分を大切にすることができたと思う。助けを求めることも出来たと思う。それはそんなに難しいことではないはずです。記者として、私はそれを一番言いたいのかもしれません……」

彼は無言のままパソコンに目を落としている。届いているのかいないのかわからないし、自分の言葉にも自信がない。里佳はしばらくテーブルに突っ伏して、目を閉じることにした。

じりじりとタイマーが鳴った。肩を揺らされ、我に返る。少しうたた寝をしていたらしい。室内は香ばしい菓子の匂いが充満し、先ほどとは景色が変わって見えた。

「ほら、見てごらん」

開いたオーブンを覗《のぞ》き込み、里佳はうわあ、と声を上げた。パウンド型からきつね色の生地がふっくらと盛り上がり、切れ目部分から黄金色の中身がのぞき、山の形を築いている。篠井さんがタオルでくるんだ手で天板を引き出した。甘く熱い熱が前髪を煽《あお》った。

「たった四つの食材を混ぜただけで、こんなにちゃんと膨らむものなんですね。篠井さんの泡立てのおかげです」

ああ、これが梶井の言う「壁」だ。

型から溢《あふ》れてふっくら膨らんだケーキの高さは、そのまま盾になって里佳を守ってくれそうだった。壁を築くとは何も肩をいからせ、他者を拒絶することではない。一人の作業に没頭し、おのれの砦《とりで》を守ることではないだろうか。壁の素材は硬いレンガや冷たいコンクリートではなくても構わない。甘く柔らかいお菓子だっていいのだ。

やけどしそうになりながら、出来るだけ素早く型から外す。なめらかな焼き色に満足した。焼きたてのカトルカールをアルミホイルの上に載せ、素早くナイフで十等分にする。目がさめるような切り口の明るい黄色と湯気に両頬がほころんだ。味見をしている

時間はなかったので、小さな切れ端《はし》を口に放り込む。バターと卵が鼻を抜けて香り、香ばしい焼き目がほろほろと崩れていく。二枚をアルミホイルに包み、篠井さんに差し出す。

「これ、ちょっとですが、よろしければどうぞ。私はこれを熱いうちに、ある相手に届けなきゃいけません。そこまでが梶井との約束の内容なんです」

「恋人？」

里佳は頷く。篠井さんはいきなさい、というように小さく手を振った。アルミホイルで褐色の塊を温かな空気ごと封じ込めるようにしてざっくりと包んだ。やわやわとして、まるで赤ん坊のようだ。まだ熱いままのパウンド型とナイフ、天板を洗い、ペーパーで拭う。オーブンの扉を開けて、火が消えていることを確認した。

「一緒に出ませんか？」

この甘い香りに満ちた部屋に彼を一人にしたくない、と思った。

「確認したいこともあるし、空気を入れ替えたい。先にどうぞ。ケーキが冷めるよ」

ちらちらと後ろを振り返りながら、部屋を後にした。ドアの隙間《すきま》で細くなっていく篠井さんの横顔が胸に焼きついた。

マンションを出るなり、走り出す。外気の冷たさに、里佳はこの間のようにひるまなかった。大通りで捕まえたタクシーに乗り、ワンメーター強で会社にたどり着いた。八

階の文芸出版部に足を運んだのは新入社員の研修以来かもしれない。壁の時計はとっくに一時を過ぎているというのに、まだちらほらと社員が残っている。デスクで厳しい表情でゲラを読んでいる誠を見つけ、目が合うなり、あっち、という風に給湯室の方を示してみせた。初めて見る冷たく老《ふ》けた彼の顔つきに、里佳は動揺していた。

「どうしたの?」

雑然とした給湯室に背中を丸めてやってきたその顔は、戸惑っている。たらこパスタの夜が蘇り一瞬ひるんだが、焼きたてを少しでも早く食べてもらわねばならない。もうどう思われてもいい。冷めてしまう前に。市販の菓子が盛り上がっているワゴンの上にスペースを作り、カトルカールを載せ、照れ隠しにまくしたてた。

「ケーキを焼いたの。すぐそこの友達の家で。出来たてを食べさせたくて。バレンタインも近いし」

手を洗い、アルミホイルを開く。甘い湯気が広がる。誠はためらいがちに、そのまま手づかみで一切れ口にした。あったかい、とつぶやくと、困ったように、それでも口をもぐもぐと動かしていた。誠の髪は膨らんでいて、無精髭《ぶしょうひげ》が目立っている。

「こういうの迷惑かなって思ったけど、私、まこっちゃんに迷惑かけなさすぎたなって思ったの」

しばらくして、誠がもう一切れのケーキに手を伸ばした。

「焼きたてのケーキなんて初めて食べた」

誠の吐く息が甘くて熱い。バターの香りがする。

「いや、初めてじゃないか。小学校の頃、友達の家で食べた、そいつのお母さんが焼いてくれたマドレーヌ。食べたことのない味がして、あったかくて、感動した。同じのが食べたいって仕事から帰ってきた母親に話したら、悲しい顔をさせたんだった。二度と手作りなんてねだるまいって思った。同じ匂いがする。この爽《さわ》やかで、甘酸《あまず》っぱいような」

「レモンの皮だよ、それ。『お母さんの味』なんかじゃなくて、ただのレモン味。お母様、時間がなかったんだから、仕方ないよ。こういうことは時間がないとできないもの。愛情の問題じゃなくて、時間の問題なんだよ。やってみないとわからないね」

この短い時間でケーキが焼けたのは、単に自分の決断が早く迷いがなかったせいだとわかる。篠井さんに頼ることを一瞬でもためらっていたら、決して作れなかった。こんな風に、取捨選択の判断を今より研ぎすませば、たとえば一日の終わりに趣味でカトルカールを焼くような時間を捻《ひね》り出すことは可能なのではないだろうか。梶井の言う壁とは、ひょっとして、そういうことなのかもしれない。

「今度さ、俺の母親に会わない？　マッチーとあのひと、気が合うと思うんだよな」

里佳はこっくりと頷いた。こういうことをずっとさぼっていた。いつか、ラーメンの

夜もこのケーキも、梶井の指図だとバレたら、彼は傷つくだろうか。

「この間、どうしていなくなったの」

その言葉を理解するまでの間に里佳は、まだ温かいカトルカールを二切れ平らげていた。

あの日、ラーメン屋から凍えた身体で部屋に戻ると、満腹なのとベッドの温かさや誠のにおいにほっとして、すぐに熟睡してしまった。朝起きると、あらかじめ聞いていた通り、彼の姿はなくベッドサイドのメモ用紙に書き置きだけが残されていた。てっきり、部屋を離れたことは気付かれていないものとばかり思っていた。

「あの、ええと、ラーメンが食べたくなって。どうしても我慢ができなくて」

「食いしんぼうだなあ」

あきれた声だったけれど、いつになく甘さと優しさが滲んでいた。

「何も言わずに、いなくならないでよ。不安になるから」

そう言うと、誠はこちらの手首をつかみ、引き寄せてキスをした。それでやっと里佳はあの日、唇を合わせていなかったことを思い出した。お互いの荒れた唇ががさがさと不細工な音を立てるのが、おかしかった。レモンの皮の苦みとバターの香りがたがいの舌に溶けている。

東京ではその年初めての雪が降ったせいで、拘置所にたどり着くころには革靴のつま先が濡《ぬ》れていた。今のところみぞれ混じりで、積もるまではいかないと思うが、今夜あたりゴム長靴を出しておいた方がいいかと思う。梶井の話に耳を傾けつつも、意識は靴下の中の濡れた指先に向いている。梶井はシャツと大きめのリブ編みのセーターを重ね着し、いつもはむき出しの身体の線をすっぽりと覆《おお》い隠している。鼻の頭がかすかに赤い。

「彼のお母さんもうちの母親と同じね。自己実現とやらで家庭をおろそかにして、子供に十分な愛情を注げなかったのよ。この間の東雲の殺人事件も、そう。働く母親が一人でつっぱったから起きた気がするわね」

「あのう、なにも人は自己実現のためにばかり働くんじゃありませんよ。少なくとも、あの女性は経済的に強いられてもいました」

「だからって、子供を犠牲にすることはないじゃない。あなたのお母さんも彼のお母さんも、お見合いパーティーに出かけて、再婚する手だってあったじゃない。どうして自分一人の手でなんとかしようなんて思ったのかしら。自分に酔っているとしか思えない。はっきりいうけど、焼きたてのお菓子の味を知らずに大人になった人間は取り返しがつかないほど不幸よ」

「でも、どうして梶井さんはその味をご存知だったんですか？　お母様はお菓子作りされなかったのに？」

「父が料理好きな影響で、小学校低学年のころから、妹とよくお菓子作りをしていたの。亡《な》くなってしまった父方の祖母もよく、揚げたてのドーナツや、小豆からおはぎを作ってくれたわ。家庭的で男の人を立てるのが上手い綺麗な人だった。私の目標なのよ」

「ほら、お母様がお菓子作りされなくても、いくらでもその味を知る方法はあるじゃないですか。あの、これは私の意見ですけど、生まれて初めてお菓子を作ってみてわかりました。ああいうことができるのもできないのも、かけられる時間があるかないかの問題なんじゃないでしょうか。料理と愛情はぜんぜん違うものなんじゃないでしょうか。そもそも、料理と愛情をごっちゃにして考えてしまったから、あなたの付き合った男性たちは、あなたに振り回され、あれほど疲弊して命を落としたんじゃないでしょうか」

梶井はいかにも興味がなさそうに、こちら側の背後にある壁のしみを見つめている。これ以上、話しても無駄だと思ったので、話を変えることにした。

「今も子供を産みたいと思われますか？」

途端に彼女の目が生き生きと光り輝き始めた。

「そうよ。この人は、と思える男性の子供を産み、育て、美味しいご飯を作ることは女性にとっての一番の幸福の形、なによりも社会貢献だもの」

なんだか、伶子の言い分と似てはいないか。自分が得られなかった子供時代をこの手で取り戻そうと過去と決別し、現実を力ずくで変えようとしているのだ。たった一人で。こんな場所にいても、まだあきらめていない。保守的に見えて実は異性への期待値が低い。

「ね、インタビューに答えるなら、私の少女時代からお話ししたいと思っているの。そのためにはまず、あなたが私の故郷をよく知らないといけないわね。そうじゃない？」

もちろんそのことは考えていた。入社してから有給休暇を使ったのは祖母の葬儀一度だけだが、独占インタビューの可能性が見えてきた今なら、デスクに相談すれば、数日の休暇をもらえるのではないか。阿賀野《あがの》市安田地区。酪農がさかんな、新潟駅から車で四十分ののどかな町。名前の知れたヨーグルト工場があることくらいしか、今は調べていないが。

「そうだわ。私の実家を訪ねてごらんなさい」

彼女から提案してくるとは予想していなかった。いつかその地を訪れることがあるとしても、それは自分の判断だと思っていた。

「母と妹が二人で暮らしているの。母は体調を崩していて、あまり出歩けないし、マスコミに対しては冷淡だけど、妹は私の味方よ。あなたの話はたまにしてるから、きっとよくしてくれるわ。連絡先を教えるから、日程だけは直接伝えてあげて」

確か、梶井の妹は事件後に夫と別居し、故郷に帰っているはずだ。姉によって人生を狂わされたことに違いはないのに、今なお仲がよいというのは意外である。

「率直に言って、故郷は切り捨ててきたものとばかり思っていました。この間、ラーメンを食べた時に、そういう風に感じたんです」

「あなたの考え方ややり方って、いつも苦しそうねえ。切り捨てる、とか。なんだか毎日戦っているみたい。たかがラーメンじゃないの。あのね、何度伝えても理解してもらえないみたいだから、一度はっきり言うけど、私のここに来るまでの人生って、あなたが思うような歯ぎしりハードモードじゃないの。もっと楽しくて気楽でふわふわしたものだったわ。いつも一人だったのは、恋をしたり美味しいものを食べるのに忙しくて、トイレに行ってなぐさめ合ったりするようなべたついた友達なんか必要なかったのよ。たくさんの男の人に支えられていたせいで、私はいつまでたっても世間知らずのお嬢さんだったた」

のんびりとした口調に一瞬、流されそうになるが、里佳は懸命にあの日、ラーメン屋からみた明け方の靖国通りを思い出そうとする。思いがけないくらい体力を使い、走り通しだったケーキ作りの夜も。未《いま》だに腕の付け根が軽くしびれている気がする。

食べ歩きが好きで料理好きでふくよかな体型。それだけ聞くと、大抵の男は「家庭的」でおっとりした女だと勝手に想像を膨らませる。自分たちを凌駕《りょうが》するような内面を

秘めているわけはなかろう、と油断する。でも、本当にそうだろうか。

里佳はうっすらと悟り始めている。グルメというのは基本的には求道者だと思う。優雅な言葉でいくら包もうと、挑戦と発見を繰り返しながら彼らは己の欲望に日々、真正面から向き合っている。自分で料理を作るとなれば、ますます外界を遮断し、精神に砦を築けるようになる。炎や刃物を駆使して、肉体をもって食材に挑み、押さえつけ、意のままに形作る。梶井のブログを読み返すたび、新たなことが浮かび上がってくる。それは、彼女の過剰なストイックさだ。食べたいものしか食べない、美味しいと思うものしか口にしない。欲望に常に忠実であろうとする一種の生真面目さだ。

世の母親たちが毎日の献立作りや料理に苦労するのは、それは自分が食べたいものというよりは、家族のことを考えるからだろう。梶井はある瞬間から、自分が食べたいものを食べたいタイミングで自分のために作るようになっていた。男たちのコンディションや好みなど、全くどうでもよかったのだ。だから彼女の料理は悪魔的においしい。続けるのが苦ではないほど、料理という行為自体を楽しめる。結婚願望が強くグルメでもない独身男性にカレーやシチューではなく、ブフ・ブルギニョンを作るのは、単にその時、それが梶井が一番食べたかったものだからだ。

被害者たちはそこにまったく気付かなかった。彼女の料理を自分たちへの愛情と受け取り、幸せな気持ちで咀嚼《そしゃく》していた。誠も似たようなものではないだろうか。里佳がパ

スタを作っただけで、愛情を押し売りされている、結婚をほのめかされていると誤解し、拒否反応を示した。違う。あれは里佳が里佳のために作ったパスタだ。だからあれほど美味《おい》しく出来た。

梶井の口調がいつになく柔らかい。

「母のことは少しも好きではないけれど、妹とは仲がよいの。昔から私がいないと何もできないうっかり屋さんでね……。それに私の地元には美味しいものがたくさんあるの。あなたに是非食べて欲しいわ。できたら父のお墓参りもお願いしたいの。きっと雪に埋もれているはずだから……」

思いがけず、ほの温かいものが流れていく。その言葉にはこれまでの彼女からは感じたことのない誠実さが脈のように通い、とくとくと音を立てていた。

「私の故郷にいけばね、どうして私がこんなにバターが好きなのか、きっと、よくわかるようになるわよ。暖かくしていきなさい。二月の新潟は本当に冷えるわよ。こんな粉雪で大騒ぎしているような東京じゃ考えられないわよ」

一年でもっとも寒さが厳しいとされている時期に、自分の生まれた雪国に記者を送り込もうとする殺人被告人は、母親のような優しい微笑を浮かべていた。

その気になれば、簡単に手でへし折れそうだ。焼きメレンゲみたいに、ぽきりと。「銀河鉄道の夜」に出てくるお菓子で出来た雁《かり》を連想させるような、きゃしゃな足首だった。

7

二階建ての「Max とき341号」。半地下になっている一階部分の窓側の座席にもたれ、里佳はちょうど目の高さにあるホームを眺めていた。ガラス一枚を隔てて十数センチほど先にある、顔を持たないすんなりした脚にほうっと見惚《みと》れている。デニールの太いタイツに包まれた細い足首とバレエシューズのつま先は、そのはるか高い場所に居るであろう持ち主が切符を手に行き先を迷っているためか、右に向けられたり左に向けられたりとせわしない。どんな顔が、どんな胴が載っているのだろう、とあれこれ妄想してみた。あのあっけないほど短い円周に親指と人差し指を回してみたいと思うのは、自分にはないものだからだろうか。目的地が定まったのか、里佳のスクリーンからその儚《はかな》い足首は消えていく。名残惜しい思いで見送った。

分厚いデニムの先にある自分の靴を見て、里佳は苦笑した。梶井からあれこれと脅されて、新潟の気象情報をまめにチェックしているせいで、膝《ひざ》まですっぽり隠れてしまう、

水に強い男物のブーツに包まれている。足の太さも含めて、本当にたくましい男みたいだ。

「週刊秀明」の同僚には、三泊四日の予備取材のため旅の目的を明かしていないが、編集長とデスクから許可はもらっている。梶井真奈子から独占インタビューの約束を取り付けたと聞くと、はっきりと前のめりになり、協力も予算も惜しまないと言われた。

——やるじゃん、町田ちゃん。うちでは少ない女性読者を獲得できる大型連載になりそうだな。梶井、事件の真相には触れないけど、男がらみや私生活ならなんでもぺらぺら話してくれるところまで関係作ったんだろ？　そっか、町田ちゃんがここ数ヶ月で激太りしたのって取材のためなのか。そのガッツはすごいよ。あっぱれだ。

直属のデスクの言葉にはむっとしたが、里佳がインタビューを起こしたあかつきには、記事を書くのは彼だ。ゴシップや事件の真相ではなく、あくまでも彼女自身の人間性や思想を追求したいというこちらの意図を汲《く》んでもらっただけでも有難いのかもしれない。

缶入り水割りウイスキーのプルタブを開けると、久しく味わっていない解放感があった。明日の朝、阿賀野市安田地区にある梶井の実家を訪れることになっているので、それまではしばしの自由時間だ。何もしないで二時間以上一人で過ごすというだけで、心の領域がぐんぐんと広がっていくようだ。

新潟行きの新幹線がゆっくりと動き始める。遠ざかっていく藍色《あいいろ》の東京とビル群を見

つめながら、後ろに人がいないのを確認して、里佳が座席を倒したその時だ。

「おまたせ」

足元を見てどきりとする。あのタイツとバレエシューズ。先ほどの足首の持ち主が伶子だということに、里佳はすぐに気付く。広報時代は出張続きで旅慣れているはずの彼女なのに、らしくもない大荷物である。トランクのカートを引いている上、右肩にはボストンバッグを下げていた。チェックのマフラーで化粧っけのない顔が埋もれている様はあどけない。

「やっぱ、迷惑だったかな？」

「ううん。嬉《うれ》しいよ。久々に会えて。いつぶり？」

伶子はマフラーを巻き取ると、コートから腕を抜いた。普段付き合いのある人種からは決して嗅《か》ぐことのない、優しい柔軟剤の香りがふわりと放たれた。

「すごい寒いらしいよ。雪も降っているらしいし。そんな軽装で……平気？」

迷惑そうに響かないように、リズムに注意して口にした。

「大丈夫。こう見えて金沢育ちだよ。歩きやすい靴も持ってきてあるから。里佳よりはずっと寒さに耐性あるよ。服もいっぱいあるし」

伶子は頼もしげにカートを引き寄せ、ボストンバッグと一緒に頭上の棚に載せると、隣に腰を下ろす。車両は空《す》いていた。見渡したかぎり、向かい合って座る四人の初老女

性たち、あとは出張らしい背広姿の男性客が数人居るのみだ。里佳はそっと足元を見比べる。こうして並ぶと本当に男女に見える。伶子の青いセーターの斜面が、あちこち骨でつかえている気がする。自分が大きくなったせいもあるのだろうが、不安になるほどきゃしゃな体つきで、肌は紙のように白く透き通っている。もはや十代前半といっても通用しそうなほど、心もとない印象だ。

昨夜何気なく、新潟に出張する、梶井真奈子の取材で、お土産買ってくるねー、とLINEで報告したら、すぐに既読マークがつき、久しぶりに短い返信が来た。

——私もいきたい。何時の新幹線に乗るの？　座席番号とホテルの名前教えて。二人に変更しとくから。

どうして彼女に詳細を教えてしまったのかわからない。同行されたら困る、という思いはもちろんあったのだが、ちゃんと拒もうにも、それきり向こうから音沙汰《おとさた》がなかった。ひょっとしたらただの冗談かもしれないと思いたかった。目の前に居る伶子が夢の中の登場人物に思える。外見の儚さだけではなく、手を伸ばしても、触れることができないようにさえ感じられた。

「ねえ、いいの？　亮介さん」

「うん。里佳と旅行いくって話したら、楽しんでおいでって。あ、念のため、ゆうべパソコンで名刺も作ってきたから」

彼女が差し出したシンプルなそれをみて、里佳はぎょっとした。

「え、なにこれ。フリーカメラマンて?」

「そう、私、カメラマンのふりすることにした。梶井自宅取材に同行するためにね」

「冗談でしょ?」

笑って聞き流すつもりだったが、伶子の口調はあくまでも冷静だ。

「カメラなら広報時代のプロっぽいやつがあるから。先方がどうしても里佳だけってしぶったら、私一人でぶらぶら新潟観光してる。ついていくだけついてっていい?」

「えー、それはちょっと……。上司にも梶井の妹さんにも報告していないわけだし」

「あのさ、里佳。はっきり言わせてもらうけど、今のままじゃだめなんだと思うよ。このままじゃせっかくの独占インタビュー、今までメディアで見聞きしてるカジマナのイメージを補強するものでしかなくなっちゃう。最初は話題になるかもしれないけど、里佳の目指しているところにはいきつかない」

生まれ育った東京が車窓からどんどん遠ざかる。頭上の蛍光灯の光が急に白く強く感じられた。

「里佳、梶井にいれあげすぎている。あの人が見せたいものしか見ようとしないんだもん。梶井のフォーカスからずれたところから真実をつかんで、そこをぐりぐりえぐるような質問をしかけなきゃ。あの女が言うつもりもなかった本音を引っ張り出さなきゃ」

素知らぬ顔をして首を傾《かし》げながらも、里佳は内心焦《あせ》ってもいたし、少し腹立たしくもあった。ずけずけと言う伶子にではなく、まさに指摘された通りの自分にである。

「今夜のお店決めてる？　着いたらもう夜九時だよね。ねえ、なら、私が調べたお店にしない？　新潟駅構内にある日本酒とお米料理と郷土料理のお店。夜は超寒いから出歩かないで済む方がいいでしょ。新幹線着く時間に合わせて今、予約とっておくよ」

伶子が決めて里佳が従う。学生時代からずっとこの調子である。でも彼女の背中についていくと、自分一人では決して見ることが叶《かな》わない、思いがけない光景を目にすることがあるのは確かだった。

「そのお店、梶井のリストにあったかな？」

「リストって何？　見せて」

梶井から言付かったおすすめの店や食べ物を記したメモを里佳が手帳から抜き取るなり、伶子はやや乱暴にひったくった。

梶井の新潟での思い出は上京した十八歳で止まっているらしい。ネットで調べたところによると、教えてもらった店のいくつかは閉店していた。それでも購入可能なものは口にしなければならない、と細かく計画している。あちらでは冠婚葬祭で食べるらしい「プラリネ」というケーキ、レーズンとバタークリームの渦巻きパン、ル・レクチェの羊羹《ようかん》、佐渡バター、父親が好きだったという「謙信」の純米吟醸酒、ヨーグルト工場直

営のチェーン店で食べられるらしいバターたっぷりのワッフル、古町にある大きなカツの載った丼《どんぶり》、竈《かまど》炊きのご飯専門店のお膳《ぜん》。ガイドブックを手にあれこれ話すうちに、雪国が近付いてくる。先ほどのやりとりは決着のつかぬまま、はるか後ろに流されていた。

車窓に目をやれば、闇の中に雪をかぶった山並みや田んぼが続いている。青白い静寂がどこまでも輝いていた。生き物が何一つ存在しなさそうな光景を見ていると、深く冷たい場所に少しずつ心ごと沈んでいくような気がした。

人気のないホームに降り立つなり、しめった砂と甘い水の香りがふんわりとした。次の瞬間、鼻の奥の骨がきしみ、思考がぼやけていく。東京の寒気とは何かが決定的に違っていた。湿気がたっぷりと含まれているせいか柔らかく、どこか眠気を誘う心地良さすらある冷気だった。このまま肌が切れてとろりと血が流れ出しても気付かないかもしれない。瞼《まぶた》から頭皮まで、外気に触れたところから残らず感覚が失われていくようだ。

「駅、直結で助かった。伶子、お店、予約ありがと」

ろれつが回らない。逃げるようにして改札へ向かうエスカレーターに飛び乗った。土産物屋はとっくに閉店していて、三人の裸の少女の銅像が寂しげに聳《そび》えていた。プレートを読むと、阿賀野にもある「三美神」の像だという。笹《ささ》団子や日本酒などののぼりが目に付く。改札を抜け、階段を上がったり、下がったりしながら辿《たど》り着いたその料理屋は、長いエスカレーターを降りて行った突き当たりにあった。

予約名を告げると、学生らしき作務衣《さむえ》姿のアルバイトに、衝立《ついたて》で区切られた半個室のテーブル席に通された。店内は薄暗く、中央に飾られたすすきのアレンジメントと数え切れないほどの日本酒が並んだ棚だけがほの白くライトアップされている。里佳は日本酒とご飯、伶子はいくらのおむすびを一つ、そして新潟ならではのお惣菜《そうざい》や土地のものを数種類頼む。まずは〆張鶴《しめはりつる》のぬる燗《かん》のおちょこと伶子のほうじ茶の湯のみを軽くぶつけ合った。ひらひらと舞うような口当たりを楽しめば、冷え切った喉《のど》の奥がおだやかに燃え始める。のどぐろの刺身の盛り合わせが運ばれてきた。皮の表面がかるく炙《あぶ》ってある。一切れ口にして、その肉厚な身と濃い甘みに目を見張る。

運ばれてきたご飯茶碗《ぢゃわん》は白い光がこんもりと盛り上がっていた。里佳は箸《はし》を取り、その輝きをそろそろと口に運ぶ。伶子も黒々とした海苔《のり》で巻かれたおむすびにかじりつく。二人は同時に目を細めた。一粒一粒がきゅっと甘い。舌の上で米粒が立ち上がり、香りばかりではなく、くっきりとその小さな形まで伝わって来るようだ。嚙《か》めば頰の内側がゆるやかに弛緩《しかん》し、貪欲《どんよく》に吸収し味わいつくそうと、体内が歯車のようにぐるぐるかみあって動いているのがわかる。みぞおちのあたりから柔らかな熱が湧《わ》いてくる。かぼちゃの御新香、淡いピンクのたらこ、梅干しをちまちまと舐《な》めながら、ご飯を少しずつ大切に嚙みしめた。伶子がしみじみとつぶやいた。

「やっぱり人間、ご飯だよねー。基本」

「あー、お酒飲めれば炭水化物いらないっていう人、うらやましいけど、あの感覚、私、わからないなあ。すみません、おかわりいただけますか？」

里佳はすぐに、近くのテーブルで汚れた皿を重ねている店員を呼び止める。

「里佳、なんというか、本当によく食べるようになったよねえ」

伶子は頂点が一口分欠けているいくらのおむすびを手にこちらを見つめている。

「太ったよ。今はなんと、じゃ、じゃーん、五十六キロもあるの。寒いと身体動かすのおっくうでさあ。ついつい食べちゃうし」

おどけたように言うと、彼女はぽかんとしている。その反応がまったく恥ずかしくもない。ご飯のおかわりと一緒に店員が運んできたのは、のっぺ、という郷土料理だ。薄いだしで根菜やかまぼこを煮たものに、いくらが数粒飾られている。寒さで強張っていた部分が溶け出していくような、堂々とした滋味に、ほうと息を吐く。

「伶子さ、前に適量の話をしてくれたじゃない？」

「そうだっけ？　あ、料理の分量の話ね」

「いやあ、いろんな味を知れば知るほど、どんどん自分に甘くなるみたいなんだよねー。私の適量とやらはまだまだ先みたいよ。毎日寒いしさー。家に帰ったらすぐ寝ないともたない」

伶子がぼうっとした顔つきでこちらを見つめている。あきれているのかな、と苦笑し

ていたら、ややあって、彼女は遠慮がちに切り出した。

「なんだか、うらやましいな。自信があるんだね。今の里佳、なんかいい感じだよ。それが適量ってことなのかもしれない。それにさ、おせっかいみたいであれなんだけど、里佳の身長、百六十六センチだと適正体重は六十キロなんだって」

日本酒が柔らかな玉になって、おかしな場所に落ちた。里佳は小さくむせる。

「え、なにそれ、私が六十キロでも別におかしくないよっていうそんな有難い基準があるの？」

「あはは。日本医師会のホームページみてみ。そうだよね。なんか、莫迦《ばか》みたいだよね。日本人の痩身《そうしん》願望って綺麗になりたいっていうより、これじゃまるで」

かじりかけのおむすびを伶子は見下ろした。真っ赤な水晶のようないくらが中から顔を覗かせている。彼女の目から見たその粒には無数の小さな伶子が宿っているのだろう。

「何からも追い詰められていない人間を見ると心が苛立《いらだ》つように、誰かにコントロールされているみたい。前にダイエット強制するようなこと言ってごめんね。なんだかね、やわらかくてのんびりしていく里佳を見ると、不安になったの。恥ずかしいけど、私の好きだった、王子様からどんどん離れていくように見えて」

耳たぶを染めてうつむく伶子を見て、里佳は少し驚いた。

「いいよ、いいよ。気にしないで。伶子は食べるの大好きなのに、昔から痩《や》せてすご

いよね。体質？」

「まさか。思春期の頃はすごく太ってた。栄養学から勉強して、一日の摂取カロリーを考えながら食べるくせをつけたの」

初耳だった。伶子のふっくらした姿などまったく想像がつかない。

「へー、さすが。でも、私が言うのもなんだけど、ちょっと最近心配になる。なんだかどんどん痩せて、少女返りしていくみたいでさ」

もうちょっと配慮が必要だったかなと口にしてすぐに心配になったが、伶子は愛らしく小首を傾げている。

「普通に食べているつもりなんだけどなあ。年齢のせいで太れないのかなあ。昔と違って、妊娠のために健康にいいものしか食べないから、なおさら。お酒や嗜好品《しこうひん》も控えてるしね。別にどこか悪いってわけじゃないんだけど……」

いかの塩辛がいっそう米の甘みと香りを引き立てるせいで、二杯目もするすると胃に収まってしまった。里佳は一度箸を置いた。

「さっき新幹線で伶子に言われたこと、実はずっと考えてたの。図星だよ。ちょっと自分でも思ってたんだ。なんかね、梶井真奈子に関わってると、自分があの人の一部みたいになっちゃうの。情けないけどさ、あの人が見せたいものしか見ることができなくなってる。どうしても」

認めてしまうと、急に楽になった。三杯目のおかわりはさすがに憚《はばか》られたが、入るといえば入るかもしれない。

「ああいう女って里佳みたいなタイプを振り回したいんだと思うよ」

伶子が卵焼きを引き寄せて、小さく笑ってみせた。唇の形が皮肉っぽくもあり、悲しそうにも見えた。視線を宙に彷徨《さまよ》わせながら、彼女はゆっくりと言葉を選んでいる。

「でもさ、見たいものだけ見るっていうのは、見たくないものは見ないってことだよね。ねえ、本当は弱い、自信がない人なんじゃないの？　梶井って。里佳の方が強い部分だってあるんじゃないのかな？」

里佳はまじまじと伶子を見る。新幹線に飛び込んできた時から違和感を覚えている。もしかしたら、目の前にいる女は、人間ではない、姿を変えた聖なる何かなのだろうか。

「なんだか、伶子の方がよっぽど、彼女のことわかってるみたいだよね。会ったこともないのに」

伶子は何か言おうとしたがすぐにやめて、酒のリストにすっと手を伸ばした。里佳が何気なくＬＩＮＥを見ると、誠からメッセージが届いていた。

――風邪ひくなよ。あったかくしてね。あとで電話くれ。

特に何も思わず、里佳は返信を後回しにすることにした。

香り高い汁が溢れ、口に入れるなりしゃぶしゃぶと崩れ落ちるようなル・レクチェを

食べ終えると、二人は会計を済ませ、店を後にした。数日前に大雪が降ったばかりの新潟の街にようやく一歩足を踏み出す。駅前のバスロータリーは、道の脇《わき》に黒ずんだ雪が寄せられていた。空は真っ暗なのにやけに高く感じられた。料理でぬくもっていたはずの身体から一気に血が引いていく。濡れたアスファルトを辿って、ビジネスホテルにたどり着いた。立ち並ぶ飲食店から漏れる光が雪に反射し、サーチライトのように夜空に放たれている。

フロントで伶子がチェックインを済ませ、二人は震えながら狭いエレベーターに乗り込む。五階の角部屋に流れ込むなり、伶子は室内の様子を確認するより早く、真っ先にバスルームに行き、シャワーで湯船を洗うと湯を溜《た》め始めた。サイドテーブルを挟んでベッドが二つに簡易冷蔵庫、壁に作り付けのデスクが一つのありふれた部屋だが広い。まだらな踏み跡のついた緑色の絨毯《じゅうたん》が伸びやかに感じられた。どぼどぼというお湯の音を聞きながら、Wi-Fiの接続を確認する。伶子はお先にどうぞとお風呂《ふろ》を勧めてきたが、彼女の後に入ることにした。

ユニットバスに張ったお湯が肌に絡《から》み、やわやわとまとわりつくようだ。新潟駅からここまでほんの数分しかかからなかったのに、身体は芯《しん》まで冷え切っていて、その分声が漏れるような心地良さだった。カーテンの向こうで、しゃこしゃこ、と伶子の歯ブラシを使う音がした。

「お風呂の水、ぬるっとしててやわらかいね。水がいいってこういうことを言うんだね。お酒もご飯も美味しいわけだなー」

カーテンの隙間からくぐもった声がする。

「あー、上がってもお湯捨てないで。そのまま溜めたままで。ドアを開け放して」

髪の水気をタオルで押さえながらバスルームを出ると、ベッドで文庫本を読んでいた、ネル素材のパジャマ姿の伶子が顔を上げた。

「加湿器頼んどいたよ」

見れば、ベッド下に設置された加湿器からは真っ白な湯気が立ち昇っている。室内は暖かく、十分に潤っていた。伶子の放つシャンプーのにおいが自分のそれと同じことに、何故《なぜ》かくつろいだ。デスク前のスタンドを点《つ》け、リュックサックからノートパソコンを取り出した。目の前にある細長い鏡に、ベッドの上の子供のような白い顔が映っていた。

「もうちょっと仕事したら、寝る。先寝てて。ここついてたらまぶしい？」

「ねえ、ついてきて、本当は迷惑だったよね？」

里佳は室内の電気を落とし、キーを叩《たた》き出した。伶子のか細い声がする。

「私と亮ちゃん、その、もうずっとしていないの」

彼女の顔を見なくて済むのがありがたかった。なるべく鏡に目を向けないようにして、遠慮がちに尋ねた。

「治療の件でもめたから？」

「違うの。そんな最近じゃなくて、もっとずっと前から」

どうしてだろう。なぜ、自分は少しも驚いていないのだろう。薄々、いや、確信をもって気付いていたことだった。亮介さんと伶子の家に行った時、いや、もっと前。ひょっとすると二人が出会うはるか昔から。あふれようとしていた何かが次第に零《こぼ》れ落ちるように、伶子は続けていく。

「おととし、私が会社を辞めてから。それまではお互いにすごく頑張ってたのに、私が全部捨てて妊活に向かったことが、彼のプレッシャーになったのかもしれない。だから、何もかも無駄なの。通院するのも漢方飲むのも。一人だけでも頑張っていれば、亮ちゃんもその気になってくれるかと思ったの。私が妊活に夢中になればなるほど、彼は、その……。セックスがあるふりをしていれば、本当にあるようになるんじゃないかって……。嘘《うそ》をつき通せば今に全部本当になるんじゃないかって。梶井の虚言癖を笑えないよね。亮ちゃん、かえって重荷みたい。それでぎくしゃくするようになって。なんだか急に全部がばかばかしくなって、水道橋に通うのも、全部やめちゃった」

ふう、そっか、としかつぶやくことができない。今、こちらの胸に湧いた強い憐憫《れんびん》は彼女を痛めつけるものでしかないだろう。

「私が仕事辞めた時からずっと、私の子供を欲しいという気持ちが重すぎるみたい。あ、

よく話し合ったよ。コミュニケーションが足りないって言われるかもしれないけど、そんなこともないの。ひどい旦那《だんな》だと思う？　一種のＤＶ？　それとも私が頭おかしくなってるのかな？　そのことさえ除けば、とてもうまくいってるんだよ。嘘じゃないの。第三者に証明する手段はないんだけどさ」

彼女は忍び笑いを漏らした。泣いているようにもとれる息遣いが続き、徐々に消え入るように声が小さくなっていく。

「あんまりこういうこと話したくないんだけど、私、昔っからそういうこと苦手だったんだよね。誘ったりするのも、男の人を受け入れるのも。私が緊張しないで話せる男の人って亮ちゃんだけなんだ。私がどんなに努力しても旦那一人その気にさせられないのに、梶井ってすごいよね。あんなにたくさんの人を夢中にさせることができるなんて……」

既存のルールに誰よりも反発していた伶子が、あっけなくつかまってしまった。急に部屋の天井が低く感じられた。自己管理能力に長《た》け、あれほど前を向いて進み続けてきた伶子が。

「やっぱ里佳の言う通りだった。あんなに簡単に、好きな仕事を手放しちゃうべきじゃなかったね。焦ってて忠告が耳に入らなかった。私は本当におろかだったよ」

伶子が泣いている。見なくてもわかる。決して積もらない淡雪のような、静かな涙だ。

「時間がないの。どんどんどんどん年を取るのに、なにも変えられないの。あの人、梶井真奈子って、無期懲役になるかもしれないのに、結婚して子供を産むことをあきらめてないんでしょう？　どうしてあんなに楽観的でいられるんだろう。私はこんなに焦ってるのに。里佳、無理やりついてきちゃってごめん。どうしてもあの家で彼を待ちたくなかったの。里佳の仕事を邪魔する気はなかったんだよ。明日はここで大人しくしてるからさ」

「あのね、ええと、伶子は」

どうしてこんなにも彼女に触れることが怖くなってしまったのだろう。ただ、失いたくない。里佳は立ち上がると、伶子のベッドまで行き、思い切って布団《ふとん》の上から彼女を抱きしめた。髪に顔を埋めれば、先ほどの独白が嘘に思えるような、濃厚な甘い香りがした。

「加湿器頼んでくれてありがとう。お風呂のお湯も。私一人だと喉ガサガサになってたかもしれない。伶子が毎日そばにいてくれたら、その人はそれだけで幸せだと思うよ」

この身体から命を生み出そうなんて、不可能に思えるようなもろく儚い身体だ。伶子の呼吸がふとん越しに伝わって来る。彼女が、まじで重いよ、とつぶやき、ひどい、と笑い合うまで、そのまま二人はしばらく折り重なっていた。

翌朝、里佳が目をさますと彼女の姿はなく、ベッドサイドのメモ帳に、

「先に朝食を食べてます。　伶子」

と走り書きしてあった。髪を整え薄化粧をし、トイレの蓋《ふた》に腰掛けたまま歯を磨く。いつもの習慣で、ネットニュース一覧とメールだけはすばやくチェックした。珍しく後輩の北村から「相談したいことがあります」という題名のメールが届いていたが、今はあとまわしにすることにした。電話を一本入れ、部屋を出た。

一階のレストランに行くと、出張中らしい男の一人客ばかりの中で、薄化粧を施した伶子が悠然とコーヒーをすすっていた。彼女の伏せた睫毛《まつげ》や髪にちらちらと視線が吸い寄せられていることを、里佳は得意な気持ちで見守った。千二百円で楽しめるバイキング形式の朝食は、一見ごくごく普通のものだったが、ご飯のお供の豊富さだけは目を見張るほどだった。炊飯器の中の米が朝日を浴びて光っている。伶子の向かいでご飯を一口食べるなり、その甘さと香ばしさに背中が震える。ここの卵焼きは砂糖たっぷりで褐色の焦《こ》げ目がついている。

里佳はおかわりをするために立ち上がりながら、伶子に向かって、こう宣言した。

「ねえ、伶子、お願い、今日はついてきてほしい。先方にはカメラマン一人同行してもいいかってさっき確認した。大丈夫だって」

「昨日のあれは忘れて。頭おかしかったんだよ」

「ううん。私一人じゃ見られないものが、伶子と一緒だと気付ける気がするの。記者として頼んでるの。私がこの記事の担当なんだから、私がそうしたいって言えば、問題ないんだよ」

伶子が小さく頷いた。目がかすかに赤くなっている。カメラとってくるね、と短く言うと、彼女は立ち上がり、逃げるようにレストランを後にした。二杯目のご飯を平らげると、里佳はスマホを取り出し、タクシーを呼んだ。阿賀野までのアクセスは車が最適であるらしい。四十分程度見ておけばよさそうだ。

数分後に伶子とホテルのエントランスを出ると、タクシー横に五十代くらいの体格の良い男性運転手が立っていた。雲の切れ目から青空が思わせぶりに覗《のぞ》いている。

「ゆっくりでいいんで、安全運転でお願いします。高速使ってください」

「お客さんたち、観光ですよね？　この季節、阿賀野にいっても観《み》るものは何もありませんよ」

後部座席で行き先を告げると運転手はそう言って、詮索《せんさく》するような目つきをバックミラーに映した。フロントガラス越しに雪に挟まれて、黒々と濡れたアスファルトがどこまでも光っている。

「あれだけ雪が降ったのに、道路がちゃんと除雪されているのはすごいですよね」

里佳が話をすばやく切り換えると、運転手はこう言った。

「道路の真ん中に消雪パイプがあるでしょ？　地下水をくみ上げて撒《ま》いてるんです」

窓に頬をくっつけるも、よくは見えない。道路の真ん中には無数の穴が並んでいて、小さなしぶきを上げているらしい。昨夜あまり寝ていないので、里佳はすっと眠りに落ちた。

「この中学、梶井被告が通ったんじゃないのかな、ねえ」

という伶子のささやき声で目を覚ますと、窓から見える景色は雪で覆われた山並みと田んぼに変わっていた。口内が乾いていて、肩が痛い。青空に照らされ、どこもかしこも冴《さ》え冴えと輝いている。伶子の見つけた中学校はもうとっくに後ろに流れていた。はるか遠くに巨大な観覧車と曲がりくねったジェットコースターが見える。

「えーと、あの遊園地は？」

そう運転手に聞くと、即座に返事がかえってきた。

「サントピアワールドですね。でも十二月から三月中旬までは確か休園のはずです」

流れていく家並みには蔵造りが目立つ。くっきりとした白と黒の格子《こうし》模様と、壁にぽつりと開いた孤独そうな窓が雪景色に自己主張しているかのようだ。

「こういう蔵をリノベーションした家、この辺では多いんですよ。手塚治虫《おさむ》の『奇子《あやこ》』に出てきそうでしょ」

指定した住所にたどり着く。田んぼに三角の形で取り囲まれている、民家の集まる一角だ。一万円近い領収書を手にタクシーを降りるなり、里佳は悲鳴を上げた。

「寒いっていうより、痛いって感じだよ。血管が凍って、しゃりっと折れそう」

耳と鼻が足元にごろりと転がって、畦道《あぜみち》に赤い染《し》みを作ってもおかしくないと思った。

「やわいなあ、東京っ子は」

と笑う伶子も頬を真っ赤に染め、歯をかちかちぶつけている。

新潟に降り立ったときに感じた寒さとは明らかに質が違う。この間、新宿でラーメンを食べた夜などまったく比較にならない。梶井が男の居るあたたかなベッドから、なんの気負いもなく深夜ふらりと外に出られたことにようやく納得がいった。彼女にとってはあんな寒さなどなんでもなかったのだ。

「kajii」という表札の下がったその家は五十坪というところだろうか。敷地内に古いプリウスが停まっている。里佳は息を詰めて、何一つ取りこぼすまいと見上げる。伶子の住む町でもよく見る設計の、薄黄色いペンキを塗り直したらしいファミリータイプの二階建てだ。玄関ドアの真上の三角屋根に積もった雪が割れ、今にもすべり落ちてきそう、と思ったら、背後でどさっと音がした。電線から雪の塊が落ちたらしい。暗い色合いのガラスで仕切られた出窓から、古びたぬいぐるみがいくつか通りに向いて飾られている。肌色の巨大な熊《くま》がボタンの目を大きく見開いて笑っていた。小声で伶子が耳打ちしてき

た。

「普通のお宅じゃない？　さっきの蔵つきのお屋敷みたいなのを想像してたんだけど」

二人はコートやダウンジャケットを脱ぎ、手にかける。手袋のまま、インターホンを押した。しばらくして、遠慮がちに薄くドアが開いた。控えめな印象の女が顔を出し、まずは里佳が名乗る。

「カメラマンの狭山《さやま》伶子です。今日はどうぞよろしくお願いします」

憎たらしいくらいきりりとした表情で伶子は頭を下げた。

「初めまして。遠いところから、わざわざ……」

小路杏菜《しょうじあんな》、旧姓・梶井杏菜は姉にはまったく似ていなかった。色のない唇とむくんだ目元をしている。小柄できゃしゃだった。口と鼻の距離になんとなく面影がないでもないが、目に命が宿り、ちゃんとこちらの姿を映している。確か二十八歳のはずだが、生成りのセーターとチェックのロングスカート、ひとつにまとめた黒髪は大学生といっても通用するだろう。色白で柔らかそうな肌をしているところだけは、姉と共通していた。

彼女に招き入れられ、玄関で靴を脱ぎ、それぞれ上に着ていたものを預ける。杏菜の仕草に、取材対象の加害者側家族につきものの警戒心もあまり感じられない。ドアを押さえてこちらを中に誘う様に、ほのかな信頼が滲《にじ》んでいる。

居間に通されるなり、ふと懐《なつ》かしさを感じた。石油ストーブのにおいが、女子校時代

の真冬の礼拝堂を思い出させるのだ。床暖房も効いている室内は十分に広く暖かいものの、かなりほこりっぽい。ピアノ、毛足の長いカーペット、テーブルセット、食器棚、レース編みのかかったソファ、ガラステーブル、プラズマテレビ。散らかっているわけではないが、乱雑に積み上げた雑誌やごちゃごちゃと置かれたぬいぐるみ、壁際《かべぎわ》に並んだ高さがまちまちの大量の観葉植物のせいで、ほんのりとだが、おぞましい印象を受ける。姉同様、彼女もその母も、片付けや整頓《せいとん》はあまり得意ではないのだろう。敏感な伶子が隣で小さく咳《せき》をした。

「姉からの手紙には、町田さんとのことがよく書いてあるんで、なんだか初めて会った気がしなくて。取材攻撃も最近はなくなりましたし、こうやって誰かがうちを訪ねてくるのも、久しぶりです」

そう言いながら、杏菜はテーブルの前の椅子《いす》を里佳と伶子に勧めた。色あせた座布団が背にくくりつけられている。テーブルには小花模様のてらてらしたビニールシートがかけられていた。彼女は巨大なジャーを引き寄せ、ティーポットにお湯を注いだ。

「昔から、誤解されやすい人だったんです。こんな狭い街では、姉のような人は異端でした。姉の相手をできる女なんて私くらいだったと思います」

真面目《まじめ》な語り口ながら、どこか得意な色が滲んでいる。

「でも、本当の姉はメディアで言われているような人じゃないんですよ。昔っから面倒

見がよくて、長女だから頼られるとNOが言えないだけなんです。被害者の男の人たちが姉を好きになったのは本当だと思いますけど、姉はきっと彼らの好意を無下にできなくて、結果、気をもたせてしまったんじゃないでしょうか。ひょっとすると姉に嫉妬《しっと》するどこかの女性が、姉に罪を着せるために彼らを殺したんじゃないのかとも思っているんです」

杏菜の小さな鼻の穴はひくひくと膨らんでいる。冷えが遠ざかると、この部屋はいささか暖かすぎるように思えた。こんな時なのに、頭にとろりとした感覚が流れる。

「あの、今、お母様は……」

「母は二階で寝ています。皆さんが来ることは言ってありますが、マスコミとは色々あって、顔を見せたくないようです。ここ数年で、腰を悪くしてしまいまして、あまり出歩けないんです。今は私がいるからいいですが……」

里佳の母と同世代の梶井の母親はかなり饒舌《じょうぜつ》で、取材にやけに協力的なことで有名だった。娘が容疑者になっているというのに誇らしげな色さえ滲ませて、教育や裁判のあり方についてとうとうと自論を述べていたらしい。当時の取材担当者から聞いた話によれば、まったく梶井に似ていないそうだ。どちらかといえば、杏菜がその特徴を引き継いでいるのではないか。

差し出されたティーセットは随分使っていないものらしい。いつ付いたものかよくわ

からない茶渋がこびりついている。お茶請けとして出されたのは、セロファンで包まれたおせんべいである。東京のスーパーマーケットでも買えるものだ。

ピアノはもうずっと弾いていないのだろう。レースカバーがかけられ、土産物らしい人形や陶器、安っぽいぬいぐるみやこけしがただ漫然と並んでいる。床に敷かれたカーペットは埃《ほこり》じみているし、目につくところに毛髪が落ちている。それなのに、だらしなく振舞うことを拒む、ある種の頑固なルールのようなものが張り巡らされている気がした。例えば何か一つでも動かしたら、怒号が飛びそうな雰囲気が漂っているのだ。

観葉植物はいずれも濃い緑に葉脈が浮かび、葉や茎がぴんと弧を描いている。乱暴に生い茂っている様に見えて、この季節にこれほどの鮮やかさと色合いを保っているなんて、ひょっとするとよく手入れされているものなのかもしれない。そう考えて見てみれば、雑誌の積み上げ方やおもちゃの並べ方にも何か法則があるように思われた。里佳はふと磨《す》りガラスのはめ込まれた引き戸に目をやる。あの向こうの部屋に梶井の母親が居るということはないだろうか。

ピアノの上に飾られた大きく引き伸ばした写真をじっくり眺めることにした。解像度からいって、かなり昔のものだと思われる。ふくふくした揃《そろ》いのスキーウェアを着た少女とまだ幼い子供が雪景色を背に、かまくらを作って遊んでいる。大柄でぽっちゃりした少女は落ち着き払った様子で、こちらを見据えている。

「これ、お姉さんと杏菜さんですか？」

「ええ、そうです。姉が小学三年生で、私は二歳。このころからリーダーシップをとるのは常に姉でした」

杏菜は途端に懐かしげになり、その額縁に視線を向けた。

「あの、失礼ですけど、小学三年生にしては随分体が大きいんですね」

「ええ、確か姉が初潮を迎えたのはこれくらいらしいんです」

「え、九歳でですか？　それは随分……」

自分の時はいつだったか、里佳は思い出そうとする。記憶に靄《もや》がかかったようで、なかなか蘇《よみがえ》らない。いつまでたっても腰も胸もぺたんこで、中学になってもなかなか生理がこなかったことだけは覚えているのだが、特に焦りはしなかった。むしろ、周囲がどんどん成長し女の煩《わずら》わしさと折り合いをつけねばならない中、一人だけ少年のような身体でのびのびと振舞うのは痛快だったと言える。

伶子が、写真を撮ってもかまわないか、資料としてであって、世に出ることはない、と断りを入れ、重たげな黒光りするカメラをバッグから取り出すと、姉妹の思い出にレンズを向けた。

「もうすでにこの頃から、あまり母と姉の仲は良くなくて。母は早熟な姉とどう向き合うか考えあぐねていたらしいです。母は男性的で活動的なタイプで、私たちが男の子の

ような格好をするのをとても好んでいたんですね。幼い頃から女っぽい姉に戸惑っていました。姉はそんな母を次第にうっとうしがるようになりましたが、父がいるからまったく問題がなかったようです。父と姉は、こちらが嫉妬する気も起きないほど非常に仲がよくて」

見渡したかぎり、両親を写したものは部屋のどこにもない。彼女達の父亡《な》き後、夫婦の写真は意図的にここから消されたような予感があった。

「ああ、そうだ、これは姉からの伝言です……。まず、皆さんをご近所の酪農家さんのお宅にお連れするように言われています」

「酪農家さん？」

「秋山《あきやま》さんといって、私たちにとっては幼馴染《おさななじみ》のような存在です。確か高校でも姉の同級生でした。あのお宅には子供の頃からよく遊びにいって、二人で牛の出産に立ち会ったこともあるんです。父の教育の一環でした。さ、いきましょう。歩いて、五分程度ですから。特別に牛舎を案内してもらって、帰りに父のお墓にもよりましょう。姉からお墓参りにもお連れするように言われているんです」

姉から指示を受けているせいか、杏菜の言葉はよどみないし、どこか朗らかな印象である。ふと、自分もこんな風だったのかな、と里佳は思う。

杏菜は真っ先に長靴に履き替え、ドアを開けた。この程度の寒さは彼女にとってはど

うということもないのだろう。しっかりした足取りで、さくさくと雪を踏んでいく。彼女の小さな足跡に、自分のブーツを合わせるようにして、後に続いた。

梶井邸ですっかり温まっていた身体がたちまち強張《こわば》っていく。鼻の内側が痛くなった。気候に対応するだけでやっとだ。先ほどのごちゃついた居間でいいから戻りたい。暖かな場所でくつろぎたい、とそればかり考えてしまう。雪景色のサントピアが山並みを従えていた。観覧車はぴくりとも動かない。目を凝らして梶井真奈子の人生を直視しようにも、すべては雪の輝きの向こうにぼんやりと溶けかかっている。

その民家に隣接した牛舎に到着するなり、間延びしたまばらで大きな鳴き声とすえた獣臭、腐りかけのクリームチーズのようなにおいがした。敷き詰められた藁《わら》はほのかに甘く、温度のある香ばしさを漂わせている。杏菜に勧められるままに、靴にビニールカバーを付けて中に踏み入るなり、柵《さく》に閉じ込められた色も大きさも違う雌牛が一斉に警戒するように鳴き始めた。牛の吐く熱い息のせいか、それとも空調のせいか、雪の中で開け放たれている牛舎内は思いの外、暖かい。

「あのー、杏菜です。東京からのお客様をお連れしました。町田さんと狭山さんです!!」

と、牛舎の奥に向かって杏菜が叫んだ。男性の太い声がして振り向いた。

「初めまして、秋山です。お話はうかがってます。観光はいかがですか？　今はこの通

りの天候で見るものがあまりないでしょう？」

梶井と同い年ということは三十五歳か。民家と牛舎のつなぎ目に立っている大柄なその男は里佳の同僚の同年代の男たちとは何かが大きく違う。男にしては色白で鼻や頰がピンクに染まっている。無精髭《ぶしょうひげ》と笑い皺《じわ》にかこまれた大きな口から、吐きだされる息まで真っ白だ。つなぎ姿ですっと立っているだけなのに、隅々まで行き渡る体温の高さが感じられた。

「ここは新潟酪農発祥の地と言われています。うちでは牛舎を開放することで観光客の皆さんに、できるだけ酪農の実態を知っていただこうと思っているんです」

そう説明しながら秋山さんは、牛が鼻先を突き出す柵に挟まれた通路を、ビニールカバーをつけたゴム長靴で力強く歩き出し、里佳と伶子もそれに続く。

「近年では後継ぎ問題でうちのような酪農家は激減しています。日本人の牛乳の消費量が減っているせいですね。それは米農家にもいえることですが、ダイエット志向のせいで、糖質や乳製品は避けられるようになりましたからね」

勉強好きの伶子がわくわくしているのが、首筋がピンク色になっているのを見てわかった。

柵越しに牛の目を見つめて、里佳はぞくりとした。眼球が大きく飛び出して、たがいちがいの方向を向いているのだ。こちらの様子に気付いてか、秋山さんが言った。

「ああ、牛はね、前ではなく後ろを見るようにできてるんです。あと、牛は目を開けたまま寝ますよ」

濡《ぬ》れた大きな鼻がひくひくと動くのを、そこだけ独立した、違う生物がうごめいているような気持ちで見守る。

「乳の出をキープするためには、一年に一度は出産しないといけない。だから、人工授精で常に妊娠した状態にしています。どうぞ、牛に触ってみてください」

そういえば、大抵の牛のお腹《なか》は重たく垂れ下がっている。そっと伶子の横顔を盗み見る。しかし、その視線は興味しんしんといった様子で牛に注がれている。

「うわあ、あったかい」

伶子はいとおしげにキャラメル色にぶちの浮かぶ背中に手のひらを滑らせている。なめらかな毛並み越しに、芸術的なテーブルのような背の骨格が今にも肉を突き破りそうな力強さで、浮き上がっている。

「牛には胃袋が四つあります」

「え、四つも⁉」

巨体を支えているとは思えない、繊細な骨組みの脚はしなやかだ。生まれてこのかた生き物を飼ったことがない。餌《えさ》やりをしてみましょう、と秋山さんから藁の束を手渡された。恐る恐る牛の鼻先に差し出すなり、こちらの手から伸びる藁に食らいつき、乱暴

に引っこぬこうとする。噛まれたらどうしよう、と咄嗟《とっさ》に及び腰になった。食べることくらいしか、楽しみがないのだろう、と思うと哀れにもなる。伶子は落ち着いた様子で少しずつ、ペースを保って藁を与えている。

「人工授精相手はカタログを見て決めます。やはり、必然的に血統のすぐれたルックスのいい雄牛を選ぶようになりますね」

なんだか、人間と変わらないみたい――。男性を金や社会的地位のみで判断する。法廷でさんざん批判された梶井の恋愛観だけれど、繁殖だけを目的とするならば、理にかなったものともいえるのではないか。

「今度、こちらの牛をミスコンに出場させる予定なんですよ」

「へえ、牛にもそんなのがあるんですね」

「うーん、確かにこっちの牛に比べると美人なような気がする」

伶子が柵の中の三頭をしげしげと見比べている。里佳には違いがよくわからない。

「ここには八十頭の雌牛がいます。雌牛もこれだけ集まると、必ずヒエラルキーが生まれます。だから、一度放牧して、序列を決めさせるんですよ。そうしたら牛同士でも、譲り合うようになって秩序が生まれますからね。ヒエラルキーは悪いことではないんです。衝突を避けるためには、必要なものです」

牛が間延びした鳴き声を上げた。先ほどに比べ、のんきな色合いを帯びている。彼ら

もまた初対面の里佳達に緊張していたのだ。

一番を決めるために争ううち、バターになってしまった「ちびくろ・さんぼ」の虎《とら》たちはきっと雄だ。確か一人称が「おれさま」だった。

女はなによりもそうした無益な争いを避けようとする。そのために、互いの居場所や個性を先にさりげなく知らせておくのではないだろうか。互いが傷つけあわないように、見えない秩序を作る。暗黙のうちにルールを形成する。ここはあなたの領域、敬意を払ってここから先には入りません、その代わり私の自由もおびやかさないで、と。やんわりと宣言し、自分の立ち位置を守る。

「でも、決して、強い牛がトップに立つわけではないんですよ。身体の大きさとか美醜というわけでもないんです」

「じゃあ、いったいそれは……、何で決まるんでしょうか」

瞳《ひとみ》を輝かせて、伶子が尋ねた。秋山さんが何を思い出してか、初めて照れたように笑い、赤い口の端をくにゃりと曲げてみせた。

「そうですねえ、それはもう、〝サムシング〟としかいいようがありません。女同士が同性の何に敬意を払うのかなんていうのは、人間であっても謎《なぞ》ですからね」

先ほど一番美人とされた牛が、同じ柵の中の黒い牛に向かって藁を鼻で押しやり、餌を譲っているのが目に入った。

「環境を清潔にすることと、餌や水には徹底的にこだわります。ミルクの味を左右しますから。ミルクってもとは血液なんですよ」

「それは知らなかったです。へえ、赤い血がなんであんなふうに……」

牛乳も生クリームもバターも、あの律儀《りちぎ》なまでの白さは、もともとはこの巨大な身体をかけめぐる赤なのか。何かがわかりかけている気がする。秋山さんが口にすることがすべて里佳をかき乱す。梶井がここに自分を差し向けたことに、大きな意味がある気がする。

「乳搾《しぼ》りをしてみませんか？」

そう言って、秋山さんが一頭の牛の下にバケツを差し入れる。こちらが身をかがめる間、秋山さんが牛の後ろ足を強く押さえていてくれた。乳房に恐る恐る手を伸ばす。触れるなり、ふにゃりと柔らかくこちらに寄り添ってきた。加減に戸惑う。そっと握ってみたが、何も出てこない。思い切って、力を込める。先端からまっすぐに白い線が伸び、バケツに落ちていく。その放射線の迷いのなさは里佳の目に焼き付けられた。

梶井が欲望過剰の特異な女だと考えるかぎり、本質は見えない。バターとは梶井にとって嗜好品ではない。必要不可欠なもの、ないと死んでしまうものだ。つまり血だ。生臭さと鉄の入り混じったあのにおいが、つんと鼻をかすめた気がした。

ミルクがもともとは血なのならば――。虎がとけあったバターとは、童話ならではの

比喩《ひゆ》だろう。その正体は血と臓物にまみれたジャングルの凄惨《せいさん》な殺戮《さつりく》場面だ。白は赤である。これこそがこの事件の本質ではないか。九歳の梶井真奈子の足の間から流れ出た経血が、この真っ白な阿賀野を真っ赤に染めている光景がまざまざと描き出された。

ひょっとして、男たちは殺されたのではなく、殺しあったのではないか。対決したのではない。いずれも、そんなタイプの人間ではなかったが、互いの寄せる嫉妬で自滅したということはないか。嫉妬は女の専売特許などではない。

死んだ順は本松さん、新見さん、山村さん。それぞれが同時期に梶井と交際していた。彼らはなんらかの形でお互いを意識しあっていたのではないか。三人の欲望の矛先が梶井を中心にぐるぐる回っているように見える。ぐるぐる回って、勝手に死んだ——。

金色に広がるバターの池は血だまり。バケツにたまった白い牛乳にじわじわと赤い染みが滲んでいくような気がした。

そこまで想像して、赤におののく自分に気付いた。なぜだろう。じわじわと赤が広がっていくことを想像しただけで、息苦しい。

血で染まったアイボリーのカーペット。

その真ん中に倒れていたのは、父だ。三鷹のマンションで死後三日経《た》った遺体を見つけたのは、中学生の里佳だった。

里佳は唾《つば》を飲み、牛の糞《ふん》やよだれのにおいを大きく吸い込む。どうかしている。どう

してこんなとりとめのない考えばかり湧いては消えるのだろう。父の死と梶井事件は何の関係もないのに。足の間から何かがぬるりと流れ出て、全身がぶるんと震えた。生理にはまだ早いはず。下着がどうなっているのか、あとでトイレに行ってみなければ。ここでお手洗いは借りられるのだろうか。

父が死んだ直後、遅めの初潮を迎えたことを急に思い出した。

「どうしたの、貧血？　顔が青いよ」

心配そうな伶子の声で里佳は現実に引き戻された。雌牛たちが容器の底に鼻をこすりつけるようにして、水を飲んでいる。秋山さんに促され、牛舎を後にする。

「冬はこの寒さですから、餌をたくさん食べる分、甘いこってりした牛乳になるんです。反対に夏はさっぱりとしたさわやかな味わいになりますね。是非、この時期ならではの搾りたてのホットミルクを味わってください。冬の間は売店は休業していますので、うちの台所にどうぞ」

秋山さんの自宅は牛舎に直結していた。入り口から土間が続いているので、靴のまま上がることが出来た。自転車や精米機が隅に寄せてあり、片付いているとは言い難いが、梶井邸とは明らかに空気が違う。土間の一角にある台所のコンロ上で雪平鍋《なべ》が音を立てて、ふくよかな湯気を放っていた。秋山さんの妻とおぼしき同年代の女性が湯気の立つ紙コップを二人に渡した。杏菜がぽつりと言った。

「姉はここで作っているソフトクリームが大好きだったんです。濃厚なチーズのような味がするといっていました。ちょっと今の季節では冷たすぎますが」

窓の外の、雪をかぶったトタン作りの売店にその視線は向けられていた。なんだか見える気がする。ソフトクリームをなめまわしながら柵に寄りかかって牛をながめている、すでに女の雰囲気をまとった子供。

「うわあ、美味《おい》しい。花の蜜《みつ》が入っているみたい」

紙コップに口をつけるなり、伶子が感嘆の声を上げた。それは確かに、舌の上に陽差しが広がるような味わいだった。

伶子が写真を撮っている間に、意を決して傍の秋山さんに囁《ささや》いた。

「あの、秋山さんは梶井真奈子さんの幼馴染だってうかがいました」

そっと名刺を差し出すと、彼の吐く息が小さくなった。

「私は週刊誌の記者です。こちらの酪農への取り組みすばらしいですね。弊誌で大きく取り上げることもできると思います……。その、あの、梶井真奈子さんとの思い出について、話していただきたいんです。どんなささいなことでもかまいません。よければこちらの番号に連絡をいただけますか？　あさっての夕方十七時半までは新潟に居る予定です」

彼は遠慮がちに手を伸ばし、目の前に差し出された名刺をすぐにつなぎのポケットに

滑り込ませた。ホットミルクの湯気はあっという間に消え失《う》せていた。

8

固まった雪を杏菜がさっと払いのける。

雪は墓石の長辺を水平にすべり、そのまま地面に落ちて砕けた。濡れてつややかに光る御影石《みかげいし》が現れ、「梶井家之《の》墓」という文字が午後の強い光に深い溝を作っている。

秋山さんの牛舎から歩いて十五分の場所にあるこの小さな墓地からも、サントピアがやはりよく見えた。遮る高さの建物はなく、どこまでも田んぼが続く阿賀野平野は、陽が高く昇れば、積雪が一斉に輝き出し、こうして何もかもが見渡せる。ほとんどの墓石が雪を被《かぶ》っていて、どの家庭が今日、墓参りに来たのか、来ていないのかも一目瞭然《りょうぜん》だった。

「すぐに凍ってしまうかもしれないですけど……。でも、父の好物だったし、姉に必ず供えろと言われたので」

そう言うと、杏菜はキャンバス地のエコバッグから日本酒「謙信」の太い瓶を抜き取り、墓石の前に供えた。瓶底が硬い音を立てた。持参してきた菊の花を生ける。線香にはなかなか火が点かず、杏菜のライターを操る指先に苛立ちが滲んでいる。やっと煙が

漂い始めるも、たちまち雪に吸い込まれ、強い香りは澄んだ冷気に遮られた。

「二〇一二年のちょうど……、二月です。事故でした。趣味で近所の人たちと楽しんでいた狩猟の最中、宝珠山の雪道で転倒して、頭を打ったんです。姉が上京してからここに帰ってきたのは、父の葬儀の時だけでした。あ、もちろん、私たち東京ではしょっちゅう会っていましたよ。父ともです。世の中一般の姉妹よりよほど会っていたくらいです」

彼女に続いて、里佳と伶子も手袋に包まれた手を合わせ、かじかんだまぶたをそろそろと下ろす。暗闇《くらやみ》の向こうに雪の色が光る。睫毛の先まで冷え切っているのを下まぶたに感じた。二人が目を開き手を下ろしても、杏菜がなかなか動こうとしないので、里佳は遠慮がちに尋ねた。

「ご両親は東京で出会い、東京で結婚されたんですよね」

ようやく杏菜は目を開けた。

「そうなんです。父が働いていた品川の小さな商社で母は事務員をしていて。語学が堪《たん》能《のう》で物知りで紳士的な父は会社の女の子たちの憧《あこが》れの的で、自分が選ばれた時は周囲に嫉妬されたものだって、母はよくのろけて自慢していました。私が物心ついた時は、母はあまり家に居つかなくて、夫婦仲も良くなかったけれど、出会ったばかりの頃、母は父が大好きだったみたいで、その思い出だけは大切にしていたようです」

杏菜はエコバッグを肩にかけ、墓石からそろそろと離れた。墓地を出て、一行は車道沿いに戻る。梶井邸を出発した時に比べ、随分気温が高くなっている。雲の切れ目から青空が大きく覗き、道路がしっとりと潤《ほと》び始めていた。ブーツの下に感じる雪は、アイスキャンディからかき氷くらいの柔らかさに変化していた。中敷きがじんわりと濡れてきた気がする。

「どうして、ご両親は阿賀野に戻ってきたんでしょう？」

「取引先のトラブルに巻き込まれたことがきっかけで父が会社勤めに嫌気がさしたのと、祖父の体調が優れなかったためです。姉が三歳の時に、両親はここに住み始めました。東京では府中に住んでいたそうです」

十二歳まで三鷹で育った里佳にとってはそれは馴染みのある街名だったが、口にはしなかった。長靴を履いた、ランドセルを背負った少年五、六人とすれ違った。

「お父様、素敵な方だったんでしょうね。お姉様もお父様のお話をする時は、本当に嬉しそうでした」

里佳の言葉に杏菜の唇がほころんだ。よく見れば姉に似てぽってりと厚みがある。

「とても、ダンディな人でしたから。読書家で映画好きで、九〇年代初めからすでにパソコンにはとても詳しくて、不動産業の傍ら、自営業でホームページ作成を請け負ってました。ここの市民ホールや秋山さんの牛舎の紹介ページも作ったはずです。海外から

なんでもネットで取り寄せてました。この辺の人達にも一目置かれていたはずです。父のことは大好きでしたけど、頭が良すぎて、私には話していることがあんまり理解できなかったんですよね。その点、姉は父と話が合って、親子というより……。母がちょっと嫉妬するのも仕方がなかったのかもしれません。父はよく姉に言ってました」

杏菜は道の先に目をやった。

「『君は普通の子とぜんぜんちがう』って。でも、私、姉に嫉妬心はありませんでした。歳《とし》が離れていましたし、姉と父の様子を見ているのが、楽しくて、好きでした」

杏菜があまりにも姉を肯定し続けるので、里佳はだんだん訝《いぶか》しくなってくる。これほどの迷惑をこうむっているのに恨みごと一つ口にしない。

「あ、そこの駐車場、祖父母の家だったんです。この辺では一応、地主ということになっています」

ふいに彼女が言い、田んぼを隔てた六十坪ほどのアスファルトに目をやる。五、六台の車が雪を被っていて、色褪《あ》せた大きな看板が手前にそびえている。サントピアの広告らしい。「この先……m」という文面が、かろうじて読み取れる。

「私が小学四年生の頃、祖父が亡くなり、その一年後、祖母も……。姉は祖母になついていましたから、相当ショックを受けたと思います。こっちに寄り付かなくなったのは、祖母がいないせいもあったのかも」

一行は梶井邸に戻った。杏菜がドアを開けるなり溢れ出す、石油ストーブのにおいとほこりっぽさがすでに懐かしかった。身体《からだ》がどっと緩む。この家に慣れてきたのだろう。

「大変申し訳ありませんが、お手洗いをお借りしてもよろしいですか」

取材先ではマナー違反かと思ったが、仕方がない。

「どうぞ。そちらです」

杏菜に案内され、居間へ続くドアの向かいの小部屋に入る。芳香剤の強いにおいがした。パンツとタイツと下着を同時に下げて、経血がついていないか確認する。太ももが冷んやりしていた。下着に色はついておらず、ひとまず安心した。便器に腰を下ろし、ぼんやりと視線を彷徨《さまよ》わせる。ドアには大きなドライフラワーの花束がぶら下がっていた。便座にかかったものとお揃いの、ぼやぼやした素材の花柄の布が、ペーパーホルダーと床も覆《おお》っていた。元はピンクだったのだろうが、褪せた灰色をしている。レバーを引くと、真っ青な濁流が過ぎていく。

立ち上がる時、肩にわさわさとドライフラワーがぶつかった。振り向くと、便器の蓋に、茶色の乾いた花びらが落ちている。指でつまみ、少し迷ったが、後で捨てよう、とティッシュに包んでポケットに入れた。

居間に戻ると、伶子と杏菜がソファに座ってアルバムを眺めているところだった。そうして並んで目を伏せていると、仲の良い友人同士に見える。誰も居ない台所の方から、

もったりとした湯気がかすかに漂ってくる。

里佳が伶子の隣に腰を沈めるなり、カーテンから差し込むひとすじの光の中に、大量のほこりが舞い上がり、きらきらと輝いた。この位置から見ると、テレビの後ろに暖炉があるのがわかる。突然視界に現れたそれは、ハリボテの舞台装置のように見えた。炉の中には横に積まれた雑誌がすっぽりと収まっていた。

父です、と杏菜がつぶやいた。彼女が広げたページに目をやる。セロファンの向こうの色褪せたその写真を見る限り、この家の庭とおぼしき場所に立ち、バーベキューセットの前でこちらに目を向ける四十代くらいのその男は、想像していたよりずっと背が低い。細い目と重い瞼《まぶた》に、とぼけた風情《ふぜい》が漂う。髪は整髪料でしっかり固められ、黒々とした帽子をかぶっているように見えた。身につけたセーターは質のいいものらしく、暖かそうな深い緑が目の奥に染み入るようだった。暖炉の前でくつろいでいる姿、ライフル銃を構えている姿。高級な子供服を着た少女時代の真奈子や杏菜と一緒のものも見受けられたが、梶井の母・雅子《まさこ》らしき女性が写っているものは一枚もなかった。父のそばにぴたりと寄り添う中学生時代の真奈子から、何かを読み取ろうと里佳は目を凝らしたが、その瞳はぼんやりとした暗がりしか映さず、口も頑固そうにへの字に結ばれていた。しっかりした素材の服に包まれた、凹凸《おうとつ》のあまりない、骨まで強そうな体格は、危うさからは程遠かった。

「これ、小学四年のときの私と姉です。この時期は登下校の際に父兄が送り迎えすることになっていたんです。母が忙しいから、姉が申し出てくれたんです」

雪道でランドセルを背負った杏菜の手を引く推定十七歳の真奈子は、キャメルのダッフルコート姿だ。独特の貫禄《かんろく》のせいで、子供に付き添う周囲の母親たちに驚くほどなじんでいる。里佳はうっかり微笑《ほほえ》んでしまった。

「どうして、送り迎えがついたんですか、学校に？　もう四年生ですよね？」

急に伶子が鋭い口調で尋ねた。杏菜の目は懐かしげにアルバムに注がれたままだ。

「母はこの頃から古町にできたばかりのカルチャーセンターで、フラワーアレンジメントを教えていたんです。東京に住んでいた頃、資格を取っていたらしくて。車で通うために免許も取りました。社交的な性格でしたけれど、この辺りの主婦同士の付き合いにはあまりなじめなかったから、仕事を持てたことをとても喜んでいました」

この部屋に所狭しと並ぶ観葉植物はその頃の名残なのだろうか。そういえば、トイレだけではなくドライフラワー、リースなどが壁には多く飾られている。あれも雅子の作品と見て間違いはないだろう。無数にあるぬいぐるみも手作りなのかもしれない。

「だから、姉が付き添いを引き受けたんですよ。……あ、ママ、起きてきたの。寝てた方がいいよ」

唇がふっくりと丸い形になり、急に彼女の声音が幼く聞こえる。里佳と伶子は同時に

素早く立ち上がり、杏菜の視線の先を確認した。キッチンの小窓の逆光を受けて、暗がりに人影が浮かんでいる。

「今日はそんなに痛くないから、起き上っても平気。お赤飯がもうすぐ炊《た》けるわ。ささげをね、昨日から、水につけておいたのよ」

六十歳前後の女性がキッチンに立って、こちらを見ていた。

「真奈子と杏菜の母親の雅子です。遠くからよくいらっしゃいました」

講師をしていた時代を思わせる、よく通る隙《すき》がない低い声だった。里佳と伶子が自己紹介をしている間も、彼女は茶碗《ちゃわん》を取り出したり、箸《はし》を並べたり、と小まめに立ち働いていた。

腰を悪くし、あまり出歩けないと聞いていたが、確かに身体を二つに折るようにして動くものの、顔つきや動作はしっかりしていた。来客のために着替えたのだろう。スパンコールがついた黒のニットにスパッツ、濃い茶に染められたショートヘア、頬が削《そ》げた小さな顔は、薄い紫色がかった眼鏡でほとんど占領されている。考えてみれば、真奈子と自分はたった二歳しか違わないのだ。あの落ち着きや独特の言葉使いから、その母というと、七十代の女性を勝手に想像していた。

「ふうん、私、あんまり好きじゃないけどな、お赤飯。無理しないでいいよー」

杏菜の口調はいたわるというより、怠惰さが滲んでいた。実際、台所から水音が聞こ

えてきても、アルバムをめくる手を止めようとはせず、立ち上がる気配もない。炊飯器の炊き上がりを告げるメロディが流れた。

「そう？ まあ、いいじゃないの。たまには。せっかくお客様も居るのだし」

機嫌をとるように梶井雅子は呼びかけ、突っ立ったままの里佳と伶子を目で促した。

「あの……、でも……申し訳ないですよ」

伶子が言いかけると強い口調で遮られた。

「是非召し上がって下さい。ね、お腹も空《す》いているでしょう」

やがて、テーブルのビニールシートに湯気を立てる赤飯とクリームシチューの皿が並んだ。室内はほこりっぽく食欲を減退させたが、里佳も伶子も大げさな褒め言葉を口にしながら席に着く。

箸置きもなく、ランチョンマットも敷かれていない。箸の先端はかすかに欠けている。茶碗と皿は色も形もまちまちで、客用の食器ではなさそうだ。数十年前、ここに梶井の唾液《だえき》が触れたかもしれないと思うと、喉《のど》の奥が収縮した。食べなければ、という義務感だけで無理に箸を取り上げる。ひょっとしたら、梶井も味わったかもしれないこの食事を身体に収めれば、また一歩、彼女に近づけるはずだ、と言い聞かせる。ほのかに朱がかったつややかなもち米の間から、大粒のささげがふっくりとふくよかな姿を覗かせている。口に運ぶなり、やや固めに炊かれたもち米が心地よくねっちりと反発し、塩気と

強い甘み、そして、とがったところがないかすかな苦味が広がった。ささげのほくほくとした中身が皮から溢れれば、繊細な風になって流れていく。

一方で、シチューは固形ルーそのままの風味がして、これといって感想の想《おも》い浮かばない凡庸な味だった。それどころか、にんじんもじゃがいももちゃんと火が通っていないように思われた。

「このお赤飯、ちょっとだけお醬油《しょうゆ》が入ってるんですか？　こくがあって、すごく美味しいですね。ささげもいい炊き加減！　おかわり欲しくなっちゃう」

隣の伶子はきらりと目を光らせている。伶子が言うのだから、と急に味覚に自信が出て、どんどん口に運ぶ。

「まあ、よく気付いたわね。そうなの。新潟に来たばかりの頃、夫の実家で初めて食べた時、すごく美味しいと思って、姑《しゅうとめ》にこれだけはちゃんと習ったの」

雅子は白い頰を紅潮させている。

「もともと、あんまり料理は得意じゃないのよ。こっちに来てからというもの、外食の機会も減って、グルメな夫にあれこれ味付けに注文をつけられるし、すっかり嫌になってしまったの。レトルトやお惣菜《そうざい》に頼るようになったわね。こっちはスーパーのお惣菜がとっても美味しいの。お肉屋さんの揚げ物なんかもたっぷり大きくてね……こんな」

くすくす笑いながら、手で大きな四角を作ってみせる。

「それで、夫が週末に作る料理っていうのが、庭にレンガの竈《かまど》を作っていぶすベーコンとか、玉ねぎをあめ色になるまで炒《いた》めて、寸胴鍋で煮込むカレーとか……。いわゆる趣味人な男の料理でね。時間ができた時にお金をかけて作る非日常だから楽しいんでしょうけど、こっちにしてみたら、いい迷惑だったわ。真奈子も杏菜も、ママもパパみたいなごちそう作ってよ、って文句を言うようになったしね」

雅子は、いかにも面倒そうに眉《まゆ》をひそめた。テレビの陰になっていた暖炉を思い出すうち、里佳はぴんときた。

「ご主人の残した趣味のもの、処分されました？」

「ええ。亡くなってすぐに、模様替えしたわ。ここらへんにずらっと並んでいたトロフィーとか油絵とか、みんな捨てたわね」

そういえば、この部屋には仏壇らしきものさえない。

「見るだけで、夫を思い出して、とても悲しくなるからよ」

いかにも切なげに眉を下げても、嘘《うそ》だ、とすぐにわかった。

「お姉ちゃんは、そのことで随分怒ってたよ。葬儀で帰ってきた夜、十何年ぶりでここに来たら、お父さんのものがほとんどなくなっていて、部屋の様子がぜんぜん変わっちゃってたんだもん。もうこんな家、私の知ってる実家じゃないって」

杏菜が口をとがらせると、雅子は機嫌を取るようなことを何か言った。

中学三年生の冬。父のマンションで管理人と共に遺体を見つけた直後、警察と鑑識が到着するのを待つ間に、里佳は公衆電話から母に電話した。当時、携帯電話を持ち歩いている者はまだごく一部だった。

——死んでいるの？　確かに死んでいるのね？　まだわからない？

こちらの心情を気遣いつつも、確かにその声は高揚で上ずっていた。生きている可能性を探るのではなく、それがまったくないのかどうかを母はすぐに知りたいようだった。

——すぐにそっちに行くから。あなたは何もしなくていいから。

遺体を発見してから、里佳は一度もあの部屋に足を踏み入れていない。検死解剖が終わり死因が解《わか》るなり、母は走り出した。父の親族が頑《かたく》なに動こうとしないので、ほとんど一人で葬儀を仕切った。通夜《つや》で父方の両親や親戚《しんせき》に「あなたが殺したようなものだ」とヒステリックに責められても、決して表情を変えなかった。母はマンションに清掃業者を連れてきた。父の血液の飛んだカーペットや、ヤニとほこりの染み付いた室内を完《かん》璧《ぺき》に清め、数冊のアルバムを残して家族の思い出をすべて処分した。リフォームが終わると、マンションをすぐに売却した。その金と通帳にかろうじて残っていたささやかな額は法律上、里佳のものになった。母はそれを教育費に充《あ》てた。行動は素早く、まったく無駄がなかった。きっと頭の中で何度もリハーサルしていたのだろう。もちろん、母の行動に異論などはない。自分がやれないことを、彼女が一人で引き受けてくれたのだ。

なにより、あのマンションに二度と行かなくて良くなったことが有難かった。

それでも、母は父が死ぬのを、ずっと待ちかねていたように思えてならなかった。たとえ、会っていなくても、間接的に苦しめられ続けていたのは本当だ。

月に一度は三鷹に泊まりに行っていた里佳は、父は元気だ、一人でも楽しくやっている、と母に嘘をつき続けたが、そんなささやかな努力はいつも粉々に壊された。おせっかいな女達が、父がどんなに惨《みじ》めに、どんなに投げやりに暮らしているか、いちいち母に報告してきたのだ。マンションの住民、近所に住む里佳の小学校時代の同級生の母親。いずれも親しいわけではなく、離婚後は母となんの関係もなくなった人々だ。新しい電話番号は、母の身を案じている振りをして、わざわざ店を訪れて連絡先を聞き出した者から、あっという間に広まった。

目がうつろで心配だ、あんなお洒落《しゃれ》な人が身なりに構わなくなった、コンビニ食でいい加減に暮らしているみたいだ、まだ五十歳を過ぎたばかりなのにすごく老《ふ》けて見える、ねえ、意地を張らないで帰ってきてあげたら――。まるで、父が大きな赤ん坊で、母が育児放棄しているかのような口ぶりだった。あの頃、電話を切るなり額を押さえてうずくまる母を何度も見ている。

「あの子の初潮の時は、お赤飯を炊かなかったの」

雅子がぼそりと言った。

「小学校低学年の頃でしょ。あまりにも早すぎて、どこか悪いんじゃないかと、びっくりしてしまって、ちゃんとおめでとうって言わなかったの。そのせいで、こんなことになったのかしらね。ううん、そんなことはない。うん」

言い聞かせるようにつぶやき、いかにも強情そうに、薄紫の唇をきゅっと結んだ。その唇はごく薄く、曲線を描かない。娘達のそれとは似ていなかった。

「え、私も母にお赤飯炊いてもらったことなんてないですよ」

里佳がそう言うと、伶子も髪を振って大げさに頷《うなず》いた。

「私も私も。親はほとんどうちにいなかったし。こんな風に家庭でお赤飯作るだけですごいですよ。きちんと生活されている素敵な家族という感じがします」

「へえ、まあ、そう……。そうなの」

たちまち雅子の表情が緩んでいく。この女性は肯定されることに飢えている。もう長いこと、それを待ち続け、期待しては裏切られ続けている。

「お姉ちゃん、言ってたな。私は誰よりも生理が早かったのに、クラスの皆は誰も知らないし、先生も褒めてもくれなかった。かけっこや勉強が一番の子は褒められるのにって」

杏菜はにやにやと思い出し笑いを浮かべている。

「足の間で起きたことは、誰も褒めてくれないなんて、不公平ねって。自分から言いだ

すしかないじゃないって」

　里佳はぎょっとなって、思わず箸を置いた。赤飯がほのかにすっぱく感じられる。雅子は動じた様子もなく、伶子のために二杯目の赤飯を、先ほどよりずっと丁寧な手つきで、よそっている。

「まあ、真奈子らしいわね。いつも褒められることばかり考えて。肝心の努力とか準備ってものはおろそかなのよ」

　茶碗を伶子に差し出すと、雅子ははにかんだように笑った。

「こうしていると、なんだか、女の子のお母さん！　って感じがするわねえ」

　雅子は特に伶子のことを気に入ったようだ。彼女に向けられた目に好ましさが溢れている。広報時代から、彼女が年配の女性に異様に受けがいいことを思い出した。

「あの子は、女の子のお友達をここに連れてきたことなんてなかったから。杏菜もあんまり、誰かを連れてくることなんてなかったもんね。つまらなかった」

　杏菜はまるで他人事《ひとごと》のような顔でシチューを口に運んでいる。赤飯は本当に苦手なようで、なかなか箸をつけようとはしない。せき止めていた流れが溢れ出すように、雅子はしゃべり続けた。

「私はもともと、家にいることが合っていないのよ。この街には何もなさすぎて飽きていたの。カルチャーセンターで働き始めてからは、講師仲間もできて、やっと息を吹き

返した。仕事帰りにテニスやバレーなんかを楽しんだわ。こう見えて昔はスポーツ少女でね。でも、夫はいい顔しなかったわ。あの人、進んでいるふりをしていたけど、実のところ、新潟生まれのおぼっちゃんで、妻には家にいてほしいタイプだったのよ、女性観がすごく保守的だった。あの世代の左翼の男によくいるタイプよ」

「あ、離婚して離れて暮らしていた私の父も、そのタイプでした。わかるなあ。学生運動で知り合った、当時としては進歩的な夫婦のはず、だったんですけど」

里佳がすかさず笑い混じりに分け入ると、雅子の瞳が輝いた。

「お母様、女手ひとつで、あなたを？　すごいのね。杏菜もあの子も自立させたかったわ。ちゃんとした職業を持って一人で食べていける女性にしたかったのに」

熱っぽく話し続け、突然雅子はまっすぐに顔を上げた。窓からの雪景色が反射して、彼女の皺や首のたるみをはっきり浮かび上がらせた。

「私の娘は人殺しなんてしません。それは確かです。人として道を踏み外すような育て方は決してしてしませんでしたから。真奈子という名前は、真実のもとに生きろ、という願いを込めて私が付けたものです。夫はさんざん甘やかして子育ての楽しい部分しか引き受けようとしなかったけど、私が代わって父親の部分も担《にな》い、ちゃんと規律やマナーを身につけさせました。そのことで、あの子から憎まれていたとしても、私は構いませんせん」

かすかに目が赤い。唇が震えている。どうしても、支離滅裂な印象を与えてしまうのは、子育てへの自信と娘への不信感があまりにも目まぐるしく交錯しているためだろう。言うなら、今だ。

「真奈子さんの部屋を見せてもらえませんか」

「いいですよ」

と、雅子ははっきり言った。次女の視線を跳ね返すように立ち上がる。

母親に続いて、しぶしぶといった様子で杏菜も腰を上げ、里佳と伶子もそれに続いた。居間を出て、急な階段を一列になって登っていく。すっかり身体が温《ぬく》もっていたせいで、むきだしの木の床の寒々しさや、玄関から漂ってくる冷気がこたえた。階段の終わりには三つのドアが控えていた。その一つのノブに雅子が手をかけたので、里佳は尋ねた。

「失礼ですけど、ご夫妻の寝室はどちらですか」

先に杏菜が答えた。

「そこです。今は母が一人で使っています」

そう言って、向かいのドアを指差す。

里佳は自身の少女時代を思い出そうとする。両親からなまめかしい香りをかぎとった経験は一度としてないが、激しく母をののしる時の父に、性的な衝動めいたものを感じて怖くなったことならあるかもしれない。

扉が開くまでの時間が永遠に思えた。

父と連絡がとれなくなり、マンションに駆けつけた時もこんな風だったっけ。学校を出た時から、父の身に何かあったという強い予感があった。顔見知りの管理人を横に、ドアノブに鍵《かぎ》を差し込んだ。次の瞬間、目の前に広がった光景を忘れることは、たぶんないだろう——。

スティックのりとカビを混ぜたようなにおいが漂い、里佳は目をしばたたかせる。グレーのカーペットが敷き詰められ、学習机とベッドと天井までの本棚が据えられた、五畳ほどの空間が広がっていた。戸を入ってすぐの場所に作り付けのクローゼットがある。ベッドカバーとカーテンは紺と緑を基調としたチェック柄だ。学習机に並ぶ辞書はよく使い込まれていた。学校のプリントとおぼしき紙の束が乱雑にバインダーから溢れている。電動のえんぴつ削りは里佳も使っていたもので、ダストボックスには削り屑《くず》が溜《た》まっている。人形やフリル、レースの類《たぐい》は一切ない。

「とにかく読書が好きでね、本の虫でした。夫のすすめで小さい頃からよく読んでました。地元の図書館で表彰されたくらいなんですよ」

雅子の言葉通り、壁には額縁に入った読書感想文の賞状がいくつか飾られていた。

フランス古典文学や現代日本文学がぎっしりと並んでいる。雅子がいかにも満足そうに、そのラインナップを見つめている。伶子がいつの間にか、再びカメラを手にしてい

た。

「写真を撮らせていただいてよろしいですか？　あ、あくまで資料としてです。町田が真奈子さんをインタビューする上で、この部屋の存在を心に留めることは大きな軸になるはずです」

雅子はしばらく迷ってから、うなずいた。

「世論は必ず変わりますよ。真奈子さんの真の姿を知ってもらえば」

伶子の言葉に雅子がかすかに涙ぐんでいる。窓ガラスを風が大きく叩《たた》き、一同ははっと顔を上げる。

「雪がひどくなってきたわ。ねえ、町田さん、狭山さん、今日は泊まっていかれたら？」

伶子がやんわりと遠慮しなければ、里佳はもう少しのところでお願いできますか、と言いそうだった。梶井真奈子の家に泊まるなんて、記者としてこれほど稀有《けう》な経験はないだろうと思った。

掘りごたつに冷え切った足を差し込むなり、伶子がセーターのそでを捲《まく》り上げ、手首を返して、こちらに腕の裏側をみせた。

「ねえ、これ見て」

ミルクのように真っ白な肌に、赤い斑点《はんてん》がいくつも浮かび、ぷっくりとふくらんでいる。うわ、と里佳は顔をしかめる。新潟駅から車で十五分ほどの場所にある、この竈炊きのご飯専門店は、梶井真奈子から勧められた店だった。お座敷席からよく見通せるカウンターの中では、串《くし》刺しの魚が囲炉裏をぐるりと取り囲み、作り付けの竈に従業員が藁をくべ、昔話のような光景が広がっていた。

「めちゃくちゃ痒《かゆ》いんだけど。里佳は大丈夫？」

「私なんともないよ。なんだろ、アレルギー？」

「ダニだよ。あの家のぬいぐるみやら、カーペットやらに、たくさんいたんだよ。私、ああいうごちゃごちゃした不衛生な空間本当にダメ、身体中が痒くてたまんないの」

爪《つめ》を立ててがりがりと斑点をかきむしる。今にも血が滲みそうだ。伶子らしくない荒々しい仕草に、心のどこかがひやりとする。

「そう？　こんなに寒いのにダニなんている？　そうだ。牛舎で刺されたんじゃないの」

「あそこ、すごく清潔だよ。風通しがよかった。空気がちゃんと循環していたもの」

「ねえ、伶子はどう思った？　梶井の家」

梶井邸に呼んだタクシーに乗り込んでからというもの、二人はこの話題を避けていた。

伶子は斑点から目を上げ、きっぱりと言った。

「ヤバい。ヤバすぎるでしょ」

吐き捨てるような物言いに、里佳は少なからずショックを受けた。こんな二面性は、里佳がこれまで知らなかった伶子だ。

「クレイジーすぎるでしょ、あの家族。でも、勉強になった。殺人犯て、ああいう場所で育つんだね。実の娘があんなことになってるのに、自信満々で教育論なんて語っちゃって、あのお母さん、頭いかれてるでしょ。妹もそう。都合悪いことは全部、削除しちゃってさ。見たいものしか見ようとしないのよ。あの家族にしてあの女あり、だね。私は確信したよ。梶井真奈子は絶対に人を殺している。なんなら、父親もあの女がやったんじゃないの？　葬儀以外で実家に帰ったことはないっていうのは、嘘なんだよ」

「動機はなんなの？」

まくしたてる伶子の剣幕に圧倒されながら、里佳は尋ねた。

「東京におじいさんのパトロンがたくさんいることがバレて、生まれて初めて説教でもされたんじゃないの。かっとなって雪道に突き飛ばしたとか。もしくは、金銭トラブルかな。男の誰かに金を返すように言われたんじゃないの？　あてにしていた父親から援助を断られて激怒。うん、きっとそう」

「お赤飯、おかわりしてたじゃん……」

きっと自分の声はすねた子供のように響いていたと思う。

「そりゃ、好かれるためにはあれくらいするよ。里佳、あなたプロの記者でしょ？　よいしょの一つも出来なくてどうするの。まあ、ギリ食べられない味じゃなかったけど。ちらっと見たら、台所も汚いし、流しはベタベタだし、気持ち悪かったな。娘に殺人容疑がかかってるっていうのに、記者に赤飯を振る舞うってどうなのよ。だいたい、こんなに乳製品の美味しい場所で、ルーのクリームシチューだなんて、私、許せないんだけど」

選民意識の香るその物言いは、本人に告げたら激怒するだろうが、梶井を思わせた。二月の東京拘置所で今、彼女は何を思っているのだろう。阿賀野に来ている里佳のことを少しは考えているのだろうか。不仲な母親や実家のことが胸をよぎりはしないだろうか。ご飯と味噌汁《みそしる》、塩鮭《しおざけ》、漬物と塩辛、卵焼きが運ばれてきた。米の澄んだ甘さにまたも感動しながら、この故郷の味を梶井真奈子に食べさせてやりたいと思った。

「でもさ、伶子。そりゃあ、あの人達、ずれてるというか、浮世離れしてるかなあと思うところもあったけど……。私にはそこまで異常には見えなかったよ」

「里佳、あんたどうかしてるよ。何見てたの。どうして、何も感じないの。ねえ、変だって思わないの。あんな気持ちの悪い家、私、見たことないよ」

伶子の耳たぶが赤くなっている。自分はどこかおかしいのだろうか。それとも、友達

の仕事にここまで介入してくる伶子がおかしいのだろうか。

「ね、雄牛ってどこに居るんだろうね」

　会計を済ませ、タクシーに乗り込み、後部座席に身体を預けるなり、伶子がぽつりと言った。一瞬なんのことか分からなかった。秋山さんの牛舎で過ごした時間が遠い昔のことのように思える。

「人工的に精液を採取されて……。乳牛のために精子を提供できるってことは食用じゃないでしょ？　精子を提供させられたら、あとはどう過ごすんだろうね……。精子をあげたら、もうそこで終わりなの？　なんだか、かわいそうだよね」

　伶子は今、亮介さんのことを考えているのだと思った。

　誠のことを、新潟に来てからほとんど思い出すことがない。そのことを、もはや申し訳ないとも感じなくなっていた。市内のくすんだ雪がネオンに負けまいと光っている。


　目が覚めるなり、里佳はスマホを確認した。カーテン越しに見る空は、昨日の午前中より幾分暗い色をしている。洗面所からドライヤーの音がした。それに負けまいと、寝起きの喉をこじ開けて声を出す。

「秋山さんから連絡がきた‼　二時間くらい時間作れるって。今から出れば、間に合い

そう。阿賀野にあるヨーグルト工場内のカフェで会うことになった。私を指名してくれてるから、申し訳ないけど、今日は外してもらえるかな」

食い下がられるかと思ったが、洗面所から顔を覗《のぞ》かせた伶子は、ブロー仕立てのしっとりと光る髪を振って頷いた。昨夜とは打って変わって、さっぱりした表情に安心する。

「了解。じゃあ、私、一日新潟観光してるね。カジマナリストに載ってたお土産、買っとくよ。夜はどこかで合流しよっか？」

ゆっくりと朝食を摂《と》って、ホテルのエントランスで伶子に見送られ、里佳は昨日と同じように阿賀野にタクシーを走らせた。天気予報によれば、夜は吹雪になるらしい。

そのヨーグルト工場は小規模ながら、東京のスーパーマーケットでもよく見る銘柄だった。観光地になっているらしく、運転手は名前を告げるなり、ああ、と頷いた。

少し早く着いたので、敷地内を歩いてみることにする。巨大なタンクからパイプが伸び、ブランドロゴのしるされたトラックにつながっている。あの間を牛乳がとくとくと通っているのだろうか。パイプの中身が周囲の雪景色とつながっているような気がした。昨日の伶子の話が蘇《よみがえ》った。雄牛の運命をふと思った。

工場の手前のプレハブ作りの小さなカフェはすぐに分かった。石膏像《せっこうぞう》と花壇に取り囲まれたオープンテラス部分は雪を被り、ひっそりと静まり返っている。入り口からバターの香りで満ちていた。水兵のような制服姿でカウンターに並ぶ店員に、いらっしゃい

ませ、と声をかけられる。

白を基調にした明るい店内奥に座っていた秋山さんは、こちらを見るなり立ち上がった。ダウンベストとデニムといういでたちは、昨日のつなぎ姿よりはるかに若々しく見え、別人と対面している気分だ。

「お忙しい中、お時間いただきありがとうございます。昨日はお世話になりました」

そう言って、里佳は向かいに座る。すぐに学生らしき女性店員が注文を取りに来た。里佳は取材中なのに申し訳ありません、と小声で前置きし、ホイップバター付きのヨーグルトワッフルとカフェオレを注文した。梶井真奈子のリストに入っていたものなので、どうしても味わっておきたかったのだ。

「ちょうどよかったです。たまたま、普段から懇意にしている酪農ヘルパーが摑《つか》まったんです。たまには妻と両親も息抜きさせた方がいいし。町田さんは明日には帰ってしまうわけだし」

彼は紙コップ入りコーヒーに砂糖とたっぷりのミルクを加えながら、そう言った。

「酪農ヘルパー？　すみません、不勉強で。そうした取り組みがあるんですね。あの、領収書いただければ、あとでヘルパー代、支払わせていただきます」

「いいんですか？　それは助かります。ええ、酪農家に休みは全くありません。でも、最近は外の力を借りることで、勉強したり、研修したりする時間を作れるようになった

んです。俺たちの親の世代じゃ考えられないことなんだろうけど、そうやって抜け道を作ったりアップデートしていかないと、後継者問題で躓《つまず》いたままでしょう？」

飲み物とワッフルが運ばれてきた。きつね色の格子《こうし》模様の焼き菓子にホイップバターが溶けて、黄金色ののろのろした滝を作り、くぼみを見つけてはとっぷりと溜まっている。バターが十分に染《し》み込んで、ほどよい塩気がある、じゅわじゅわと潤びた生地を、里佳は思う存分に頰張った。よほどうっとりした顔をしていたのだろう、秋山さんがくすりと笑い、恥ずかしくなる。

「なんか、思い出すなあ。真奈子ちゃんはここのワッフルが大好きで……、よく食べていたんですよ、一人でいくつも。それでよくお母さんに窘《たしな》められて」

「梶井真奈子さんのこと、秋山さんは、どんな風に思われていました？」

「家族ぐるみの付き合いで、幼い頃はよく一緒に遊びました。うちの雌牛の出産を見に来たりしたこともあります。彼女のお父さんはよく東京から取り寄せたお菓子をくれて、それが嬉しかった。彼女のお母さんはあの頃から、なんかちょっとピリピリした怖い印象があって、苦手だったっけかな。でも中学高校になると、学校ですれ違っても、挨拶《あいさつ》さえしなくなった」

そういえば、梶井真奈子の口から秋山さんの名前を一度も聞いていない。この同じ年のたくましい男を、彼女はどんな目で見ていたのだろう。

「彼女は幼い頃から早熟で、故郷では浮いていた、注目の的だったと、法廷でも、私の前でも、再三に渡って語っています。彼女の妹さんもそう言っています。それは本当ですか？」

「浮いていた、というのは当たっているかもしれませんが、それは彼女がちょっと風変わりというか、無口で何を考えているかよくわからなかったからだと思いますよ」

隣のテーブルに子供を二人連れた夫婦が腰を下ろす。秋山さんが、よお、という風に片手を上げると、父親が目で会釈《えしゃく》した。同級生だろうか。それきり言葉を交わさないのが、かえって二人の関係の良さを物語っているようだ。

「早熟だったというのはどうかと……。俺にはいつも子供っぽく見えたな。ぼうっとしていて、にぶい子に見えたな」

二つ目のワッフルに刺しかけたプラスチックフォークを、里佳は思わず皿の縁に横たえた。

「確かに身体は大きかったのかもしれませんが、いじめられてはいませんでしたよ。うちのクラスはいいやつばかりだったから」

いかにも懐《なつ》かしそうに秋山さんは目を細めた。

「文化祭のこと、思い出すなあ。みんなでベビーカステラの店をやったんですよ。父がＰＴＡの役員をやっていた関係で、うちの牛乳を使って。あれからですよね、自分の家

業に誇りを持つようになったの。楽しかったなあ。大盛況で、地元の新聞に小さく取り上げられたり。ああ、うちの牛舎でホットミルクを飲んだでしょ？　あのアイデアはそのときに思いついたんです」

ふいに梶井真奈子が気の毒になった。作物が育ちにくいと言われる、この何もかも見渡せる平野で、女の子として規格外の個性で生きていくということ。隣の家族連れの小さな女の子は、クリーム付きのワッフルで顔中をべたべたにしている。

「週刊誌にあるように、誰かの噂《うわさ》でずっと持ちきりなんてことはないですよ。東京だってどこだって、そうでしょ？　そりゃ狭い街だから、娯楽も少ないし、町田さんから見たら、何もないように見えるかもしれないですけど」

気負いも見栄もない、現状を受け入れている声音と目つきだった。

「真奈子ちゃんを好きだったというやつを、男でも女でも俺は一人も同級生に知らないんです。これだけ長いあいだ、そばで暮らしていたのに、ちょっと異常だと思いませんか？」

なんの悪気もなく、彼は首を傾《かし》げた。

これだ、と里佳は目を見開く。梶井真奈子が頑なに目をそらしてきたものの一つ。同年代の平均的な価値観を持つ男の、まっすぐで遠慮がないこうした評価だ。

「彼女の相手はみんな、ネットで知り合った年寄りか女慣れしていない男ばかりでし

よ？　で、あなたから、名刺をもらってしばらく考えていたんです」

隣のテーブルの女の子がとうとう母親に叱《しか》られ始めた。ふふっと、彼は薄い笑いを浮かべ、コーヒーを一口飲んだ。店中に漂う甘いワッフルとバターの匂《にお》いに、里佳は急に酔いそうになる。

「これでも梶井家とはかつては仲が良かったから、こんな風に話すことも気がとがめてはいるんですよ。これまでも取材みたいなものは来たけれど、全部親父《おやじ》は断ってきた。でもね、どうしても話をしたくなったんです。それはてっきり杏菜さんの友達かと思っていたあなたが、週刊誌の記者さんだと知ったからだと思います。我ながら、現金だな、とあきれました。妻も笑ってましたよ。俺、根のところが、ミーハーなんでしょうね」

秋山さんはコーヒーを置くと、姿勢を軽く前に倒した。

「こういうことないですかね。印象が後から捏造《ねつぞう》されるっていうこと。そういえば、十七歳の冬でした。彼女と年上の変な男との噂を聞いたの。もちろん、大学受験や進路をそれぞれ考えていた時期だったから、すぐにみんな忘れてしまいましたが」

「東京から来た年上の男の人と歩いていたっていう噂ですよね？　援助交際じゃないかって噂を立てられ、彼女はそれでこの街にいられなくなった……」

「週刊誌ではそういう風に書かれていたみたいですね。まあ、そうなんですよ。何も間違っていないんですよ。誰も嘘をついていないんですよ。でも、なんていうのか、その

時の雰囲気までは書かれてないじゃないですか。事実はちょっと違うんですよ。ここから二キロ先にある俺たちの高校、今は進学校ですが、あの頃はヤンキーも多かったし、男女交際はわりあい活発だったんです。むしろ、真奈子ちゃんは幼い印象だった」

足の間で起きたことは、自分から言い出さない限り、誰も褒めてくれない――。

「見直されるっていうのとはニュアンスが違います。ニヤニヤ見守るっていった方がいいのかな。おっさんと歩いているところなんて見かけても、別にすごくもなんともないですよ。あの頃はメディアで援助交際が取りざたされてましたし」

どんなに目を凝らしても、目の前の秋山さんに強い感情はどこにもなかった。里佳の周辺人物には確かにある、被告人梶井真奈子に対する好奇と苛立ちとわずかな羨望《せんぼう》。そういったものが彼からは感じられない。この街ではきっと何も隠せはしないのだ。目立たない、よく食べるだけの女の子。

彼が梶井真奈子について知っているのはそれだけだった。せっかく時間を作ってくれたのだから、と里佳は最新の酪農家事情についていくつか質問した。秋山さんはその一つ一つに明解に答えてくれた。

お礼を言って彼と別れる頃には空がすっかり曇っていた。工場内を見学しようかと思ったが、そろそろ新潟に引き返した方がよさそうだ。タクシーを呼ぼうとスマホを取り出したら、伶子から着信があったことに気付いた。呼び出し音の間、遠くのサントピア

をなんとはなしに見つめていた。次に目にするのはいつだろうか。伶子の声がした。

「里佳、実は私も今、阿賀野に来ているの。里佳が出ていってすぐに、同じ方向に向かったんだ。嘘ついてたの。これから、もう一度、梶井真奈子の家に行こう。私、先に行ってる。すぐに来て」

「どういうこと？　勝手なことしないで！」

返事はなく、電話はぷつりと切れた。事態を飲み込むうちに、むらむらと怒りが湧《わ》いてきた。梶井邸まではそう遠くないので、仕方なく歩くことにした。こんな風に思うのは失礼かもしれないが、亮介さんが彼女に触れなくなったのは、性的な問題ではなく、この相手を顧みない猪突《ちょとつ》猛進ぶりに辟易《へきえき》しているからではないか。こう、というビジョンがあり、それにそぐわないものは決して認めない。仕事を辞めるな、とあれほど真剣に忠告した時も、伶子は聞き入れなかったではないか。まだ夕方にもなっていないのに、空が夜のように暗い。

梶井邸のインターホンを押すと、「開いています」という杏菜の声がした。

居間に入ると、ソファにはすでに伶子が杏菜と並んで座っている。こちらにちらっと目をやると、伶子はとがめる間もなく、里佳に聞かせるように、杏菜の方に体を向けて話し出した。

「ずっとおかしいと思っていたことがあります。十七歳の冬、お姉さんが交際していた

相手の素性を誰も知らないということです。本当にそんな人はいたのでしょうか」

「……姉と親密だった、年上の男の人は、確かに存在しました」

杏菜は明らかに動揺している。とても小さな声だった。

「ちょっと、伶子……、狭山さん、やめなさいよ」

と里佳は割って入ったが、伶子は無視した。仕方なく彼女の隣に座る。

「お姉さんの同級生には、マスコミがあらかたあたったと思います。新しいことはこれ以上出てこないと思いました。だから、私はあなたの周辺を探ることにしたんです。そのアルバムに写っていた小学校にさっき行ってきました。当時のことを覚えている先生がいらっしゃいました。さらに、あなたの同級生で、今は図書館司書として働いている女性も紹介してもらいました」

耳を疑って、伶子をまじまじと見た。彼女はもはや、里佳と目を合わそうとさえしない。

「二人ともよく覚えていましたよ。小学四年の冬、登下校の送り迎えがついたのは、雪のせいじゃないんですね。この辺に変質者がうろつくようになったからです。あの写真を見たとき、変だと思いました。だって、この辺の子供にとって雪なんてなんでもないことでしょ？　変質者の行動よりも親達が心配したのが、子供達の間で流行《はや》った遊びです。その怪しい男をみんなでつけたり、からかったりしたんですよね？　乱暴な男の子

は石をぶつけたり、バットで足を殴ったりもしたそうですね。父兄が付きそうことになったのは、変質者から子供を守るだけではなく、正義感にかられた男の子達の暴走を見張るためでもありました。送り迎えが必要になった時期とお姉さんが年上の男と会うようになった時期は一致しています。そして、あなたはその変質者にとりわけ目をつけられていたらしいですね。そのことをあなたのご両親に話してもあまり心配しなかったことを、先生は今も不思議に思っていました」

杏菜の目はどこも見ていない。伶子は彼女の視界に入ろうとするように身体《からだ》を傾け、里佳に向かって軽く肩を上げてみせた。

「私もこの人も別々の女子校出身なんですけど、この人はクラスメイトの王子様だったんです。男の人の代用品だった。そういう子はどの女子校にも一人はいます。まったく恋愛に触れずに女ばかりで暮らしていると、みんな、嘘でもいいから『お菓子』が欲しくなる。嘘でもいいから、自分だけの、心の恋人が欲しくなるんです」

人一倍早熟で、大人びた少女。頭脳と肉体だけはどんどん熟れて熟成チーズのような香りを放つのに、誰も自分に触れようとはしない。気付いてもくれない。このまま、溢《あふ》れるような内面を誰とも分かち合えないまま、私、人より早く腐るんじゃないだろうか——。そうだ。焦《あせ》りだ。女子校時代、学校の王子様を嬉々《きき》として演じながらも、里佳もまた焦っていた。人生で一番美しいとされる時期を同年代の少女たちに消費されていく

ことが、時々うずくまりたいほどの焦燥感をもたらした。

「あなたから見たお姉さんとこの街の人が見たお姉さんは、まったくの別人だったんじゃないんですか？　その違和感に、杏菜さんは薄々気づいていたんじゃないんですか」

「でも……姉は……」

「そんな彼女がたった一度だけ注目を集めたのは十七歳のあの冬、年上の男と街のあちこちで見かけられた時だけ。あなたの学校の付近に変質者が出没した時期ですよ。あの時期、あなたと年の離れたお姉さんの間に一体何があったんですか」

　伶子の視線はこの阿賀野の雪景色のように、透明で迷いがなく、誰一人として逃がしはしなかった。

「……私に初潮が来たのはいくつだったと思います？」

　しばらくして、ようやく杏菜が口を開いた。

「十五歳でした。姉より六年も遅かったんです」

　それは里佳とちょうど同じ時期だった。

「母が私の時にお赤飯を炊《た》いてくれたのは、安心したからですよ。姉の初潮は特異だったけど、私の場合は人並みになったから。私は同世代に比べても子供っぽくて、身体も小さかった。いじめられているわけではないですが、ちょっと莫迦《ばか》にされていたかもしれない。でも、姉はいつだって私に優しかった。父よりも、母よりも、私を見ていてく

れたのは姉なんです。変質者に話しかけられたと報告した時も、親はあんまり心配してくれなかった。先生から話がいってもです。私は可愛《かわい》がられていたけど、それはペットみたいなもので、この家では、なんというか……。私が性的な対象で見られてるということが、あまりピンと来てなかったのかもしれない……」

その視線は壁にかけられた少女時代の姉妹の写真に向けられた。

「最初はほんの遊びのつもりだったんです。あの男……。今ではもう年恰好《かっこう》も思い出せません。露出狂というのではないのですが、登下校中に私の身体をじろじろみたり、どこから来たの、と声をかけたり。マスクをつけていたから、誰もちゃんと顔を確認していないかも。あの男に目を付けられたことで、クラスの注目が集まったから、怖いというよりちょっとだけ嬉《うれ》しかった。先生達の言う通りですよ。私たちのクラスを中心に遊びが流行りました。変なおじさんをやっつけてやろうって。少年探偵団みたいな、難事件を子供だけでなんとかして、大人をあっと言わせる漫画やアニメが流行っていたんです。学校の帰り道、あの男が歩いているのを偶然見つけた時、私は尾行しました。みんなに武勇伝を報告して、一目置かれたかった。男は秋山さんの敷地にある牧草を保管する小屋に入って行きました。ドアの隙間《すきま》から覗いていたら、いきなり扉が内側から開きました。私はつんのめって、牧草の上に転びました。男の手が私の身体に伸びました。気付いたら、私はあおむけになっていて、パンツの中に手が入っていました。びっくり

した私は、慌《あわ》てて外に飛び出しました。壁にたまたま立てかけてあった鍬《くわ》で思い切り、その男の頭を殴りました」

か細い糸のような声が杏菜の唇から、途切れ途切れに紡《つむ》がれる。

「雪の上に血が飛びました。びっくりしました。映画とかドラマで見るような赤だったから。男は頭を抱えてうずくまりました。殺してしまったのかもしれない、両親にばれたら、大変なことになると思いました。家に帰ってすぐ、姉に泣きながら、打ち明けました。姉はすべて私に任せて、と言いだしたんです。全部、おねえちゃんに任せて、誰にも言っちゃだめ、って。姉はその夜、男を探しに一人で出かけて行きました。一晩中帰ってきませんでした。母は激怒し、父は心配し、私は眠れませんでした。翌朝、姉は戻ってきました。母に頬を叩かれても、行き先を言いませんでした。あとになって、おじさんは死んでいないって、おねえちゃんはこっそり打ち明けてくれました。小屋に倒れていたところを病院に連れて行って、手当をしてもらった。心を病んでいるかわいそうな人で悪い人じゃないからって」

本当なら杏菜はその時、怒ってよかったのだ。気持ち悪いと泣いてよかったのだ。そして、周囲の大人を巻き込んでよかったのだ。

「女の人の優しさに飢えているだけだって。あの人も女の人の愛情さえあれば、あんな風には、ならなかったんだって。だから、自分があの人と友達になってあげたって」

家族以外にたった一人だけ、自分を見つめてくれた相手は、性犯罪者。彼女はすべて口当たりの良い味に料理してしまった。そう、料理したのだ。年上の謎《なぞ》めいた男性と、人に言えない付き合いをしている早熟な少女の物語に。性犯罪者の思考に寄り添った瞬間、彼女の世界は反転した。

すべて女側が悪いのだ。性犯罪が起きるのは、女達がひらひらと思わせぶりに舞うくせに何も差し出さないから。内気で心優しいうまく気持ちを伝えることができない異性が、パートナーに恵まれず、日本の人口がどんどん減るのは、すべて男を外見や金でしか判断しない、女のせい。自分に注目が集まらないのは、趣味だの楽しさだの社交術だのばかりを重視する女側の価値観に男性までが引っ張られているから。

すべて、女がいけないのだ。女が折れれば、すべては丸く収まるのに。女が男と同じような人間であり、女神ではないから、この世界はこんなに暗いのだ。でも、自分は違う。私一人だけは違う。私だけは女神だ。光り輝く女神だ。

「男の人は弱くて繊細で優しいものだから、少しくらい無礼なことをされたり、ちょっかいを出されても許してあげなさいと言われました。あなたに隙があったのかもしれないでしょって。そういうことをするのは、寂しいからだって。全《すべ》て女の人が冷たくて男の人を莫迦にしているせいだって。お母さんみたいな女のせいだって。杏菜はそんなふうにならないようにありったけ努力しなさいって」

隣の伶子がひっと喉《のど》の奥で小さな悲鳴を殺したのがわかった。

「そういえば、父が亡《な》くなった時も、姉は言ったんです。お母さんのせいだって。もっとちゃんとお父さんを見てお世話していたら、あんなことにはならなかったって。あんな滑りやすいブーツを履かせて、雪の日に送り出すべきじゃなかったって」

梶井にかかると、どんな男も判断能力のない子供に成り下がる。一番愛していた父親さえもだ——。でも、自分も違うと言えるだろうか。

間違いなく、母と自分があの家を出たせいで、父は死んだのだ。母と自分が殺した。もっともっと父に寄り添えば、世間が求める「良い妻」「良い娘」らしくもっとうまく父を手のひらで転がし、ジャグリングのように上手に機嫌をとれば、家族一緒に暮らす道もあったのではないか。心のどこかでそう思っている自分を否定できない。もっと自我を殺せば、父への嫌悪《けんお》感《かん》を押しつぶせば、自由なんて求めなければ、父からのSOSを無視しなければ——。なによりも、里佳が後悔しているのは——。

ああ、駄目だ。また梶井真奈子の思考に引きずり込まれている。ちゃんと線引きしないと、伶子の指摘そのものになってしまう。杏菜が細い声で続けた。

「姉と話しているうちに、なんだか、私が全ていけないような気がしました。私があの男の人をやっつけようとしなければ、こんなことにはならなかった。私はそれきり、このことを誰にも話しませんでした。学校の先生にも」

杏菜はようやく、仕方なさそうに微笑《ほほえ》んだ。

「姉がすすんでキッチンに立ち、料理を作るようになったのはあの頃からです。お弁当を作ったり、ケーキを焼いたりして、その人に届けていたようです。自分の料理を食べる度に、彼が少しずつ立ち直って元気を取り戻していくのが嬉しい、と言っていました。何をして、どこに住んでいる人かは教えてくれませんでしたが、一人住まいなことと、愛情たっぷりの手作りの家庭料理に飢えていることだけは教えてくれました」

二人は一種の共犯関係であり、同志でもあった。どこまでも冷たく澄み渡った平野で。

「おそらくあの男は大人の女性は好まないはずです。十七歳にして姉はもう成熟した大人の身体でしたから、姉とあの人に何かあったわけはないと思います。姉はとても真面《まじ》目《め》で責任感の強い人です。姉はあの男を更生させようと努力し、私の罪をかばい続けたんです。ひょっとして、あの男は今なお、姉の側《そば》に居るのではないでしょうか。そうだ、姉の周りの男たちに嫉妬《しっと》して、次々に殺したんじゃないでしょうか。私が頭を殴ったせいで、本当におかしくなってしまったのかもしれない。だとしたら、全部、私のせいです」

杏菜はわっと泣き出した。

「泣くのはやめなさいよ」

背後で声がする。雅子がすぐそばに立っていた。こうして見上げると、真奈子にそっ

くりだ。何も映さない巨峰の目。小柄なのに、胸回りに厚みがあり、周囲を圧する重量感がある。部屋中の観葉植物が伸びてきて、こちらの身体がからめとられる気がした。ぬいぐるみの一つのボタンの目と視線がぶつかる。いつの間にか、陽が翳《かげ》っていた。

「みっともない。お客様の前でしょ。もうそんな昔のこと、思い出すんじゃないの。そんなこと、考えたって仕方のないことなんだから」

こんな時なのに、里佳は外の吹雪が気になっていた。今夜は新潟まで帰れるのだろうか。今度こそ本当にこの家のベッドで眠らなければならないかもしれない。

腕の内側に痛痒《いたがゆ》さを感じて手首を裏返すと、伶子が昨夜見せてくれたものと同じような血の色をした斑点がぷっくりと、いくつも盛り上がっていた。

9

ホームから見える空が夕方とは思えない、深い藍色《あいいろ》に変わっていた。透明な冷気が発車ベルやアナウンス、見送り客の喧騒《けんそう》までも吸い込もうとしている。昨夜の吹雪を忘れさせる穏やかな色合いだ。この地の寒さに里佳の身体はもう適応しつつある。明日の今頃、眠くなるほど暖かい代わりに肌が切れそうなほど乾燥した編集部で働いている自分の姿を思い描くことが出来ないくらいに。

「東京まで溶けないでくれるといいんだけどね。新幹線の中、暖房が効いているかな」

　伶子がちらりと目をやったのは、土産物の詰まった紙袋の一番上に重ねられている「佐渡バター」だ。牛が描かれているその黄色い箱は、新潟駅に直結したスーパーマーケットの乳製品売場で、梶井のリストにのっとって、ついさっき駆け足で買い求めたものだ。

「伶子、本当に一人で大丈夫？」

　あと一泊して新潟を観光した後、伶子はそのまま去年開通したばかりの北陸新幹線で、故郷の金沢に帰省するという。記憶が確かならば、彼女が実家に帰るのはおよそ五年ぶりだ。前回の帰省は、小学校時代の恩師の葬儀に出るためだったらしく、両親とはほとんど顔を合わせなかったらしい。

　今日の午前中はお互いにほとんど横になって過ごした。昨夜は「泊まっていけばいい」と食い下がる雅子を振りほどくようにして吹雪の中、のろのろとやってきたタクシーに駆け込んだ。視界が悪くて停車を繰り返しながら、それでも少しずつ新潟を目指した。ホテルに到着した頃にはお互いに疲れ切っていたけれど、興奮してしまいなかなか寝付けなかった。

　昼過ぎに二人で県警の広報担当者を訪ねた。一九九七年の十二月以降に阿賀野周辺で検挙された変質者、性犯罪者を調べようとしたが、あまりにも昔の事件であることから、

協力は得られなかった。東京に帰ったら、それらしい人物のリストを手に入れるつもりだ。むろん、その中にあの男が居るのかどうかはわからない。法で裁かれることなく逃げ果《おお》せ、今なお幼い少女を餌食《えじき》にしている可能性も十分にある。ひょっとしたら梶井が大学入学で上京する際に同行し、そのまま一緒に暮らしていたのかもしれない。財力のある梶井なら、異常な男一人くらい世間の目から隠して養うことなど、たやすく思われた。

怜子はどこかさっぱりした風情《ふぜい》を漂わせ、こう言った。

「家政婦の田島《たじま》さんに会えれば、十分だと思ってる。私にとって家族って言えるのはあの人だけだし。今もうちに通っているかはわからないけれど、年賀状の住所が変わっていないなら、近所にご主人と住んでいるはず。あとコリー犬のメラニーが元気だったら、すっごく嬉しいかなー」

「怜子はあったかい大きな生き物が好きなんだね。牛の乳搾《しぼ》りしてる時、本当に楽しそうだったもんね」

十年以上付き合いのある親友をまじまじと見つめる。柔らかな素材のベレー帽からこぼれる茶色の髪が青灰色のコートの肩にたっぷりと流れている。目の前でおっとり微笑む十三歳の少女のようなこのひとと、こちらを押しのけるようにして執拗《しつよう》に取材を進めたあの女。どちらかが本当なのではなく、どちらも本当なのだろう。今の里佳にはそれ

がすんなりと受け入れられた。以前の自分は、一ミリの矛盾も、ほんのちょっぴりの隠し味の混入も、絶対に許せなかったのだ。

「なんか、ごめんね。里佳」

風の音にかき消されてしまうようなささやき声で、伶子は言った。

「迷惑かけたよね。私、出しゃばり過ぎた。なんだかね、梶井梶井って言ってるあなたを見ると、すごく不安だったの。あなたが被害者達と同じように、彼女にからめとられているみたいな気がして。まあ、そんなのきれいごと。ただのジェラシーだよ」

一息に言うと、恥ずかしそうにうつむいた。里佳はあまり肉のついていない彼女の冷たい頰を、親指と人差し指でつまんでみせた。彼女がくすぐったそうに身をよじる。お互いの吐く息が白く混じり合う。さっき駅構内の専門店で一緒に頰張った、熱々のおむすびの匂いが残っている。伶子の具はしゃけ、里佳はすじこだった。我ながらあきれるくらい、簡単に食欲は蘇っていた。

「私は伶子の不安定で台風みたいなところ、好きだよ。そりゃ、時々びっくりするし、正直腹がたつこともあるけどね。それに、謝るのはね、こっちだよ。梶井真奈子に入れあげて、色んなことが見えなくなっていた。伶子がいてくれて、本当に良かった。目が覚めたよ。私より、よっぽど記者に向いてる。昨日はすごく恥ずかしかった」

低い位置にある大きな瞳《ひとみ》が冴《さ》え冴えと開かれ、乾いた唇が小さく震えている。風の音

が鳴った。

「伶子、仕事した方がいいよ。どんな形だっていい。その能力を眠らせておくのはもったいないよ。お家《うち》の中で一人で悩まなくなれば、亮介さんとの関係もちょっとずつ変わると思う。今度は家庭や妊活と両立できる職場を選んで。私、応援する。ちゃんと時間作るから、今度は本物の旅行しようよ。亮介さんとの関係は大事だけど、それは伶子のすべてじゃない。苦しくなったら、私のところに逃げてくればいいじゃない」

「さすがは王子様だね」

ようやく、彼女は言った。ふざけた調子を装《よそお》っても目が赤かった。電子掲示板の横の時計を見やれば、新幹線の発車時刻が近づいている。すぐそばで若いカップルが別れを惜しむように、手袋をはめた指を絡《から》ませ合っている。里佳が足早に新幹線に乗り込むと、ホームに佇《たたず》む伶子が突然、こう言った。

「私ひとつだけ、勘違いしていたのかもしれないな。お父さんのことがあるからでしょ。里佳がこんなにこの事件に執着するのは」

二人を隔てる、列車とホームに出来た隙間は真っ暗で、その闇《やみ》には底が存在しないように思われた。

「大学生の頃、美咲さんが、里佳がいないときに話してくれたの。あのことが里佳の傷になっているんじゃないかって、すごく気にしてたの」

発車アナウンスが鳴り響く。里佳の真横を乗客がすり抜けていく。棒立ちの自分が入り口を塞《ふさ》いでいることに気付き、慌てて壁際《かべぎわ》に身を寄せた。

「誰がどう頑張っても、結局ああいう結果になったんだと思う。でも、里佳はきっと自分が……、死なせたって思ってるんじゃない？」

伶子がもどかしそうだ。発車時刻を気にしつつ、こちらを傷つけるまいと懸命に言葉を選んでいるのがわかる。茶色い髪が静電気で頰にへばりついている。里佳は眉《まゆ》と口角を上げることになんとか成功した。ぎこちなくても、寒さで表情筋が引きつったと言い訳できるだろう。

「ありがとう。心配してくれて。でもね、大丈夫だよ。伶子、気を付けて。観光と帰省、楽しんでね」

そう言って、胸のあたりで女子高生のように小さく手を振って見せた。伶子はあきらめたらしく、ふっと肩を落とし、微笑んだ。

「気を付けてね。里佳。あと、おうちに着くまでに、バターが溶けませんよう」

言い終わるなり、二人の間を自動ドアがシューッと音を立てて隔てた。バイバイ、と声に出さずに互いの口が動いた。里佳は思わず、氷のように冷たい窓ガラスにおでこも鼻先も手も、ぺったりとくっつけていた。ホームの伶子はどんどん小さくなり、粉雪の向こうに見えなくなった。それでも、里佳は目を凝らし、少しでも長く残像を焼き付け

ておこうと必死になっていた。

何故《なぜ》だか、もう二度と彼女に会えない気がしたのだ。


自宅の鍵《かぎ》を開け、ドアノブをひねると乾いた冷気があふれ出した。シャープペンシルの芯《しん》と洗剤の入り混じったような硬質なにおいが勢い良く押し寄せ、外廊下の外気に溶けていく。ここ数日、東京の寒風に包まれ、真空パックされていた自分のにおいだ。

次の瞬間、里佳は悲鳴を押し殺す。

短い廊下の先に広がる室内の暗がりに、誰かが倒れていた――。ブーツのまま部屋に駆け込み、灯《つ》りを点けて、大きく息を吐いた。

うつ伏せになった人の形に見えたそれは、脱いだままの形になっているトレンチコートだった。出発ぎりぎりになって、こんな出《い》で立ちでは新潟では寒いとかなぐり捨て、ダウンジャケットを引っ張り出したことを、随分昔のように思いだす。

胸をなでおろし、玄関に戻り、ブーツを脱ぐ。土産とボストンバッグを引っ張ってくると、エアコンを点けた。手を洗わず、ジャケットも身に着けたまま、ベッドにあおむけに横たわる。改めてそっけない部屋だな、と目だけ動かし、室内を見回す。新潟とは比較にならないほど、周囲は人通りが多く、車や電車の音も途切れない。それなのに、

こんなにしんと静まり返ってわびしく感じられるのは、この数日、常に伶子がぴたりと寄り添っていたせいだと思う。室内が十分に暖まりジャケットを脱ぎたくなる気持ちが自然と起きるまで、里佳はそのままうとうととまどろんでいた。土足で汚した床を清める気力は、まるでなかった。この数日、踏みしめた牛舎や雪道が浮かんでは、消えていった。

別れ際の伶子の言葉まで巡り着いて、跳ね起きた。土産物の袋を覗き込み、バターの箱を開けるなり、あーあ、と小さくつぶやく。銀色の紙に包まれたその長方形は手の形に沿ってぐんにゃりとたわみ、クリーム状になった中身が今にも溢れ出しそうだ。すぐに冷蔵庫に入れるべきだが、一度溶けたバターを冷やし固めると著しく味が落ちると、なにかで読んだ。せっかくの佐渡バターなのだから、ベストな状態で口にしたい。冷蔵庫の扉を開ける。篠井さんのようにケーキが焼ければ一箱などたやすく使いきれるだろうが、ここにはオーブンはもちろん、小麦粉や卵もない。ご飯も麺《めん》もパンも買い置きがなかった。食材といえば、芽の出た大きなじゃがいもが野菜室に二つ転がっているだけである。自分で買ったものではない。そうそう、同僚の誰かが、確か実家で作ったものだったか、取材先のお土産だったか、新聞紙にくるんで配り歩いていたっけ。

里佳はじゃがいもをざるに入れ、流しに置く。水の冷たさに思わず全身を震わせた。包丁を取り出し、ぎくりとするほど毒々しい芽をえぐり出す。雪平鍋《なべ》にいもをごろりと

転がし、水を注ぐと火にかけた。しばらくして、ほんのりとでんぷん質の香りがする白い湯気が、乾いた部屋を潤《うるお》した。先ほどまでの寂寥感《せきりょうかん》が和らぎ、里佳はぐらぐら揺れる湯の中でどっしりと居座っている二つのじゃがいもを、ただ見下ろしていた。

立ったままスマホをチェックし、仕事相手にメールを返していく。一つ打ち終えるたびに、日常に戻っていく気がした。誠と北村からもLINEやメールが届いていたが、後回しにする。時折、じゃがいもに菜箸《さいばし》を突き刺し、茹《ゆ》で具合を確認した。何度目かになって、なんの抵抗もなくすっと通るようになった。ざるに鍋をあけると、ステンレスが大きな音をさせてへこみ、もうもうとした湯気が辺りに立ち込める。茹で上がったじゃがいもを皿に載せ、バターと醬油《しょうゆ》差しと一緒にテーブルに運ぶ。皮がはじけ、白く柔らかそうな中身がほこほこと屈託なく輝いている。

銀紙にまとわりつく、ほとんど無抵抗の柔らかいバターを大きくひとすくい、皮の切れ目に落とし込んだ。それはたちまち黄金色に滲《にじ》み、きらきらと光る粒子の塊に非情なほど瞬《また》く間に飲み込まれていった。醬油を数滴落とし、里佳はいただきます、とつぶやき、フォークを突き刺した。バターをたっぷり吸った熱いじゃがいもが口の中で潰《つぶ》れ、湯気が鼻の奥まで届いた。ぽってりと重たいのにさらさらした舌触りのクリームになって、熱と共に舌の上に広がっていく。

バターは比較的あっさりとした味わいだが、新潟で口にしたすべての乳製品に共通す

る、陽差しを感じさせる温かみとコクがあった。醤油が溶け合うとじゃがいもの甘みと食べ応《ごた》えが一気に引き立ち、フォークを持つ手が止まらなくなった。

気付けば、ほとんど一箱近くのバターと二つのじゃがいもを平らげていた。満腹感でそのまごろりと身体を倒す。自分で自分をなだめられたことが、誇らしい。息を吐いたら、濃いバターの香りがゆっくり顔を覆《おお》った。

梶井の被害者達と里佳との違いは、性別以外は実はさほどないのかもしれない。強いて言うのならば、こうしてふと思い立ったら野菜を茹でて、好きな味つけをして食べきる能力があるか、ないか、だけだったのではないか。

「パパ」

と、ふいにつぶやいたら、気管のひとつが塞がれたようになった。じゃがいものかけらがどこかに詰まったのかもしれない。それは二十年近く、口にしていない単語だった。まだ五十二歳という若さだった。

救急隊員の言葉を信じるのならば、死ぬ時、彼は苦しまなかったらしい。

頭を起こせば、皿の上に残された薄いじゃがいもの皮が、エアコンの熱風でかすかに揺れている。ポテトの香りがするげっぷが一つでた。これといって何も残せないまま、年を重ね、おそらくは子供を作らないまま、いつかは一人で死ぬのだ、この部屋か、もしくはここによく似た場所で。そうはっきりと自覚した。父の娘だ。それはたぶん避け

られない。ならば、それを大げさにとらえすぎないことが肝心だ。

ある鮮明なイメージがひらめいた。最後の日が訪れるまでに、力いっぱいのごちそうを作って、誰かをもてなしたい。幼いころ絵本で見たような、七面鳥の丸焼きや砂糖衣がとけていくケーキ。考えただけで、胸がときめきで満たされる。自分一人のために作るのにも、もう飽き飽きしていた。

たったひとつわかっているのは、もてなしたい相手が誠ではないということだけだ。


うっすらとミルクティー全体を覆っている褐色の膜は、ティースプーンで隅に寄せると、深い襞《ひだ》を作った。若い女性で賑《にぎ》わう木目を基調としたカフェだった。酒なしでも間が持つようになった今、こうした場で会う方が色々と都合が良いと互いに気付いた。

「田舎醬油と手作り味噌《みそ》かあ……、意表をついているなあ」

袋から瓶と箱を取り出すなり、篠井さんは苦笑した。

「せっかくの米どころなんで、お酒を、とも思ったんですけど、お仕事のおつきあいでお酒なんて、いくらでも飲むでしょう？　むしろ、篠井さんに必要なのは、おうちで消費するしかない調味料かなって。これがあれば、自然と野菜を茹でたり炒《いた》めたりするようになるんじゃないのかなって」

「まいったなあ。これは……。自炊しないわけにはいかなくなるね」

この店で篠井さんはさほど浮いていない。女の子の父親であることが影響している気がした。

「大丈夫、私、自分でも同じものを買いました。一緒に頑張りましょうよ。このアプリみてください。五分や十分しかかからない、少ない食材の簡単レシピがたくさん見つけられるんですよ。まずは、ご飯を炊いて、簡単なおかず一品とお味噌汁から始めません?」

里佳はスマホを差し出す。おせっかいと思われても構わないとふっきれたら、急に彼との時間から緊張感が消え、伶子と過ごす時によく似た、弾んだリズムが生まれていた。

「新潟に行ってつくづく思いました。これといった理由もなく、嫌いなわけでもないのに、ただなんとなく避けることで、貴重な食文化を殺すことがあるんだって。これからはお米や牛乳をちゃんととろうと思います。私、これを機会にちゃんと料理始めようと思いました。実は、サロン・ド・ミユコに行ってみようと思っています」

「今はもう閉鎖したんじゃなかったっけ」

篠井さんが少しだけ声のトーンを落とし、視線を土産物からこちらに移動させた。

「ツテを使って調べてみたんですが、マスコミの目を避けて、かつての生徒さんだけをマダムが自宅に招いているらしいんですよね。なんとかして、中に紛れこもうと思いま

す」

「向こうも警戒心が強くなっているから、並大抵のことじゃないと思うよ、中に入るの。でも、やはり俺も、梶井の分岐点はサロン・ド・ミユコだったんじゃないかとは思うね」

「ええ、私もそう思ってるんです。だって、どうしてわざわざ、一番苦手な、女の集団に梶井は自分から飛び込んでいったんでしょうか？　本格的な料理を習うためなら、もっとブランド力があって割のいい学校があるし。それこそ婚活の場になるような男女混合の教室だって良かったわけですよね」

篠井さんはまだ十分に熱いミルクティーを一口飲むと、こちらをしげしげと見つめた。

「何かつかんだんだね。前と全然様子が違う」

アップルパイを切り崩すと、フィリングの飴色《あめいろ》のりんごが溢れ出してしまった。

「阿賀野で一九九七年の十二月から数年の間に検挙された性犯罪者のリストが欲しいんです。当時、新潟支局での経験があって県警と懇意にしていた記者なんて、心あたりないですよね？」

探しておく、と彼は顎《あご》を引いた。何も差し出さずに図々《ずうずう》しく情報を求めることに、里佳はもう罪悪感を覚えるのをやめた。彼の方だってもし何かを欲しくなったら、きっと口に出してくれるだろう。自分はあらゆる手段を用いて尽力するはずだ。今すぐには無

理でも、長期的にギブアンドテイクの関係を作っていけばいい。

社に戻り、エレベーターに乗ったところでなんとなくスマホを取り出すと、LINEにメッセージが届いていることに気付いた。誠からだった。

――今晩会えないかな？　新潟のお土産話もききたいし。

誠へのお土産を忘れていたことを今になってやっと思い出す。里佳は考えるより早く、給湯室へと足を進めた。今朝出社するなり、すぐにル・レクチェの羊羹《ようかん》一本を、「新潟土産です。みなさんでどうぞ」というメモを添えてワゴンの上に載せておいたのだ。まだ十五時を少し過ぎたばかりだ。一本くらいは残っていないか、と期待したが、有羽が最後の薄い一切れを口に運んでいるところだった。

「あちゃー、もうなくなったか」

彼女は悪びれずに羊羹を口に押し込み、まくしたてた。

「そりゃ、なくなりますよ。果物を丸かじりしているみたい。自分でも絶対買う。これ、表参道にある新潟のアンテナショップに売ってるかな」

「なにそれ。え、そこで新潟の名物買えるの？　場所を教えて」

何かのついでに立ち寄ろう、と心に書き留める。有羽が着ているのは、アイドル「スクリーム」のグッズのようである。彼女はこちらの視線に気付くと、トレーナーを見下ろし、うちに帰れなくて、ロッカーに着替えがこれしかなくて、と早口で恥ずかしそう

に言い訳した。

「あのさ、私の同期の藤村くんもそういうの、着たりする？」

「そうですね。あの人、かなりグッズにはお金落としているから。うちでひっそり着ているんじゃないでしょうか。ああいうタイプの人の恋人とか妻って大変なんだろうな」

有羽は何も気付いてはいないらしく、まだ食べ足りないのか羊羹の箱をいじいじと見下ろしている。軽い口調になるように里佳は心がけた。

「え、いい人そうじゃん」

有羽は頭の上の戸棚あたりに視線を移し、ゆっくり何度も一人で頷いた。真剣な話題にするつもりはなかったので、里佳はなにやら申し訳ない気持ちになってくる。

「そうそう、周囲に自慢できる人ではあるんですよ。でも、なんていうか……」

包丁にへばりついた紙のように薄い羊羹の切り屑《くず》を指でつまんで剝《は》がし、舌の上にひらりと載せる。小動物のような薄いピンク色の舌だった。

「肝心なことを絶対に最後まで話してくれない感じ、しませんか？　アイドル好きなことだって、わざわざ自分からは言わなそうだもん」

上手《うま》く笑うために、苦労した。

「あ、でも、もうその心配はないか。藤村さん、スクリームのヲタ卒業するみたいだし」

「え、そうなの？」

「藤村さんが推してた、センターの恵《めぐみ》ちゃんが激太りしちゃったんですよ。ほら、ネットニュースですごく話題になってませんでした？　十四歳の女の子で成長期なんだし、多少ふっくらするなんて気にならないんですけど、藤村さんはストイックだから、努力しないタイプなんだって幻滅したとか言っちゃって。あー、社内のヲタ仲間なんて貴重なのに」

曖昧《あいまい》に笑って給湯室を後にする。廊下の壁によりかかって、誠にＬＩＮＥを返した。

――ごめん、都合悪くて。また、すぐ連絡する。

勝手に指が動いていた。

きっとそのアイドルも芸能活動で磨り減った部分を補うために、自然な欲望に任せて食べただけなのだろう。例えば、その子の健康や将来を考えている家族や教師から見たら、どこもおかしなところのない身体つきのはずだ。篠井さんのお嬢さんがそうであったように。

デスクに戻ると、一階に来客あり、と見覚えのある字でポスト・イットのメモが残されていた。アポなしで会いにくる相手は珍しい。

警戒心で身体を硬くしていた分、エレベーターを降りてすぐに目に飛び込んできた大きな身体には、安心感を覚えた。厳しい目つきをした編集者の行き交うロビーで、二ヶ

月ぶりに会うダッフルコート姿の亮介さんはいかにも無防備であり、善良で体温の高い大型犬のように見えた。寒さのせいか、鼻の頭も頰も一段と赤い。

「お忙しいところ、突然押し掛けて申し訳ありません。なんだか伶子がお世話になったみたいで。ご迷惑だったんじゃないでしょうか」

「こちらこそ！　伶子さんを連れ出してしまって、申し訳ありません。お久しぶりです。その節は突然の無理なお願いをありがとうございます」

彼の勤めるメーカーの直営店が神楽坂界隈《かいわい》に進出してもおかしくない。または外回りで近くに寄っただけなのかな、と予想しつつ、受付前に並ぶ三つある応接セットの一つに彼を誘う。いかにも恐縮した様子で亮介さんは何度も頭を下げた。

「伶子の行方がわからないんです。携帯電話も通じません」

そういえばLINEメッセージを何度か送っても既読がつかなかったが、観光に夢中なのか、それとも圏外に居るのか、と特に気にしてはいなかった。

「どうしたんでしょう。私が最後に会ったのは昨日の新潟駅です。伶子はそれから一泊して、今夜は金沢の実家に五年ぶりに戻るといっていました。てっきり亮介さんも知っているとばかり思ってたんですけど」

「僕もそう聞いていたんです。でも、実家に連絡してみても、伶子がここに来る予定なんてないといってました。ああいう性格ですから帰省するなら一報くらい入れるんじゃ

ないでしょうか。まあ、結婚式にさえこなかったご両親ですけど……」

四角い額がうっすら汗ばんでいる。眉をひそめ、亮介さんは絞り出すように言った。

「このところ声をかけても、ぼうっとしていることが多くて、家事もやらずにパソコンにかじりついていることが増えた。でも、すべて僕がいけないんです」

「不妊治療について意見が合わなかった、という話は聞いています」

遠慮がちにそう言うと、亮介さんの顔が一層赤くなった。膝《ひざ》の上に所在なさげに手を置いた。

「……最初は伶子から僕を好きだといってくれたんです。正直、びっくりしました。あんなにみんなの注目を集めるような人がどうして僕なんだろうって」

その疑問は、二人が婚約した当初、里佳の中にもあったものだ。正直なところ、伶子を奪われた嫉妬心も手伝って、亮介さんの良さを素直に認められるようになったのは、ごく最近である。

「結婚して、毎日笑って暮らしていても、その不信感は拭《ぬぐ》えませんでした。彼女、家庭への憧《あこが》れが人一倍強いでしょ？　あれだけ好きだった仕事を辞めて、彼女が妊活に専念すると聞いた時はびっくりしました。止めました。でも、彼女は聞き入れなかった」

牛をなでていた伶子の手つきが蘇《よみがえ》る。

「その頃から、温度差が生まれてきたのかもしれない。相手は僕じゃなくてもいいのか

もしれない。ひょっとしたら、子供を作れるのなら、相手は誰でもいいのかなって思うと、なんだか、どんどんそんな気に……なれなくなって……。病院に検査をしにいかなければいけない日にもわざと予定を入れたりしました。最低ですよね。もし、僕の方に原因があるとわかったら、彼女に捨てられる気がして、怖かった。あ、すみません、こんな個人的な話、聞かされても迷惑ですよね」

亮介さんは痛みをこらえるように背中を丸め、時折言葉に詰まり、うめき声になった。おそらくこの話を誰かにするのは初めてなのだろう。いつものくだけた口調がかしこまっている。里佳が身を乗り出した時、スマホの着信音が鳴った。電源を落とすつもりで取り上げると、画面に表示されたのは北村の名前だった。亮介さんにことわって顔を背けて電話を取る。口元を手で隠し、早口でささやいた。

「なに、急ぎ? ごめん、今、ちょっと来客中なの。あとでじゃだめ?」

「時間とらせません。本館の社食で待ってます。すぐに来てください」

一方的にそう告げ、電話は切れた。無視するつもりだったが、亮介さんはすぐに察してしまったようで、止める暇もなく腰を浮かせた。

「すみません、お仕事中に。僕もう帰ります。何かあったら連絡ください。里佳さんだけが頼りなんです」

こちらを振り切るように、ガラス張りの正面玄関越しに小さくなっていく彼の背中を

見守るうちに、ネガティブな予感がむくむくと現実味を帯びて膨らんでいく。地下一階の社員食堂を目指して階段を駆け下りながら、里佳は状況を整理した。

夫婦であればよくある、ちょっとした家出なのだろうか。彼をちょっと困らせてやりたい、と意図的に行動しているのだと思えば納得なのだが、そうした子供っぽさは伶子のものではない気がした。何よりも、里佳まで連絡がとれなくなっているのがおかしい。でも、あの用心深い伶子がトラブルに巻き込まれているとは考え難いし、まだきのうのきょうの問題だ。夜になれば案外あっさりと、金沢の実家に着いたという連絡が入るかもしれない。

ほとんど人の居ない社食の一角にある、パーテーションで区切られたテーブル席から、北村がひょいと顔をのぞかせた。

「さっきの男の人、何なんですか。内線とったの僕なんですよ」

探るような口調が癇《かん》に障《さわ》り、わざとどしんと腰を下ろす。彼のせいで亮介さんを追い返す格好になったことも腹立たしかった。普段は気にならない、仕立てのいいシャツや編集部には珍しい肌艶《はだつや》の良さが、うっとうしく感じられる。

「誰でもいいでしょ。何、どうしたの？　あ、もしかして梶井真奈子の被害者のお姉さんの件？　連絡先わかったの？　教えてよ」

意識せずとも、我ながら横柄《おうへい》な口調になっていく。彼はいつになく挑戦的な目つきで、

こちらを見据えている。

「見ちゃったんです。先週。町田さん、通信社の篠井さんとすぐそこの飯田橋から一緒にタクシーに乗りましたよね」

すっかり忘れていたが、新潟出張中に「相談したいことがある」とメールが来ていたのはこのことだったのか。

「俺、あとをつけたんです。車は荒木町に向かって、谷底に降りていき、スーパーマーケットが一階にあるマンションの前に止まった」

「信じられない。プライバシーの侵害だよ」

里佳は椅子《いす》に深く座り直す。他人に無関心な彼がこうまで介入してくることが、なにか不気味でもあった。

「あなたたちはマンションの一階で買い物をし、建物の中に並んで入っていった」

「そうだよ。飲み友達なんだ。彼のあの部屋には他に人もいたの。一緒に料理をして、みんなで食べたのよ」

あの部屋で起きたことをいちから説明したら、それは篠井さんもその家族も、さらしものにすることになる。こちらが少しも感情を動かさないことが、彼を苛々《いらいら》させているようだ。セットに時間をかけていそうな長い前髪を雑に払いのけている。

「聞きましたよ。梶井真奈子の独占インタビュー、先輩がとったんでしょ？」

「どうして、あなたがそんなこと知ってるの」

「編集部全員が知ってます。それどころか、業界全体の噂《うわさ》になってます」

出社してからというもの、たくさんの視線が突き刺さってきたわけがやっとわかった。デスクの酒が入った時の節度を持たない振る舞いを思い出し、どっと疲労を覚える。

「ライバル社の記者が梶井真奈子にインタビューを申し込んだらしいんですよね。彼女、先輩の名前を出して断ったらしいですよ。週刊秀明の町田里佳から取材を受けると決めているから、今はお受け出来ません、と。その記者がうちの部の人間にさりげなく探りを入れてきたんです。その人が飲みの席でデスクに問いただしたら、すぐに認めてしまったそうです。先輩が出張している間に、あっという間に広まってしまいましたよ」

別に隠す必要もない。来月には公表するつもりだったし、なにより梶井が里佳の名前を出したことが、自分でも意外なくらいに、心を奮い立たせている。

「篠井さんの協力ですか？」

二つのことが自分の中でまったく結び付かず、里佳は思わず笑ってしまった。

「町田先輩は、仕事で女を使ったりしないって、勝手に思ってたけど、俺が間違いだっていうことですか。あなたと俺は似た者同士かと思ってたのに」

正義漢ぶったきりりとした表情にげんなりして、里佳は頭を左右に振ってみせた。

「どう思われてもいい。篠井さんに時々相談に乗ってもらっているのは本当だし、頼み

ごともしているけど、この件とは無関係だよ。梶井には私が何度も手紙を書いて許可をもらって会いにいったの」

　ややあって、北村の表情からふっと力が抜けた。すべてのことがどうでもよさそうな、いつもの彼が少しだけ戻ってきた。

「尊敬してました。町田先輩のこと。俺がうちの部で記者として本当にいいと思っていたのは、水島さんと町田さんだけです。いつも新しいことをしようとしてた」

　彼の口から、同僚の名前が出たことはこれまでほとんどないはずだ。

「記者と『客』は、関係を作るために、ものすごくたくさんの酒を飲む。金を使う。出版不況といいながら、誰もが接待に湯水のごとく金を使うことに疑問を持たない。『客』との関係はそういうものだという認識が業界全体に染《し》み付いているから……」

　何か言おうと思ったが、やめた。自分と同じような違和感を、この、人より早く帰ることしか考えていないような後輩が抱いていたことが、ただただ不思議だった。

「編集部は基本的に接待に合わせたタイムスケジュールですよね。もし、会食や飲み会なしでもちゃんとネタがとれて業務に支障さえ来《きた》さなければ、朝九時前に出社して十八時に帰ったっていいわけですよね。でも、誰もそれをしない。もしそのルールが適用されたら、水島さんが営業部に移ることもなかったのかもしれない。無意味なしきたりが何より重要視されているから、肝心の売り上げやクオリティが下がっているんじゃない

んですか」

水島さんと北村はほんの短期間しか一緒に仕事をしていない。その上、彼女はあけすけな調子で北村の仕事のやり方を面と向かって批判していた。それでも、彼は水島さんにだけ、素直な顔を見せていたことも幾度となくあったような気がする。

「もし、本物の信頼関係を結ぶことができていたら、時間もお酒もそこまで必要ないはずなんですよ。向こうが先輩に好意を持っていないって言い切れるんですか」

胸の奥がざわりと揺れなかったといったら嘘になる。それでも、里佳は唇だけを素早く動かした。

「今の段階では、とってくるネタがすべてなんじゃないの？」

「先輩、すごく変わりましたよね。もうこれ以上、梶井真奈子を追うべきじゃないですよ。取り返しのつかないことになるんじゃないですか？」

相手の顔を見ずに里佳はさっさと立ち上がる。社食を出ても落ち着かず、エレベーターの中で意味もなく何度も両手を打ち鳴らした。

「新潟は何もかも美味しい街でしょ？　どうだった？　何が美味しかった？」

歌うような調子で、梶井はいきなり問うてきた。その屈託のない様を見ていると、新

潟でのあれこれが、すべて夢だったような気がする。自分は伶子とただの旅行に出かけただけなのではないだろうか。伶子は今、自宅に戻って料理を作りながら、亮介さんの帰りを待っているのではないだろうか。

昨日は結局、伶子と連絡は取れず、亮介さんがもう一度実家に問い合わせても、まだ彼女は帰省していなかったという。

二月もそろそろ終わろうとする東京拘置所はいつにも増して寒々しかったが、アクリル板の向こうの女だけは頰をテラテラと赤く輝かせている。

「ああ、幼馴染《おさななじみ》の秋山くんには会えた？　懐《なつ》かしい。昔はとんだ腕白坊主《ぼうず》だったのよ。つっけんどんだったけど、こちらへの好意は態度に表れていたわ。可愛《かわい》かったあ」

異性の話題になると途端に言葉が弾み、目が細くなる。

「あの、少し違うのではないでしょうか」

「どうしたの。怖い顔して」

「秋山さんはこう言ってました。あなたはもともと目立たない女の子だったって」

予想していた通り、梶井はまったく気にする風もなく、ころころと笑ってみせた。

「あ、もしかして、杏菜が何か変なことを言ったのかしら？　杏菜は今、まともじゃないの。あの母親と四六時中一緒なんて誰でもそうなるでしょ。何を言っても気にしないでちょうだいよ。太一《たいち》くんは本当は私と一緒に東京に来たかったのよ。それを家にしば

りつけられて、同級生のつまらない女と結婚させられて」

どうしてこんな女のペースにまんまとはまっていたのだろう。少し前の自分が、おろかにも哀れにも感じられた。何をやっても自信がなかった。何を食べたいかもよくわからなかった。

「あなたに目を向けてくれた唯一《ゆいいつ》の男性は、まだ幼い妹さんを狙《ねら》った変質者ですよね？」

「なんのこと？　え？　何？　言ってる意味が全然わからない」

自分がやっていることがふと、無意味に思えてきた。こうやっていくら彼女の内面に入ろうとしても、すべて徒労に終わるかもしれないのだ。

「あの男性です。あなたの初恋のひとです。あなたの初めての男性は、杏菜さんに付きまとっていたんですよね？」

顔を見ずともわかった。彼女が作り上げた分厚い壁は、この方向からはつき崩せない。

里佳は即座に角度を変えることにした。

「あなたの通っていた料理教室に行こうと思うんです。親友の伶子と。彼女が新潟に付いてきてくれたおかげで、今回の収穫は大きかったんです」

「へえ、どういう風のふきまわしなの？　料理なんて興味ないんじゃなかったの？」

「あなたはどうしてサロン・ド・ミユコに出かけたのでしょう。それは、最後の望みを

かけたからだと私は思っています」

「なんのこと？」

「理解者を得るということです」

「友達はいらないって言ったでしょ？」

「そうですよね。でも、男性はあなたの肉体やケアや母性、いわば自分にとってメリットのある部分に惹《ひ》かれるだけで、あなたの悩みや痛みを分かち合ってはくれないでしょう？　あなたはいつも何かを求められるばかりだったはずです」

「別に構わないわよ。だって悩みや痛みなんて、私にはもともとないから無意味よ」

しゃべりたいことが溢《あふ》れ出したのか、舌をもつれさせている梶井を、里佳は遮った。

「とにかく、私はそこに伶子と行ってみたいんです。あの子と一緒なら、私には見えないものが見えるはずだから」

「伶子伶子って、あんたたちなんなのよ。なに、付き合ってるわけ？」

ガムを吐き捨てるように、梶井がつぶやいた。普段は何も映さないその目は彼女にふさわしい残忍な色を帯び、うっすらと輝いていた。

「伶子って、あの女はあなたが思ってるような、そんな女じゃないのよ。あなたはまだ、何も見えてないのよ」

相手の様子を見ながら、里佳は注意深く聞き返した。

「あなた、伶子を知ってるんですか？」

こちらを檻《おり》に入れて鑑賞するかのように、梶井は軽く顎をそらせて見下ろすような姿勢をとった。

「ここに来たことあるのよ。これまで二回」

サントピアの白い観覧車が、一瞬目の前に現れた気がした。室内なのに頬が冷たい。こめかみが勝手にひくひく動き出したのがわかった。

「それは、いつですか」

「そうね、確か年が明けてしばらくしてから一度。今月初めに一度。彼女、あなたがここに来るようになってから、手紙を書いてきたの。私のせいで、町田さんがおかしくなっている。一度でいいから会えないかって。お願いですって、あんまりしつこいから、好きにしたらって返事したら、本当に来たのよ。親友が変になったのはあんたのせいだって、怖い顔で言うから、どこがどう変なの？　って聞いたら、こう答えたのよ」

彼女は言葉を切り、急に両手を大きく開げ、威嚇《いかく》するように前のめりになった。

「すごく太ったって！」

芝居がかった調子で、彼女は目を見開いた。

「あなたが一体全体、どんな奇行をやらかしたのかと思ったら、あの女、ただ太っただけだっていうのよ。心配で仕方がないんだ、って。あなたが太ったから、もう世間の常

識みたいなところから離れてしまったんだ、って。他人の体型が変わっただけでよくもまあ、あれだけ心を乱せるわよね。どいつも、こいつも……。どれだけ他人が気になるのよ？　他人の形がどんなふうか、他人がその欲望を開放しているかしていないか。そんなことで不安になったり優越感を持ったりするなんて、異常だわ。他人の形が、自分の内側で起きていることよりも、ずっとずっと気になって仕方がないっておかしいわよ」

梶井の声は明瞭《めいりょう》で、これまで彼女が口にしたどの言葉よりも真摯《しんし》だった。その通りだ。この数ヶ月、里佳が周囲の人間に、感じ続けた違和感そのものだったから。

「あれは、どうしようもない情緒不安定女ね。夫に相手にされなくなるのも納得だわ。貧相でケチくさくて棒みたいだし、キンキン耳障りな声で喋《しゃべ》る。会うなりすぐにわかった。ろくに抱かれていないって。私の母そっくりの女よ。頭でっかちで、口ではどんなにえらそうなことを言っても、どうやったって男に愛されないのよ。本当の快楽を知らないから、いつも満たされていなくて、攻撃相手を見つけないと落ち着かない。あなたへの友情とやらも、満たされない性欲のはけ口よ。あなたのこと、まるで恋人みたいに語るから、ぞっとした。私、言ってやったわ。ちゃんとしたセックスを定期的にしていない人は、どんな理由があっても、みんな社会不適合者だって。セックスもまともにできなくて、何が人間よ。そのうち、とかいつか、なんてあるわけないの。今この瞬間、

夫に愛されていないなら金輪際、歯車が嚙《か》み合うことはないわよ。なにをやっても無駄よって」

自分が貶《おとし》められる以上の痛みが身体《からだ》を走る。里佳が梶井に惹きつけられてきたのは、その人を食ったような言動で覆い隠している怒りゆえなのかもしれない。彼女の内側にあるもの。無関係の伶子までも、こうして徹底的に貶めずにはいられない。梶井の本質はおそらく長年蓄積されてきた怒りだ。すべてを焼き尽くす、ずっと消えない炎のような怒り。

「あなたもあの伶子とかいう女も、父親を求めているのよ。自分たちが求めても得られなかった、あたたかい父親像を勝手に、異性に期待しているの。私は父親と深く愛し合い、信頼し合っていたから、そんなもの求めないわ。あなたたちのように、ねじれた欲求なんてつきつけないもの。だから、誰からも愛されるの。母性を求めて、女に優しさを期待する男の人をあなたたちは軽蔑《けいべつ》しているけど、それと一体何が違うのよ」

以前の自分だったら、この主張にたやすく飲み込まれて、何日も落ち込んでいたと思う。篠井さんに父親の姿を見ていることも、薄々自覚している。彼が健康的に暮らすサポートをすることで、父に対する罪滅ぼしをしたいのだともわかっている。

「それを伶子に言ったんですか？」

「ええ、言ってやったわ。真っ青になったあと、赤くなって、そのうちポロポロ泣きだ

すもんだから、私、大笑いしちゃった。私からあなたを取り戻す、とか真顔で宣言しちゃって、痛々しいったらなかったわ」

たかが三件の殺人事件の被告人ではないか。もっと危険な相手にだってこれまで会ったこともあるではないか。

「私は少しも伶子が嫌じゃないです。確かに変な部分はあるし、独りよがりです。腹が立つこともあります。あなたの指摘がその通りだとしても、彼女といると楽しいんです」

「楽しい？」

初めて知る言語のように、梶井はそれを舌にのせ飴のごとく転がした。楽しい、と彼女はもう一度、ぼんやりとつぶやいた。

「そうです。友達と話すのってそもそも楽しいものなんですよ。あなたに友達ができなかったのは、あなたが変わっているからでも性的に奔放だったからでもなく、それはきっとどんな人も、あなたといても、退屈だったからじゃないですか」

「なに言ってるの。あなたさんざん私の話に引き込まれたじゃないの！」

梶井が初めて、あっけにとられたように、こちらを見ている。

「最初はそうです。でも、気付いたんです。あなたの知識はいずれも本を読んだり、お金を払えば誰だって得られるものばかりなんですよね。あなたがとても特異に見えるの

は、それだけ現代人がお金や時間を使わなくなって、カロリーを気にして美食から遠ざかり、当たり前の教養を蓄えなくなった、たったそれだけのことなんです」

「違うわよ。私といると苦しくなるからでしょ。あなたたち女はみんなそうよ。自分よりどこか劣ったところがある同性でないと一緒にいられないのよ」

北村と梶井は同じ種類のことを主張し、こちらを責めていると思った。北村はこれまで「客」を持ったことがなく、梶井は「友達」を持ったことがない。だから、彼らの主張は、すべて想像の域を出ていないのだ。彼らの激しい言葉に怯《おび》える必要も、胸を痛める必要もない。一向に動じない里佳に、目の前の女が徐々にひるみ始めたのを肌で感じている。

「伶子が今、どこにいるか、あなた心あたりあるんですか？」

梶井は余裕を取り戻したのか、にやっと笑い、答えようとしない。唇がいかにも気持ち良さげに、互いを愛撫《あいぶ》するかのごとくむずむずと擦り合わさっている。ぞっとするような予感が急に胸をかすめた。そのことだけは考えたくない。直接手を下さずとも、たやすく人の命を奪うことができるこの女の罠《わな》に、あの賢い伶子が落ちるわけがない。

「あなたに惹かれたことは認めます。でも、伶子が、いえ、私たちが、いちいち面倒でやっかいで、人対人として正面からぶつかってしまうのは、それは、たぶん……、あなたより強いからなんじゃないですか」

「強い？　あなたたちが？」

　梶井が顎を引いてこちらを眺めている。口の形が半分笑っていた。

「新潟に行くまでどこかあなたが怖かった。でも、それはあなたに対しても失礼だったと思います。世間で言うようなモンスターではなく、一人の人間なのに」

　そう言って、わざと目を伏せる。梶井の声が次第に震えを帯びてきた。

「失礼にもほどがあるわ。私が嫌といえば、独占インタビューの件なんてすぐ白紙にできるのよ」

「それなら、それで仕方ないのかもしれません」

　顔を上げると、初めて梶井が言葉が見つからないように、里佳をただ眺めていた。半開きの口から今にもよだれが落ちそうだ。そのぽっちゃりした白い指先だけがせわしなく動いている。

「だって、私があなたにただ従ったままでは、結局、あなたが心で描いた物語をもう一度なぞるだけ。そんなインタビュー、発表したところで、誰が読むんですか？」

「これだから、女の記者は嫌なのよ。感情的で、ヒステリックで、甘ったれで、結局、プロに徹せないんだから！　もういいわ、このインタビューは白紙よ！」

　鼻の穴をふくらませ真っ赤になってわめく梶井を前にしても、自分でも不思議なくらい、里佳の心にはさざなみひとつ立ちはしなかった。

「私は正社員の記者なので、このインタビューが白紙になっても、仕事を続けていくことはできます。むしろ、あなたが失うものの方が大きい。もとに戻るだけですよ。誰からも無視されていた、あの阿賀野の時代に」

巨峰の皮がぷちりと破れた。里佳は確かにそれを見届けた。ベルベットのように厚く何も透かさない皮の隙間《すきま》から、翡翠《ひすい》色《いろ》の濡れた果実と汁が溢れ出すのを。あと少し、あと少しだ。脇《わき》のあたりに汗が滲む。五感に訴えながら、こちらのペースに確実に巻き込んでいく。決して、焦《あせ》ってはならない。

「彼に出会うまで、あなたはただ、食べていただけでした」

彼女の思い出の味は外食ばかりだった。そのことが、のちの人生に大きく影響している。

「阿賀野に行ってみて、私はあなたを気の毒だと思うようになりました。あなたに伶子のような……男でも女でもいい、悩みを打ち明けられる相手がいれば、こんなことにはならなかったのかもしれませんね。そんな風にひとつひとつの出来事を自らの手で無理に閉じていく必要もなかったのかもしれませんね。私だって何かがひとつ間違えば、あなたのようになっていたかもしれない」

週刊誌記者として、次の瞬間には必ず答えが返ってくるという確信を持って、里佳は梶井真奈子と出会ってから初めて、真正面から挑むように見つめ返した。

「教えてください。狭山伶子は今、どこで何をしているんですか？」

IO

2月22日

亮ちゃんは最近、日本酒が好きだ。仕事の付き合いで味を覚えたのだと言う。

ホームで里佳と別れた私は、ロッカーに預けておいた荷物を引き取ると、何も買うつもりはないのに、改札内にある、地酒やお菓子の並ぶ土産物屋からなかなか出られないでいた。北陸新幹線に乗って、故郷の金沢に向かわなくてはならないのに。新潟を観光するつもりも両親に会うつもりも毛頭なかった。私の目的はたった一つだけ。それさえ済んだなら、すぐさま東京に戻り、川崎のあの家に向かい、なんとか腰を落ち着けねばならない。トランクのカートをひいてエスカレーターを降り、目的のホームへと向かう。粉雪をまといながら、時間通り列車がやってくるところだった。

乗車する前にコートのポケットからスマホを取り出し、電源を落とす。私に連絡をくれるのなんて、今は里佳と亮ちゃんしかいないけれど、その二人にさえ心を乱されたり、計画の邪魔をして欲しくなかった。数日の間、連絡が取れなくても、スマホをなくしたとか壊したとか、あとからいくらでも言い訳出来るだろう。この日のために新しく契約

しておいた、もう一つのスマホを取り出し電源を入れた。カバーもなにもついていないそれはこの街の気温に冷え切っていて、よそよそしく暗い画面に私のたよりない輪郭を浮かべていた。

指定席に腰を下ろすなり、背もたれも倒さずコートも着たまま、一件だけ登録してあるアドレスからのメールを確認し、すぐに片手で返信した。

『ジェリーな魔術師さま　夫の目を盗んで、うちを出ることに、ようやく成功しました。今夜中には、おたくに向かえそうです。あなただけがたよりなんです。会えるのを楽しみにしています。　カスタードより』

このノートをようやく取り出すと、本日の収穫である、里佳と訪ねた新潟県警でのやりとりを書き入れる。箇条書きされた「やることリスト」の中から、「金沢に向かう」を横の線で消した。それから、これからすべき項目を頭に叩《たた》き込んだ。車窓を流れていく新潟の景色も、私をなんら寂しくさせはしなかった。

ここ数ヶ月の間に調査してきたこと、昨日、梶井邸で判明したことが一つの線でつながりつつある。私の推測が正しければ、あの女には必ず殺人の共犯者がいるはずだ。里佳の指摘するように、直接は手を下していないのかもしれない。ただ彼女の指示に従っ

て、男達を殺《あや》めた第五の人物がいるはずだ。そして、その人物はすでに、証言や捜査の中で姿を現している。一つ一つ、焦らずに、正確にことを進めなければならない。

ノートを熱心に読み直しているうちに、私は五年ぶりの故郷にたどり着いた。ホームに出ると、新潟のそれとはまったく違う、優しい冷気が身を包んだ。焼けた草に似た香りがかすかに漂う。懐かしいと感じることが、悔しかった。

駅前でタクシーに乗り込み、香林坊にある実家の住所を告げた。繁華街の裏手にあるいわゆる高級住宅地に建つ、通りかかった観光客がこぞって写真に撮りたがるような、昭和初期に建築された赤い三角屋根の洋館だ。二階へ続く階段の踊り場にはめこまれたステンドグラスが西陽を浴びて輝けば、マリア様の横顔が浮かび上がる。まるでドラマに出てくるおうちみたい、とかつて同級生にはいつも羨《うらや》ましがられた。

運転席の後ろのポケットに差し込んであるチラシは、どうやら、この辺では有名な父のホテルのものらしい。タクシーに広告を置くなんていよいよ傾いてきたのだろうか。父の宣材写真と目が合った。ボトックスを打ったらしく、私が知っているあの笑顔より、ますます嘘っぽい。真っ白な髪のせいで、ヨット遊びで焼けた肌が一層黒光りして見える。背が高く顔立ちの整った父は、若い頃はよくスカウトされたこともあったようだ。嫌になるほど、目元が私に似ている。

「この辺で一番大きいんだよ、そこ。宿、決まってなければ、どう？　おねえさん」

バックミラー越しに、六十代くらいの首の太い運転手が、私の動きを密《ひそ》かに確認していたらしい。言葉を濁していると、彼はやんわりと悪意の滲《にじ》む口調でこう言った。

「予約なしでいけるよ。最近じゃそこ、ガラガラだから」

私がまだ幼いころ、うちのホテルは規模は小さいものの、サービスと食事では金沢一と呼ばれていたが、父の代から少しずつ質が落ち始めた。窓の外には新潟よりもずっとほがらかな藍色《あいいろ》の空が、流れていく。

タクシーが住宅地の入り口に停車する。会計するときに、運転手の視線がこちらの財布にちらっと向けられた。広報時代から愛用している長財布は現金二十五万円でぱんぱんに膨らんでいる。キャッシュカードや保険証など足がつきそうなものは、この旅に出る前に、通帳や印鑑をしまう自宅の引き出しにすべて置いてきた。万が一、何かに巻き込まれても、私の身分を証明できるものは何もない。

「十分で戻ります。しばらくここで、待っていてもらえませんか」

運転手に告げ、私は生まれ育った街にすとんと降り立った。

五年ぶりの我が家は、なんだか無駄に大きくて、お化け屋敷めいていた。黒々と聳《そび》え、私を静かに威嚇している。両親は相変わらず出歩いているのだろうか。正面玄関に監視カメラを取り付けたのは、この辺りではうちが一番早かった。裏手に回ると、勝手口に鍵《かぎ》を差し込んだ。もし、鍵が合わなくなっていたら、田島さんに連絡をし助けを求める

つもりだった。ドアノブが回り、私はほっと息を吐き、その低い木戸を押す。台所のドアまで続く小道が貫く、二坪ほどの裏庭の真ん中に犬小屋が置かれていて、ひとまわりほど小さくなったメラニーが、物憂げにこちらを見上げていた。吠《ほ》えられると思ったが、人懐こそうな目をこちらに向け、くんくんと鼻を蠢《うごめ》かせている。私は身体を屈《かが》めると息をひそめ、彼女の首元を抱き寄せる。眼球が熱く、喉《のど》がからからだった。メラニーがこうやって生きていることがわかっただけでも、ここまで来て良かったと思った。

「ねえ、私のこと、覚えている？」

やっぱり亮ちゃんに似ている。雌だけれど。私の第一印象は間違っていなかったのだ。メラニーの温かい背中に顔をうずめながら、私は深く安堵《あんど》した。小さな身体にとくとくと脈が波打っている。喉のあたりから、菓子パンそっくりのにおいがした。

——亮介さんのどういうところが好きなの？

彼との結婚を報告した時、里佳は遠慮がちにこう尋ねてきた。愛犬のメラニーに似ている彼に出会うなり、私はすぐに惹かれた。亮ちゃんの方がはるかに私よりも世界に愛され、どこにいっても自分を偽らずにうまくやれるタイプの人間だというのは、一目見ればわかることだった。そういう人に私はいつも強く憧れる。里佳も、そう。

あの頃に比べれば、当然のことながら、メラニーの毛並みはごわごわしていて、指通りが悪い。目やにがたくさんたまっていた。加齢によるものなのだろうが、ちゃんと散

歩してもらっているか、とあれこれ心配になる。あの見栄《みえ》っ張りな両親のことだから、周りの目を気にして、できるかぎり愛犬には手をかけているだろうが。そうでなくても、田島さんが居る。

メラニーは牧羊犬として知られる、黒と白のボーダーコリーだ。従順で素直で、相手を疑うということを知らない特徴は彼女に濃く現れている。私がメラニーと初めて会ったのは子犬の頃で、最後にほんの一瞬だけ目を合わせたのは、前回帰省した時だった。

もともと両親が私をこの街に引き止める目的のためだけに買われ、高校三年生のクリスマスにやってきた、気の毒な子だ。第一志望の大学に推薦入学が決まったお祝いだったが、まだ手のかかる子犬を東京に連れて行けないのも、慣れない一人暮らしをしながら世話をするのは困難であることも、誰の目から見てもわかりきっていた。泣く泣く私はメラニーを残し、実家に別れを告げた。もっとさっぱりした気持ちで故郷から飛び立つつもりだったので、いかにもあの二人らしい策略が腹立たしかった。

そして今、メラニーは住み慣れているだろう場所から、引き離されようとしている。私はカート式トランクの中から、中型犬用のクレートを取り出し、組み立てた。蓋《ふた》を外して、極力小さくなるように重ねて収納している。ブラシ、散歩用のひも、骨の形のおもちゃ、簡易用トイレ、わずかな食べ物、ペットシート。昨日、里佳がホテルの部屋を出た後、近所のモール内のペットショップで吟味し、買い求めておいたものだ。東京を

発《た》つ時、里佳は私の大きなトランクとボストンバッグに驚いていたけれど、実は中身は空に近かった。ほとんど衣服も私物も持ってきていなかったし、今朝ホテルを出るときにあらかた捨ててしまった。メラニーに犬用クッキーを与えながら、クレートへと上手く誘い込む。

折りたたんであったポリエステル素材のトートバッグを取り出すと、数枚の衣服と細々とした日用品を詰め、空になったトランクとボストンバッグは裏庭の隅に向かって足で蹴《け》った。私の予想は正しかったらしく、クレートにメラニーの身体はぴたりと収まった。蓋をするなり激しく吠え始めたので、すぐにここを離れねばとノートを取り出し、空白のページにボールペンを素早く走らせる。田島さんへのメモを残そうかと思ったが、ひょっとするともうここにはあまり通っていないのかもしれない、という予感もあった。いずれにせよ、いかに両親が嫌いであれ、飼い主にメラニーが無事であることは知らせる必要がある。

「メラニーをつれていきます。もともと私の子だから別にいいですよね？　伶子」

それだけ書いてページを破り、小屋にひらりと滑り込ませた。クレートとトートバッグを手に、私は屋敷を後にした。家に背を向けるなり、呼吸が楽になるのがわかった。こんなことをしている自分がだだをこねている子供に思えてきて、私はわざと強くアスファルトを踏みしめる。クレートの中ではメラニーがパニックになったように吠え続け

ていた。

亮ちゃんと里佳には、まるで私が両親に顧みられなかったかわいそうな娘のように話しているが、今なお両親はしきりに連絡を取りたがるし、援助をしたがる。その度に私はすげなく突っぱねる。ひょっとしたら、甘えを捨てきれていないのは、私の方なのかもしれない。こうしてメラニーを誘拐出来たのも、通報されない自信が十分にあるからだ。

十五歳の中型犬は人間だと七十六歳に相当するらしい。明日から、散歩に連れていかねばなるまい。マッサージを施し、毛並みも整えよう。気が遠くなるほどやらなくてはならないことが次から次へと浮かび、私はほんの一瞬だけ、すべてを投げ出したくなった。

右手にクレート、左肩にトートバッグをかけタクシーへと戻ると、駅へ戻るように運転手に告げた。彼が迷惑そうに何度も振り向くほどメラニーは激しく吠え続けたが、金沢駅に到着後、東京行きの新幹線に乗車する頃には疲れて眠っていた。長い睫毛《まつげ》を伏せた、うなだれたような寝顔が哀れだった。会いに来ようと思えば、これまで何度だってそのチャンスはあったのに。今こうして迎えに来たのは、単にどうしてもこの計画にメラニーが必要になったからだ。自分一人ではとてもやりとげられる自信がないから、彼女を道連れにするだけなのだ。自分勝手で、他人を疲弊させる。私に関わった人はたぶ

ん、もれなく不幸になる。

梶井真奈子と私はそっくりだ。

私は里佳にいくつかの嘘をついている。両親はいつも仲が良く、ロマンチストで子煩《こぼん》悩《のう》だった。料理や家事は田島さんがすべて請け負っていたけれど、それはそういうものだと思っていたし、母の味を知らないことなど幼い私にとって不幸でもなんでもなかった。馴染みの高級レストランや持ち物のホテルでする家族三人の食事、田島さんが腕によりをかけたごちそうを楽しむお正月や誕生日。いずれも、心にあかりが灯《とも》るような記憶だ。誰も犠牲になることがなく豊かな暮らしが成立するから、家族はいつも笑っていた。習い事は数え切れないほど経験して、地元では有名な名門女子校に通った。今にして思えば、ペットを愛《め》でるようなものだったと思うけれど、聞き分けがよく素直な私は両親の自慢だった。ホテルの広告のモデルになったこともあるし、一番高いスウィートルームには私の名前が付けられている。学生結婚で結ばれたため同級生の親と比べても若く、いつまでも恋人同士のような美しい両親が、私も自慢だった。

中学一年の春、ホテルの従業員だった若い女性と父が兼六園を歩いているのを、ピアノ教室の帰りに、偶然見かけた。不倫だという可能性をほとんど考えず、遊び半分の気持ちでそのまま尾行してみたが、すぐに見失ってしまった。あれは一体どういうことなんだろう、と私は考え続けた。遠慮がちに母に告げたが、顔色ひとつ変えずに、「パパ

は女の子の相談に乗るのが上手だから、今も部下に頼られているのよ。昔っからそうだったの。大学のテニスサークルの時から。ママは全然気にしないわ」と微笑《ほほえ》んだ。その時、何かが変だと思った。砂混じりの食べ物をうっかり口にしたような違和感がざらりと流れた。

学校に取り巻きめいた仲間はいくらでもいたが、私には心を分かち合える友達がいなかった。両親がベストフレンドという環境のせいで、外に居場所を求めていなかったせいもある。家族以外でなんでも話せる相手といえば、田島さんくらいだった。夕食の支度をする彼女を両親のことで問い詰めると、生まれて初めてはぐらかされた。困ったようにぎこちなく微笑み、色んなやり方でごまかし続けた。私はあきらめず、父の尾行を繰り返し、母を観察し、同時進行で田島さんも追及した。そのうちに、これまで見えていなかったものが私の目にも映るようになった。

十三歳にして風景が一変した。今にして思えば、私の最大の欠点にして最大の才能は、あの瞬間を境に芽吹いたのだ。すなわち、人並みはずれた執念と探究心、どんなことでも一人でやりとげてしまう鉄の意志。

両親にそれぞれ公認の愛人が何人も居ることは、近所どころか、ホテルの従業員、地域全体でも周知の事実だったのだ。その独特の夫婦のやり方はなんと祖父の代から続いているものだった。父と母の相手の中には、我が家によく出入りし、私とよく遊んでく

れた優しい「おじちゃん」や「おばちゃん」もいた。

中学二年の夏、私は両親を前にして初めて証拠を突きつけ、二人の不貞を責め立てた。最初は頑《かたく》なに否定していた二人だけど、私の用意した何枚かの写真を見るなり、言葉が少なくなっていった。なにやらおびえた目つきで、ようやく、このところ別人のように冷淡になっていた娘と向き合った。私はそんな目をその後、いろんな場所で、何度も何度も向けられることになる。昨日はとうとう、親友の里佳にまでそんな顔をされてしまった。つまり、彼女と離れ離れになるのも、時間の問題ということなのだろう。

父は言った。

――パパが愛しているのはママだけだよ。ママだってそうだよ。

まるで難しいことをわかりやすく嚙み砕いて言い含めるようだった。いや、間違っているのはそっちだろう。そんなものは愛ではない。ただ、ニーズが一致しているから、共犯関係にあるだけなんだろう、と二人を睨《にら》む目に力がこもった。その間中、母はずっと窓の外に目をやり、まるで被害者のように切なげな態度を崩さなかった。今の私とそう年齢は変わらなかったはずだ。記憶の中の彼女は、嫌になるほど私に姿形だけは似ている。きゃしゃでつるっとした、リヤドロ人形みたいな女性。身体を貫く欲求もない代わりに、誰とも軋轢《あつれき》を起こさない、起こすことさえできない退屈な女。

――いわば、それぞれに恋人を持つことは、パパとママがいつまでも新鮮で、仲良くい

るためには欠かせないことなんだよ。普通のおうちとは少し違うかもしれないけど、伶子なら大人の事情もわかってくれるだろ。世の中にはいろんな形の夫婦がいるんだってことを、知ってほしい。

私はこれまで積み上げたすべての知識、学校の授業で身につけたディベート力を駆使することにした。極めて冷静に、理論立てて、両親のやり方がいかに間違っているか、愛や責任というものを軽く見ているか、説いていった。大人が子供に教えてやるように、時間をかけて言葉を尽くした。目の前の両親は最初は困惑し、そして人が変わったような娘に恐怖し、時間が経《た》つにつれ、だんだんと面倒そうな顔になっていった。そこで私はようやく知るのである。大好きな両親は文学や芸術にそれなりの造詣《ぞうけい》はあったが、実のところ、あまり物を深く考える習慣を持たなかったのだ。ただ目に麗《うるわ》しい好きなものに囲まれ、その日を楽しく生きられればそれでいいという、極めて薄っぺらな人種だった。身につけた優雅さなど所詮《しょせん》まがいもので、お金がなければたちまち荒《すさ》む種類の男女だった。いつまでもしゃべり続ける私に父はとうとう、うんざりしたようだった。

――しょうがないんだよ、その……。家族とはセックスできないんだから。

そう言った父の顔を私はたぶん、一生忘れられないと思う。その唇の歪《ゆが》みや目に浮かんだ淀《よど》みには、尽きることのない快楽への渇望《かつぼう》がにじんでいた。だらしなさの一方で、決してこの生き方を変えないという、開き直った強い意志も見えた。ああ、この人は自

分が気持ち良くなるためなら、ルールを捻《ね》じ曲げてしまう種類の人間なんだ。

家族とはセックスできない。大人になってからも、あらゆる場所で私はこの言葉を耳にする。世の中にいつの間にか当たり前のように流布《るふ》しているこの言説は、全《すべ》ての夫婦を無差別に貶めている。私がよほど硬い顔をしていたのか、父は慌ててとりなした。

——きっと、伶子もいつか大人になればわかるようになる。

そんなことを理解するくらいなら、大人になどならなくていいと私は思った。

その気持ちは今もまったく変わらない。相手への敬意や規範などどうでもよくなってしまうほどの快楽など、一生知らなくてもいい。そのことで、父の忌《い》み嫌う「単色の貧しい人生」になるとしても、他のこと、例えば食や生活環境に気を配り、トータルで両親を上回るほど、豊かな人生を送ろうと思った。

だから、私はあの時、決めたのだ。

私は両親の生き方に全身でNOと言い続ける。故郷を離れ、自分の力だけで生きて行く。考えてみれば、両親のようなやり方が許されてきたのは、彼らが地域全体に守られているからに他ならない。東京に行き、友達も恋人も仕事も一から自分で手に入れる。そして、私は夫以外と、決してセックスしない。私のセックスは純粋に子供を作るためにするものだ。結婚までは処女でいようと決めた。私が初潮を迎えたのはその頃だ。

残念ながら、私の意志が弱かったせいで、その誓いを守ることはできなかったのだけ

れど、極力、将来を考えられる男以外とは寝ない、という自分との約束は守ってきたつもりだ。小さい頃から入り浸っていた、近所にある田島さんのおうちが私の理想だ。顔も雰囲気も田島さんにそっくりの、ふくふくした、あの中学で教師をしていたご主人みたいな男を選ぶのだ。性の香りがまったくない、子沢山の幸せな夫婦になるのが夢だった。

東京駅に着くと、京浜東北線に乗り換えた。メラニーは大人しく眠っている。私はようやく川崎にたどり着く。長い旅がやっと終わろうとしていた。

改札内にある冷え切ったトイレの個室に入ると、手首にぐるぐると包帯を巻きつけ、左頬にバンドエイド、眼帯も付けた。この間見たサスペンス映画では、夫に暴力を振るわれていると見せかけるため、ヒロインは自ら自分の顔を殴ってあざを作っていたけれど、私にはとてもそこまでの勇気はない。個室を出ると、いかにも不幸で力のない女の姿を鏡で確認する。化粧はとうにはげ落ちていたし、疲れ切ったせいで自然な青い顔は我ながら上出来だった。駅前でタクシーを拾うと彼の家の住所の、ワンブロック手前を告げた。こうしている今も、どこからか私を見ているかもしれない。駅から徒歩で来たと思わせたかった。

川崎市の工業地帯の一角にある小さな住宅地だった。

すぐそばに河原がある。明日、メラニーを連れて散歩するのにちょうどいい。

ショートケーキのような形の、細長い三階建てである。もとは二年前に潰《つぶ》れて取り壊された、工場に隣接する事務所だったそうだ。彼が法廷で説明した通りならば一階がキッチンと居間、二階は風呂《ふろ》とトイレと横田《よこた》の部屋、三階は物置になっているはずだ。壁が薄いせいで、冬はかなり辛《つら》いというのも本当のようだ。確かに、ここで老いた母の介護に努めた苦労は並大抵のものではないだろう。

薄っぺらなベニヤ板のドアをノックし、同時にすすで汚れたインターホンを押す。私は気持ちを整え、何が起きても決して逃げ出すまい、と心に誓う。しばらくしてドアが開き、他人の家特有の甘くすえた臭《にお》いを何十倍にも煮詰めたそれが、勢い良く顔に吹き付けてきた。土気色のぶよぶよした丸顔がこちらを窺《うかが》っている。指紋だらけのメガネの向こうの目と視線がぶつかった。かすかな精液と化学調味料のにおいに、目が痛くなり、吐き気がこみ上げる。でも、引き返さないと決めた。私は顔を上げ、息を詰め、玄関からすぐに広がっている、三角形の室内を見回す。小さなキッチン、畳敷きの居間の中央はコタツが占領している。その周囲に読みかけの雑誌や食べ残しのカップ麵《めん》の容器が散乱していた。

黄ばんだコタツ布団《ぶとん》を今すぐ引き剝《は》がして、窓から外に捨ててしまいたい。

「初めまして。カスタードです、じゃなくて、池田そのみです……」

高校の同級生の、幸薄そうなあの子の名前をそのまま借りた。できる限り、弱々しい

声を心がけようとしたが、唐突に喉がむずがゆくなり、大きなくしゃみをしてしまった。止めようにも鼻と喉がかきむしりたいほど痒《かゆ》く、私は続けざまに激しくむせた。梶井邸とよく似た、独りよがりの不衛生さが私を容赦なく攻撃してくる。息を止め、私は室内に足を踏み入れた。後ろでドアが閉まる。横田が鍵をかけたようだ。もう後戻りはできない。

「横田史郎《しろう》です」

私はその小柄で小太りの中年男をまじまじと見た。予想していたより、ずっと甲高い声だった。いざとなれば、私一人でも十分に戦える。彼があまり大きな男ではないことが、私の背中を強く押す。二度と後ろを振り返るまい、と部屋に一歩大きく踏み出した。

「大変だったんですね。ほんと、僕でよければ力になるから。あのさ、好きに使っていいから、ほんと、遠慮しないでいいよ。ひどい旦那《だんな》さんなんだね」

横田がしゃべると、乾いた紫色の唇の隅に、あぶくがたまった。口の周囲に真っ白な細かい吹き出物が泡のようにこびりついている。五十二歳ということだが、表情もしぐさも大学生みたいだ。お腹《なか》は突き出ていて、髪の大半が白くなっているのに。私は丹念に彼を観察する。私という女をどういう目で見ているだろう。裸にしようとする欲は今のところ見受けられないが、突然飛び込んできた生身の身体を前に、汚れたスウェットの下で鼓動が高鳴っていることだけは伝わってきた。

横田と適度に視線を絡《から》ませながら、私は申し訳なさそうな表情を作った。素早く片目で見渡した部屋の間取りは確かに証言の通りだった。

三年前の十一月、梶井はこの建物で、横田の見守る中、逮捕された。二日間だけ、彼と共に暮らしたのだ。二人の証言を信じるならば、出会いは二〇一二年。さる出会い系サイトで、出身地の話で盛り上がり、メールのやりとりが始まったという。逮捕直前、目黒の自宅マンションが警察に見張られていることに気付いた梶井は、隙をついて着のみ着のまま逃げ出し、前々から「いつでも遊びに来て」と住所を知らされていた、初対面の横田の家に転がり込んだ。梶井いわく「気が優しい、お兄さんのような存在」だった彼は、決して彼女に触れることはなかった。寝室は別々、梶井は三階に寝泊まりしていた。梶井の作る料理や心遣いに感激し、ただそばにいてくれるだけでいい、と不器用ながらプロポーズらしき言葉を口にしている。彼女が逮捕された瞬間も、目の前で起きたことが信じられなかったという。公判では、母亡《な》きあとの一人暮らしがどれほど孤独でわびしいか、彼女への未練と梶井が本当に優しい女でそのぬくもりがどんなに得難いものだったかをとうとうと述べた。世間は、無欲で献身的で女性経験の少ない彼に同情する向きがあった。

裁判の記録とネットを駆使して、私は彼が住む場所と本名を比較的簡単に突き止めることができた。なにしろ不妊治療を止《や》めた私には膨大な時間がある。

彼と私はこの一ヶ月間、とある出会い系サイトでやりとりをしていた。梶井が接見でもらした一言がきっかけとなり、私は彼に目をつけていた。私は「カスタード」、彼は好きなアニメのタイトルだという「ジェリーな魔術師」と名乗っている。夫のＤＶに悩む、埼玉在住の主婦ということにしていた。同じアニメが好きだと嘘《うそ》をつき、彼から情報を引き出してきた。

横田は新潟の阿賀野地区にある、梶井の家から数キロも離れていない病院で生まれ、幼い頃に父を亡くしている。地元の老舗《しにせ》せんべい会社のシステム室で働いていたが、精神的に辛くなり、休職を繰り返す。母が体調を崩したことをきっかけに、親戚《しんせき》の助けを借りられる東京に出てきたのだという。四年前に母が亡くなり、結婚歴はない。この建物は今は彼の持ち物らしい。

新潟旅行中に突然ひらめいた仮説とはこうだ。小学四年生の妹の杏菜を襲い、梶井の最初の理解者となった謎《なぞ》の男――彼がこの横田ということはないだろうか。当時、男は四十代くらいだったと聞いているが、あくまで子供の目によるものだし、実際はもっと若かったのかもしれない。阿賀野出身という共通点から意気投合したと法廷の記録にあった。実はもっと以前から、二人は知り合いだったのではないか。であれば、肉体関係がなかったというのもうなずける話だ。横田の証言が、世間での梶井の印象をわずかながらもよくしたのは事実である。彼は十年以上前から水面下で繋《つな》がっている、共犯者だ

ったのではないか。

三日。私が金沢に帰省していると夫に告げている日数だ。この限られた時間を使って、私は横田が小児性愛者である証拠、さらに梶井と今なお繋がっているという証拠をつかもうと思う。それを里佳に見せることができれば、急速に私から離れつつある彼女の心を取り戻すことも出来る。梶井の罪も証明することが出来る。

彼の視線の先には、私の右手にぶらさがったクレートがあった。内心ほくそえみながら私はクレートを床に置き、入り口を開けて、メラニーの乾いた鼻先を見せてやった。

「この子も、連れてきちゃいました。メラニーです。中型犬ですが、大人しいから、室内で飼えます。いいでしょう?」

「え、俺、犬があんまり、得意じゃなくて……。犬を飼っていたなんて一言も……」

もごもごと彼は言った。もちろん、大の犬嫌いであることは知っている。お気に入りのアニメについて語る彼のブログなら突き止めてある。少ない読者相手のコメント欄のやりとりから、私は彼という人間を完璧《かんぺき》に把握している。

「すみません。でも、この子、私がいないとだめなんです。夫のもとに残したら、何をされるかわかりませんし。もう、だいぶ年で。世話が必要なんです」

ここは間髪を容《い》れずに、畳み掛けるしかない。広報時代に身につけた交渉術を思い出しながら、物腰柔らかに、しかし、決してはねつけられないように、相手の選択肢をた

くみに摘み取っていく。

「山形に住んでいる両親とは折り合いが悪く、もうずっと会っていません。でも、昔からよくしてくれる親友がこっちにいます。彼女は今、海外で仕事をしていて、来週帰ってくる予定です。彼女が戻ったら、一緒に暮らし始めるつもりですが、それまで、この子も置いていただけないでしょうか？　ほんの三日でいいんです」

これ以上、この部屋の生暖かい空気に耐えられそうにない。私は横田を押しのけるようにして、居間に上がりこむと、ラーメン容器と雑誌を踏み潰しながら、夢中で窓を開けた。ややガソリンくさいが、冷たい新鮮な空気が吹き込んできて、私は深呼吸した。遠くの夜空に焼却炉らしき明かりが赤く光っている。背後で横田がぽつりと言った。

「なんだか、思っていた人と、ちょっと違うね」

慌《あわ》てて弱々しい笑みを浮かべ、振り向く。幸いにも、私はきゃしゃで幼い印象だ。梶井のようなふくよかな女は拒否しても、ひょっとしたら子供のような私であれば、欲情のスイッチが入るかもしれない。その時が、彼の性癖を知るチャンスだと思うと、恐怖と同時に期待している自分もいる。私はちゃんと戦えるのだろうか。しかし、私の判断が正しいのならば、どうやら彼は私に及び腰になっている様子だ。

「いいよ。カスタードさんの好きにしても」

根負けしたように彼がつぶやいたので、私は、手を打ち合わせたくなった。

「掃除機はどこですか？」

彼は頭をかく。スウェットの肩はフケだらけだ。ややあって黄ばんだ襖《ふすま》を指差した。

「掃除なんていいですよ。あの、もう疲れたと思うし、寝てください。三階に空き部屋があります。母の使っていたベッドもある。案内しますよ」

「今は大丈夫です」

彼と二人でベッドのある空間に居たくはなかった。

「でも、本当に掃除なんて……。うち、あの、掃除用の洗剤とかそんなのなんてないし」

私は小さく笑って、きっぱりと首を横に振った。家事の素人《しろうと》ほど、部屋を綺麗《きれい》にするには、気合と時間とそれなりの用具がないといけないのだと思いがちだが、何も買わずにあるもので工夫して乗り切る方が、かえって清々《すがすが》しい部屋になる。綿棒と重曹、薄いゴム手袋ならトートバッグの中にあった。

「ただで泊めていただくなんて申し訳なくて。私には家事くらいしか、取り柄がありませんから」

そう言いながら、私はキッチンにさっさと入っていく。カセットコンロ、ステンレスの流し、給湯器。いずれも油汚れとカビで曇っていた。流しの下には梶井が買ったとおぼしき、賞味期限がとうに切れた酢がひとつと米びつ。流しには汚いスポンジが転がっ

ている。これだけあれば十分だ。横田はなおも突っ立っている。

「寝なくていいの？　疲れたでしょう？　手だって怪我《けが》しているのに」

私はようやく自分の設定を思い出し、辛そうに手首をかばいながら、ゴム手袋をぱちんと装着する。

「本当にちょっとだけ、ここを掃除したら、寝ます。先に休んでてください」

私は相手を黙らせるように、にっこりした。今晩中に綺麗にするとしたら、私の寝る部屋、そしてこのキッチンはマストだ。幸いにもこの家は我が家にも増して面積が小さいから、その気になったら、いくらでも清めることが出来る。

――あまりにも汚い部屋で、一緒に暮らすことが嫌になったほどでしたが、私は掃除し、食事を作り、なんとか居心地の良い空間になるように、努力しました。

ズボラな梶井でさえ、そう証言しているくらいだ。今なお汚れは健在だった。少なくとも、このキッチンをまともと言える状態にするまでは寝られない。

横田がやっと見えなくなるなり、私は穿《は》いていたストッキングをするすると脱ぎ、四つに引き裂いた。髪をひとつにまとめマスクをし、捨てるつもりで持ってきた、スウェット上下に着替え、眼帯を取り去った。最終的にはこの部屋着も引き裂いて、掃除に使うつもりである。段ボールとペットシートを使って、メラニー用のトイレも作った。比較的汚れの少ない茶碗《ちゃわん》を一つ見つけると、重曹と水を入れ、落ちていた割り箸《ばし》でよくか

き混ぜた。手を止めたら最後、ずぶずぶと不安に飲み込まれてしまいそうで、一心不乱に動かし続ける。流しを清め、スポンジであちこちをこすり、ゴミ袋にどんどん床に落ちていたものを放り込む。掃除機をかける。クレートからおっかなびっくり姿を現したメラニーは、カップ麵の容器に鼻先を突っ込んでいる。慌てて私はそれを取り上げ、茶碗に水を注いで差し出した。メラニーがそろそろと突き出した淡いピンクの舌先を、しばらくの間見つめていた。

どんな境遇であれ、少しでも快適にしようとする女の知恵、自分好みに環境をカスタマイズできる女の逞《たくま》しさを、保守的な男ほど疎《うと》んじるものだ。でも、それこそが彼らが女になによりも求める家事能力の核に他ならない。どうしてその矛盾に気づかないのだろう。家庭的な女でさえあれば、自分たちを凌駕《りょうが》するような能力を持たない、言いなりになりやすい、とどうして決め付けているのだろう。家事ほど、才能とエゴイズムとある種の狂気が必要な分野はないというのに。

気持ちが折れないように、スマホで好きな音楽を小さな音でかけ続けた。一時間弱手を休めなかった結果、一階は見違えるようになった。床がすべて見える。おかしな臭いは消えていた。私はメラニーと共に彼のいる階へとぎしぎしと音を立てながら登っていく。タイルの敷きつめられた浴室とトイレの汚れ方は、あまりにもひどかった。ひとまず今夜は身体《からだ》を洗うことはあきらめる。残りわずかなハイターを見つけたので、用を足

して水で流した後、便器にトイレットペーパーを敷き詰め、たっぷりとかけておくに止《とど》めた。よもぎ色の砂壁の向こうから、アニメらしき甲高いセリフと騒々しい音楽が聞こえて来た。横田という未知の存在がさほど脅威に感じられないのが不思議だった。

メラニーは時折、足首にすり寄ってくる。私はその度にかがみこみ、喉元を優しく撫《な》でた。用意しておいたビスケットやドッグフードはこまめに与えている。

「ごめんね。長旅で疲れちゃったよね。すぐに休めるところを作ってあげるからね」

ようやく三階に重たい身体を引き上げたのは、午前四時を回った頃だった。メラニーと部屋に入るなり、ドアを閉め内側から鍵をかける。七畳ほどの歪《いびつ》な六角形の室内にはビニールひもで束ねた雑誌、電気ストーブ、ほとんど中に何も入っていない段ボールの箱が七つ、埃《ほこり》をかぶったビニール素材のクリスマスツリー、そして彼の母親が使っていたとおぼしき介護用の低いベッドがあるきりだった。カビ臭い布団が四つ折りになっている。ここで梶井は休んだはずである。そう思うと、いくら掃除してもしたりない気がしたが、さすがに体力が限界で、最低限の拭《ふ》き掃除に止めた。電気ストーブを点《つ》け、重たい布団は新聞紙で包んで使うことにした。大丈夫、何があっても、メラニーの存在そのものが私を守ってくれるはずだ。万が一、あの男がドアを蹴破ったとしても、噛《か》み付く力は期待できないが、せめて吠えて危険を知らせてくれるはずだ。タオルを盛り上げて寝床を作ってやったが、新しい場所は不安らしく、メラニーは同じ場所をぐるぐると

回り続け、やがて小さく夜鳴きを始めた。一応、逃亡中の身の上なので、どうにかして静かにさせねば、と抱きよせてマッサージを施す。メラニーが落ち着くのを待って私はベッドに横たわる。ここに寝そべっていた、梶井の巨体を思い浮かべた。マットレスはどうたわんで、どんな曲線を描いたのだろうか？　新聞紙越しの布団は冷え切っているせいもあり、においは感じられない。

「おやすみ、メラニー」

里佳に会いたかった。ここ数日ずっと一緒にいたせいか、彼女の不在を知らせるシンとした質感がこの部屋の闇《やみ》のように、身体の中にゆっくり広がり、私を侵食していく。

2月23日

目が覚めるなり、あたたかく柔らかいものが頬に触れ、それがメラニーの鼻先だとわかるのに時間はかからなかった。夜鳴きがひどいので、抱き上げて布団に引き入れた。やはり老犬だ。鼻があまり濡《ぬ》れていないのが少し切なかった。新聞紙で覆《おお》われた布団のせいで、身体が冷え切っている。メラニーの喉のあたりを撫でているうちに、なんだかこちらまでとろとろと眠くなってくる。いけない、もう起きねば。結局、明け方まで掃除していたせいで、二時間しか寝ていない。横田を含めたこの家ごと、洗濯機に放り込

んでじゃぶじゃぶ洗えたら、どれほどいいだろうとさえ思う。

階段を降りているとき、横田の大きな鼾《いびき》が耳をかすめた。

「メラニー、朝ごはんの前に、散歩にいこうね」

私はすっぴんのまま眼帯と包帯を身につけると、コートを羽織ってメラニーと共に外に出た。北陸に行ったばかりのせいか、早朝の冷気も柔らかく感じられた。どこかで鉄を打つ音がする。あちこちに煙が上がっていた。街全体がネジで巻かれたように、ゆっくりと始動する気配を全身で感じた。メラニーと私をつなぐリードは、かつてのようにぴんと張らず、やわらかくリボンのように垂れ下がっている。適度な刺激は犬のアンチエイジングにも効くと言われているが、ここまでの環境の激変はかえってストレスになるかもしれない。

あまり人とすれ違わずに土手に続く石段にたどり着いた。

河原の空気は冷たく濡れた土のにおいがして、吸い込んだら、喉の奥がしっとりとふくらんだ。風景が煙って見えるせいでどこまでも続いているように見える川、空を真横に高架を走る京浜東北線。開けた光景が気持ちよかった。ランニング中の女の子たちとすれ違う。近所の中学のバレー部の早朝練習らしい。横田は親戚の知人が経営する学習塾の事務作業を手伝っていると聞いている。中学・高校受験に対応しているらしいから、これくらいの少女も出入りするのだろう。

――ごめん。なんていうか、俺、伶子が大切すぎるんだと思う。

ふいに、亮ちゃんの声がした。横田の家に来てから、一度として彼のことを考えなかったのに。メラニーの赴くままに従いながら、私は亮ちゃんの顔や手触りを思い浮かべた。

――家族とはそういうこと、できない。伶子ってもう妹とか娘に近い気がする。壊れ物みたいで、俺が好きな……そういうやり方って、ちょっとだけ力をかけるから。絶対に手荒なこと、したくないんだよ。

彼がちょっぴり乱暴な性癖をもつことを、私はあの夜、初めて知ったのである。いつまで待てばいいの、という問いかけに彼は辛そうにこう言った。

――いつか絶対に子供は作るよ。お願いだ。今はただ僕を信じて。待ってて。

私は家族とこそ、したいのに。亮ちゃんと逆だ。結婚前はあれほど薄かった性欲も、彼との身体の境目が次第にわからなくなるほど近くなるうち、どんどん高まっていた。私の真横で安らかな寝息を立てる、自分とほとんど同じにおいのする、リラックスしきった「家族」とセックスしたくて仕方がなくなっていた。考えてみれば、亮ちゃんの主張は、父とほぼ同じだった。

自分がこんなにくっきりした欲望を持っていたことに、自分でも驚いている。結婚前に付き合った相手など、私がなんの反応もない人形のようだ、とあきれていたのに――。

私は土手にしばらく立ち尽くした。両親のような生き方だけはすまいとそこだけは懸命に避けてきたはずなのに、どうしてこんな場所に立っているのだろう。夫を残し、見知らぬ男の待つ家に帰る。メラニーにやんわり促され、ようやく我に返った。

帰り道にあった二十四時間営業のスーパーで、バストイレ用の洗剤とスポンジ、卵、バターなどの乳製品、旬《しゅん》の野菜や果物、肉類、調味料を手早く購入した。物価は高くない。子供がいる家族にはきっと住みやすい街だろう。百円ショップで、ぺらぺらの切り絵みたいなエプロンをひとつ購入した。長期間腰を落ち着けるつもりはないので、最小限の買い物に止める。

帰宅すると、朝陽が差し込む、ぴかぴかのキッチンに満足な気持ちで立った。ヨーグルトとクリームチーズで作るパンケーキは、犬のアンチエイジング専門書で知ったレシピだ。熱したフライパンにタネを流し、黄金色の薄いケーキを次々に焼いていく。階段を降りる足音に振り向く。横田はようやく目を覚ましたようだ。

「その犬、静かにできませんか？　うるさくて全然眠れなかった」

昨日とは別人のように、横田は苛立《いらだ》たしげに言った。黒いセーターにデニムという出《い》で立ちになると、妻子がいてもおかしくない、ごく平凡な中年男性に見えた。どこかで間違えていたら、こんな男と結婚する可能性もあったのかもしれない。

「近所から苦情が来てもおかしくない。そうしたら、一番困るのは君なんじゃないの」

反射的に身体を縮こまらせてしまった。てっきり横田には女に要求したり、禁じたりする能力などないかと思っていたのだ。これほど部屋が綺麗になっているのに、横田は特に感動はないようで、コタツに足を突っ込み、不躾《ぶしつけ》に朝食を見下ろしている。皿に重なったパンケーキと同じものを、メラニーがキッチンの床で食《は》んでいるのに、彼は目ざとく気付いたようだ。

「犬と同じメニュー……」

はっきりと嫌悪感《けんおかん》をあらわにする横田に、私は対抗するように、にっこりした。正直、自分の中では横田を喜ばせることよりも、メラニーの健康の方が比重がはるかに大きい。

「人間が食べても十分美味しいですよ」

おどけた調子で、メラニー用に焼いた直径五センチほどのパンケーキをひとくちかじってみせた。横田は硬い表情のままだ。私は苛立つのを抑えられない。インスタント食品ばかりの雑な暮らしを憂《うれ》いていかにも弱者面《づら》をしていたくせに、いざ手作りを供されると、あれがいやだ、これがいやだ、と小うるさいことばかり。だから、お前みたいな男はいつまで経っても一人なんだよ——。表情を笑顔で固めるほどに、胸の中で悪口が溢《あふ》れていく。

「なんか、いいや。今朝は食欲なくて」

横田はフォークを乱暴に投げ出した。私の中で彼への嫌悪感がはっきりと形を成した。

食卓は沈黙に落ちていく。仕方なく、私はコーヒーを注ぎながら、口を開いた。

「お仕事、お忙しいですか」

「ああ、はい」

「どれくらいのお子さんがいらっしゃるんですか」

「ああ、まちまち」

これじゃあ、私がインタビュアーだ。話し相手が欲しいとメールではあれほど言っていたくせに、彼はひたすら犬のように、こちらが質問をするのを漫然と待っている。いや、この卑屈に見せかけた横柄《おうへい》な態度を、犬と言ったらメラニーに失礼だろう。横田はパンケーキにまったく手をつけずに、コタツから立ち上がり、壁にかかっている、ところどころ羽毛が飛び出したダウンジャケットに袖《そで》を通すと、玄関に向かった。

「僕の部屋には入らないでね。絶対だよ」

「いってらっしゃい」

慌てて叫んだが、返事はない。どんなに優しい笑みで塗り潰しても、心の中の侮蔑《ぶべつ》は漏れ出てしまうものなのだろうか。彼のような男を掌握するなんてたやすいと思っていたのに。ドアが閉まるのを待って、私はすぐに二階へと駆け上がった。横田の部屋には案の定、鍵はかかっていなかった。

私を信用していると見るべきか、ただ単に不用心なのか。それとも試しているのか。

母親を看取る経験は彼を少しも聡明《そうめい》にしなかったようだ。いや、もしかしたら、あの話には多分に嘘が含まれていたのかもしれない。ひょっとしたら、親戚なりヘルパーなりに、任せきりだったということも考えられる。

目が痛くなるような汗じみたにおい、敷きっぱなしの黄ばんだ布団に、今にも倒れこみそうなアニメのDVDがぎっしり詰まった棚、フィギュアや美少女のイラストのポスター。そのなにもかもが想定していた範囲内だったので、私はまったく動じず、仕事を進めた。

完全に幼女を扱ったと言えるポルノはどんなに探しても見つからなかった。アニメにあまり詳しくない私には、それらのキャラクターが少女なのか大人なのかさえ、よくわからない。あるキャラクターは制服を着ているが、顔は赤ん坊のようで、乳房はぱんぱんに膨らんでいる。阿賀野の事件からもう十八年が過ぎている。ああいった性癖がカウンセリングや治療を経て徐々に形を変えた可能性はある。私は小児性愛者に関する本を読みあさっていた。

彼が最近気に入っているらしいシリーズのDVD第一巻を再生してみることにした。やけにべたべたしたデッキのボタンをゴム手袋越しの親指で押す。布団と漫画を押しのけ、畳に座るスペースを作った。どんなにおぞましい描写にも耐えられる自信があったが、物語の中で、十四歳だというヒロインにあまりにも多くのことが要求されているの

で、不愉快より先に、私はあっけに取られた。かわいらしさ、清純さ、強さ、従順さ、勤勉さ、そしてセクシーであること。こういうものを見ていたら、そりゃ、現実の女なんて嵩《かさ》高く面倒でたまらないだろう、と特に不快感もなく納得し、DVDを取り出した。机の上のパソコンを立ち上げた。パスワードはあらかじめ想定しておいた数種類を打ち込んでみた。まさかと思うような単純な番号がヒットして、私はあきれた。「ジェリーな魔術師」のヒロインの誕生日である。デスクトップはその美少女キャラのアニメ絵だ。メールやチャットの履歴を丹念に見返す。梶井とのやりとりを見つけることはできたが、法廷で読み上げられたものとほぼ同じ内容の、逮捕直前のものだった。どの文面を見ても、彼らが知り合ったのは二〇一二年以降であり、ネットを介して短期間のうちに関係を作ってきたことがわかった。

私とまったく同じ条件のもと、梶井は横田から愛と信頼を勝ち取ったことになる。私はいよいよ目眩《めまい》がして、机を離れると同時にしゃがみ込んで、膝《ひざ》を抱えた。まだ、あのひらめきを捨てきれない。もしかして、横田は梶井があの時の少女の姉と気付かぬまま、こうして仲を深めていたということはないか。そして、知らず知らずのうちに、彼女に操られていたという可能性だってある。

あの拘置所のアクリル板の向こうの彼女の言動だけで、私が導かれるようにして、こんなところまで来てしまったように。

私が必死で隠してきたことを、たった一回会っただけで、梶井はやすやすと見ぬいた。夫に疎まれていること、里佳に本音を隠していること、これまでただの一度も力を抜いて他人に接したことがないことも、両親への悪意を原動力に今日まで生きてきたことも。

仕事にはやりがいを感じていた。努力は惜しまなかった。いくつもの強い信頼関係も作った。しかし、それと同じくらい、私は失敗をおかしている。プロモーションに熱を込めるたびに、何人かは「やりすぎではないか」と恐る恐る忠告した。いくつかの対立を通して、私は業界で陰口を叩《たた》かれるようになった。

――可哀想《かわいそう》に、とじこめられている私より、あなたはずっとずっとひとりぼっちね。里佳さんは私の友達になりたいそうよ。あの人、可愛《かわい》いわね。あんまり私に夢中なもんだから、だんだん可愛くなってきちゃったわ。あなたは今にあの里佳さんも失うのね。

梶井に会った日から、私の心は一瞬も休まっていない。どうしても、里佳だけは失いたくなかった。思えば、大学一年の時から、私は彼女に片思いしていたようなものである。

ふと温《ぬく》もりを感じて隣を見たら、そこにメラニーが居た。私はそっと手を伸ばす。加齢で若干ぱさついているものの、柔らかく長い毛。指先から淀んだ気持ちが消えていくようだ。そう、この温もりだ。秋山さんの牛舎で雌牛に触れた時から、この子をまた抱きたくてたまらなかった。こんな風に、居るだけで誰かを安らがせる存在になれたらど

れほど良いだろうと思う。黒く濡れた瞳を向けるだけで、相手を無条件に肯定すること
の出来る、そんな存在に。

私はその日、八時間以上も掃除を続け、浴室とトイレと物置を、どんな潔癖な人でも合格点を出すような、清涼な空間にした。夕方になり、食事の支度にかかる。目新しいものを作っても、ああいうタイプは及び腰になるだろう。考え抜いた私は朝買った食材を駆使して、コロッケとけんちん汁を作ることに決めた。

七時過ぎに横田は帰宅した。コタツの上に並んだ食事を一瞥《いちべつ》して、彼は言い放った。

「僕、こんにゃく嫌いなんだ。あと、人参《にんじん》もだめ」

うそつき。私は叫びそうになる。梶井真奈子の時は、彼女が手作りしたおでんやボルシチを食べたじゃないの。おいしい、おいしいっておかわりして。汁をご飯にかけて、あの女の眉《まゆ》をひそめさせたじゃないの。

揚げたてのコロッケを無造作につつきながら、彼は急につぶやいた。

「思い出しちゃう。アイツのこと」

私への優位をたもとうとしているのが、アイツ、という言葉選びにありありと現れていた。ついに来た――。私ははやる気持ちを抑え、何食わぬ顔でご飯をよそう。

「あの、ちょっとだけ一緒に暮らしていたってひとのことですか？　前に話してくれましたよね。ええと、私と同じようなサイトで知り合った、出身地が一緒の女性？」

用心深く尋ねながら、おたまでけんちん汁のこんにゃくと人参を取り除いてやる。横田は私とのメールのやりとりで、この家で女と同棲《どうせい》した経験がある、と誇らしげに告げていた。

「うん。何品もおかずがならんで、母が元気だった時のこと思い出した。彼女とご飯を食べると、すごく楽しかったな」

「さぞ、素敵な人だったんでしょうね」

「いやいいや、いや！　ブスだったよ。すんごい、デブだった。ド・ブ・ス！」

くすくすと彼は笑う。くっきりと区切るような言い方に、初めて背中がぞっとした。男子小学生のような物言いとうらはらに、目は強く世界に挑んでいくように輝いていた。

そうだ、こういう男の子は私の周囲に、よくいた。ターゲットの女の子に対して、欲望と加虐心《かぎゃくしん》をにじませ、ひたすら執拗《しつよう》に執着する彼ら。幸いにして、隙のない私は彼らを刺激しないタイプだったけれど、教室に横行する粗暴なからかいやいたずらにはすっかり閉口してしまった。教師に告げ口したり、面と向かって注意したら、男子ばかりではなく被害者の女子にまで、疎まれるようになった。好きだからいじめるのよ、男の子って照れ屋なの、と母はとりなしていたけれど、私はすっかり男全般が嫌いになってしまい、さっさと女子校に進むことを決めたのだ。

あの女の話になると、彼はまるで別人だ。生き生きとした身振り手振りを交え、聞き逃してしまうほどの早口でまくしたてる。

「でも、よく見ると、ころころと丸くて愛嬌《あいきょう》があって、許容範囲かな？　肌は綺麗で、まあ、我慢できなくはないって感じだった。ずっと見てると、なかなか可愛く思えてくるんだよな。なんせ、声がすっごくいい。声が可愛いだけで、女って五割増しに見えるでしょ」

私は女としては、声が低い方だ。さる声優の名前を出し、横田は彼女の演じるだれそれというキャラクターに梶井の声がよく似ていると、食事そっちのけで力説している。なんだか、私がここにいてもいなくても、彼にとってはどちらでもいいのだろうな、とぼんやり思った。ハリネズミのように尖《とが》っていたコロッケの衣がふやけていくのを、私は見守った。

「それにね、あの女、とにかく俺に尽くしてくれてさ」

やはりこの人は、あれほどに痛い目に遭っても、何も懲《こ》りていないように見える。世界は自分に優しくて、あれこれと世話を焼いてくれるものだという、根本的な考え方が変わっていない。もし、私が同じ経験をしたらネットの出会いにはもう近づかないし、見知らぬ女を家にあげることは二度とないだろうに。

「彼女のこと、好きなんですか？」

単刀直入に聞くと、彼はまたたく間にげんなりした顔をした。幼い日に同級生の男子が私に向けたそれとそっくりである。私の薄い身体の中には、どんな異性も萎《な》えさせる特殊な機能が搭載されているのかもしれない。

「男女関係ってあったんですか？」

「え、無理無理無理。あんなデブ、頼まれても無ー理‼」

横田はぺこんと頬をすぼめ、唇を突き出してみせた。

たとえ梶井であれ、女性の容姿を悪く言う男と向かい合うのは、耐え難かった。私は質問を変えることにした。

「彼女と故郷が同じだったんですよね。もしかして、ずっと昔に会っているなんてこと、なかったんですか」

彼の表情によぎるどんな色も決して見逃すまい、と私は目を光らせた。

「さあね、覚えてない」

それきり話が終わってしまったのを、怪しいと見るべきだろうか。

味についてなんの感想もないので、私はまたもや苛々してくる。申し分ないはずだ。俵形にまとめたさくさくのコロッケは見事なきつね色だ。隠し味のカレー粉とつなぎにしのばせたとろけるチーズ。

「美味《おい》しいですか？」

横田は少し呆気《あっけ》にとられた顔をしたあと、何かもごもごとつぶやいた。さっきから、美味しい、とか、ありがとう、という言葉をまったく聞けていない。あの女と同じようにやっても、私だと何かが違うらしい。何が足りないの、と思わず大声で叫びそうになる。我々が腹の底でお互いを激しく嫌い合っていることは、もう明白だった。

「朝はパンがいいですか。ご飯がいいですか」

パン、と彼が当たり前のように即答したことさえ、非常に不愉快だった。

日頃、あまり向き合わないようにしている願望が、ふっと目の前の蛍光灯に滲んだ。

里佳が男だったら、よかったのに。

2月24日

その日の朝食は焼きたてのパンとベーコンエッグ、手作りのジャムにした。

「このベーグル、手作りなんです。フライパンで焼けるんですよ」

やめておけ、と思っても、私はつい自己申告してしまった。こんな風に得意満面でにんまりすると亮ちゃんなら、うんうん、と頷《うなず》いて髪をなでてくれるが、彼は特に興味もなさそうに、頷いただけだった。

「帰り、何時くらいになります？」

「昨日、俺の部屋、勝手に見た？」

イエスもノーも言ったら負けだ。私は極めて曖昧《あいまい》に微笑《ほほえ》んだ。横田はやけに常識人ぶった顔つきで私に向き合った。

「ひょっとして、嘘ついてるんですか？　なんだか見てると、暴力を振るわれた様子もないし、男におびえている風にも見えない」

手首の包帯はとっくに取り去っていたし、今日はもういいだろう、と眼帯も外していた。不思議だ。ホスピタリティだけでは、彼は決して満足しないらしい。あの女は誰からも、世間があきれるような無防備さで、あっさり受け入れられたのに。私の方がはるかに身体も小さくて、弱そうなのに。

「まあ、いいや、今日か明日には出て行ってくれるんですよね」

その発想がすっかり消えていることに、我ながら驚いた。居心地がいいわけでもないのに、まだこの家にやり残したことがたくさんある気がして、どうしても立ち去る気が起きない。

「本当は何が目的なんですか？」

横田の目は非常にまっとうな色を浮かべている。人並みの猜疑心《さいぎしん》を持ち合わせているらしい彼が、どうして梶井と暮らしたのか、ますます訝《いぶか》しく思われた。

「帰り、八時くらいですかね」

私はまっすぐに見つめ返して、応答を拒否した。

「夜ご飯、何か温まるものにしますね。早く帰ってきてくださいね」

精一杯、男を包み込むような、見よう見真似《みまね》の母性を意識して微笑むが、なんだかおっかないものでも目にするように一瞥されただけだった。扉が閉まった後も、私はしばらくの間そこに突っ立っていた。メラニーがコタツの上に鼻先をのせて、朝食の残りを面白そうに見つめている。彼女に手作りのビスケットを与えると、そのまま流しに向かい、洗い物のために、いきおいよく水道の蛇口をひねる。水しぶきが頰にあたり、我に返る。

あんな男に媚《こ》びてみせたりして。自分で自分が信じられない。私は一体全体、何を成し遂げたいんだろう。何をできたら今の自分に合格点を出せるのだろう。もうとうに、両親のせいにはできない年齢になっていた。

昨日買った、じゃがいもと玉ねぎとブロッコリーを使って肉と人参抜きのクリームシチューを作る予定だった。ただ機械的にいつもの習慣で、相手の体調と残りの食材をよくよく考慮し、献立を組み立てていた。いつもなら豆乳を使うところだが、秋山さんの牛舎での話が今も胸に残っていて、少しでも多くの牛乳を消費したい気分でもある。

ベシャメルソースをだまなく作るコツはバターをけちらず、たっぷり使うこと、そして、冷たい牛乳を一気に加えることだ。せめて、あの男に美味しい、と言わせたかった。

横田から及第点をもらえるまでは、ここから離れてはいけない気がした。

なんだか、こんなんじゃ……。

私はふと、おたまの手を止め、ちりひとつついていない網の向こうの、ぴかぴかの換気扇を見上げた。こんな瞬間なのに、短期間のうちにここまでやりとげた達成感でほんのりと心地よい。

むくむくと形になろうとしている、その考えを慌てて打ち消した。それを認めることは、私がもう二度ともとの暮らしには戻れなくなるということであり、あの女への決定的敗北を認めることになるから。換気扇がぐにゃりと歪んだ。それでも私は、どうしても口にせずにはいられなくなる。

「なんだか、こんなんじゃ、亮ちゃんと暮らしているのと何も変わんない」

全然違う人のはずなのに。誰と一緒に暮らしても結局私は同じなのではないか。やることは一緒。私はたった一人で家事にのめり込み、汚れがあればやっきになって磨き立て、相手の体調に合わせて時間をかけて食事を作る。美味しい？　としつこく尋ねる。性的な気配ややりとりはなんら発生しない。そして、我慢できないほどの怒りが身体の内側に巣食っている。私は本当に亮ちゃんを愛しているといえるのだろうか。もちろん、亮ちゃんといると楽しい。彼の大きな体で包まれていると、ぬくぬくと安心できる。大事にしているし、されていると断言もできる。

でも、こちらが動くのをやめたら家族というメリーゴーランドの回転が止まるのではないか、という予感は常に消えない。自分から動かなければ、愛されない。動いたところで、愛される保証もない。そもそも、愛されるってなんなのだろう。必要と思ってもらえることだろうか。ならば、人の役に立つ私がどうしてこんなにぽっかりと惨《みじ》めなのだろう。

どんな私になれば、落ち着いて深く呼吸ができるようになるんだろう。

里佳の力になること、梶井の罪を暴くためにここに居ることを、もう忘れかけていた。私の居場所はどんどん、私自身の努力によって収縮していく。息が苦しくなっていく。この家はなんだってこんなに狭くて変な形をしているのだろう。

インターホンが鳴る。鈍い音色だ。修理を頼んだ方がいいかもしれない。横田が忘れ物でもとりに戻ったのだろうか。

私はため息をついて、エプロンの前部分で手を拭くと、玄関へと向かっていく。

11

あの頃に比べて、かれこれ八キロも、自分が太ったせいなのだろうか。

彼女からの許可が出て里佳がこの東京拘置所に通うようになってから、もう三ヶ月が

経《た》とうとしている。

こうして梶井真奈子を見つめていると、どうしてこんなにも世間に容姿を糾弾されているのか、改めて不思議に思えてくる。ごく普通の容貌《ようぼう》ではないか。今日身に付けている水色のセーターは優しげな素材で、厚手の白いロングスカートによく合っている。内側から湧《わ》き上がる自己肯定感が、バネのようにその所作や表情にはりを与えている。でも、それだけだ。ごく平凡な三十代半ばの女だ。

ひょっとしたら、世間から見た今の里佳の方が、はるかに醜くクレイジーな女なのかもしれない。朝食と兼ねて昼過ぎにデスクで生卵をかけた牛丼《ぎゅうどん》をかきこんでいたら、上司に突然声をかけられた。誰かの穴埋めだとかで、社内の女性誌のインタビューを受けることになり、週刊誌記者の仕事内容について一通り説明したが、カメラマンが明らかに戸惑った顔をしていた。ついこの間まで、スレンダーなそこそこの外見の「週刊秀明」紅一点の女性正社員記者ということで通っていたのだ。新潟出張後、考えなければならないこと、調べなければならないことが山積みで、自分に割ける時間などほとんどない。

でも、そのおかげで梶井真奈子はもう畏怖《いふ》の対象ではなくなっていた。彼女に近づくために、自分はこれほど脂肪を蓄えたのかもしれないとさえ思う。今の彼女は里佳に責められたせいで、顔のパーツの動かし方に、かすかではあるが疲労が滲《にじ》んでいる。しば

らく黙り込んでいた梶井は根負けしたように、こう吐き捨てた。

「私に、わかるわけないじゃない。魔法使いでもないのに、あなたのお友達が今、どこに居るのかなんて」

あきれた様子で、髪を左右に振ってみせた。光の輪が蜂蜜《はちみつ》のようにとろけていく。こんなところで引き返せない。今の言葉で確信はいっそう強まった。絶対にこの女は伶子の居場所を知っている。

「どんな小さなヒントでもいいんです。伶子に強い影響を与えたであろう言葉を、思い出していただけませんか？」

見えない蝶《ちょう》を追うごとく、梶井はゆったり視線を泳がせる。こちらの焦《あせ》りを、美味しく舐《な》め回していることがありありとわかった。うーん、となると、梶井はぽっちゃりした顎《あご》に人差し指をあてて、可愛いくぼみを作ってみせ、里佳を苛々させた。

「あっ。ないでもないかもしれない。でも、教えてあげるには、条件があるの」

彼女はわざとらしく叫ぶ。瞳《ひとみ》が再び、ぎらついた艶《つや》を帯びた。またか、と思いつつも、今回はどこか様子が違うことに、里佳は密《ひそ》かにおののき、そんな自分をすぐ恥じた。

「あなたのお父さんを、あなたはどうやって殺したの？」

あの日のことを、彼女に話した記憶はないが、もはや驚かなかった。

「それを教えてくれたら、がんばって、思い出してあげてもいい」

遅かれ早かれ、この話をせねばならない日がくることは、あの牛舎を訪れた時に気付いていた。里佳は動揺しないよう、ひとつひとつの恐怖に決着をつけ、呼吸を整えていく。

「あの女が言ってたの。あなたが私に執着するのは、中学三年生の時の実の父親の死に責任を感じているからだろうって。そのことと料理が密接に関わっているからだろうって」

「……父との、約束を、守らなかったんです」

ようやく、里佳は声を振り絞った。少しは同情を誘えているか、いくら梶井でもこれ以上追及するのを躊躇《ちゅうちょ》するのではないか、と期待する。しかし、彼女は余計に野次馬根性を掻《か》き立てられているようで、アクリル板に顔をすりつけそうなほど身を乗り出している。

「え、えっ。それって、どんな約束？」

里佳は心を決めた。どうせいつかはバレることだ。

「家庭科の授業で習ったグラタンを、金曜日に父に作らなかったんです」

「あなた、そんなに難しい料理作れるの？　玉ねぎも切れないと思ってたわよ」

こんな時だというのに、茶目っ気たっぷりに梶井は瞳をくるんと回してみせた。長くふさふさした睫毛《まつげ》は綺麗な半円を描いてカールしている。下睫毛まで手入れされている

ように見えた。

「本当のことを言うと、中学生の頃は料理が好きだったんです。仕事が忙しい母に代わって家事を引き受けようと張り切っていた時期でした。おかげで、家庭科の授業では目立ちました。うちの班だけ先生にすごく褒められました。私はいつも、ひいきされていたし」

記憶に焼き付いている。オーブンから取り出した瞬間、ミトンでくるんだ手で得意げにグラタン皿を掲げると、クラスメイトは一斉に拍手した。きつね色に焦《こ》げ目のついたパン粉、とろけた黄色いチーズ、ところどころ具材が覗《のぞ》くホワイトソースには薄い膜が張っていた。

「どんなレシピ？ いいわね。グラタンの美味しい季節よね。お腹空《なかす》いてきたかも」

「小麦粉をまぶした玉ねぎをバターで炒《いた》め、牛乳を少しずつ注ぎます。塩茹《ゆ》でしたマカロニとブロッコリー、白ワインで蒸し焼きした海老《えび》をそのソースで和《あ》えてグラタン皿に入れ、とろけるチーズとパン粉とパセリを振って、オーブンで確か、二十分くらい焼きます」

自分でも驚くほど、すらすらとレシピが口から出てきた。あの教科書に印字されたフォントや工程を示すイラストのまろやかな線までくっきりと思い出すことができる。十五歳のあの日から、この手順を忘れたことは一度もなかった。あれ以来ちゃんとした料

理を作ろうとすると、コツを走り書きしたルーズリーフの切れ端、窓から教室に差し込んできた校庭のこぶしの枝、作り方を歌にして仲間とふざけて唱えながら歩いた家庭科室までの道のりすべてが、鮮明に溢れ出してしまうから、キッチンに近寄ることさえ避けていた。

「へえ、意外と王道ねえ。もっと手抜きレシピかと思ったわ」

「父と電話で話をしたときに、ついその話を自分からしてしまったんです。父はすぐに、食べてみたい、と言いました。作って欲しいって。月に一度は泊まりに行く日があったので、その時に、って。私はすぐに了解しました」

あの頃は沈黙が訪れるのが何よりも怖くて、父を相手にすると、里佳はひっきりなしにしゃべっていた。母の現状を聞かれる隙《すき》を決して与えるまいと無我夢中で、話題を差し出し続けた。明るく能天気で、両親の離婚などなんとも思っていない、現代っ子の役割を演じていないと、常にエンターテインメントを提供していないと、父が時折こちらに向ける甘えた目や、投げやりな物言いに飲み込まれてしまいそうだった。学校での王子様としての自分と、父の前での自分は完全に別の人格だった。父仕様の里佳は、おっちょこちょいで冗談好きでのんびり屋の、流行に飲まれやすいおしゃべりな女の子だった。そんな里佳をやれやれ、と見つめている父は、母と里佳が家を出て、わずか二年のうちに、酒と不摂生で見る影もなく太り始め、黄ばんだトレーナーを着て常に赤ら顔を

していたものの、家族仲が良かった頃のおふざけ好きで愉快な彼のままで、いつもほっとしたものだった。

――じゃあ、次の金曜日ね。待ってるから。夜七時ね。もっと早くても構わないからね。

あの日は部活の練習が長引いた。父の死後すぐにやめたけれど、当時はバレー部に所属していた。太陽が沈むのが唐突に、早くなっていた。藍色《あいいろ》の空を見上げ、学校指定のピーコートのえりをかきあわせていたら、これから中央線に揺られ、駅ビル内のスーパーマーケットで買い物をし、父のマンションに向かうのがとてつもなくおっくうに感じられた。なにしろ、母には話していないが、里佳たちが出ていってからというもの、三鷹のマンションは掃除をした痕跡《こんせき》はほとんどなく、水回りは鳥肌が立つほどカビだらけだった。泊まる時は入浴せずに、できるだけ外食をリクエストした。

ほとんど大学にも出勤せず、家にこもりきりで原稿を書いてばかりいる父がひっきりなしに吸う煙草《たばこ》のせいで、壁紙は変色していた。これから調理をするにはその前にせめてキッチンだけでも、掃除しなければならない。やらねばならないことを頭の中で箇条書きしていったら、急に耐え難いほどすべてが面倒に感じられた。周囲で笑いさざめいている無邪気な同級生たちに、これまで感じたことのない嫉妬《しっと》をおぼえた。おっとりとした校風の女子校では、離婚した親を持つ娘なんて、クラスでも里佳くらいだった。月曜日に急にテストをすることになったので、行けなくなった、と里佳は公衆電話の

送話口越しに初めて嘘《うそ》をついた。そうか、と一度はのんびりした口調で電話を切りかけた父だったが、急に大きく息を吸った。一瞬の沈黙だけで、里佳の胃はきゅっと痛んだ。冷え切った声で父はこう言った。

――パパを莫迦《ばか》にしてるんだろう。ママと一緒になって。里佳はひどい娘だよ。

莫迦になどしていない、なに言ってるの、と笑って否定しようとした瞬間、その一方的でぶつけるような物言いがかつて、毎晩のように母に向けられていたものと同じであると気付き、言葉を失った。電話ボックスの中で頭を抱えて、わっと叫び出したくなった。彼にそう思わせないためだけに、必死で心を砕いてきたのに、たった一回の判断のあやまりによってすべてが駄目になったと悟った。里佳は無言のまま電話を切った。

母にこのことは言わないでおこうと思った。こんな風に父から激しく責められたのは初めてで、驚くのと同時に自分が恥ずかしかった。己ばかりではなく、このねじれた状況を作り出した両親までが腹立たしかった。離婚後、初めて覚えた怒りだった。自分がどれだけの感情を押し殺してきたか、思い知らされるようだった。

「あの頃、三鷹のマンションに出入りしていたのは、私だけでした。プライドが高いから、私以外の誰かに助けてと言えなかった。飲み仲間はいたみたいですけど、悩みを口にできる相手はいなかった。帰る間際《まぎわ》の、すがるみたいな視線がどうにも、私には重かったんです。あの日、母には、父の家に行ったけれどテストが近いから、泊まるのはや

めた、と嘘をつきました。母はまったく疑わなかった。月曜日、父に連絡したら、電話がつながらなかった。最初は気にしなかったんです。でも、水曜日の朝になっても、まだ電話がつながらない。私は嫌な予感がして、早退したいと教師に申し出て、三鷹に駆けつけました」

あの時のざわめいていた仲間たちの視線。顔色を変えて走り去る里佳を心配しながらも、王子様のようなクラスメイトが、自分たちは経験することのないであろう、ドラマチックな悲劇に遭遇するのを見て興奮していた。

「父の死因は脳梗塞《のうこうそく》でした。私が見つけた時、死後三日が経過していました。ドアのところから、うつ伏せになっているのをちらりと見ただけですが、もう遺体は腐敗しはじめていて……。後にいろいろな文献を読みました。もし、あの金曜日に父に会い、食事を作り、泊まって土曜日の昼過ぎまで一緒に過ごしていたら、脳梗塞の初期症状であるしびれやふらつきには、子供ながらに気付けたかもしれないんです」

しばらくしてから、ようやく梶井が静かな声でつぶやいた。

「あなたに非はないわよ。まだ、ほんの子供だったんだし、きっとどんなことをしてもお父さんの死は避けられなかったと思う」

ふいに、糸のように細くなっていた目が大きく見開かれた。

「なーんて、私がいうと思う?」

小鼻がふくらみ、頬の肉が盛り上がる。唇がつやつやと光り、好物だけで満腹になったような充足感をみなぎらせて、梶井はにやりと笑い、こちらを指差した。

「あなたが私に執着するわけがわかったわ。自分でも気付いている通り、あなたはね、人殺しよ。私とほぼ同じなの。自分を肯定したいから、私から目が離せないだけなのよ。私が無罪になれば、おのずと自分も許せるようになるんだから、一石二鳥よね」

不思議なことに、はりつめていた身体の内側がふっと緩んだ。新潟駅で伶子に「あなたは悪くない」と言われた時よりも、自分は今、はるかに救われているのではないだろうか。決して女を認めない彼女から例外的に受け入れられた。

そうだ。自分は父をこの手で殺した。そのことを里佳は初めて、冷静に受け止めている。町田里佳は人殺しだ。

過失ではなく、悪気がなかったわけでもなく、意志をもって彼を突き放し、結果死なせてしまったのだ。でも、そのおかげで、母と自分を精神的に解放することができた。その不器用さに同情もしていたけれど、そして一日たりとも忘れることはないし、自分を許すこともできないけれど、彼を殺すことで里佳は先に進むことができたのだ。

改めて、父が哀れだった。静岡に住む祖父母は父を甘やかしたものの、その保守的な価値観を巡って若い頃は反発を繰り返したようだ。講師時代は学生運動に傾倒し、学生には人気でも出世の道は断たれ、四十代半ばになってあてもなく作家を目指した。都会

育ちの母に対しては強いコンプレックスがあるようだった。いつも、今ここにない場所に魂を半分持っていかれているような人だった。現実的な問題や金銭の話になるとすべてがわずらわしくなるらしく、生活を巡って母とよく口論になっていた。

でも、父の選んでくれた絵本、公開と同時に劇場に連れて行ってくれた欧米のアニメ映画、気まぐれにしてくれる作り話は、里佳にとって今も宝ものだ。饒舌《じょうぜつ》に見えて、照れ屋で言葉に詰まるところがあった。ふと顔を上げると、にこにことこちらを見守っていた。小学五年生まで一緒にお風呂《ふろ》に入っていた。里佳を好きで好きでたまらないことが子供ながらに伝わって来るいくつかの場面が急に蘇《よみがえ》り、目の奥が熱くなった。

「私がもし、人を殺《あや》めたとすれば、あなたと同じやり方よ。ただ、私を必要としている人の前に現れることを突然、止めただけ。潤沢に提供してきたことを、なんの前触れもなくストップしただけ。一番良くないのは、父親を殺しておいて、あなたは心のどこかで、よかったと思ってることなんじゃないの。死んだとわかった時、ほっとしたんじゃないの」

その通りだった。知らせを受け、到着するなり玄関から室内にかけて青いビニールシートを敷き詰めていった救急隊員が、こちらからは見えないように父の体に触れた。その一人が管理人と並んで突っ立っている里佳の元に戻ってきて、「残念ですが」と目を伏せている時、まっさきに口から出てきたのは「死んでいるんですよね？」という我な

がら非情な一言だった。こうなったからには確実に死んでいて欲しかった。中途半端《はんぱ》に生きていられては一層、里佳も母も父に縛られるはめになる、と思った。

「私もね、そうだったのよ。あの人たちが一人ずつ亡《な》くなった時も、父が死んだ時も、面倒みなきゃいけない人が一人減ったな、って肩の荷が下りた気がしたのよ」

後悔はある。あの日に戻れるなら、確実にグラタンを作りに行っていたはずだ。でも、あのまま父が生きていたら、どうだったろう、と常に想像している。その存在だけで、里佳と母の暮らしの重しのようだった父。

「あなたは、本当に殺していないんですね。誰一人、直接手をかけなかったんですね」

梶井は無表情で深く頷いた。里佳はこの瞬間のみ、彼女を信用した。これが真実だ。この瞬間のために、今日までここに通っていたのだ。

「では、殺意はありましたか。裁判で争点になるのはそこです」

「あるといえば、あるし、なかったといえば、ない。でもそんなものなんじゃない？　誰だって、傍にいる誰かのことがわずらわしくて、消えて欲しいと思うことくらいあるでしょ」

新潟でしつこく食い下がってきた伶子に対する、我慢ならないほどの腹立たしさが蘇った。ひょっとして、伶子はそれを敏感に察知したのではないだろうか。背中が粟立《あわだ》った。

「あなたと同じ理由よ。ある日突然、彼らが無性にわずらわしくなったの。求めれば与えられることを、なんにも疑問に思ってないあの人達の顔つきが、何も差し出さないで食卓について、ただぼうっと料理を待っているだけの彼らが、なんの緊張感もなく大切にされて当たり前だって顔をしている彼らが、突然、嫌になったの。そんな相手のために、旬の食材を買って、下ごしらえをして、料理をして、お皿を選んで、盛り付けて、そして後片付けして水仕事するのが面倒になったの。連絡をしなかったり、家事や料理をしなくなったら、彼らは慌《あわ》てた。疑心暗鬼になってストーカーみたいなことをする人もいたし、元の一人暮らしに戻ったせいで暮らしが投げやりになって体調を崩す人もいた。なんだかみんな母親に世話されなくなった赤ん坊みたいだった。変よね。なんにもできないで私に甘えきっている彼らが、可愛いと思ってたのに……」

ごくわずかな表情の変化を、里佳は見逃さなかった。梶井真奈子のぱんぱんに張った薄桃色の顔に、悲嘆が滲んだのを。初めてと言っていいほどだ。こちらの視線を、彼女は侮《あなど》りをふくんだまなざしではねかえした。

「勘違いしないで。私は異性を喜ばせたり、つくしたりすることが、好き。ただ、一人の人を相手にしていると、私みたいに移り気な女は、どうしても、飽きがきてしまうのかもね」

「そこまでわかってても、まだあなたは……、婚活をあきらめてないんですか」

「まだこれぞという人に出会ってないだけだもの」

「なんだか、あなたの言っていることって……」

「料理って楽しいけど、義務になった瞬間、つまらなくなるでしょう？　セックスとか、おしゃれとか、美容とかもそう。人から強制されたら、なんでも仕事になって、楽しさなんて消えてしまうでしょう？」

里佳は何も言い返すことができなくなっていた。身体《からだ》が重く、重要なところなのに聞くのが耐え難いほど苦痛だ。

「婚活市場にいるような男性の、理想のタイプって、突き詰めると生命力をできるだけ感じさせない女ってことよ。死人とか幽霊がベストなんだと思う」

少しも暑くはないのに、脇《わき》の下がぬるい汗で濡《ぬ》れている。ニットの袖口と手首の間まで、生温かく湿っていた。よく見ると、梶井真奈子の目の周囲には細かい皺が集まっていて網目のように入り組み、その部分が少しだけ青みがかっている。彼女の白目が澄んで見えるのは、そのためだ。化粧によるものなのかはわからない。

「そう、現代の日本女性が心の底から異性に愛されるには『死体になる』のがいいのかもしれない。そういう女を望む彼らだって、とっくに死んでいるようなものなんだもの。死んでいるから、生命力を感じさせるものが、怖くて仕方がないの。半分あの世にいるみたいな男たち相手に料理していると、自分の望みや体が霧になって消えていく気がす

る。誰が相手でも、結局同じなんじゃないのかなって。私に出会わなくても、私にフラれなくても、すぐに死んでいたんじゃないのかしらね、あの人たち。だって、最初っからこの世界にいないような人たちばっかりだったもの」

被害者だけではない。もしかして、私もとっくに死んでいるようなものじゃないだろうか。自分だけではなく、誠も伶子も亮介さんも篠井さんも母も。生きているのはこの女だけなんじゃないだろうか。だから、誰もが彼女に怒りを覚えつつも、目が離せないのではないだろうか。境界を越えて、あちら側で、欲望を満たし命を燃やす様を、最後まで見届けないわけにはいかなくなっている。

「でも、生命力のかたまりみたいなあなたが、そんな半分死んでいる人を惹《ひ》きつけたのは何故《なぜ》なんでしょうか」

「なんでなんでしょうね。幽霊って、あの世にいけずに命あるものに惹かれてこの世を彷徨《さまよ》っているわけでしょ」

「どうしてなんでしょう。あなたは明らかに異常なことを言っているのに、なんとなくわかるような気もします」

口が勝手に動いて、里佳はつい思うままにしゃべっていた。

「私もなんだかよくわからないんですが、目の前の風景に、自分が全然、参加していないような気がするときがあります。伶子はもしかすると、そんな気持ちに負けてしまっ

たのかもしれませんね」

「あなたと話していると、とっても楽しいわあ」

梶井は無邪気ににっこりした。それは一瞬にして部屋の温度を上げるほどの、たくさんの花びらを運んでくる暖かな風のような微笑だった。

「こうやって女同士でしゃべるのって、随分楽しいものなのね。きっとお互いに心を開けたのかもしれないわね。やっと、あなたが言っていることが理解できた気がする」

これ以上、彼女のおしゃべりに付き合ってはいけない、と里佳は自分を引き戻す。刑務官が時計を睨《にら》んでいるのがわかった。今日は面会が少ないのか、もう二十分以上も話しているが、そろそろ限界だろう。

「じゃあ、約束です。伶子の居場所を教えてもらえますか?」

梶井はすぐにつまらなそうな表情になった。さも、面倒そうにのろのろと口を開く。

「私はただ、こう言っただけよ。バターになった虎《とら》は、何頭だったかしら? って」

虎とは、すなわち「ちびくろ・さんぼ」のことだろう。でも、あの絵本についての考察は、伶子との間でのみ交わされたものだ。しかし、伶子が偶然すべらせた一言から、梶井がなんらかの背景を読み取った可能性は十分にある。

「そう、そうしたら、あの女の顔色がみるみるうちに、変わったの……」

彼女が、ふいに顔を歪《ゆが》めた。赤ん坊が泣き出す寸前によく似ている。肌が赤黒い。

「なんだかあの女の話ばっかり。せっかく私がここまで話す気になっているのに。ちっとも嬉《うれ》しそうじゃないのね。今日は担当弁護士さんにバレたら叱《しか》られるくらいまで、ぶっちゃけてあげたのに」

ただ、ぼんやりとこちらを見ているだけの里佳に、梶井は苛立《いらだ》ちを隠そうとしない。

「疲れたわ。もう帰ってよ」

今日こそはこちらから打ち切るつもりだったのに、先回りして体当たりをくらわすように梶井は言った。


三ヶ月ぶりに、里佳は田園都市線のあの駅に降り立った。

東京拘置所を出てから何も口にしていない。綾瀬駅周辺のどこかの店に入ろうかと思ったのだが、気付けば改札手前で、亮介さんに電話をかけていた。

――まだ伶子から、連絡はありません。もう警察に行こうと思います。仕事が手につかないので、会社は早退しました。

悲痛というより、とらえどころのない、ふわふわした彼の声が聞こえてきた。

「今から、おたくにお邪魔してもよろしいですか？　おうかがいしたいこともあるので」

伶子の街に着くなり、駅からまっすぐに向かったのは、いつか足を踏み入れたスーパーだった。昨年末、ここでバターを探したことが、遠い昔のように思われた。チーズや小麦粉、パン粉は彼女の家にストックがある予感がしたので探さなかった。マカロニ、冷凍海老、玉ねぎをプラスチックかごに放りこんでいく。乳製品売場にたどり着き、少し迷って500mlの牛乳パックを手にとり、いよいよバターを探し始める。

『現在、品薄につきバターはお一人様一個までとさせていただきます』

あの時と同じ、張り紙があった。ただし、去年の十二月より、はるかに品数は増えている。雪印の有塩バターを一つ取るとレジに向かい、会計を済ませる。

夕焼けを背景にして、なだらかな丘に建売住宅がびっしりと隙間なく並んでいた。道幅は広く、夕食の買い物途中らしき主婦が行き来する。かつては、そのまっとうさに圧される思いがしたものだが、今はなんの気負いもなく、その群れに溶け込んでみせた。

狭山家のインターホンを押す。寄せ植えのビオラとひなぎくは相変わらず鮮やかでよく手入れされている。なにしろ彼女がこの家を離れてからまだ五日しか経っていない。

「ごめんください。お邪魔します」

最初にここに来た時の印象と、何かが大きく違っていた。散らかっているわけではない。身体の大きな亮介さんが廊下を塞《ふさ》ぐように立っているせいか、視界が狭く感じられる。彼は吸わないはずなのに、煙草の臭《にお》いがかすかにした。上下スウェットで裸足のま

ま里佳を出迎えた亮介さんは、ろくに寝ていないことがわかる青ざめた顔をしていた。

「あの、台所をお借りしてもいいですか？　グラタンを作るつもりですが、よければ、亮介さん、味見していただけませんか」

「え、どういうことですか？　グラタン？　今はその……、作ってもらうのも申し訳ないし」

彼は戸惑っているようだが、里佳は頑固に押し通した。彼をねぎらうというより、家にオーブンがないから借りに来たようなものだ。第三者に振る舞うという緊張感で、少しでも上手《うま》く作れるのではないか、という打算もある。

「伶子のように美味しくはないと思いますけど。包丁とまな板の場所さえ教えていただければ、なんとかなると思います」

里佳の後に続き、亮介さんはリビングにやってきて、心配そうにこちらを覗いている。キッチンに足を踏み入れた瞬間、父の家に行こうとしたあの日から封印してきた感覚や風圧のようなものが、一度に解き放たれた気がした。亮介さんはほとんど台所に立ったことがないようで、どこになにがあるのか答えることができなかった。幸い、よく片付いていて、砂糖も塩も透明容器に移し替えてあり、手製のラベルが貼《は》ってあったので、里佳はすぐにここでの呼吸をつかんでいった。流しに汚れた皿が溜《た》まっていることを覚悟したが、金だらいはぴかぴかに光り、水回りはどこもかしこも輝いていた。オーブン

の使い方なら、篠井さんとのケーキ作りで習得済みである。コンロの下の作り付けのそれは新築なだけあって、彼の家のものより、はるかに扉が軽く、開け閉めがスムーズだった。

電子レンジの横のわずかなスペースには、料理本がずらりと並んでいる。自分にこそふさわしい、初歩的な内容の基本に忠実なものが多い。『我が家の食事』と題された和洋食をまんべんなく扱った、昭和らしいべったりした色合《いろど》いの写真で彩られた一冊を選び出す。目次を見て、グラタンと題されたページを探した。黄ばみ具合からいって、かなり使い込まれているけれど、調味料や油のしみが一つも飛んでいないのが、ものを大切にする伶子らしい。「バター」の表記が「バタ」になっているのも気に入った。

「だまのないベシャメルソースを作るには、バターを惜しみなく使うことと、冷たい牛乳を一気に加えること」

シャープペンシルで走り書きされた伶子の字だった。道標《みちしるべ》を見つけた気持ちになる。ホワイトソースのことをベシャメルソースと呼ぶらしい。家庭科で習ったように、玉ねぎに粉をまぶし、炒めるという作り方ではなかった。さらに、小麦粉をバターで炒めるというより、溶かしたバターに小麦粉を加えるようだ。設定温度にオーブンを熱し始める。

予想していた通り、塵《ちり》一つ落ちていない氷の城のような冷蔵庫の中には、とろけるチ

ーズもパン粉も、乾草パセリも入っていた。玉ねぎを洗うと、水の冷たさが骨までしみた。赤い指で皮を剝《む》き始める。つるりとした白い肌が覗き、それをまな板に載せ包丁を入れた。家庭科で習ったそのままに、縦半分に割り、繊維に逆らって、上下に切れ目を入れていく。目に沁《し》みて、何度もまばたきをした。袋に表示された通りにマカロニを茹で、バターをたっぷりからめる。殻を剝き、背わたをとった海老に、白ワインをかけて軽く火を通す。赤く色づいて、湾曲していく海老を見つめているうちに、梶井から押し付けられ、まとわりついた湿度が失《う》せていく。

海老の殻や玉ねぎの皮を捨てる場所を探していたら、壁際の四角いポリバケツが目に付いた。蓋《ふた》を開けると仕切がしてあり、燃えるものと燃えないものが区別できるようになっている。燃えないゴミ部分に空のコンビニ弁当箱がたくさん捨てられていて、台所がまったく汚れていない理由がわかった。テーブルに座って、会社のものらしき資料にぼんやりと目を落としている亮介さんをちらりと見た。

たっぷりのバターをフライパンに落とし、金色にとろけるのを待って、大さじで計量した小麦粉を加えていく。みるみる間に粉がバターを吸収し、粘度を持つ。貪欲《どんよく》にどこまでもバターを飲み込んでいく。冷たい牛乳を一気に加えながら泡立て器で混ぜると、とろとろとしたクリームに変わった。どうにか完成したベシャメルソースと具を和える。

頭上の棚を開くと、ペアのグラタン皿はすぐに見つかった。夫婦の仲の良さを物語る

ような、お陽様色だった。ソースを盛り付け、チーズ、パン粉、パセリを振りかける。熱しておいたオーブンに、グラタン皿の載った鉄板を収めると、里佳はミトンを外しながら、キッチンを出た。うまくいきそうな予感で足取りに自然と弾みがつく。

「ちょっと本棚を見てもいいですか」

亮介さんが困ったように頷くのを待って、居間の壁一面を占領する本棚に向かう。こうして観察すると、いずれも伶子の蔵書のようで、亮介さんがあまり読書をしないことがわかった。赤い表紙の本を迷わずに取り出す。

そうだ。この絵本。そもそもはここから始まったといってもいい。くっきりとした赤に少年の黒い肌がよく映える。あの時から、伶子が隣でささやいてくれるヒントに導かれるようにして、この三ヶ月、ひたすら鬱蒼《うっそう》としたジャングルの中を歩いてきた。でも、周囲を見回せば、熱気と湿度に満ちた林には梶井と里佳の二人きりで、伶子の姿はどこにもない。

木の根元に広がる、まばゆいような黄金のバターの泉。

その時、絵本に挟まっていた一枚の紙がひらりと足元に落ちた。週刊誌の切り抜きらしい。なぜか亮介さんに見られてはいけないと思って、すぐに拾い上げ、ポケットに滑り込ませる。

「すみません、伶子のパソコン見せてもらえますか？　何か手がかりがあるかも」

亮介さんは頷くと、すぐに部屋の隅の引き出しから、ノートパソコンを取り出した。

「僕も開こうとはしたんですけど、パスワードがわからなくて」

亮介さんは首を横に振った。誕生日やら、電話番号やら、彼女が好きな女優の生年月日などを打ち込んでみるが、いずれもヒットしない。バターと牛乳、チーズが溶けて、一つになって焦げていく香ばしい匂《にお》いがここまで流れてくる。

「何かに巻き込まれているわけじゃないと思います。伶子はきっと自ら進んで、飛び込んだんだと思います。届けは明日の午後まで待ってもらえませんか？　お願いします」

「……何か心あたりがあるんですか？」

後ろで大きな影を作っている彼が、憔悴《しょうすい》しきった顔をしているのが見ずともわかった。

「大学時代の同級生だったある人物が、情報提供してくれそうなんです」

振り向いたら、嘘がばれる。その時、タイマーが鳴った。これ幸いと里佳は亮介さんの横をすり抜け、その視線に背を向ける。オーブンのドアを開けに行く。暗がりの中の青い炎と吹き付ける熱風。あの日の家庭科室での栄光が蘇った。じりじりとチーズが音を立てている。こんがりとした焼け目に、頬がほころぶ。

ひとまず見た目は及第点だと、里佳は安心してミトンをはめた手を伸ばした。

白い皿の上にグラタンを載せ、フォークと水の入ったコップとともにテーブルに運び、亮介さんと向かい合った。いただきます、とつぶやく。

フォークを手にとり、パン粉でぱりぱりした表面を突き崩す。ベシャメルソースが溶岩のように流れ出し、マカロニや海老が顔を出した。自信を得て、ひとすくい、口に運んだ。塩加減も風味も悪くない、と満足した瞬間、ざらり、とした異物に舌が触れた。バターとチーズのまろやかな香り、ソースのなめらかさ、海老やマカロニのぷりぷりした食感を一気に台無しにする、泥の粒のような舌触り。無視しようと思ったが、絶え間なく口内を不快に刺激する。しばらく舌を動かすと、里佳は肩を落とし、フォークを置いた。

「ソース、だまになっちゃいましたね。美味しくないですよね。ごめんなさい」

「そんなことないです。ありがとうございます」

十八年間のうちに腕が落ちたのではない――。あの日も、こんな味だったのではないか。ジェットコースターが急降下する寸前のように、胃がふわっと浮く心地がした。生徒ばかりではない。家庭環境のせいか、教師にも贔屓《ひいき》されていた。里佳のやることはなんだって、あの狭い世界では賞賛されていたのだ。

亮介さんは特に感情を表さず、もくもくとフォークを動かしている。里佳はようやく悟った。おそらく、あの日、このさっぱり美味しくないマカロニグラタンを作っていても、父は死んだのではないか。父の最期《さいご》はどうやっても、避けられなかった。仮にあの脳梗塞を里佳の力でどうにか回避出来たとしても、一度や二度の入院で暮らしぶりを改

めるような人ではなかったし、すぐにまた倒れていただろう。

たった一回の手料理が人の心を救うなんて、そんなものは幻想だ。その幻想にどれだけの女が苦しめられ、縛られていることだろう。自分のこの下手な料理がひとつの命を救えたなんて、自己満足と思い上がりもはなはだしい。里佳がどれほど心を尽くしても、父の孤独は解消されなかったのだから、あの日付け焼刃的にいい娘ぶったところで、事態は変わらなかったろう。

そもそも、父の死を悲劇と決めつけていいものなのだろうか。不味《まず》いグラタンを口に押し込みながら、そう考えた。

暮らしぶりがだらしなく、いかにも娘に依存している風だったから、父は不幸だと思い込み、自分がなんとかせねばと、やっきになっていた。血のつながった娘なのだから、なんとかできる、いや、なんとかせねばならない、と思い込んでいた。でも、父はそれなりにあの暮らしに満足していたのではないだろうか。もともと家庭を持つのに適した人ではなかった。あまり考えたくないことだが、里佳や母をもてあましているのかもと思う瞬間が多々あった。こちらを振り返らず、一人でどんどん先を歩いてしまう父の長い背中、男にしては細い脛《すね》を思い出す。見たくないものは見ない、やりたくないことはやらない。苦手なものとは距離を取る。そんな態度は里佳からするといかにも投げやりで気力がないように見えるが、こちらには与《あず》かりしれない、彼にとっては大切な秘密の

領域があったのかもしれない。

「一つ、わかったことがあるんです」

亮介さんが抑揚のない声で言った。

「伶子って人気者だと思っていたんです。でも、この数日、彼女の持ち物を調べているうちに出てきたいくつかの連絡先に電話してみたんですけど。みんな伶子のことがあまり好きではないようでした。僕が知っている伶子は、そこにはいなかった」

何か言おうとして、鞄《かばん》の中のスマホが震えていることに気付く。誠からだった。今日、何度目かの着信だが、里佳は後回しにすることにした。

「伶子は全部、手探りだったんですよね。私との関係もそうだし、亮介さんともそう。家庭の味も。全部実験するみたいな気持ちで一つ一つ、確かめていったんですよね」

里佳は完全にフォークを置いた。亮介さんはもそもそとグラタンを口に運んでいる。何を出されても文句を言わずに引き受けるのが、この人なのだろう。

「伶子が子供を作るためだけに、あなたを選んだなんて思わないでください。そんな真似ができるんだったら、もっと色々なことを割り切って楽しく生きているはずなんです」

狭山家を後にすると、里佳は早足で駅を目指した。すぐに社に戻らねばならない。表紙の虎は四頭だ。

つまり、梶井が示すのは、四人目の被害者になる可能性のあった、あの男ということだ。

店を選んでいる暇などなかった。二十二時を回る頃、里佳は篠井さんと会社の隣にあるベルギービール専門店の前で待ち合わせし、吸い込まれるようにして入った。すぐに、カウンターの隅から自分たちをじっと見つめている視線に気付いたが、無視を決め込んだ。

「おそらくは、この男なんじゃないかと思う。梶井真奈子の最初の理解者っていうのは」

新潟支局に在籍していた懇意の記者から今日の午後、受け取ったというファイルを、篠井さんはテーブルに置いた。開くと、古い切り抜きがスクラップされていた。

「九五年から阿賀野のマンションで一人暮らしをしていた。両親は新潟駅付近に住んでいる資産家で、この通り新聞に載るような地域の有力者だ。四十代まで引きこもりとして暮らし、無理やり引き離されるようにして、マンションを与えられた。親は仕送りをするだけで、ほとんど息子に会うことはなかった。夜中に絶叫したり、近隣住民に嫌がらせをしたり、小さな子供に話しかけたり、不審者として何度も通報されている。梶井

真奈子の妹につきまとい、周囲で騒ぎになったのにもかかわらず、一度も逮捕されなかったのは、親の力だ」

色褪《あ》せた地元新聞に、両親とともに紹介されている、その若い男をじっと見つめる。撮影当時は二十代だったのだろうか。梶井は嘘をついてはいなかった。顔立ち自体はとても綺麗《きれい》な部類だったのだ。眉毛《まゆげ》が太く、眉間《みけん》が狭く、黒目が梶井そっくりの光のない色をしていた。笑っているのか、怯《おび》えて叫び出す寸前なのかよくわからない、奇妙な唇の結び方をしている。

「彼は一年前に亡くなっている。自殺だ。阿賀野の自宅で首を吊《つ》って死んでいる。五十六歳だった」

「父親を含めると、これで五人目ですね。彼女の周りで亡くなったのは。この男が水面下で梶井とずっとつながっていた可能性はあるでしょうか。小路杏菜が言っていたように、彼が今までの被害者を殺していたということは……」

「それはわからない。ただ、梶井の初公判の結果が出た直後に、彼は亡くなっている。話を聞く限り、伶子さんは、頭の良い人だ。何かに巻き込まれるというより、進んでこの事件を解決しようとしてるんじゃないか。おそらく、この男とあの横田史郎さんにつながりがないか調べようと、コンタクトをとろうとしたんだろう。たぶん、君のために」

里佳は冷たすぎるビールに顔をしかめ、ナッツを無理に口に押し込む。

「梶井逮捕後、横田さんの家からは致死量に至る農薬が見つかったことは知っているよね。梶井はハーブを育てるために買ったと主張していたが、ひょっとしたら横田さんが邪魔になったら、殺すつもりだったのかもしれない」

「ええ、でも、変ですね。梶井がもし人を殺してきたとするなら、ですけど、それまでは自然死や事故に見せかける方法を選んでいるのに。四人目だけ、いかにもバレるような方法で」

「いよいよ警察に見つかったので、やけになったのかもしれない」

「こんな切り抜きを見つけたんです。彼女の家で」

そう言って差し出した週刊誌の切り抜きを見て、篠井さんの目がすっと薄い色になった。女性誌のいかにも下世話な記事だ。おおよそ、伶子の好みそうな内容ではない。

《梶井真奈子に学ぶ、男の胃袋をつかむ愛されテク》

「Aさんはたった二日間の同居で、梶井真奈子に完全に心を奪われたと語ります。彼女の魅力の一つはその手料理だと、熱っぽく語ってくれました。梶井のレパートリーは、シチューやハンバーグ、グラタンなど、ごくごくオーソドックス。これぞという相手には、びっくりさせないお袋の味でアピールするのが賢いやり方ですね。Aさん宅の台所

には、今なお、梶井真奈子が残していった調味料が何種類も並んでいます。いつか、彼女が戻ってきた時のためだといいます」

「横田さんの姿が純粋でうぶで哀れだって、すごく世間の同情を集めましたよね」

今考えていることを口にしたら、篠井さんはどう思うのだろう。もしかすると、虎は、いや、男たちは、梶井の言うように、最初っから死んでいたんじゃないんでしょうか。だから、横田さんも、あなたも殺されていたかも、と警察から聞かれても、全然ピンとこなかったんじゃないでしょうか。ねえ、生きているってなんなんでしょうか。被害者だけじゃない。私たちも生きているって言えるんでしょうか。去っていった家族との部屋を処分できない篠井さんも、未《いま》だに父にとらわれている自分も。

「この文章に書かれているような処世術って、婚活に限らず、すごくいろんなところで見ますけど、なんだか目の前にいる相手の何も見るな、何も感じ取るなっていう風に聞こえませんか。精神が栄養失調を起こしていくみたいな、そんな気になるんですよね」

篠井さんがこちらを見た。

「ひょっとしたら、梶井の罪って、誰のことも命のある人間に思えなかったってところにあるんじゃないでしょうか？」

こぼれ落ちそうな大きな目だ。それを支える下まぶたが寝不足で赤紫色をおびている。

「娘が太り始めた時にいじめられたって言ったろ？」

里佳は控えめに頷《うなず》いた。

「太ったというより、うちの娘は発育がよかったんだよ。単に他の子供より早く大人の身体になったんだ。クラスメイトはそのことに怯えたんだな。俺も、同じだったよ。たぶん、女の身体になっていく娘が、生々しい悩みをぶつけてくるのが怖かったんだよな」

篠井さんのお嬢さんの姿を思い浮かべようとする。彼に似た目鼻立ちの、小さな小さな女の子。その子が薄い殻をめりめりと破り、肉を喰らい肉を育て、どんどん女になる様を。圧倒されるようなその生命力を。

「その時、俺はぜんぜん気付いてやれなかったんだけど、本当は薄々わかっていたのかもしれない。それなのに、わざと仕事量を減らさなかった。父親としてここまでやっているんだから、気付けなくてもそりゃ仕方ない。条件だけを必死に満たしていたのかもしれない。娘が欲しているものじゃなく、世間が要求する条件を……。もう、あんな失敗はしたくないんだ。町田さんに出来ることはすべてしたつもりだけど、でも……」

語尾は弱くなり、篠井さんは手付かずだったビールを一口飲み、顔をしかめた。

「……もしかして、これ以上この事件に、関わらない方がいいと思ってますか？」

里佳がそう聞くと、篠井さんはこちらを見返した。いつになく眼差《まなざ》しが厳しい。

「ジャーナリストとしては、さらに突き詰めるべきだと思うけど、友人としてはどうだろう。伶子さんのためにも、いい加減、手を引いて警察に任せるべきだと思う」

「それなんですが。伶子のご主人にも明日まで待ってもらえませんかと言いました。できるだけ大事《おおごと》にしたくない。何ごともなかったように、伶子を日常に取り戻したいんです」

　里佳は振り向いて、先ほどからこちらを見張っている北村をまっすぐに見据えた。彼が刷りたての文芸誌で顔を隠そうとも、店に足を踏み入れた時からちゃんと気付いていた。つかつかと彼のそばまで歩み寄り、文芸誌を奪った。

「北村ちゃんて、三年前に梶井の担当だったってことは、川崎にある横田史郎の家、わかる？　ほら、逮捕時に彼女と一緒に住んでた男だよ」

「わかりますけど、なんなんですか、急に」

　普段の取り澄ました態度はどこへやら、薄暗い店でもそうとわかるほど、耳まで真っ赤にして狼狽《ろうばい》している。

「私の知り合いが彼の家に今いるかもしれないの。ねえ、連れて行ってくれない？」

　北村がふとこちらの背後に目をやった。暗いバーの中で、里佳の鞄が迷惑なくらい光っている。北村に「ちょっと待ってて」と言い捨てると、スマホをひっつかみ、コートなしで寒空の下に飛び出た。

——どうして電話に出ないんだよ。いい加減にしろよ。俺、なんかした？

「ごめん、今、立て込んでて」

この店を出て、おそらくまだ社にいるであろう誠に会うのに、二分とかからないのに。まだかろうじて余裕を残した明るい声が、震えている。

——もしかして、別れたいんじゃないの？

その可能性を考えたことはこれまでまったくないのに、里佳はその言葉を特に動揺もなく受け止めることができた。

「そのことは、今度ちゃんと話させて」

——俺が何したんだよ。おい、どういうことなんだよ。

こんなしゃべり方をするんだ。なんだか男の人みたい、と他人事《ひとごと》のように思った。受話口の向こうの悲鳴のような声を、機械の力で断ち切った。彼の反応はごく当たり前なのだろう。どうしてこんなにひどいことをしても、心が痛まないのかわからない。伶子のことで頭がいっぱいなせいだけではない。

相手に少しも感情を乱されないのは、時間を邪魔されないのは、男女関係としては良いことだと思い込んでいた。身体だけではなく、心も時間もまったく使っていなかった。そう、里佳も誠も、死んでいるのとあまり変わらなかった。気付くと、北村が隣に立っていた。

「それじゃあ、また連絡する」

そう言うと、篠井さんは北村にも軽く会釈《えしゃく》をして、二人の横をすり抜け、駅に向かう道を歩いていく。手のひらをかざしてもしばらくしないと気付かないほどの、小雨が降ってきたようだ。

暗闇《くらやみ》に浮かぶ会社を見上げ、彼の居るセクションの明かりに目をやった。あの光が消えたのを見たことがない。

北村が傍で怪訝《けげん》な顔をしている。スマホを操作しかけたが、里佳はすぐに鞄に仕舞った。伶子を見つけたら、誠とちゃんと向き合おう。でも、今は考えるまい、と決めた。

鞄の底の暗がりで、スマホが光を放ち続ける。里佳を責めるように、紙くずやクリップやペンのキャップを、一晩中照らし出した。

風にガソリンの熱いにおいが混じっている。何故か、香ばしく心地よいと感じられた。朝の川崎の工業地帯は、あまりにも特徴的なにおいの煙が何種類も立ち込めていて、肉眼でも見分けられるような気さえする。京浜東北線で最寄り駅に到着し、里佳と北村はかれこれ一時間近く、この住宅地の一角で、横田の持ち物だという、三階建ての建物を見張っている。

三月がすぐそこまで来ているとは思えないくらいの冷気の厳しい朝だった。

「本当に、その伶子さんていう人があそこにいる保証はあるんですか。横田史郎と同居することで、梶井の有罪の決め手になる、何かが見つかるというんでしょうか」

「私が言うのもなんだけど、いつも想像の斜め上のことを平気でやる人なの。昔から」

「こんなに毎日忙しいのに、学生の頃と変わらず、友人関係がまだ続いているのってすごいですね。うらやましい」

普段と同じ様子でぼそぼそとしゃべる後輩に苛立ち、里佳はつい荒っぽい口調になる。

「うらやましいなんてあなたの口から聞くとは思わなかった」

「俺、そんな損得抜きの友達なんて一人もいないから。だから、篠井さんと町田先輩の関係も、なにも利害関係がないものと、どうしても思えなくて」

里佳が何か言おうとすると、北村が左肩を前に出した。

ダウンジャケットを着た小太りの小柄な男が建物から出て来たのだ。彼が横田なのだろうか。その横顔は別に幸せそうでも、満たされているようにも見えない。彼と伶子の裸が折り重なっている姿が一瞬ちらつき、慌てて打ち消す。男の姿が完全に見えなくなるのを待って、里佳は戸口めがけて走って行く。インターホンを押した。このまま誰の応答もなくて、ドアノブを回し、戸が開いてしまったら——。

大事な人を二人も、自分の選択のせいで失ったとして、それでも平気で生きていける

のだろうか。この仕事を続けていけるのだろうか。

はっきりと目に浮かんでいる。伶子のしなやかな身体が、カップ麺《めん》の容器や古雑誌の散乱した室内に横たわっている様が。自分の脚が震えていることに、北村が気付いたのがわかった。ドアがゆっくりと向こうから開く。

「伶子」

目の前で伶子がぽかんと突っ立っている。玄関らしきスペースはほぼなく、戸を開けると、いきなり二等辺三角形の部屋が広がっているという、妙な間取りだった。伶子はその頂点部分に佇《たたず》み、りか、と初めてその言葉を口にするように、のろのろと舌を動かした。彼女の足元に佇む中型犬が怯えたように、こちらに向かって吠《ほ》えている。その顔立ちや優しい茶色の目は誰かに似ている、と思った。

背後に広がる、コタツを据えた居間と台所は、面積も家具の配置も違うのに、どこか狭山家に似ていた。きっと彼女が時間をかけて、掃除したためだろう。潔癖な彼女が見ず知らずの他人の汚れ物に触れたことに、里佳は何よりもショックを受けていた。

安っぽい紙で出来ているようなエプロンは、少しも彼女に似合っていない。見たこともない表情が、その上の整った小さな輪郭の内側に張り付いていた。

おそらく、これまで一度として、里佳には向けられたことのないだろう、伶子の顔だった。

とただただ、緊張して青白く整い、何一つミスをすまい、相手に取り込まれるまい、唇の結び方から目尻《めじり》のしわに至るまで、ピアノ線のように張り詰めていた。

これは失踪《しっそう》でも、浮気でも、調査でもないのだ、と里佳はようやく悟った。伶子はこの三日間で、何にも出会っていない。誰とも接していない。たった一人で居ただけだ。だから、亮介さんにはこのことを話すまい、と今、心に決めた。

この小さな家を使って、彼女はおままごとをしている。彼女がここ数年していることは、壮大なおままごとだ。見よう見まねで家庭の暖かさを演出して、何時間でもたった一人で没頭して。この空間はドールハウスそっくりだった。台所の小さな窓に目をやれば、あの巨峰に似た眼球が、こちらを覗《のぞ》き込んでいる気がした。この部屋も、家具も、里佳も、伶子も、北村も、全部梶井が配置した小さなおもちゃだ。梶井の暗い黒目の中に何もかも吸い込まれていく気がした。何か、言わなければ。父の前でかつてそうだったように、すべては里佳の発するひと言にかかっているのかもしれない。十五歳のあの日のプレッシャーに比べれば、なんでもないことだ。かさかさの唇が勝手に動き出す。

「ねえ、これって、……ホワイト……じゃなくてベシャメルソース？」

耳を澄ませば、台所からなにかが煮えている音がする。二人の間には、バターを惜しみなくつかった、なめらかなベシャメルソースの匂いが立ち込めていた。きっとやけどするほど熱くて艶《つや》やかで、こくがあって、天鵞絨《ビロード》のように均一な舌触りで胃まですす

ると伸びていくのだろう。伶子の手料理を食べたい。彼女の味が好きだ。行き届いていて、細やかで、それなのにどこかメリハリというか、激しさがある。そうだ。伶子の良さは極端で、愚直で、情熱を隠しきれないところだ。梶井よりも、よほど強い個性を持っている。

伶子はいつも損得や勝ち負けなど度外視して、未知の世界に真正面からぶつかっていく。そして、誰よりも傷つき、多くを失う。自分が側《そば》にいてやるべきは、梶井ではない。伶子だ。この、危うくて純粋で、先の行動が全く読めない女こそ、誰よりも里佳を必要としている。こうしている今も、彼女はその白い身体から目に見えない血をたらたらと流し続けている。梶井に向き合って沈んでいくよりも、伶子と一緒に高い場所を目指して走りたい。これまで拘《こだわ》っていたことから、伶子と一緒に自由になりたい。そうだ。生きているのは、梶井ではない。伶子なのだ。あまりにも近すぎて気付けなかった。

昨夜から歯を磨いていない。マカロニグラタンのだまの不快な舌触りは今でも舌に残っている。横で北村がしびれを切らせて何か促しているようだが、今はまったく頭に入ってこない。

「今日は寒いから、あの人にシチューを作ろうと思ってたっぷりのバターで、小麦粉を炒めて、冷たい牛乳を一気に注いでいたところだよ」

伶子がどこも見ていない目でそう言った。

ほのかに甘く、乳の味が濃くする、大ぶりに切った野菜のたっぷり入ったクリームシチュー。梶井の母親が作った固形ルーのものとは比べものにならない、奥行きのある、滋味に溢《あふ》れる味わい。こんな時なのに、お腹《なか》の中がぐるぐると回り出したのがわかった。それは自分が生きている、かすかな、でも確実な証《あかし》だった。伶子が召し上がれ、と言ってくれるのを今、里佳はただ静かに待っている。

12

灰色のバスタブの蓋を外す瞬間、父が一人住まいしていたあの部屋の水回りを思い出し、頭の中がびっしりとカビの色に染まった。里佳は息を詰めて手を動かし、そろそろと蓋を巻き取っていく。篠井さんはもう何年もこの部屋で入浴していないと言っていたけれど、現れた浴槽はすべすべと白く、傷ひとつない。かつて三人家族の垢《あか》や汗を受け止めたとは思えないほどの、なめらかさだ。

それでも、里佳はシャワーと手のひらで丹念に洗う。スポンジが見当たらなかったのだ。熱い湯を張った。室内が乾燥しているので、浴室の擦りガラスがはめ込まれたドアを開け放す。湿度、埃《ほこり》、壁紙の黄ばみ、部屋の四隅に落ちている自分のものか篠井さんのものかよくわからない短くまっすぐな毛髪。篠井さんのにおいや皮膚をこれほど近く

に感じているのに、少しも抵抗がないのは、もう家族に近い関係だからなのだろう。

冷ややかなくらい整然とした、無菌状態に思えるこの広い部屋にも、そこかしこに澱《おり》が溜まっていることが、午前中の陽の中だとよくわかった。

濡れた足を拭《ふ》いて、リビングに移動し、手をよく洗う。お湯を沸かし、お茶を淹《い》れ、魔法瓶に注ぎ、蓋を閉めた。先ほど作って冷ましておいたおむすびのうち三つを銀紙に包む。

近所の小学校から、四限の始まりを告げる、のどかなチャイムの音が聞こえてきた。この辺りは生活の空気やリズムが濃厚で、何故か心が洗われるような気持ちになった。やることのリストが一つ消えても、またすぐに次が現れる。頭の休まる暇がまったくない。主婦とはこんな風に二十四時間、全身がとめどなく稼働《かどう》しているものなのだろうか。祖父の介護の段取りをいつも気にしている母のことを考えてしまう。正月以来、ずっと会っていなかった。

篠井さんに聞いていた通り、玄関横の戸棚の中にあった、掃除機をかけ始める。カーペットの上をするするとすべっていく細身のそれは、かなり新しい型だ。性能の良さを謳《うた》ったCMソングがまだ記憶に残っている。ここに家族の暮らしがあったのは、ほんの数年前のことなのだ。

かつて篠井さんのお嬢さんが使っていたという部屋のドア越しに、まだベッドの上で

あろう伶子に声をかけた。

「お水は常温にしてあるよ。ヨーグルトは冷蔵庫。あとおむすびとお茶を作っといた。ドッグフード、とりあえず買っといたやつの缶の蓋あけて、床に出しておいたから。一階にスーパーもあるからね、お金と鍵《かぎ》はここに置いておくね。電話はいつでもとれるようにしておくから、なにかあったら、どんなささいなことでも、連絡して。じゃ、会社にいくね。しばらくしたら、人が来るけど、応対しなくていいから。なるべく早く、帰るから」

昨日の午後、北村と里佳に挟まれるようにして、この部屋に連れてこられてからというもの、伶子は言葉を発そうとしない。ドアの下の方でなにかがぶつかる音がする。そっとドアノブを引いたら、わずかに生まれた隙間《すきま》から、メラニーが濡れた鼻を突きだした。黒々と潤《うる》んだ丸い目がこちらを見上げている。動物をこれまで一度も飼ったことがない里佳には、この小さな黒と白の身体《からだ》と少し突き出た眼球が、可愛《かわい》いというよりも、どこか恐ろしい。目線のはるか下で動く姿にも、独特のにおいにも慣れない。何かの間違いで、怪我《けが》させたり、逃がしてしまったらどうしよう、とそればかり気にしてしまうから、視界から彼女が消えているとほっとする。暗がりの中、ベッドに横たわる伶子の背中が見えた。ほんの数日会わないうちに、また一回り小さくなった気がする。メラニーがこちらの足元をすり抜けて、キッチンの床に置かれたドッグフード缶に向かってい

くのがわかる。

ドアを閉める。ぺちゃぺちゃというメラニーの咀嚼《そしゃく》音を背に、皿の上のおむすびを一つ取ると、口にねじこんだ。まだ温かいご飯に寿司《すし》海苔《のり》がはりついている。海苔が歯の下でぷちりと破れ、かつお風味の梅干しが口の中に広がる。

——伶子は無事なんですね。身体のどこかを怪我してたりしてないんですね。

昨晩、伶子の前ですべてを亮介さんに電話で報告すると、彼はこちらの身体の芯《しん》までからからと干上がり痛くなってくるような、水分のない声をうわずらせた。

——責任を持って、彼女を預かります。様子は逐一報告しますから。

心を患《わずら》っているわけではない、ただ、少しだけ結婚生活に疲れ、休暇をとるようなものだ、と里佳は繰り返した。それでも、どうしても彼女の声を聞きたい、という亮介さんの懇願に負け、伶子にスマホを渡した。里佳が席を外し、ベランダに出た数分の間に、会話があったのかどうかはわからない。

最初は自分の部屋に泊めようとも思ったが、入居の条件にはペット不可とされている。今の伶子と、愛犬を引き離すわけにはいかなかった。横田の自宅から引きずり出す時、小さな女の子のようにメラニーを胸に抱きしめていて、他のことにほとんど頓着《とんちゃく》しなかったのだ。ひとまずタクシーに乗りこむ間に、篠井さんのほぼ空き部屋と化していることを荒木町のマンションを思い出した。確認したところ、ペット可だという。

玲子が立ち直るまで貸してもらえないか、という必死の願いを、彼はすんなりと受け入れた。それだけではなく、時々、自分も様子を見にくるという。ここに来てから玲子は死んだように眠り続けている。里佳はその間にペットショップで犬のトイレや餌《えさ》を買ったり、合鍵を作ったり、飯田橋の自宅から荷物や仕事道具を運び込んだりと、これからいつまで続くかわからないここでの生活を、北村に手伝わせながら、最短距離で整えていった。

三日間、彼女はあそこで何を見て、何を聞いたのだろう。あの隙がなく整えられた、かつて梶井が暮らした部屋の中で。横田が警察に届けを出していないか、それだけが気にかかる。北村が検索を重ねて突き止めた横田のブログによれば、いつもの通り好きなアニメの感想について書かれた文章が今朝更新されたから、特に動揺することなく、玲子の不在を受け入れているということなのだろうか。

同じ条件のもと、ほぼ同じだけ時を過ごしたのに、梶井は選ばれ、玲子が選ばれないということの事実は、受け入れがたく、親友とともにあの女に踏みにじられている気がする。

あのまま横田の部屋に鍵をかけ、鍵は置き手紙と一緒にポストに入れて、あの場所を立ち去った。鍋《なべ》の中の作りかけのシチューはそのままだ。玲子が横田用に契約したスマホは、里佳がさりげなく取り上げた。

マンションを出て二つ目のおむすびを齧《かじ》りながら、坂道をいくつも通り抜け、会社を目指した。新潟よりもはるかに気温が高いはずだが、東京の風は乾燥していて硬いせいか、肌に厳しい。民家の庭先にほのかに開きかけた梅の花を見つけるが、少しも春の香りをかぎとれなかった。伶子だけにかまけることができたら、どれほどいいだろう。こうして歩いている間も、心の大部分があの部屋に取り残されているのがわかる。

もう、どうしようもない。今は自分よりエネルギーと時間がある者に頼るしかないのだ。午後一時過ぎに編集部に着くと、北村と有羽に声をかけ、喫煙スペース前のソファに集め、声を潜めた。

「ごめん、北村ちゃん、有羽ちゃん。プライベートなことなんだけど、一生のお願い、協力して欲しいの。荒木町のマンション、住所はメールした。あ、通信社の篠井さんの持ち物なんだけど、そこにね、今、家出中の私の親友が犬と一緒に居るの。ちょっと精神的に不安定でね。私もなるべく早く帰るけど、できたら、時間があるときでいいから、二人で交代で見に行ってくれないかな？　タクシーで五分くらいかな。バイト代は出す。そこで仕事してもいいいし、何してもいいから。ただ、居てくれるだけで、いいの。はい、これ、合鍵」

里佳の勢いに戸惑うことなく北村は小さく頷き、無造作に鍵をひったくると、自分のデスクに引き返していく。すべての事情を知っているのに、口を挟まないでいてくれる

ことが、今はありがたかった。有羽はわけがわからないといった様子で、眉をひそめている。例のアイドルのグッズトレーナーが色あせ、皺《しわ》がよっていた。彼女もまた、家に帰ってゆっくり過ごすことがないのかもしれない。

「篠井さんて、あの名物編集委員の篠井芳典さんですか？　あと、その親友て？」

肝心な部分はぼかそうとしたが、結局、ここ最近の伶子についてのすべてを話すはめになった。すべて聞き終えるころには、彼女はすっかり熱に浮かされた様になった。

「すごい。すごすぎる、その人！　なにそれ、映画みたい。こないだ受付にいた綺麗で若い感じのひとですよね？　うちの編集部に是非とも欲しい人材じゃないですか」

「今は弱ってるし、普段の伶子じゃないんだけどね……」

「正直、私の世代ってカジマナ事件ってそこまで興味ないんですよ、もともと。景気いい時代を引きずった価値観が背景っていうか。そのカジマナより、伶子さんの方がずっとぶっとんでて行動的で、断然面白いですよね。するする、協力します！　そして是非お近づきになりたい。調べ物なんてどこでやったって同じだし、すぐに伺いますよ」

野次馬根性を隠そうともせず、有羽はまくしたてた。今にも飛び出していきそうな勢いに里佳は早くも不安になり始める。

「本当に助かるけど、グイグイいかないでね。もともとは繊細な性格なんだから」

内線で編集長から呼び出しがかかり、里佳は立ち上がる。

外からも見渡せるガラスで囲まれた一角に入室するなり、編集長が机の上に取り出したのは、開封済みの封筒だった。見なれた「東京拘置所」の印がある。何枚にも渡る便《びん》箋《せん》が無理にねじ込まれているため、筒状にころんと丸まっていた。差出人は確認せずともわかっていた。

「梶井からだよ。お前、彼女に対してそっけなくしたって本当か？」

遅かれ早かれ、こうなることは想像していた。こちらの興味が急速に薄れていることに、誰よりも早く気付いているのは、彼女自身だろう。

「すごいじゃん。もう、お前に首ったけって感じだな。お前が最近自分に関心がないことを怒っているかと思えば、すぐに会わせてくれ、と哀れっぽく頼んだり」

里佳は大きく息を吐いた。梶井にとって、自分に夢中になっていたはずの人間に背中を向けられるのは、恐らく初めてなのだろう。

「私が彼女から離れようとしているから、単に面白くないんだと思います」

もう隠していても仕方がない。先ほど、有羽と北村に手のうちを見せたことで、里佳はもう今までのルールを捨て去ることに、なんの躊躇《ちゅうちょ》もなくなっていた。

「私だけならいいんです。私の周囲の人間にも危害が及ぼうとしているんです。私はもう、この事件から手を引きます。引き継げる方を探していただけませんか。無責任だとわかってます。部署異動することになっても、もう仕方ないと思ってます」

伶子のここ数日をごく手短に説明した。予想していたことだが、みるみる間に編集長の目が瞬《しばた》き出す。先ほどの有羽のそれより、もっと暗い底光りするような輝きだった。

「いやあ、言葉は悪いけど、本当に面白いことになってきたな。お前の友達も梶井に負けない、ぶっとび女じゃないか。それ、そのままでいいから、自分で書かないか？　異例だが、お前の初めての署名記事にしてやってもいいぞ」

「もういいんです。私のしたい仕事は、梶井なしでもできるとわかりました」

腹が立つよりも、今は身を守らねば、という危機感の方が強い。編集長が一気に攻め込もうとしているのがわかった。

「そんなことよりも、朗報だ。例のサロン・ド・ミユコ。通えることになったぞ。うちの女性誌で使っているグルメ担当のフリーのライターがコネをつかってくれた。彼女、そこのオーナー夫妻に信頼されているらしい。偽名で申し込んでおいた。お前は外資系の営業ってことにしてある。もう一人、誰かを誘ってもいいそうだ。その伶子さんとやらと一緒にさ。気分転換になるだろう」

「何言ってるんですか。彼女がどんな状態だか、ちゃんとお話ししたじゃないですか」

「お前は記者だろう？　あと一歩で違う風景が見えるところで、どうして迷うのか、俺にはわからないよ。そのうちデスクを任せられるよ、お前なら。せっかくここまで梶井をつかんだんだよ。あと少しじゃないか。今逃げたら、一生悔いが残るんじゃないか」

ぼさぼさの灰色の眉はよく動くけれど、その下の瞼《まぶた》は象の足のようにしわが集まり重たげだ。疲労と猜疑心《さいぎしん》で、指先までむくんでいるような五十代の上司だ。離婚してからヘビースモーカーに逆戻りしたせいで、ここまで漂ってくるほど煙草《たばこ》のにおいを強くまとっている。

でも、その言葉に嘘《うそ》がないこともわかった。かつて水島さんが部署異動を申し出た時に、彼が必死になって止めたことを思い出した。梶井の選んだ便箋は、この疲れ切った空間にそぐわない、もうすぐやってくる桜の季節を思わせる淡い色をしていた。

喫茶店のドアが開いたのがわかった。

誠が入ってきたことは空気の流れで伝わったが、スマホの画面からあえて顔を上げなかった。夜八時過ぎの神楽坂を望むガラス窓に、誠のコートの裾《すそ》が映り込んでいる。「秀明社」のロゴが入った紙の手提げを下げていることから察するに、作家にゲラを届けた帰りだろうか。

「恵ちゃんて、すごくかわいいんだね」

里佳はそうつぶやいて、YouTubeの「スクリーム」のライブ動画から視線を外す。相手の反応が、こちらのコーヒーの水面で揺れている。誠は身体をひねって店員を呼び

止め、メニューを指差している様子だ。

「ここのところずっとネットで追っていたんだけど、成長期だから急に身体が膨らんで、見た目がアンバランスになっただけだと思う。一、二年で落ち着くよ。むしろ、ファンに批判されるようになってから、体型が安定しなくて、笑顔が少なくなったことの方が気になったな。ねえ、どうして、急にこの子のファン辞めるの？」

ようやく、彼の上唇と下唇が離れる音がした。うんざりしているのを悟られないように、懸命に優しい声を出そうとしているようだった。

「なんでそんなこと聞くの？　俺、そんな話したっけ？　誰かがなんか言ったの？　今はそんな話、関係ないじゃん」

「どうして、あの子を応援できなくなったか、ちゃんと教えてよ」

これ以上はぐらかしても、堂々巡りだと悟ったらしい。誠はいかにも面倒そうな早口になった。

「自己管理できないようなタイプはあんまり好きじゃないんだ。もっとストイックだと思ってた。なに？　たかがアイドルじゃん。飽きるのに正当な理由がなきゃだめなわけ？」

「違うよ。きっと、まこっちゃんは、誠は……。恵ちゃんが頑張らないから心が離れたんじゃないよ。単に、大勢の人が批判しているような女の子を一人で応援する勇気がな

いだけなんだよ」

誠の目が隣のテーブルに向けられている。女子大生くらいの女の子とフランス人男性がテキストを広げて、懸命に話し込んでいる。神楽坂でよくみる光景だ。

「私にアイドルが好きだって一度も言わなかったのも、大の大人が小さな女の子に騒いでいることを知られるのが、恥ずかしかったからでしょ。私は話して欲しかったよ。」

「ごめん、時間がなくて。ほんと、全部時間がないのが、問題なんだよ」

もはや、対立しても仕方がないと思っているのだろう。誠はやや大げさなくらい、すまなそうに眉を下げている。

「俺、里佳が、ええと、自分から、誘ってくれた時、嬉《うれ》しかったよ。すごく身体があったかくなったよ。もっとああいう時間を過ごしたいと思った。最初はそんな風にはじまったよね、俺たち。里佳はそうじゃなかった？　こういう生活だから、里佳ともっと……」

あの時の熱や痛みの断片がふんわりと蘇《よみがえ》る。あんな時間を過ごした男なのに、こうして明るいところで見てみると、厚みがなく、ひとすじの湯気のように感じられた。このまま付き合いを続けても、きっと里佳が一生、誘い続けねばならないのだろう。

「でもね、あの時の私と今の私はちょっと違ってきてるの。あとね、誠、謝らなきゃいけないことがある」

私は梶井との約束であなたとセックスしたんだよ、という言葉が喉《のど》まで出かかっていたが、それはやめた。

「私、梶井の取材のためだけに太ったんじゃないんだよ。今まで、料理することや食べることを楽しむことに対して罪悪感があった。でもね、私、味わったり身体に何か吸収したりすることが好き。今の所、ダイエットしようとは思ってない。適量を見つけるまでこのままでいる」

「君の体型について、俺が言ったことで、何か気に障《さわ》ったことがあるなら、謝るよ。悪かったよ。無神経だった。本当に気をつける」

彼の口調も態度も疲れ切っていた。ほとほと里佳に手をやいていることが、伝わってきた。ふとこちらに非があるような気がしてきた。どうして譲れないのだろう。何もかもささいなことなのに。自分が不思議でならない。

いつかこの決断を後悔するときがくることはわかっている。それならば、何も考えずに、増加した体重をもとに戻し、誠と今までのように時々会えばいい。たったそれだけのことがどうして出来ないんだろう――。それは伶子にも言えることかもしれない。伶子が目をつぶり、受け入れ、亮介さんの元に戻れば、丸く収まる。どうして、私たちは、それが出来ないんだろう。誠や亮介さんを憎んでいるわけでもないのに。孤独が怖くて仕方がないのに。

そこまで考えた時に、誠と目が合った。まさにそこに、同じ疑問が浮かんでいる。どんなに物分かりよく振る舞おうと、彼が今、心の奥で静かに苛立《いらだ》っているのがよくわかった。里佳にだけ一方的に要求する色があった。彼も本当は一ミリも譲りたくはないのだ。

「……ここ数日、仕事にも集中できないし、よく眠れない。悪いところがあれば、直すよ。一緒にいるとすごく楽だし、相性だっていいだろ。今まであまり会えてなかったけど、これからは時間作るようにするよ」

彼は今、校了の真っ最中のはずだ。流されまい、と里佳は窓の外の車を目で追いかける。

「あのね、違うの。今だけのことじゃないの。将来の話してるの」

「結婚したいっていう意味？」

「ううん。もし、私が梶井の独占インタビューをとって女性初のデスクになれば、批判の矢面に立つこともあるかもしれないよ。それでも、付き合っていける？　お前、あんな女と付き合ってたのかよ、って揶揄《やゆ》されることに耐えられる？　梶井の被害者達がもう亡《な》くなっているのに、未だにそう言われ続けているみたいに」

予感があるのだ。そう遠くないいつか、考えられないような多くの人間から糾弾されるような気がする。恐ろしいし、身はすくむけど、避けられない事態である気がする。

「そんな風に批判されないように、里佳がせいいっぱい努力すればいいじゃないか……。俺、本当は全然マイペースなんかじゃない。人の二倍やって初めて追いつくタイプなんだ。そうやって生きて来たつもりで、そこを否定されると、つらいよ」

誠の口調が徐々に重たくなっていった。もはや、眠そうにさえ見える。本人にそう指摘したら、怒るだろうか。里佳は悲しくなった。彼は面倒だから、こう言っているわけではない。おそらく本当に努力さえすれば、物事は解決すると思っている。この世界で起きる悲劇はすべて個人の責任であり、誰しも人に甘えてはいけないと思い込んでいる。

「あなたや世間を喜ばせるような努力の仕方を、四六時中、出来る自信はないの。もう若くなってきてるし、もう他人に消費されたくない。働き方とか人との付き合い方を、自分を軸にして、考えていきたいの」

誠がもう耐えられなくなっていることに気付き、このやりとりに終止符を打つことにした。

「梶井の仕事は終わっても、私はこのままかもしれないよ。ううん。年齢と共に代謝が落ちるから、もっと太るかもしれない。外見だけじゃなくて、仕事もどんどん忙しくなるから、こうやって落ち着いて話す余裕がなくなる時も、あるかもしれないよ」

自分はやんわりと、誠の手を振りほどこうとしている。それでも、里佳はかすかに願ってもいて、そんな自分を恥じる。自分を追いつめなくてもいいよ、と彼が言ってくれ

るのを。すり減る付き合い方はやめよう。いつかの新宿の夜のようにただ、お互いの温度を感じられるほどに、よりそっていられれば、それでいい。君が世間でどんな風に思われようと、自分の気持ちは少しも変わらないよ――。

誠の唇が歪《ゆが》む。あ、と里佳は思わず声を出す。なかなか形を決めないその唇は、今、小さな笑みを成したのだ。終わりだ。宣言よりも二秒早く、わかった。

「なら、仕方ないね」

と、彼はどこかほっとしたように、力なく微笑《ほほえ》んでいる。

「寂しくなるよ」

せめて目頭が熱くなるように、最初に会った日のこと、初めて心が動いた日のことを、細部まで思い出そうとする。しかし、ここ数ヶ月の梶井や伶子とのあれこれの色彩が強すぎて、まったくといっていいほど何も蘇らなかった。


五十インチのプラズマテレビに向かって、北村と、里佳の貸したスウェット姿の伶子が距離を置いて座っている。里佳はコートから腕を抜きながら、二つの背中にただいま、とつぶやいた。一階のスーパーで買った食材をテーブルの上に置く。向かいでは有羽がパソコンに向かっていて、こちらをろくに見ようともせず、そっけなく言い放った。

「おかえりなさい。卒論のレジュメ再提出になっちゃって、手が離せないんですよ。それに、伶子さん、話しかけても全然しゃべんないし、この人たちゲームばっかだし」

忘れていたが、彼女は来月末までは学生なのだ。里佳は、そうだよねえ、とつぶやく。あの後、誠とはくだらない噂《うわさ》や仕事の話を小一時間ほどして別れた。なんだか、今なお連絡したら、気楽に会えそうな雰囲気である。「友達に戻ったんだね」という言葉が向こうからも出たが、もともとが友達の延長のような関係なのだ。互いにそこまでの執着がないこと、未来がないことが可視化されただけかもしれない。ちょうど良い具合にぼやかされていた将来が、隅々まで明るく目の前に照らし出されている。

プラズマテレビいっぱいに、荒廃した遊園地が広がっていて、戦闘着姿の白人の男女コンビが銃を構えて動き回っている。

「あ、これ今、ハマってるゲームなんですよ」

北村は顔を半分だけこちらに向けた。伶子はなお、画面から目を離そうとしない。膝《ひざ》にはメラニーがちょこんと乗っている。彼女の小さな整った顔が薄青く染まり、まったく感情が読み取れないので、こうして遊んでいることをいい兆候ととるべきか迷う。二人の手にはコントローラーが握られていた。

「俺もあんまり気をつかえる方じゃないから、ゲームでもどうかなと思って。そしたら、狭山さん、この通り、夢中になっちゃって。上達早いからやってて面白いんですよね」

錆《さ》びた観覧車、回転しないメリーゴーランド。それは雪の日の、阿賀野のサントピアを思い出させた。北村がこちらを見ないまま、続けた。

「前に話していた、被害者の山村さんのお姉さん、今の勤め先がわかりました。小さな不動産会社に中途入社して、中古マンションの営業をしているみたいです。どうします？」

即答はしかねた。まさかこれだけ協力させておいて、あの事件への情熱が失《う》せ、わずらわしさと恐怖しかない、などと後輩に口に出来ない。サロン・ド・ミユコの件といい、どうして忘れた頃になってあっさりと向こうから誘いがやってくるのだろう。里佳は誤魔化すために、明るい声を上げた。

「えーと、みんな何か食べた？　お腹空《す》かない？」

一同は小学生のように、一瞬だけこちらを見た。

「私、作るよ。寒いし、あったかーいポトフにしようかと思うんだけど、どうかな」

じゃがいも、玉ねぎ、人参《にんじん》、牛ロース肉が入ったスーパーの袋を軽く持ち上げる。

有羽は興味なさそうに頷き、パソコンから顔を離そうとしない。伶子も北村も、遊園地のあちこちを探検し、ゾンビの気配を感じたら銃を構えることにのめり込んでいる。職場とプライベートが混じり合って、里佳はどんな態度をとるべきか悩み、立ち尽くす。その時、鍵がドアノブに差し込まれる音がして、コート姿の篠井さんが姿を現した。彼

をみんなにどう紹介すべきかほんの少し迷っていると、

「さっき、一度帰った時に、自己紹介しあったから。北村くんと伶子さんと内村さんね」

そう言いながら、篠井さんは白と赤の包みをテーブルに置いた。あのよく知っている油と香辛料の匂《にお》いが、玄関からここまで続いていた。

「フライドチキン買ってきた。コールスローとビスケットもね」

北村も有羽もすぐさま立ち上がり、テーブルを囲むと、油の滲《にじ》む箱に手を伸ばした。蓋《ふた》が開くと、褐色に揚がった肉がぎっしり詰まっている。なんと伶子までが、肉を引き寄せ、白い歯を立てた。肉の匂いに反応したのか、メラニーが激しく吠え、あたりをぐるぐると回り始めた。

里佳はとても揚げ物を食べる気にはならず、先ほどまでの無表情が嘘のように、旺盛《おうせい》な食欲で肉を平らげていく後輩と親友をぼんやり見守った。

「それはそうとして、町田先輩と篠井さんって付き合ってたんですか？」

と北村が骨をしゃぶりながら、いきなりそう言ったので、里佳はようやく手を伸ばしかけたホットビスケットを取り落としそうになった。

「北村くんさ、僕、時々山に登るのよ。趣味で」

面食らっている北村に構わず、篠井さんは平然と続けた。

「でもさ、最近はマナーのなってない登山客も多いわけ。この間、登山仲間がさ、大量の紙おむつが捨てられているのを見つけたっていうんだよな。なんだったんだろうな、あれ。そういえば、ああ、山の麓《ふもと》に大型の老人ホームがあったような……。ほら、居酒屋もチェーン展開している、なんていったかあの企業……」

北村の表情がたちまち硬くなった。警戒心を隠そうともせず、篠井さんを睨《にら》む。

「……どうして、俺にそんなこと言うんですか。なんの見返りもないのに。共犯として巻き込むつもりですか」

「なんのことだろう？　僕はただ、世間話しているだけ。町田さんにしてるのと同じ。僕が使えないものを大切に持っていたって仕方ないだろ。この部屋を君たちに開放しているのと同じだよ。たまには寂しい僕の話し相手になってよ。町田さんみたいにさ」

北村はそれきり口をつぐみ、ついには彼がメモを取り出すまで、篠井さんの「世間話」は続いた。

「なんだか……合宿みたいだね」

里佳が誰にともなくつぶやくと、有羽と目が合った。北村抜きで、伶子が再びゲームを再開するのを横目に、彼女は言った。

「伶子さん、みんなにじろじろ見られるのが、恥ずかしいんですよ。だから、私たち、それぞれやらなきゃいけないことをやって、適当にほっとくのがいいと思うんですよね。

あの、うち遠いんで、泊まっていってもいいですか？　布団《ふとん》、ありましたよね」

「あ、俺も泊まろっかな。もう遅いし、会社も近いし」

北村が篠井さんとの会話を中断して、こちらに割り込んでくるので、ぎょっとした。

有羽はずけずけと言い返す。

「男なんだから、遠慮してくださいよ」

「それ、差別だよ！」

北村が油で光る唇をとがらせる。救いを求めて伶子を見ると、気にしない、という風にうなずいてみせた。篠井さんは、

「じゃあ、俺はそろそろ、水道橋に帰るよ。客用の布団はあっち。北村くんは居間で、内村さんは昔、俺達夫婦の寝室だったところで眠ればいいよ」

と身支度を整えはじめている。彼の家なのに、申し訳なかった。

でも、どうせ自分が気をまわしても、この人たちは思うようになど、動かない。それならそれで、自分も好きにしたほうが楽ではないだろうか。自宅に帰るのも今更おっくうだ。今日は伶子の部屋に布団を敷いて一緒に寝ようと、里佳は腰を上げる。

「あなたがここに来なくなる夢ばかり見てたの」

面会室に足を踏み入れるなり、甘い涙声を、梶井は振り絞るように発した。もう二度とここに来るまいと誓ったのに。編集長に押し切られてしまったのか、それでもまだ彼女を見極めたい気持ちがあるのか、里佳は自分で自分がよくわからず、パイプ椅子《いす》に乱暴に腰を下ろした。

「気が気じゃなくて、何をやっても、集中できなくて。全然眠れなくて」

梶井は確かにやつれていた。一回り小さくなっているといってもいい。これまで面会したどの日よりも、髪がぱさつき、毛先がはねていた。肌は乾燥し、目の周りが窪《くぼ》んでいる。生成り色のニットもどこか安っぽく、毛玉が目立つ。

「あなた、友達なんて必要ないって言ったじゃないですか」

我ながら、いささか芝居がかって思えるほど冷えた声が出た。梶井はそれでも里佳と話せることが、嬉しくてたまらないようだ。目尻がだらしなく垂れる。

「だってえ、あの時は友達がどんなものかよくわからなかったのよ。初めてだったのよ。こんな風になんでも話せる相手ができたの」

「あなた、私に何をしたか、わかってるんですか？」

「お友達をからかったことは謝るわ。でも、あの人なんともなかったでしょ。横田さんの家でしばらく過ごしたものの、私のように上手くはやれなくて、ひたすら掃除と家事に追われて、へとへとになって帰還したってところでしょ？」

それ以上聞きたくなかった。柔らかくたわんだ丸顔に伶子への優越感が滲むのが許せなかった。

「どうせそれも、あなたの作戦なんでしょう」

うっかりしてしまった舌打ちを紛らわすために、かかとで床を蹴《け》り、そのままぐりぐりと押し付ける。

「そうやって、人を操ることだけが、あなたに出来る唯一《ゆいいつ》の処世術なんでしょう。自分が望むように相手が動いてくれるのが人間関係だと思っているみたいだけど、そういうものじゃないですよ。予測不可能だし、思い通りにはならないし、どんどん変化していくものなの。結局、あなたは自分の理解を超えたものは楽しめないんです。予想がつくものじゃないと、安心できない。本当に臆病《おくびょう》なひと」

梶井はいかにも悲しげに、睫毛《まつげ》を伏せ、髪を揺すってみせた。その仕草が余計に里佳を苛立たせる。

「あなたのせいで、伶子が今、どういう精神状態でいるかわかります？　あの子に何かあったら、私、絶対に許さないですから」

いっそ、梶井が激昂《げきこう》してすべてがご破算になればいいと思う。でも、彼女は相変わらず、ご機嫌うかがいの姿勢を崩そうとしない。

「ねえ、最近、何か美味《おい》しいもの食べた？」

「もういいです。うんざりです。私、帰ります」

嘘ではない証拠にパイプ椅子から腰を浮かしてみせた。梶井の声が急に低くなった。

「行かないで。一人にしたら許さないからね。今度こそ何もかも奪うからね。あなたも伶子さんも破滅することとさえできない甘ちゃんのくせに」

表情はなんとか保ったが、自分が青くなってしまったのがわかった。梶井はそれを見て、たちまち恐縮した様子になった。

「ああ、ごめんなさい。取り消すわ。お友達にこんなこと言うなんてどうかしてた。あなたが好きだから、ちょっぴりやきもちを焼いていたの。ね、私の記事、好きに書いてもいいのよ。あなたの文章なら、どんなものでも私、受け入れる」

すぐに彼女は目の前で両手を合わせてみせる。どこかふざけた調子があったので、油断はすまいと気を引き締める。

「料理教室に行ったのは、サロン・ド・ミユコに通ったのは、そうよ、あなたの考えている通りだったの。友達を作るためだったのよ。世界に一人くらいは、私と対等に付き合える相手が居ると思ったのよ」

「……恋人が居れば、十分だったんじゃないんですか？」

「たくさんの男性と出会ったわ。でも、誰と付き合っても、心から満足することがなかったの。美味しいものの話題や毎日の不安や楽しみについて、私は分かち合いたかった。

会話を楽しみたかったの。でも、あの人たちは自分たちが知らないものについて私が話すと不機嫌になった。自分たちが知らない味を作ると不安そうになって押し黙った。あの人たちが知っているもの、予想がつくものだけしか、認めなかった。ブフ・ブルギニヨンを作っても、どんな料理だか懸命に説明しても、頑《かたく》なにビーフシチューとしか認識しないように。だから、話していても、新しい世界が少しも広がらなくて、なんだか寂しくなった。あなたと逆。あなたは知らない味に出会った時、わくわくして、楽しくなるでしょう？　町田さんといると、なんだかね、視野が広くなる気がするのよ。見えないものが見えるような気になる。それはね、サロン・ド・ミユコに通い始めた時と、とてもよく似ているの」

わかる、と里佳はしぶしぶと認めた。梶井と会った後は、いつも少しだけ新しい風が身体を吹き抜けている。しかし、彼女がこれまでの主張を翻《ひるがえ》し、急激にこちらの価値観に寄り添ってくるのが、不気味だった。

「あそこなら私にふさわしい女友達が見つかるはずだったのよ。あそこはポンパドゥール夫人のサロンのような場所だもの」

うっとりと梶井は目を細める。この選民意識がみっちりした蜜色《みついろ》のスペシャルな何かに見えていた時期もあった。この人はきっと、たとえ無期懲役が決まっても、何も変わらないし、変われないのだろう。一見エネルギッシュに見えるが、実のところ他人任せ

の消極的な人生だ。しかし、こうして白旗を軽やかに上げてみせることで、梶井が新しい迷路に誘い込もうとしている可能性は大いにある。

「で、見つかったんですか?」

「そうかもと思える相手が一人だけいたんだけどね……。でも」

梶井は口ごもっていた。里佳はどうしても、にやにやするのを止《や》められない。彼女はサロンの輪に入れなかった。センスが良く同性との社交にスマートな裕福な女たちは、彼女の言動やいでたちを滑稽《こっけい》に思い、仲間に入れなかった、と色々なところで読んでいる。

「あなたの周囲で人が死に始めた時期と、教室に通っていた時期は同じです。何か関係があるってことですよね」

質問しながらも、梶井が主導権を握っている気がしてならない。梶井はうつむいてしまい、面会は終了となった。

全身がじっとりと汗で湿っていることに気付く。東京拘置所から歩き出しても、それはいつまで経《た》っても、乾きそうにない。みぞれ混じりの氷雨《ひさめ》がアスファルトを暗く濡《ぬ》らしているというのに。

戸棚の中で見つけた、緑色のうわぐすりが爽《さわ》やかな和食器に盛り付けた筑前煮《ちくぜんに》は、ほんのひとくずし減ったきりだ。伶子の家で見かけたものと同じ料理本をネットで買い求め、きっちりと分量をはかって慎重に作っているのに。里佳は不満で仕方がない。最近は仕事を早く切り上げ、出来るだけ、消化の良いものを用意するよう心がけている。しかし、自分が真剣にレシピ通りに再現した和食より、篠井さんの買ってきたたい焼きやたこ焼き、フライドチキンに次々に手が伸びるのが、里佳には解《げ》せない。今日の彼は、取材の合間に駅構内で買ったというカツサンドをお土産にしていた。箱を開けるなりまたたく間に減っていき、それはもう残すところ二切れとなっている。伶子だけはどこかぼんやりして、ほとんど口をつけなかったが。

「なんか、不思議だよね。この感じ」

それが伶子の声だと気付くまで、しばらくかかった。すぐ隣に伶子が立っていて、キッチンペーパーで濡れた皿を拭いている。流しでもくもくと手を動かしながらも、彼女が必死にこれまでの自分を取り戻そうとしているのがわかった。この空気を壊すまいと、里佳は息を大きく吸い、蛇口を開けながら、努めて何気ない口調を装《よそお》う。

「このマンションがファミリータイプで部屋がいっぱいあるからじゃないのかな。それぞれ好きに使えるし。朝夜逆転している人種ばかりだし。自分勝手にするしかないから、独特な空気なんじゃないの？」

「違うよ。きっと里佳がいるからだよ」

伶子はカウンターキッチン越しに室内をゆっくり見渡している。卒論から解放された有羽は北村と並んでゲームに夢中で、篠井さんはテーブルで新聞をスクラップしていた。足元ではメラニーが身体を横たえている。

「里佳が中心に居ると、みんな役割から自由になれるんだよ。性別とか地位が関係なくなるの。磁場が歪むっていうのかな。昔からそういうところあったけど、最近は特に……」

「そうかな。なんでだろ。自分じゃわかんない。太ったからかなー？ 癒《いや》しキャラ？ そういえば、編集長がサロン・ド・ミユコに空きが二人出たって言ってたけど、あんなところに通ったらますます太りそうだよねー。てゆうか、もう事件に興味もあんまりないしなあ」

おどけてぺらぺらしゃべってみても、伶子はにこりともしない。

「里佳は、自分がいないところで、自分の知り合い同士が仲良くなって新しい関係が生まれても、里佳の話題を色んな方向からしてても、別に気にならないでしょう？ そういう人って結構珍しいんだよ。みんな自分が損しないように、持ってるものを守るので必死なんだもん」

「そうなのかなあ。あ、あの、実はね、誠と別れたんだ」

伶子がそっか、とだけ、つぶやいた。スポンジを強く押し、泡を絞り出す。

「もう、これから先、私には誰も現れないと思う。一生一人かも。仕方ないんだけどね。自分で決めたことだし。結婚願望はないと思ってたけど、私も案外、保守的なのかも」

「ねえ、どうして、誰かが現れて求めてくれないと、恋はできないって思うの？」

伶子の色素の薄い大きな目が、こちらに向いている。

「どうして、異性から選ばれないと、関係が始まらないって思うの？　どうして選ばれることを、何もしないで、ただ死んでるみたいに、待ってなきゃいけないの？」

洗い桶《おけ》の水が溢《あふ》れ出し、里佳は蛇口を閉める。澄んだ水の揺らぎがほんのりとキッチンを明るくしている。

「希望や本音を口に出さないで、相手が自分にとって都合よく動くように仕向けたり、損しないようにじっとして向こうの出方を待ってるって、梶井の被害者や梶井と何も変わらないと思う。横田さんの家で過ごして、それがよくわかった。女性慣れしてない男なら、梶井にひっかかるような男ならって、勝手に侮《あなど》って、料理やら掃除やらしてみても、怖がらせるだけだったよ。亮ちゃんとのことも、ひょっとしたら、同じなのかもね。亮ちゃんを自由に動かそう動かそうと思ってばかりで、私、実のところ、勝手にあさっての方向に走ってるだけで、ちゃんと目を見て要求を伝えていなかったように思うよ。誘われるのをただひたすら、待ってるだけだった。どこかで、求められるお姫様でいた

かったんだよ。梶井に指摘されて、恥ずかしかった。その上、別に好きでもなんでもない横田さんにまで、拒絶されて、かえってプライドがぼろぼろ。莫迦《ばか》だったよ。里佳も、他人に評価されるのを待つのはやめた方がいいよ。里佳の方から誰かを好きになることはこの先、きっとあると思う。その瞬間を待ちなよ。そうしたら、素直に気持ちを伝えればいいんだよ」

「でも、その先、うまくいくと思う？　私なんかが？」

声が震えてしまい、里佳は赤くなる。伶子は大真面目《おおまじめ》そのものだ。

「男女がうまくいくってなあに？　それ、どんな状態を指すの？　私みたいに結婚しても、うまくいかないことはあるし、梶井みたいに異性に強く求められても、誰も幸せにならないことはあるじゃない。里佳、自分を信じなよ。里佳みたいな人に心から好かれたら、その人は幸せだし恋愛に発展するとか関係なく素直に嬉しいと思うよ。第一、里佳が好意を持つような人は、あなたを邪険にしたり利用したりはしないと思う。私が保証する」

ふいに、ここと同じくらい、広いマンションを手に入れたいと思った。いや、一部屋の大きさよりも、一人になれる部屋がいくつもあるといい。複数のプライバシーを尊重できるように。

「伶子、ありがとうね。ほんと、ありがとう。元気出てきたなら、亮介さんにメールか

LINEしなね。本当に心配してるんだよ」

ややあって、伶子は表情を変えずに顎《あご》を引いて、右肩を軽く持ち上げると、タオルで丁寧に手を拭《ふ》く。そして、メラニーを従えて、篠井さんのお嬢さんが使っていた部屋に向かっていった。

伶子を守れるのは自分だけだと思っていた。篠井さんの寂しさを解消したいとも思うし、祖父の世話に追われる母に対する申し訳なさも常に消えない。しかし、彼らの問題を自分が解決できるなどというのは、そもそも驕《おご》りではないか。ひょっとすると、自分にできる唯一の仕事は――。

近しい人たちのいざという時の逃げ場を作ることなのではないだろうか。

北村と有羽は今夜は自宅に戻るといい、電車があるうちに帰っていった。シャワーを浴びて着替えると、リビングに篠井さんと、まだ起きていたらしい伶子が向かい合って座っているのが見えた。ほんの一瞬、二人の顔と顔が重なりあっているように錯覚して、どきりとした。

タオルで髪を拭《ぬぐ》う里佳に、篠井さんが目くばせした。この数日で、彼は若やいだ。油物ばかり食べているせいか、ふっくらして肌艶《はだつや》もよくなった気がする。

篠井さんに見守られながら、伶子が一心不乱に丼《どんぶり》の麺《めん》をすすっている。

「サッポロ一番塩らーめん、バターのせ。俺の一番の得意料理。さっきあんまり食べら

れなかったみたいだから。珍しく彼女の方からねだられた」

そう言った彼の細長い横顔はどこか得意そうだった。伶子は、添加物や栄養分に敏感なのに。なんだか裏切られた気さえする。

「こういうものの方が美味しく感じる時期があるんだよ。作り手の気持ちを受け取るのって、食べる方にもエネルギーが必要なことだからさ。美味しさにも距離感が必要だよ」

と、篠井さんが言った。おそらくはこの部屋で、彼はひとりきりでラーメンを食べたのだろう。数え切れないほど何度も。批判めいた目線の里佳に気付いたらしい。

「いやあ、この人も子供じゃないんだから、栄養バランスは自分でとるでしょ。あんまりいたわり過ぎると、よくないよ。わがままなお姫さま、いや王様みたいな人だから」

伶子が丼から顔を上げ、とがめるように篠井さんを見上げた。短い間にここまで二人が親密になったことが、意外にも当然にも思えた。里佳の記憶が確かならば、伶子にこんな風に軽口をたたいた男はこれまで一人もいない。

しんとした部屋に、伶子が麺をすする音だけが響いている。粉末スープに混ざっているらしい、エスニック風のスパイスの香りがかすかに鼻をかすめた。縮れた麺はくっきりと波打っていて、茹《ゆ》で加減がちょうど良さそうだった。

どこがどうとは上手く言えないが、篠井さんは伶子に接する時だけ、言葉が潤《うるお》い、語

尾が丸いような気がする。もしかして、彼の元妻は伶子に共通する部分があるのではないだろうか。伶子の自宅キッチンとこの部屋のそれは、どことなく似た雰囲気がある。特にオーブンを開けた時の空気や、天板を引き出す時に鳴るキイという音がそっくりだ。もしかすると、里佳は彼の娘に似たタイプで、伶子はその母親タイプなのかもしれない。そう思うと、この三人で居ると、どこかしっくりするのも納得できる。

伶子がおもむろに、丼をごとりとテーブルに置いた。

「私、梶井の通った料理教室に行きたい。さっき話してたやつ。里佳が嫌なら、一人でも行くから。あなたのためじゃなくて、そこになにがあるのか、私、見てみたい」

伶子は手の甲で、てらてら光る唇を拭い、まっすぐに立ち上がると、窓を大きく開けた。氷のような夜気を想像して、とっさに身体を強張《こわば》らせる。淡い黄土色のカーテンが翻り、一瞬彼女のきゃしゃな肩が視界から消えた。里佳は傍にいる篠井さんにささやく。

「私にも同じのを作ってもらっても、いいですか。バターはましましで」

彼はにやっと笑って、伶子の空の丼を手にキッチンへと歩いていった。思いがけないほど生ぬるい夜風が吹き込んできて、衣服からわずかにこぼれた皮膚をやわやわと撫《な》でる。里佳は頬をなでるそれに春の香りを嗅《か》ぎ取って、大いに戸惑った。

自分が何もせずとも、世界が刻々と変化していくことに愕然《がくぜん》とする。自分が動かずとも、周囲で次々に関係が生まれ、複雑にからみあって、どんどん育っていく。まるで植

物の枝葉や根のように。濃い緑色がまぶたの裏に広がっていくようだ。

誰にとっても習い事を始めるにはふさわしい季節なのかもしれない。

梶井真奈子の第二審は、二ヶ月後にせまっている。

13

私は東京の府中で生まれましたが、ものごころついてから育った町は新潟の阿賀野市安田地区で、新潟酪農発祥の地と呼ばれています。

新潟駅までは車で四十分ほどでしょうか。そこまで出れば大抵なんでも揃《そろ》います。ですから、それほど田舎に暮らしているという感覚はありませんでした。

でも、冬になると平野はどこまでも雪で覆《おお》われ、私たちはあの狭い町に閉じ込められます。世界は静かで、すべてが死んでいるように思えました。そんな中、生命力を放つ場所として記憶に残っているのは、お隣の持ち物だった牛舎です。あたりは一面の白銀でも、あそこは牛の吐く熱い息と体温のおかげで、ほんのりと暖かかった。寒い時期の牛はたっぷりと栄養を溜《た》め込んでいるので、そのお乳は甘く、クリームのようなこくがあります。

乳製品を使った料理が好きで好きで仕方がないのは、この思い出のせいです。雌牛が

ずらりと並ぶ牛舎をみていると、その臭気や蠅《はえ》がたかってものともしない佇《たたず》まい、大きな歯や突き出た眼球の力強さに、圧倒されました。蠅で真っ黒になった蠅取り紙にはぞくぞくしました。同時に、そこには存在しない、雄牛のことが気にかかりました。妊娠できるだけの精子さえもらえば、異性なんてもうどうでもいい、雌牛が、恐ろしくもなったのです。

大学入学を機に、東京に戻って来てまずびっくりしたのが、乳製品とお米のまずさでした。そして、周りの女性がその二つを控えていることにも驚きました。口にするとしても、ほんのちょっぴり。ちまちま正しく生きている女性を見ていると、腹立たしくなりました。

入学したばかりの頃の、大学のカフェテリアでした。私はいつも一人でした。昼下がり、隣の四人組の女の子の会話を聞きました。いずれも地方出身者で、一人暮らしをしたり、女子寮に住んでいるようでした。みな、恋人もいないようです。一人は地元になじめなかったようで、一人は都会になじめず、一人はお金を貯《た》めたい、一人は痩《や》せたい、と莫迦正直に打ち明けました。四人は最初こそ元気がなかったものの、話すうちに気が晴れてきたのでしょう。だんだんと笑顔になり、やがては旅行に行く予定を立てていました。テーブルから立ち上がった後の彼女たちはどこからどう見ても、楽しそうな女子大生そのものでした。その変わり身の早さ、現金さに、私は傷つきました。問題は何一

つ片付いていないのに何か満たされた様子にも、腹が立ちました。私はひとりだ、と思いました。私は気休めなんて必要ない。誰ともつるまず、生きていこうと思いました。まもなく私は大学を辞めて、裕福な紳士たちとデートすることで生計を立てるようになります。

白状します。私は世間には男好きだと思われていますが、男の身体のことばかり考えている好色で下品な女などではありません。むしろ、女が大嫌いなだけなのです。

仲間に入れないいやつあたりなどではありません。婚活で知り合った多くの男性が甘えん坊で依存心が強いことは私も認めますが、女のつかみどころのない態度やこちらを圧するような獰猛《どうもう》さ、主張がコロコロ変わっていく不気味さに比べれば、私には耐えられることです。

阿賀野には、三美神と呼ばれる、三人の働きものの乙女の銅像があります。新潟駅にも同じものが飾られています。私はその銅像が小さい頃から大嫌いでした。食べかけのガムをくっつけたり、とけかかったソフトクリームの残りをなすりつけたことを告白します。複数の女が、それも美しい女が仕事をしながら仲良くできるわけがないし、三人いたら、絶対に一人は仲間外れになるに決まっているでしょう。乙女像がいずれもスレンダーであることも、許せませんでした。私は小さな頃から、母親にダイエットをしろ、と病的な厳しさで強制され続けたせいで、カロリーオフだの運動だのが、何よりも嫌い

なのです。

私の体型が世間で揶揄されていることは知っています。そうした発言をする人間こそ、男が女に惚《ほ》れるメカニズムをわかっていません。きっと貧しい性生活しか送っていないのでしょうね。同情します。

男を決して凌駕《りょうが》しないこと。

たったこれだけのことでいいのです。どうして世の婚活女性たちはいつまで経っても理解しないのでしょうか？　そんなの人間じゃないみたい？　私は声を大にしていいたいのです。すべての女は女神になればいいのだ、と。もしこの主張が世間に広く伝わるのであれば、いわれなき罪で、こうしてとらわれていることも、多少は納得がいくというものです。

女は欲望を殺せ、といっているのではありません。絶対的な包容力を保つためには、女側が何らかのストレスや悩みや葛藤《かっとう》を抱えていてはなりませんから。だって、女神なんですからね。だから、私は食べたいだけ食べます。贅沢《ぜいたく》に限らず、あらゆる欲求の我慢は絶対にしません。思えば、私の女嫌いの原因は年少期の母との関係に由来します

――。

「フードライターの重盛《しげもり》さんからのご紹介でうかがいました。三波和子《みなみかずこ》です」

仕事で偽名を使うのは、これが初めてではないが、どうしても発音がぎこちなくなる。なにしろ、相手は政治家や芸能人ではない。マダムと呼ばれる笹塚美由子の、柔らかなランプの灯りに照らされた皺《しわ》の目立つ白い肌、光の加減によって冷たい水で濡れているようにも暖かそうにも見えるねずみ色のニットが、里佳の乾いた目を潤していく。

シェフである夫と二人三脚で有名フレンチを切り盛りし、ミシュランで星二つを獲得、海外から招かれた要人さえ、その個性とホスピタリティで虜《とりこ》にしている彼女は、高級婦人雑誌で顔を見ることも多い。厳しい目差《まなざ》しをした隙《すき》のない女性というイメージだったが、こうして間近で見れば、柔らかなおくるみで守られ、それをさも当然のように澄ましている小型犬のような、憎めなさがあった。小柄できゃしゃな上、顎がきゅっととがっていて瞳《ひとみ》がとても大きいせいで、シニヨンにした白髪の多い髪やニットの襟回りがたっぷりと豊かに見える。

「飯野麻理子《いいのまりこ》です。彼女の大学時代の友人で、主婦です」

と、伶子はなめらかに発音した。久しぶりに外に出る彼女が心配で、六本木駅で落ち合った時から、その横顔をこっそり観察していたものの、思いのほか、堂々としている。有羽に借りたらしい紺色のニット姿で、伸びた髪は額を出してすっきりと一つにまとめ、素肌に紅をさしている。それだけで広報時代の凛《りん》とした佇まいが蘇《よみがえ》るようで、里佳は少

し嬉《うれ》しかった。相変わらず篠井さんの家に引きこもっているが、最近では、自主的に亮介さんとメールのやりとりをしているようだし、午前中、メラニーの散歩に出かけるようにもなった。家主の篠井さんが迷惑そうではないし、有羽も北村も入り浸るようになったため、里佳はこの状況をどうにかしようという気持ちを失いつつある。自分自身、一週間のうち半分くらいは篠井邸に寝泊まりしていた。

まだ空気はぴんと張り詰めているものの、今年の桜の開花は例年よりやや早いらしく、月末は仕事関係の花見が目白押しである。

六本木駅の地底から這《は》い上がるように、長いエスカレーターをいくつも経て、ヒルズの片隅にたどり着いた。麻布十番に向かう緩やかな下り坂を徒歩五分。東洋英和女学院の裏手にある、この界隈《かいわい》に多い大使館と見間違えるような、要塞《ようさい》めいたクリーム色のマンションの一室が、「バルザック」オーナー夫妻の自宅だった。

オートロックのエントランスから、ガラス張りのエレベーター、屋内の渡り廊下に至るまですべて絨毯《じゅうたん》が敷かれている。ドアが開くと大理石の玄関から、ふかふかの大きなスリッパに履き替える。マダムに誘われ、二度折れる廊下を歩き、まるで円形劇場のような二十畳ほどの居間に通された。中央にある直方体のセントラルキッチンを取り囲むようにすべてが配置されている。オーブンは二台。コンロは六つ。流しも作業台も、光や艶がまったくない、見たこともない素材でできているため、威圧感がなく、何か現代

アートのようにさえ見える。すべての部屋がこうなっているとは考え難いので、夫妻が改装したのかもしれない。

「みなさん、こちらは今日から参加の三波さんと、飯野さん。重盛さんのお友達なんですって」

ぱりっと糊《のり》付けされた白いテーブルクロスのかかった長テーブルを、六人の生徒が囲んで座り、皆こちらを見ていた。いずれも三十代から四十代くらいの肌や髪の綺麗《きれい》な、暮らしの余裕を物語る女性ばかりだ。その何人かにはっきりと見覚えがあり、里佳はつい目を逸《そ》らす。梶井とたまたま同じ時間さえ過ごさなければ、平穏でいられた一般人を、観察することがどうしても後ろめたい。窓の外では、驚くほど近くに東京タワーが夜空を従えて輝いていた。

小さな年代もののシャンデリア、飴色《あめいろ》に色付いたどっしりとした本棚には、数々のトロフィーやフランス大統領と並んで撮った笹塚夫妻の写真が飾られている。そうかと思うと、お土産らしきスノードームやら、メキシコの人形、指ぬきくらいの大きさの陶器のおもちゃが細々とディスプレイされている。

マダムはホチキス留めされたレシピを生徒たちに配っていく。

「じゃあ、さっそく始めましょうか。今日のメニューは、いろいろな魚介を裏漉《ご》ししたスープ・ド・ポワソン、クミン風味の新玉ねぎと人参のパイ、ラムのオレンジ焼き、い

ちごのムースです」

「うわー、クミン嬉しいなあ!! 今日はいっぱい食べられそう!」

耳を出した明るい髪色のショートカットの女性が、いきなり手を打ち合わせ、ぐっとくだけたムードになった。

「アキさんはクミン大好きっ子だもんね」

彼女たちはくすくすと笑う。里佳は恐る恐る、胸のところで小さく手を挙げた。

「あの、そんなにたくさん、作るんですか? 今から?」

「そうよ。でも、八人いるから大丈夫。さあ、始めましょう」

生徒は一斉に立ち上がり、今まで座っていたテーブルはクロスを取り去られ、作業台に様変わりした。食材が次々に運ばれてきた。

ずらりと整列した骨が赤い肉から突き出しているラムの塊の迫力に目を見張る。ムール貝、蟹《かに》、メバル、カサゴなどの鮮魚のほの暗いぬめりや静かな色の目玉に見とれた。色の濃い野菜を盛った籠《かご》、バターや生クリームなどをマダムは次々に並べていく。生徒たちは指示されなくても、すぐに仕事を見つけていて、里佳は取り残される格好になった。それに気付いたらしい、カシミアのカーディガンに水玉のエプロンを着けた女性に、まな板と包丁を渡された。言われるままに、人参、セロリ、玉ねぎをみじん切りしていく。周囲の女たちに比べると、動きがもたついていることは否定できない。それればかり

でなく、泳ぐように笑いさざめきながら作業している彼女たちにひきかえ、なんと余裕がないことか。マダムの指示で、里佳のいびつなみじん切りをよく使い込まれた鍋《なべ》に入れ、火にかける。木べらを渡され、どきどきしたまま火に向かい合う。周囲を生徒が取り囲む。

「まずは、スープ・ド・ポワソンから。野菜のみじん切りをスエしていきましょう。スエというのは、汗をかかせるという意味でしたね。弱火でゆっくり、野菜にうっすら水分が浮かぶぐらいまで、炒め過ぎてからからにならないように、火加減には注意してくださいね」

視線が自分の手元に集まるのがわかる。やがて野菜から水分が滲み出し、しっとりした湯気が里佳の頬を潤す。

「あ、三波さん、ちょっと火を弱めてみてください」

叱《しか》られたわけでもないのに、それだけでもう緊張で胃が痛くなってきた。それを察したのか、マダムがやんわりと木べらと鍋を代わり、里佳は引き下がる。フードプロセッサーが回転し、粉とバターの嵐《あらし》が上下した。そちらはパイ生地を作っているらしい。

「細かい粒になったバターを溶かさないように。冷水を少しずつ加えましょう」

フードプロセッサーの蓋が外れると、小さく粉が舞い、こちらの鼻先をくすぐった。ブツ切りにされた魚介類がスエの鍋に加えられる。サフランの香りで場がぱっとはな

やぐ。続いて投入されたトマトの酸味で胸がすっきりするようだ。人参と玉ねぎが蒸し煮されている鍋に、ぱらぱらとクミンシードが振りかけられる。吸い込んだ瞬間、鼻の奥が心地よい温度でくすぐられ、喉《のど》がじわじわと燻《いぶ》されていくような、香ばしい煙と焼けた肉とナッツを取り混ぜたような匂いが立ち上る。

「先生、パート・ブリゼ生地、終わりました」

と、誰かが言い、マダムは振り返る。

「型で抜いていきましょう。おうちに丸型がなければ、コップを使うといいわよ」

伶子は明らかに、息を吹き返しているようだ。初参加とは思えないほど、場になじみ、てきぱきと野菜を切り分け、高い場所からラム肉に塩を振りかけている。マダムが感心したように褒め言葉を口にしているが、里佳にはそれさえ理解できない。そうしているうちに、ラム肉用ソースのためのオレンジジュースが煮詰められ、甘酸《あまず》っぱい匂いが漂い始める。パン粉とコリアンダー、オレンジの皮がフードプロセッサーの中でたつまきを起こしている。この香りつきパン粉をマスタードと一緒にラム肉に塗って焼き上げるらしい。里佳はマダムの隣でつぶやいた。

「ラムにコリアンダーにオレンジですか……。味の想像がつかないです」

「でも、想像がつくものなんてつまらないでしょ？」

マダムが軽やかな口調で言いながら、包丁の背で背景を透かすほど薄くそいだ人参は、

淡いだいだいのリボンになってひとひらひとひら、まな板の上に落ちていく。コサージュを成形するような手つきでくるりとそれを丸めてみせた。

「わあ、本当にオレンジ色のバラみたいですね。人参だなんて思えない」

ミキサーにかけたいちごのピューレとクリームが、氷水につけたボウルの中で混ぜ合わさる。みずみずしい赤と柔らかい白が合わされば、胸に小さな花が咲くような、ピンク色が現れた。相変わらず何もできずにいると、伶子にハンドルのついたミルのようなものを渡された。

「和子はスープの裏漉し係をやって」

怪訝《けげん》な顔をすると、ハンドルを示された。ボウルの上に載せたその漉し器の中には、火の通ったブツ切りの鮮魚と蟹が入れられた。

「一番、失敗がないから。ほら」

これを押しつぶして、スープだけ搾り取れということらしい。手の力でばりばりと骨や尻尾《しっぽ》や目玉が砕けていくのがわかる。早くも腕が疲れてきて、里佳は全体重を傾けた。この受け持ちから離れさえしなければ、恥をかかずに済むと、漉し器を抱え込む。チヅさん、と呼ばれている背の高い女性が人参の薄切りを巻きながら、そっと耳打ちしてきた。

「たぶん、三波さんと同じかも、私も。ここに来てるの、料理がうまくなるのが目的じ

ゃないってこと」

皆が柔らかな素材のニットやワンピースの中、一人だけエプロンの下はパンツスーツ姿で、先ほどから目を惹《ひ》いていた。里佳は彼女と視線が合わせられず、カサゴの目玉を見下ろした。実を言えば、この部屋に入った瞬間から、どこかで会ったような気がしてならない。首まで続いているそばかす、一重の目、ぶあつく形の良い唇に見覚えがある。

「女の子たちとワイワイしに来てるんでしょ」

ニヤニヤとチヅさんが言い、面食らっていると、

「あはは、わかる。私もこういう部活っぽい空気が好きで来ているのもあるかも」

そう言って二人の会話に参加してきたのは、ふくよかで綺麗な四十代くらいの女の人だった。ネットで「梶井に負けないデブもいるじゃん」などと心ない中傷をあびせられていたはずだ。しゃべりながらも、泡立て器を動かす手を止めない。

「いやいや、違うでしょ。ユミさんは、チーズがあるところなら、世界中、どこにでもいくからなあ。フランスだろうとスイスだろうと」

「今日のチーズはあなたの大好きなミモレットよ！　一人で全部食べないでね」

マダムが言い、みんなが笑った。裏漉ししてとれたスープは不安になるほどわずかだった。やがて部屋いっぱいに、バターの熱い風が吹き抜けていく。パイの焼ける匂いだ。もう一台のオーブンからはラムとオレンジの香りが流れ出す。甘酸っぱさと野性味溢れ

る肉の香りが混ざり合い、食欲が刺激された。

料理がすべて完成する頃には、時刻はもう十時を回っていた。もっと気楽な、女子会の延長のようなものを想像していた里佳は、全員のエネルギーとおしゃべりからにじみ出る知識と作業量に圧倒され、へとへとになっていた。

オレンジや赤を基調にしている料理に合わせ、食卓の花にはミモザが選ばれた。「反対の色を選ぶと料理が映える」と、マダムが広げたテーブルクロスは淡い水色で、料理や花との調和が湖畔のピクニックを思わせる。空腹はもはや堪え難いほどで、里佳は椅子に着くなり、料理が待ちきれず、バゲットに手を伸ばし、バターを分厚く塗る。せっかくのワインの説明があまり頭に入ってこない。

漆器の色合わせもちゃんと観察せずに、運ばれてきたトマト色のスープをひとさじ、口に運ぶ。あちこちでため息が漏れた。あれほど手間をかけたのにちょっぴりの汁しかとれず、落胆していたが、この旨味《うまみ》のエキスといったらどうだろう。魚の隅々まで、それこそ目玉の裏側まで、甘みも苦味もまろやかさもすべてが溶け込んでいる。

オレンジ色の人参《にんじん》のバラがのった一口サイズのパイは、じっくり蒸し煮した新玉ねぎや人参の濃厚さに目を見張らされる。クミンの香りがいっそうその甘さをひきたてていた。メインとして現れ、すぐに骨に沿って切り分けられたラム肉の華やかさに、一気に心が浮き立つ。パン粉とオレンジ皮の甘さ、青臭いコリアンダーのさくさくの壁で守ら

れたラム肉は、力強い草原の香りがした。からすみそっくりの濃厚で硬いオレンジ色のチーズの後に出た、デザートのいちごのムースはふっくらと柔らかく、甘酸っぱい風が胸の中に吹き込んできた。花の咲き誇る季節は手を伸ばせる距離にあることを実感した。テーブルセッティングや日本と西洋の照明の違いについての講義も、今まで味以外のことにまったく興味がなかっただけに、里佳は引き込まれた。生徒たちは質問することになんの躊躇《ちゅうちょ》もないようだった。マダムがこちらを見た。

「三波さん、何か、習いたい料理はある？　なんでもリクエストして」

和んだ空気に後押しされ、里佳はどうしても聞いてみたくなった。

「えーと、その、みなさんからしたら簡単な料理かもしれませんが、ブフ・ブルギニョンを是非、習ってみたくて」

その場がしんと静まった。誰かがふいにうつむいたまま、席を立って、別室へと移動する。ひとみさんと呼ばれていた、小柄で愛らしい顔をした女性だ。彼女をネットで見たことがある。どこか大手メーカーの課長夫人だとかで、名前や学歴を一番明確に特定されていた。チヅさんが慌《あわ》てて彼女の後を追う。マダムが一瞬、表情を曇らせて彼女たちを目で追っていたが、こちらに気を遣ったのか、すぐに目を細めてみせた。

「ごめんなさいね。ブフ・ブルギニョンは以前、飽きるほど作ったから、また今度にしましょうか」

ひとみさんはしばらくすると戻ってきて、やや青白い顔ながらも、何事もなかったように会話に参加した。皆も大げさにすまい、と心を配っているのがありありとわかった。里佳は申し訳なくて居たたまれなくなるが、今何かを言うことは憚《はばか》られた。彼女の顔色が戻り、言葉がなめらかになったところで、マダムが立ち上がる。

「では、次回は二週間後。食前酒と食後酒についてお勉強しましょう。きゅっと甘いお酒をお食事に合わせるのは、日本ではあまり人気がありませんが、食欲が増す、とても美味しいものですよ」

レッスンはお開きになった。身体中に色々な香りの風が吹き抜けていて、伶子に促されるまで、里佳は酩酊《めいてい》したように立ち上がることができなかった。

エプロンを畳み、マンションを後にする。身体が温まったせいか、外気がやけに冷たく澄んでいるように感じられた。地下鉄の座席に身を沈めるなり、二の腕と腰がすっかりだるく、重くなっていることを実感した。疲れたね、とどちらからともなく、顔を見合わせる。考えてみれば、伶子と一緒に料理を作ったのはこれが初めてだ。胃は満たされているのに、疲れている、というちぐはぐな感覚だった。もちろん緊張したが、総じて心が躍りっぱなしで、久しく味わったことのない達成感が爪先《つまさき》まで行き渡っている。

「私、梶井が実際に殺してる、に一票。改めて」

最近は、梶井の話を避けるようにしていたのに、あっけらかんと彼女の名前を口に出

す伶子に安心もしたし、あきれてもいた。

「めちゃくちゃ体力使うじゃん。ガチだよね。あのテリーヌの重しで人を殴ったら、死にそう。裏漉しに使ったムーリネットでぐりぐり手指をまきこんだりさあ」

里佳は思わず吹き出してしまった。メバルやカサゴがグシャグシャに砕ける感覚がよみがえる。

「ほんとだね。料理教室なんて聞くと家庭的なイメージだけど、体力勝負だったね」

「生徒さん達も、思ったより全然、感じいい人たちじゃん。気取ってないし、そこまでお金持ちっぽくもない。梶井と関わったばっかりにさらしものにされて可哀想《かわいそう》。途中、退席した人、きっと梶井のこと思い出したんだよね」

胸がちくりとして、里佳は周囲を見回す。教室の生徒さんと同じような年齢の女性が何人かいたが、仕事帰りなのだろう。誰も何も浮かばない顔つきでスマホに視線を落としていた。

「悪いことしたな。ああ、取材とはいえ、気がとがめる。にしても、なんであんなに注目されたんだろうね。あの人たち。一時期はカジマナ以上に取りざたされていたよね」

「あれはさー、料理教室に通う女への偏見とコンプレックスじゃない？　超恵まれた女のイメージを勝手に抱いて、みんな嫉妬したんだよ」

「うん。実をいえば、私もそういう偏見があったのかもしれないよ。なんか、わかるよ

うになったことがあるの。最近、ちょっとだけ料理するようになって。ロックだよね、掃除とか料理ってさ。愛情や優しさじゃなくて、一番必要なのは、パワーっていうかさ……。なまくらな日常にのみこまれないような、闘志っていうかさ……」

怜子の目がぱっと輝いた。

「そう、ロックロック‼　権力への反発だよ」

二人の前でつり革に全身を預けているサラリーマンが、ちらちらとこちらを見ながら、聞き耳を立てているのがわかった。

「こんな不平等でギスギスした世の中だから、自分の暮らしや自分の周辺くらい、自分を満足させるものでかためて、バリア張って守りたいって思うじゃん。お金かけなくても、工夫したり、手間かけたりさー。それに、その時、食べたいものを、自分の手で作り出せるのは、面倒な時もあるけど、楽しいよ」

久しぶりにこんなに元気な怜子を見て、頼もしいと思った。亮介さんは彼女のパワーに圧倒されてもいたが、それによってきっと暮らしを守られてもいたのだろう。

ラム肉のおかげで、会社に戻るまでずっと唇がうるおっていた。

「ねえ、どこの世界にそんな人、いるんですか?」

里佳はつい話を遮ってしまった。「週刊秀明」新年度の目玉連載として、梶井の話した内容を一人称の手記のようにまとめる形で署名記事を書き始めているが、難航している。

東京拘置所の面会室で、こうして梶井と向き合うのは、もう何度目なのだろうか。行きつ戻りつしながら、梶井は女子大を辞めたくだりまで、話し終えた。偶然町で出会った男の勧めで、富裕な老人ばかりを相手にして生計を立てるようになる。このあたりの話は非常にあやふやで、里佳は荒い口調で追及した。梶井は肩をすぼめてみせた。

「ホテルオークラのラウンジでお紅茶をいただいていたら、向こうから話しかけられたの。『あなたをずっと探していた』って。仕立ての良い麻のスーツを着た白髪の紳士」

「あの、本当のことを言ってください。あなたが嘘《うそ》つく時、私、すぐにわかるんですから」

あまりにも不機嫌そうに顔をしかめたためか、梶井はしぶしぶといった調子でこう応《こた》えた。スカウトは記憶違いだったかもしれない、もしかすると自分からネットで働きかけたのが始まりだったかも、そこのツテで知り合った老人から、次々に相手を紹介してもらった、と。ここだけは譲れないとばかりに、強い口調で付け加えることは忘れない。

「売春じゃないの。そんな体力のある人はあんまり多くなかったし。私は高級店でごちそうになって、お話をして、歌舞伎《かぶき》やオペラ、お相撲なんかに付き合って、老舗《しにせ》ホテル

で抱き合って添い寝をしたり、膝枕《ひざまくら》やマッサージしてさしあげた。それだけ」

半信半疑だったが、若さという時間を売り物にしたことに間違いはない。ただ、彼女の売春事情は他誌で克明に書かれているから、今さら追及したところで読みどころにはならない。

「私は、同年代の女の子がとてもできないような暮らしをさせてもらった。男の人の夢を叶《かな》えてあげるのは天職だと思った。どのお客様も、私といると時間を忘れる、楽しい、って喜んでくれた。もちろん、努力も怠らなかった。ポンパドゥール夫人みたいにね。企業のトップと話を合わせられるように日経新聞を読んだり、古典や伝統芸能を勉強したり。肌や髪も手入れは怠らなかったわ」

「ご家族は、あなたが休学し、その……、デートで生計を立てていることに気づかなかったんですか」

「ええ、父が気付いて、一度、上京時に、諭された。女子大はやめてしまったけど、料理の先生を目指して、代官山の料理学校に通いながら人生勉強をしているって言ったら、納得してくれた。年上の人たちとデートはしているけど、あくまでも社会勉強で、手ひとつ握らせていないってね。女は安売りしちゃいけない、手の届かないマドンナで謎《なぞ》めいた存在でいなさい、は父の口癖だったから。私、仕送りはずっともらっていたの。父はしょっちゅう上京して、私の勉強のために、食べ歩きに付き合ってくれた。杏菜もこ

っちに来てからは、一緒に暮らしていた。あの子はまだ子供だから、私の稼業《かぎょう》はよくわからなかったみたい。でも、母がいない三人の家族団欒《だんらん》は本当に楽しくて、この東京での暮らしが私にとっての本物なんだと思ったわ」

彼女は二十代前半の時の話をしていると、明らかに生き生きして見える。里佳や伶子の社会人生活が始まったばかりの頃より、よほど充実した暮らしをしていたのは認めざるをえない。あの頃は、仕事を覚えるのに必死で、プライベートなどないに等しかった。

「確かにあなたにその暮らしは向いていたと思います。では、どうして結婚したいと思って、婚活にシフトしていったんですか。必要ないような気もします。あなたの人生には」

おっとりと、頰を柔らかく押し上げて、梶井は小首を傾《かし》げてみせた。

「女の子のお母さんになりたいと思ったの」

「ポンパドゥール夫人はとうとう母親にはならなかったんですよね……。確か、身体が弱くて、流産を経験していて……」

うまく考えがまとまらず、里佳は質問を変えてみる。

「女が嫌いなのに、女の子のお母さんですか？　あなたの発言は矛盾していませんか？」

「あら、杏菜のことは大好きよ。家族は別なの。私はもともと母性が強い方なんだか

ら」

「サロン・ド・ミユコの仲間達も例外ですか？」

里佳は言葉を切った。梶井が虚をつかれたように、こちらを見つめている。取り繕うことを忘れ、彼女はただ、ここにいない彼女たちと向き合っていた。

里佳は膝の上のメモに視線を落とした。正反対の色や香りが、食材を引き立てるのと同じだ。梶井の主張が極端で激しいほどに、さびしさがにじむことを。


雲丹《うに》のブールブランソースは、ビネガーの酸味がよりいっそうそのなめらかさを引き立てる。あたたかい雲丹が舌の上でつぶれ、海の香りのするクリームに変身すれば、同じ濃度を保つ卵の黄身の味がくっきり残るフランに溶け合っていく。「ブール」はバターを意味するフランス語だと、その夜、里佳は初めて知った。

二回目のレッスンにして、失敗したり、もたついたりすることが、恥ずかしくなくなっていた。マダムの指揮とみんなの力があれば、必ずフルコースは仕上がる。この場を楽しむことの方がはるかに大事だと、わかったのだ。

「ね、ちょっと話せる？　このあと、お茶でも」

食事と講義が終わり、エプロンをたたんでくるくると紐《ひも》を巻きつけていると、チヅさ

んが話しかけてきた。

「飯野さんもどう？　空いてる？」

チヅさんはひょい、と里佳の肩の向こうを覗《のぞ》き込んだが、伶子は何かを察したのかすぐにやんわりと笑顔で断り、ひとつにまとめた髪を振って、足早に教室を後にする。

一緒にマンションを出ると、チヅさんが自分と同じような、よく着込んでいるのになお丈夫そうなトレンチコートをさらりと羽織ったので、お互いちらちらと見合っては、笑ってしまった。彼女に誘われるままに、六本木ヒルズの一角のＴＳＵＴＡＹＡの中にあるスターバックスに入っていく。入り口に近い席に二人は向かい合って座った。まだ外気は冷たいのに、テラス席で冷たいフラペチーノをすする白人の客が何人も居て目を引いた。デザートのクレープ・シュゼットに合わせコーヒーを飲んだばかりなので、二人はあたたかい紅茶とチャイのマグを頼む。

「この間、びっくりしたでしょ？　ひとみさんが急に具合が悪くなって……」

いきなり、チヅさんはそう切り出した。こうなることを期待し、今日のレッスンでは彼女とつとめて言葉を交わすようにし、ひとみさんの具合を心配している風を装《よそお》ったのだ。

「もう、隠してても仕方ないから、言うね。婚活殺人事件の、梶井真奈子って知ってるでしょ？　あ、うすうす、知ってたとか？　そうよね。重盛さんっていうマスコミの人

の紹介だもんね」

　何度もリハーサルしたように、里佳はあっと目を丸くする。そういえば、思い当たる節はいくつもあったといいたげに、視線を泳がせ、小刻みにうなずいてみせた。

「私たちのこと調べれば、顔写真はネットに出回っている。梶井のコンプレックスを刺激して殺人鬼になるまで追い込んだ鼻持ちならない金持ち集団とか、夫をATMとしか思ってない暇な奥様連中とか。全部まとはずれだけど、ひとみさん、それを見ちゃってね。もともと繊細な人だから、真に受けて、一度心身を壊しちゃったのよ。梶井さんと一緒に料理したのもトラウマみたいで。それであの話題はあそこではタブーなの。飯野さんにもそれとなく、伝えといてもらえるかな。って、ごめん、私、しゃべりすぎてるよね……」

「そんなことないです。なかなか周囲には話しにくい話題だと思いますし、私でよければ……。それに、こんなことといったら失礼かもしれないけど、興味深いです」

「だよね、私だって当事者じゃなければ、色々調べて面白がっていたかもしれない。それにね、私、仕事柄、批判されることにはわりと慣れてるから、神経太いっていうか……。あれ、三波さんと話してると、どんどん言いたいことがでてきちゃって。やっぱりどこかで会った気がするんだよなー」

　里佳は曖昧《あいまい》に笑う。彼女が抱いているのと同じ確信がどんどん強まっていく。おそら

く、取材対象者の秘書か側近として、どこかで会っているのではないだろうか。

「あなたが作りたいっていってたブフ・ブルギニョンは、彼女がすごく好きで熱心に習っていた料理だったの。法廷でも口にしているのよね。そのせいで、うちに取材が殺到したの。あ、うち、だって。気付いたら、私がマスコミ窓口になっていてね。すごく、くだらないのよ。女性誌なんかが『ぜひ、作り方を教えて、世の婚活女性を救ってください』とかなんとか。料理教室ってだけで、勝手に花嫁修業とかモテるための教室かなんかだと思っている、世間の偏見にうんざりしたよ。教室を再開したのはみんなのリハビリでもあり、セラピーでもあるの。こうやって新規の生徒さんが来て、ようやく通常運転に戻りつつある。そのうち、またお店でやれるかもね。マダムの自宅もいいけど、やっぱり、本物の厨房《ちゅうぼう》だと火力とか全然違うのよ」

「こんなこと聞いていいのかな。どんな人だったんですか」

「忘れるわけないわ。すごく、変な人だったから。彼女は半年とちょっと……、全部で十五回くらいかな、通っただけだけど。最初からちょっとしたトラブルメーカーだった。なんでもあのレストランの常連のどこかの社長からの紹介だとかで来たの。今考えれば愛人だったのかもしれない。最初のレッスンだったかな。料理が完成して一口食べたら、いきなり泣いたの。びっくりしちゃった。優しい味がして、涙が止まらないとかなんとか。誰の目から見ても、嘘泣きだったけどね」

チヅさんは飲みかけの紅茶を見つめ、視線を店の先にある、本屋に向けた。

「私たちの出身地とか出身校とか、服やカバンをどこで買ったかをしつこく聞いてくるの。既婚か、そうじゃないか。夫の仕事は何か。恋人がいるのなら、その人と結婚を考えているかいないか。すごくない？」

一対一の関係で、自分が上の立場だと超然としていられるが、ひとたび女の集団に入ると、居場所やポジションを探して右往左往する弱気な姿は、たやすく思い浮かべることができた。ふと、感じたことのない何かが腰のあたりから立ち上ってくる。愛おしさのようなもの、不憫《ふびん》さ、憐《あわ》れみ？　違う、これはただのいやらしい優越感だ――、と里佳は無理に納得しようとする。

「なんていうか、すごく疲れたし、面食らった。私、外の世界の、ああいうのに疲れて、この教室で息を吹き返してたのに」

「ああいうのって？」

「なんていうのかな、女をランク付けする男目線のものさしっていうのかな。梶井さんは女っていうより、男だったのよね。あ、言い方が悪いか。男っていうか、強者側。でも、仕方ないよね。金で若い女を買うようなおっさんとばかり付き合ってたら、誰だってああなるんだと思う。実際、私もそうなりかけたことあったし」

こちらの視線に気づいたのか、チヅさんは手を振って笑い転げた。

「あ、違う違う。愛人とかって意味じゃないよ！　うちの職場って、そんなおっさんとおっさん予備軍ばかりなの。同世代の女性は全然いなくて、結婚や子育てとの両立ができなくて、可愛がってくれた先輩たちもみんなやめてく。気づけば私ひとりだけ。なんだか感覚が麻痺《まひ》して、おっさん側の嫌な感じに染まりそうになることが何度もあった。楽しそうな女の人の集団が世間知らずに見えて気にさわったり、専業主婦の妹が、普段は仲が良いのにあまりにも苦労知らずに思えて急に苛立《いらだ》ったりね。そんな時、接待でマダムのレストランに行ったの。私、それまではそんなに食事に興味ない方だったんだけど、食べることとって楽しいんだなって思った。味が美味しいのはもちろん、雰囲気もよくてね。接客をしてくれたマダムと話すうちに、料理教室をやっているって知って、一も二もなく申し込んじゃった。よく考えたら、じゃがいもの皮も剝《む》けないのに」

「私も同じようなものかもなあ。重盛さんの御宅で、教室で習った料理をいただいたら、感動して。気付いたら、無理言って申し込んでました」

口にしたら本当のことのような気がして、里佳は戸惑う。雑誌の写真でしか見たことがない、重盛という三十代後半のフードライターの声や雰囲気ばかりでなく、自宅まではっきりと思い浮かべることが出来たのだ。出しっぱなしのノートパソコン、料理は好きだがなかなか時間をかけては作れない、でも、珍しいスパイスやオイルを見つけると買ってしまい、キッチンの棚にずらりと並んでいる。張り切って揃えたのに、賞味期限

が過ぎてしまうこともしばしばだ。慌てて使い切ろうとして、香辛料が効きすぎた辛いパスタを作り、顔をしかめながらワインで流し込む夜もある。そんな自分と地続きの彼女が、教室の仲間を平気で同業者に売ることを、どのように思っているのか、今はなるべく考えまいとした。

「そう？　だと思った。なんか、三波さんって私と似てる気がしてたんだ。料理苦手なくせに、美味しいものが好き。自分にそういう趣味がなくても、可愛いものを眺めているのは好き。それと、失敗がない力技の簡単作業にすぐ逃げようとするところも」

嘘ではない笑みがこぼれ、里佳は身体《からだ》の芯《しん》がほぐれるのを感じた。罪悪感からくる強い苦味さえ、アクセントになって、口触りが良く思えるほどに。

「梶井さんがズレているから、私たち、打ち解けられなかったんじゃないと思う」

「それも、すっごくわかる気がします」

「そういうものさしをいきなりこっちに押しあてるから、なんか疲れちゃったの。私たち、お互いが普段は何してるかよくわからないまま、一緒に料理を作って、それが楽しかったのよね。今もそう。なんかね、船を作って、沖に押し出すのに似てる。セーフティネットなの、あの教室は。仕事でへとへとでろくに家族とも会えないけど、この教室に通えるように時間を死守して、早く帰る。自炊するのも昔より面倒じゃなくなった」

オーブンが開いた時の歓声。鍋の蓋《ふた》をマダムが得意そうに持ち上げた時の、湯気の向

こうの笑顔。里佳が生雲丹の扱いに手間取っていると、さりげなく手を貸してくれたひとみさんの茶色のふわふわした後毛。里佳は深くうなずいた。

「必要ですよね。そういう場所。誰にでも……。セーフティネットがない暮らしはきついし、行き詰まりやすいですよね」

「私たちお互いに、本当に下の名前くらいしか、知らなかった。ネットで言われてるようなマウンティングなんて全然なかったの」

里佳は頷《うなず》いた。

「知っているのは、それぞれの苦手な食材と好きな食材、ナッペができるとか、フランスにチーズ旅行にいったとか、どこのデパ地下が好きだとか、テーブルセッティングの参考にしている映画はなんだ、とか、そういうこと。そういう断片みたいなことが、私たちにとってはなにより大切なプロフィールなんだ」

いずれも、今まで、自分がないがしろにしすぎてきたものだと思う。

「よくわかります。うん……。でも、梶井さんは、そうじゃなかった……」

「『バルザック』もそうなんだけど、マダムの教えって、クラシカルな基礎をちゃんと勉強したら、それを崩したり、新しいものや好きなものとごちゃまぜにしてもいい、っていうスタイルなのよ。そこからオリジナリティが生まれていく、っていう。その自由さが心地よくて、私はそこが好きなんだけど、梶井さんはとにかく古典や王道にこだわ

ったの。ちょっとでもルールを崩したり、新しいアレンジを加えると、不安そうになってた」

「彼女、すごくブランド志向だったみたいですね。そのあたりと関係があるのかな」

「そうそう。見たことのない食材とか斬新《ざんしん》な組み合わせはすごく苦手にしていたな。あ、あの人、そんなことばっかり気にしてた。男の人はこんな味好きでしょうか？　とか、男の人は嫌がるんじゃないんでしょうか、って何度もおずおず聞くのよ。真顔で」

里佳はできるだけ、平静を装った。膝の裏が引きつっているのは、立ち作業のせいばかりではない。てっきり、梶井の食に対する貪欲《どんよく》な姿勢は、生まれつきのものとばかり思っていたが、この教室に来るまで、手間をかけた料理はあくまでも第三者のための労働だったのだ。そういえば、バター醬油《しょうゆ》ご飯もパスタも至極簡単なものだし、ラーメンもバタークリームケーキも鉄板焼きもすべて外食だった。

「別に彼氏や旦那を喜ばすために料理を習っているわけじゃない、って私、言ったの。でも、それがいけないってわけじゃないし、そういう教室は他にもあるから、あなたはこの感じが無理なら、そういう方に行けばってマダムも優しくさとしたの」

「梶井さんは、なんていってました？」

「なんだか、びっくりした顔してた。料理って、自分のために作ってもいいんですねって、ぽつんと言っていた。自分のためにしたことないの？　って聞いたら、ええ、って。

妹や恋人と一緒の時はちゃんと作りますが、一人のときはご飯とバターと醤油とか、目玉焼きご飯とか、たらこパスタとか、そんな簡単なものしか、ってしょんぼりした感じで言うの。私が、それずぼらな私にしてみたら立派な料理だけど、って言ったら、みんなが笑って、その時、梶井さんは初めてニコッてしたの」

梶井がサロン・ド・ミユコで見つけた、たった一人の友達になってもいいと思える女は、このチヅさんではないか。

「私、なんか、拍子抜けしちゃった。いつも芝居がかった調子で気取ってて、苛々させられていたんだけど、その時は子供みたいに素直だった。ちょっと変わってるけど、似たところもあるのかなって思った。私やみんなと。いろんなことに疲れてて、寂しいのかなって。料理はとても上手で、所作が丁寧だった。身だしなみに清潔感があって、食材の扱いにすごく愛があって、見てて気持ちがいいときもあった。飲み込みも早くて真面目《じめ》で、勉強熱心だった。習った料理は必ず繰り返し作ってマスターしてきてたの、彼女だけだもん。梶井さんのこと苦手にしていた人もいたけど、みんな、そこだけは認めていたんじゃないかな。どんなに浮いていても、やめてくれって言われなかったんだもん」

不思議に思えた。チヅさんは梶井をかつての同級生であるかのように話している。悪意は少しも嗅《か》ぎとれなかった。

「彼女、楽しそうだったのよ、すごく。みんなは苦手にしていたけど、私はね、これ秘密よ？　なんだか可愛い人だなって思っちゃったこともある。退屈してたんじゃないのかな。だって、生活のためにじじいの相手ばっかりしていたんでしょ？　お勤めにもいかないで。まじで疲れるでしょ、そんなのって、二十四時間ぜんぶ介護みたいなもんじゃん」

「介護ですか……」

「ああ、そういえば、こんなことがあったの。秋だった。次のレッスンは特別編で、みんなが作りたい料理を作りましょうってマダムが提案したの。中華でもイタリアンでも和食でもベトナム料理でも、って。そうしたら、誰かのリクエストに、梶井さんはものすごく反対した。そんなのサロン・ド・ミユコらしくないって。あんまりフランス料理のイメージがないとか、なんとか。でも、みんなその思いつきにノリノリで、今考えると私たちも、大人気《おとなげ》なかったのかもしれないけど、彼女のことをあんまり気にしていなくて、多数決で作ることに決まった。そうしたら、梶井さんがいきなり大声をあげたの。訳のわからないことを喚《わめ》きだして、私たち、びっくりしちゃった」

ぞっとして、チヅさんを見返す。彼女は周囲を見回し、声を潜めた。

「この話、警察にもしてないはずよ。マダム、私たちが好奇の目にさらされることを嫌がってたし。彼女はいきなり、厨房にずかずか入って行って、火にかかっていたフォ

ン・ド・ボーの鍋をひっくり返したの。床が褐色になってもうもうと湯気が立ち込めた。そして耐熱用のガラス容器を床に叩《たた》きつけて、破片がとびちって、すごい音がしたの。みんな悲鳴をあげて、マダムは警察を呼ぼうとした。でも、壁にかかっている電話機に手を伸ばしたのにめざとく気付いて、裏口から逃げてしまったの。誰も追いかけなかった。みんなでのろのろ掃除をした。さっぱり意味がわからなくて、怖くて、疲れた。それっきり、彼女は教室に来なくなった。それからしばらくして、私たちはニュースであの事件を知るの」

チヅさんはしばらくすると、手を返して爪の汚れを見た。今日のレッスンで、彼女は真っ黒になるまで焼いた赤ピーマンの皮むき担当だったから、爪の間にめり込んだのかもしれない。

「なんだか話し過ぎちゃった。びっくりしたよね、こんなディープな内容。なんかやっぱり、似てる気がするのよ。私、あなたと」

「いや、そうですよ。職場の環境とか、考え方とかも、私、わかるなあって」

「……私も猪突《ちょとつ》猛進で仕事だけになっちゃうタイプ。教室に来てから、やっと、混ぜ合わせたり、味が決まらなければ寝かせたりすることがわかるようになったっていうか」

チヅさんは恥ずかしそうに笑う。自分もそうだ。

クラシカルなものも新しいものも、辛いものも甘いものも、高級素材も身近な旬《しゅん》のも

のも、柔らかさも硬さも、力強さも繊細さも――。正反対のものでも、自分がいいと思えば取り入れ、直感を信じてミックスする。それこそが、料理の醍醐味《だいごみ》であり、ひょっとすると暮らしを豊かにする方法なのではないだろうか。それはいわゆるセンスとか、柔軟性とか、知性と呼べるものなのかもしれない。基本に忠実で料理上手な梶井だけれど、どうしても、そのミックスだけは出来なかった。赤か白、極端にしか、走ることができない。そんな自分に疲れ、絶望感を抱いた時もあるのではないだろうか。

梶井はサロン・ド・ミユコを退会した二ヶ月後に逮捕されている。

彼女が教室に通い始めてから、男たちが次々に死んでいることになる。「自分のために料理するようになった」。つまり、彼らへ注いでいた多大なエネルギーを自らに向けるようになったせいで、彼女のケアを渇望《かつぼう》した男たちが生きることになげやりになり、死の道を選び始めたと思うと、納得がいく。

「ところで、梶井さんが反対した料理って何だったんですか？」

「言ってなかったっけ？　七面鳥よ。感謝祭までまだ日はあったけどね。ええと、フランスでももちろん食べるけど、アメリカとかイギリスのイメージなのかな？　この辺り、大使館も多いし、外国人向けのスーパーマーケットが多いじゃない？　誰かが何かの時に冷凍の七面鳥を見つけたんだったかな。それで、料理してみたいって言いだして、みんなですっかり盛り上がったんだった。クリスマスや感謝祭のあの七面鳥」

彼女はうっとりして、窓ガラスの外の通りを見つめた。高級外車が何台もライトの帯になって通り過ぎていく。今夜は空気が白っぽく感じる。桜の満開が近いせいかもしれない。

想像の中の肉の丸焼きはじりじりと音を立てていて、何度も塗りつけられたバターのせいであますところなく黄金色に輝き、うっすらとついた香ばしい焦《こ》げ目が全体を覆《おお》っていた。その未知の料理は、里佳のもやもやとだが抱いていた理想のパーツにぴたりと当てはまった。

曖昧ではあるが、里佳は自分が求めているものの輪郭を、身振り手振りで形作れる気がしている。コツはつかみかけている。あと、ほんの少し――。ほんの少しだ。

帰り道に目にした東京タワーは、なぜか動物性の脂《あぶら》が塗り込められたように、ぎらついて見えた。流れ出した脂は光の列になって、春の夜を明るくしている。

14

夜は冷えるから、まだまだトレンチコートは手放せない。それでも薄手のニットでさえ、うっすら汗ばむような陽気だった。

百六十六センチ五十九キロ。取材が始まる前から、とうとう十キロ増えたことになる。

どう頑張ってもスレンダーに見えないのだから、もう好きなものを着ようと思った。バーゲンで手にしてしまったものの、自分には甘すぎる、と袖《そで》を通していなかった青りんごのシャーベットのような色のニットに母から譲り受けたブローチをつけた。相変わらず睡眠時間が少ない割に、肌や髪が潤《うるお》っているのは、食生活が充実しているからだろうか。

窓の外を見ていた、山村さんが口を開いた。

「ここだったら、お花見するのに最適ですね。すぐ近くの商店街には美味しいお惣菜《そうざい》のお店もあるから、買ってくるだけで、すぐに宴会できますよ」

目の前に迫った満開の桜の木から花びらが、ベランダの室外機からこぼれた水たまりに、蓋するように隙間《すきま》なく降り積もっている。結局、予想より随分遅れての開花となったため、三月下旬にびっしり詰まっていた仕事上の付き合いの花見はいずれも、盛り上がりに欠ける結果となった。

しばらく、お互い何も言わずに公園を見下ろしていた。桜の木で取り囲まれ、小さなシートに焼き鳥やお弁当を並べ、花見をする親子が何組もいた。

3LDK築三十年の中古物件。床にびっしりはめ込まれた正方形の板が、小学校の音楽室を思い出させた。東西線の駅から徒歩十五分とかなり遠いが、定年を待たずに仕事を辞めても、問題なくローン返済できる額である。建物のどこからか、焦げたソースの

匂《にお》いが漂ってきた。ぼんやりとした終《つい》の住処《すみか》への計画がにわかに現実味を帯び始めたのは、目の前の山村鳩子《はとこ》さんの力量によるところが大きい。彼女が用意してくれた折りたたみの薄いスリッパに履き替えて、先ほどから室内をゆっくり見て歩いている。十畳の居間を望むカウンターキッチン、狭いながらも個室が三部屋ある。

北村からもらった被害者家族の情報を元に、入り口に置かれたウォーターサーバーのごぼごぼという水音がやけに響く、西新宿のペンシルビル四階の不動産屋にたどり着き、彼女を指名した。山村さんの対応が素晴らしかったと人づてに聞いた、女一人でずっと住めるような、できるだけ部屋数のある物件を探したい、と若い男性社員に伝えたら、奥から彼女が顔を出した。サーバーのお湯を使って薄い粉末茶を出してくれた。以来、仕事の合間を見つけては、四日に一回のペースで会い続け、今日でもう三回目となる。

本名を名乗り、出版社勤務と告げている。マスコミの人間と明かしても、山村さんは特に怪しむ様子を見せなかった。おそらく、里佳の心の大半が本当に物件に向けられ、演技ではなくなってきているためだろう。

「お忙しいお仕事でしょうに、かなり本格的にお料理をされるんですねえ」

お世辞では決して出ない、本当に感心したような声に、里佳は我に返る。

気付くと、ダイニングキッチンに入って、オーブンの扉を開けたり閉めたりを繰り返していた。居間に立っている山村さんはこちらをじっと見ている。陽が差し込み、彼女

の口の周りにうっすら生えている産毛を浮かび上がらせた。

「いいえ、習い始めなんです。でも、やっぱり、こんな風に火の出るオーブンだったらいいな、と思います。コンロもできたら、三つくらいあるといいなって」

　山村さんの一見無愛想に見えるが、余計なことは言わずこちらの話に耳を傾け、ニーズをくみ取ることに徹した仕事ぶりに、こちらも警戒心を解き始めているのかもしれない。

「料理教室ですか。ああいうところって……」

　そう言いかけて、山村さんはすぐに、いいえ、なんでもありません、とつぶやいた。

里佳が促すと、彼女は遠慮がちに小さく言った。

「家庭的で余裕がある女性が来るんでしょうね」

　その言葉には、卑屈ではないが、ある種のあきらめが滲《にじ》んでいた。梶井のことを思い浮かべているのだろうか。里佳はつい、とりなすような口調になった。

「私はまったく家庭的じゃないですよ。ただ単に食いしん坊なだけ。どちらかというと自分のために作るのが好きです」

　山村さんはいいわけするように、早口になった。

「私は料理しません。苦手なんです。特に母が亡《な》くなってからはまったくといっていいほど。母自身もあまり料理は上手じゃなくて。だから、オーブンなんて使う人を見ると、

それだけで、おおっ！　っていう感じで、勝手にひけめを感じます」

これだけプライベートなことを話しているのに、表情にさして変化はなかった。ざらざらとしたさめ肌のぶん、黒髪はなめらかで濡《ぬ》れているように見えた。目の間が狭く、唇と大きな鼻の間が短い。太く整っていない眉毛《まゆげ》がまぶたを暗くしている。

何故かどの写真も唇を尖《とが》らせすねているように見える、童顔の被害者とはあまり顔立ちが似ていない。山村さんの母は弟に対してかなり過保護だったと聞いているが、彼女との関係はどうだったのだろう。小さい頃から、しっかり者の姉は自分のことは自分でやるのが当たり前で、甘えは許されなかったのではないか。

「狭くてもいいんで、部屋数はここくらいあるのが理想です。祖父が亡くなったら、母が私と住みたいというかもしれないし。それと、駆け込み寺みたいに、まわりの人たちに利用してもらえるのが理想で」

「駆け込み寺ですか？」

「ええ、私の友達って男も女も、寂しがり屋の人が多いんです。ごめんなさい。特殊なニーズで。でも、私が家が欲しい理由ってたぶん、そこなんですよ」

篠井さんを友達と呼んだ自分に、里佳は驚く。それでも、その言葉がいまは一番しっくりくる。最近ではネタのやりとりをまったくしていない。すべて北村が譲り受けている。

「そのうち、私から彼らに頼ることもあると思いますので、助けられるうちはそうしたいと思うだけです。離婚した父が自宅で一人で死んでいるのを、中学生の頃に見つけたんです。だから、どうしても自分も一人で死ぬような気がしてならなくて」

「そう、お一人で亡くなった……」

と、山村さんはつぶやき、それきり口を閉ざした。あの事件のせいで、彼女は一度キャリアを手放している。

私はずっと秀明社で働き続けられるのだろうか――。梶井の記事の連載のおかげで、デスクの道がかすかに見えてきた。でも、四十、五十代とその席に座り続けるだけの体力と気力があるのかと考えたら、ローンの見通しもぼやけていく。今回の連載が終わったら一度、よく見直す必要がある。

「私も町田様くらいの年齢の時、そういうことを考え始めていたかもしれません」

山村さんは面長な顔を少しだけ、傾げた。横から見る鷲鼻《わしばな》には常に消えない猜疑心《さいぎしん》が滲んでいる。でも、会う回数を重ねるたびに、ほんの少しずつ、違う色合いが覗く瞬間が増えて行く。水回りを説明する時、得意そうに目をくるんとさせたり、ちょっとした不具合があると、勇ましい顔つきで家主を追及する。今、彼女の視線の先には公園で遊んでいる幼い姉弟《きょうだい》がいた。

「私は今もこの先もずっと一人暮らしです。四十前後で終の住処を購入しておいて、よ

かったですよ。迷う時間をほかのこと、好きなことにあてられるようになりました」

そっけない口調だったけれど、彼女が自分のことをここまで話したのは初めてだ。本当は、このまま、取材であることを伏せて、離れて、消えていくのが一番いい。

「町田様、わかりました」

山村さんの目の奥にひらめきが光っている。

「すべてを閉ざした空間じゃなくて、出入り自由、カスタマイズ可能、人が集まるのを待っている家というよりは、誰にとっても交差点のような家をご希望ということですね。そうですね、例えば、あずまやのような家」

窓から、風が吹き込んできた。網戸に花びらがいくつも張り付いて、しばらく小刻みに震えながら耐えたのち、やがてはらりと下に落ちた。

「そういう考え方、してもいいんですねえ」

里佳がそうつぶやくと、山村さんはてきぱきとサッシを閉め始めた。

「そもそも、家というのは屋根があって、雨風凌《しの》げる場所であればいいのですから。住む人が自由に利用の仕方を決めて、いいものだと思いますよ。ルールに縛られると、かえって、満足のいく物件を見つけられなくなります。私も、少し考えてみますね。専有面積は同じでも、日当たりや間取りだけで、随分印象は違うと思います」

料理教室も物件探しも、里佳の生活そのものに深く浸透するようになった。粉と刻ん

だバターを練ったパイ生地を、何度か折りたたむうちに、バターの粒がいつの間にか見えなくなっていくのに似ているような気がした。

「久しぶりの完売だ」

出社するなり、デスクが興奮で鼻の頭と耳たぶを赤くしていた。

梶井真奈子のインタビュー記事を巻頭にした号は、大反響だった。投書やメールの数はかつてないほどだという。発売前からネットで話題になっていたせいで、普段は「週刊秀明」を手に取らない、二十代の女性層にも広がっているらしい。

六回連載の第一回目は、梶井真奈子の新潟での暮らしに焦点をあてた。

杏菜を狙《ねら》った男との接点を、梶井はなかなか認めなかったが、彼が自殺をしたことに里佳が言及すると、何かを思い出してか、途端にしおらしくなった。「私たちは似た者同士でお互いしかいなかった。肉体関係はあったともいえるし、なかったともいえる」と、いつものように陶酔した様子を見せつつ、遠回しながらも事実を認めた。彼を東京から来た営業マンの恋人に変更して、供述したことについては、「彼の言うことはあやふやで、夢と現実がごっちゃだった。まだ何も知らない少女の私には、それでも洗練された大人に見えた」と、巨峰の瞳《ひとみ》をこちらに向け、きっぱり言った。

アルバイトが出力した読者からのメールの一部に、里佳は目を通していく。

「それにしても、どうして世間はこんなに梶井真奈子に興味があるんでしょうか」

いつの間にか、隣に座っていた北村が左右に首を振り、目尻《めじり》をこすった。いつも身だしなみのいい彼らしくもなく、大きな目やにがついていて、髪は寝グセで立っていた。篠井さんにもらったネタのおかげで、同じ号で彼もスクープを出している。某居酒屋チェーンが経営する介護施設の不法投棄は、梶井の独占インタビューに次ぐ目玉記事だった。

「みんな、たぶん、カロリーの高いものに飢えてるんだよ」

北村は腑《ふ》に落ちない顔をしている。里佳は無視して投稿に視線を戻す。

自分の仕事にこれだけの反響があったことなどない。しかし、里佳はそれをごく当たり前のこととして受け入れ、当然寄せられると予想していた批判にも目を通していく。うぬぼれでもなんでもなく、梶井という取材対象の面白さだけではない気がする。たぶん、時間をかけて納得いくまでねばったからだ。こんなやり方を今後も続けたい。それはこの職場で今後も可能なのだろうか。

アルバイトに声をかけられて、編集長に呼び出されていると知る。彼の待つガラス張りの個室に行くと、こちらを見るなり、賞賛やねぎらいの言葉もなく切り出された。

「連載の回数を増やすことはできないか？」

「彼女の言葉を水増しするのはいやです。予定通り、六回で終わりです」

きっぱり言い切ると、編集長はおや、という風に薄い眉を上げた。

こんな風に上司からの命令をつっぱねたのは、初めてのことだった。


「すごい、三波さんて、ここで習ったこと、全部、家で復習してきているの?」

オランデーズソースを絶え間なくかき混ぜながら、チヅさんが赤い顔でたずねた。マダムの言うようになかなか「もったりと」「きめ細やかな泡が立つ」ところに辿《たど》りつかないようで、先ほどから、しゃばしゃばとした黄色の液体が派手な飛沫《ひまつ》を上げるばかりだ。

「そんなに上手《うま》くできないですけど、できなくてもすぐ次に行っちゃうんです」

ホワイトアスパラガスの根元の硬い部分をとり除きながら、里佳は答える。オーブンの鶏肉《とりにく》が、じわじわと香ばしい匂いを広げている。

梶井真奈子と何もかも同じにしたかった。この二週間で、二回目の教室でならった四品をすべて作った。だいたい、三日に一度は早めに篠井邸に行き、一品ずつ挑戦している計算になる。なるべくマダムに習った通りに、アレンジを加えず、忠実に再現するように努めていた。教室で配布されるレシピは全《すべ》て六人分。毎晩のように誰かがやってく

る篠井家で出せば、綺麗に片付いてしまう量だ。とはいえ、一番最初に作ったラムのオレンジ焼きは生焼けだったし、スープ・ド・ポワソンは仕上がりの量が極端に少なく、クレープ・シュゼットはずたずたに破れていた。それでも手を止めず、落ち込まず、次々に挑戦していった。昨夜作った、雲丹のロワイヤル・ブールブランソースは食卓に運ぶなり、今まで聞いたことのない歓声があがったくらいだ。教室で口にしたものの中で、最も気に入った料理だから成功したのだろう。張り切ってエプロンも新調した。

　皆が次々に口を挟んできた。

「偉いのね。せっかく習っても、私、家だと案外なにもやらなくて」

「部分的なテクニックや知識はもちろん取り入れるし、一品だけなら何度かあるけど、全部となるとねえ」

「子供や旦那《だんな》に、フレンチ作ったところで、ねえ？」

　アキさんの言葉に、誰もがクスクスと恥ずかしそうに笑った。

「いつか！　いつか時が来たら、やります！　私、まだ本気だしてないだけ」

　とチヅさんが悲鳴のような声を上げ、やっと泡立て器の手を止めると、力尽きたようにテーブルに寄りかかる。どっと笑いが起きた。マダムがやれやれといった調子で微笑《ほほえ》み、沸騰《ふっとう》した湯の中に、白いアスパラガスを沈めていく。

「みなさん、三波さんを見習って。すぐに練習すると早く身につくものですよ。アスパ

ラガスは香りが命ですから、茹《ゆ》ですぎないように注意してくださいね」

　里佳はそっと、奮闘で朱に色づいている傍の耳にささやく。

「あの、チヅさん、この間の話なんですけど、あの時の……、七面鳥ってどんなレシピで作ろうと思っていたんですか？　フレンチの本ではみかけなくて」

　彼女は汗で首にはりついた髪をはらおうとしてか、頭を乱暴に左右に振り、億劫《おっくう》そうに答えた。

「先生なら、覚えていると思うけど」

　今度はメレンゲの泡立てに手を貸しているマダムを、盗み見る。講義が終わると、生徒達が帰り仕度を始めるのを待って、里佳は彼女にそっと尋ねてみた。七面鳥、と口にすると、マダムはぴくりと薄い肩を持ち上げ、しばらく視線を泳がせた。おそらくあの日のことを思い出しつつあるのだろう。

「ご主人の仕事で、アメリカに長いこと住んでいた女子大時代の同級生がいるの。向こうの料理を、ご家族の口に合うようにアレンジしたり、今より物が手に入りにくい時代に、あっちの食材で和食を作ろうとしたりして、奮闘していてね。彼女から教えてもらった感謝祭のレシピを参考にしようと思っていたの。まあ、私も一度しか作ったことはないんだけどね。ノートがあって、取り出してみんなにも見せたのよ。確か、あの時……」

マダムは梶井の奇行を蘇《よみがえ》らせてか、少し表情を曇らせた。彼女が訝しむ前に、と里佳は早口になる。

「すみません、それ、メモを取らせていただいても、よろしいですか」

「いいわ。よければ、ノートごと貸してあげる。すごく長くて写しきれないわよ。返すのはいつでもいいわ」

遠慮する間もなく、マダムは壁に作り付けられた本棚に向かっていく。すぐに差し出された大学ノートには、あちこちに茶色の油ジミが飛んでいる。煮物や中華などの雑誌のレシピの切り抜きが貼《は》られ、コツのようなものも走り書きされていた。マダムがごく自然に自分の核を差し出してきたことに、里佳の柔らかい部分は罪悪感で爪《つめ》を立てられた。

料理好きの女に、得意メニューのレシピを聞くことは、急所をつくことに等しい。つまり、自分はずっと禁じ手を使い続けている。

報いはそのうち受けるだろうと思いながら、ノートを鞄《かばん》にすべりこませた。

取材のためにも作ってみようとも思っていたが、すぐにあきらめた。

なにしろ、マダムのノートによれば、約五キロの七面鳥は解凍だけで丸三日もかかる

のだ。前日に下ごしらえして、当日は三時間かけて見守りながら焼き上げ、翌日は残った骨を煮出してスープをとり、残りの肉でサンドイッチやグラタンも作らねばならない。五日がかりの大作業は、どう考えても、仕事と両立できそうにない。

七面鳥のすっきりと処理されたお腹《なか》の中には、砂肝、心臓、レバー、首部分が入っているらしい。自分が殺されて、身体の中身を抉《えぐ》り出され、処理済みの内臓や首が詰めてあるとしたら――。ふと、そんなことを想像してしまい食欲が失《う》せたが、内臓、栗《くり》、松の実、もち米でつくる詰め物には思わず唾《つば》が湧《わ》いた。首部分を煮出してつくるグレイビーソースは、翻訳小説でよく目にする名前なだけに、胸がときめく。

今夜の篠井邸はいつになく、人が出払っていた。里佳はテーブルの上でノートを閉じると、キッチンへと向かう。冷蔵庫から卵、バター、野菜室からホワイトアスパラガスを取り出した。忘れないうちに、おととい の教室の復習をしておきたかった。もう、深夜二時を回っている。あと一時間のうちに布団《ふとん》に入り、四時間寝たら、霞が関に行かねば。

バターを小鍋《こなべ》で完全に溶かす。湯煎《ゆせん》であたため、ふんわりと攪拌《かくはん》した卵黄やビネガーに、金色に光るバターを細く細く注いでいく。泡立て器で絶えずかき混ぜ、ぐるぐる回転させていく。チヅさんには申し訳ないが彼女の苦労を横で見ていたおかげで、早い段階できめ細やかな卵色の泡を作ることに成功している。手首から先が勝手にワルツを踊

り始めていた。

バレンタインのカトルカール作りで学んでいる。この終わりがないかに思える、回転の先に待っているのは、何も変わらないことでもなく、蒸発でもない。乳化だ。梶井からどうしても目を離せないのならば――。どうしても回転をやめられないのならば――。いっそ振り落とされないように、冷静に心と身体を整え、知恵を尽くし、あの女の豊かな腹に爪を立ててしがみつくべきなのかもしれない。

できた、と里佳はつぶやき、泡立て器を持ち上げる。とろとろと流れ落ちていく、温かな明るい黄色のソースはなめらかで、カシミアのようだ。

「今日はみんなはいないの？」

玄関のドアが開く音とともに、靴の数を確認したらしい篠井さんのくだけた声がした。続いて洗面所でうがいをする大きな音がする。

「有羽ちゃんは新入社員の歓迎会、北村ちゃんは篠井さんのネタを引き続き追ってて、今夜は張り番です。伶子、今夜は外に出ているみたいなんです。行き先は知らないけど、もしかしたら、亮介さんと食事しているのかもしれない」

そう、と篠井さんが頷き、ようやく姿を見せ、背広を壁のハンガーにかけた。最近の彼からは、あまり煙草《たばこ》のにおいがしなくなっている。

「良かったら、食べてみてください。ホワイトアスパラガスのオランデーズソースで

す」

我ながら、丁寧に盛り付けた一枚の絵画のような皿を、糖質オフのビールと共に運んだ。テーブルについた篠井さんはいただきます、ありがとうと言い、ビールをごくりと飲むと、冷たい息を吐き、フォークを取り上げ、アスパラガスを優しく刺した。すぐさま口に運び、喉《のど》を上下させて大きく咀嚼《そしゃく》する。

「うん。とてもいいね。なんていうか、春の味だね」

言った後で照れたのか、篠井さんはこちらと目を合わさずに小さく笑った。

「こんなことを言ったら、失礼かもしれないけど、本当に上達したと思うよ。今まではレシピ通りにできている、という感じだったけど、今日のは、町田さんらしい味がする」

「え、私らしいってどんなんですか？」

「力強くて、主張があって、でも繊細で、なんでだか飽きない味なんだよ」

「実は、今回だけはもらったレシピに一味プラスしているんです。自然な甘みがほんの少し欲しいと思ってはちみつを」

へえ、はちみつか、と篠井さんは感心したように頷き、もう一本のアスパラにフォークをあてた。

「梶井真奈子の影響で、私、こってりとしたクラシカルな料理ばかり食べていたんです

けど、最近、自分の好みがわかってきました。王道の味にもう一味、スパイスや酸味や苦味なんかがプラスされている方が私にはいいみたいなんです。あと、材料が少ないシンプルなレシピが好きです」

「自分のスタイルってやつだね。そういえば、梶井真奈子の連載、いいね。彼女の視線や考え方をありのまま伝えているのに、ちゃんとこの事件を生んだ背景までついているし、何より週刊誌というサイズの読み物としても後を引く味わいで実に面白いよ。それが、君らしさなんだろうね」

里佳はくすぐったくなって、彼の表情を確認する。

「でも、私より伶子の方がずっと料理上手ですよ」

そう、と篠井さんが言い、アスパラガスにたっぷりとソースを絡《から》めた。

「伶子って篠井さんとしゃべっているとほんの少し、柔らかい顔になるんです」

「僕も彼女といるのは楽しいよ。真面目に見えて、かなり変わっていて、話題が尽きるということがないからね。色々な見方を教えてもらえる。本人はあんなに余裕がないのに、不思議だよなあ」

思わず、互いにくすくすと笑ってしまう。どうして彼に惹《ひ》きつけられたか、今ならわかる。好きなものが似ているから、信頼できると思ったからだ。

「そうなんです。伶子といると、あんなに視野の狭い子なのに、いつもこっちだけ世界

を広げてもらう感じがするんです」

唐突に、里佳は涙が滲みそうになった。こんな風に、自分の親友を誰かと慈《いつく》しむ瞬間をずっと待ち望んでいたのだ。若いころから、伶子と楽しい瞬間を重ねれば重ねるほど、どこか心もとない感情を味わっていた。ずっと彼女を見ていられるわけではない。彼女のほんの少しだけわかりにくい場所にある本当の美点を、自分以外の誰が理解して、慈しんでやれるのだろうと、不安になった。亮介さんは伶子の明るく正しい部分を好きで、彼女の澱《おり》にはずっと気付かず、それはそれで彼なりの愛し方だが、それゆえに伶子を追い込んだともいえる。彼女の暴走しがちな傾向や独りよがりや痛ましい生真面目さを、こんな風に第三者と軽やかに笑いながら共有したかった。

「私、結婚ってまだよくわからないけれど、浮気とか不倫っていう意味じゃなくて、逃げ場があった方が辛《つら》くならないように思うんですよね。行き詰まった夜に、ふらりと散歩して珈琲《コーヒー》を一杯飲めるような場所。そこに、旦那さんがふっと迎えに来てくれたら、十分なんじゃないでしょうか。家族だからって、全部を共有しなきゃいけない必要はないのかもしれないし」

「聞いて少しだけ、勇気が出たな。最近考えていたんだけど、娘に会ってみようと思う」

篠井さんが今まで見せたことのない、どこにも力の入っていない声と表情で言った。

「もともと自由に会ってもいい条件での離婚だったんだ。彼女に一度拒絶されたら、心が折れてしまって、以来、元妻から話を聞くだけだったんだけど。あの頃みたいにいい父親になろうだなんて思わない。それこそ、彼女がふと思いついた時に、珈琲を一杯飲める相手を目指そうと思う。君たちとこうやって一緒にご飯を食べるようになって、ほんのすこしだけど、誰かと過ごす呼吸がつかめたような気がするよ」

里佳は何度も頷いているうちに、もうすぐこの部屋でみんなが顔をそろえることもなくなるのだろう、と確信した。みんな、それぞれの持ち場に戻ろうとしている。篠井さんはこの部屋を手放した方がいい。そして、新しい時間に向かうべきだ。それは寂しいことのように思えるけれど、きっとまた、それぞれにとってふさわしい次の展開が待っているはずだ。そんなことより――。

彼らとの一旦《いったん》の別れよりも、オーブンや調理器具が使えなくなることばかり残念に思っている自分に気付き、申し訳なくなった。篠井さんがここを手放せば、七面鳥を振舞う道は完全に絶たれる。伶子の家で焼くこともできなくはないが、詰め物をした六キロ近い七面鳥をかついで田園都市線に揺られ、初めての料理を夫婦の家で作ることには抵抗があった。

里佳は立ち上がってキッチンに向かい、鍋を火にかける。水面に大きな泡が浮かんでは消える様子を眺めていたら、梶井が七面鳥をあれほど拒否した理由が次第にかたちを

成し始めた。沸騰した湯の中に白いアスパラガスが巻き込まれ、激しく上下した。

「なんでもないです。お代わりなら、すぐにできますよ」

自分はきっと心ここにあらずというような顔をしているのだろう。篠井さんは無言のまま、じっとこちらを見ている。うっかり茹ですぎた二回目のアスパラガスは、ふわふわと、つかみどころのない春風のような味がした。


「みんな、暇なのね。そんなに私のことが気になるのかしら」

面倒そうに言いながらも、目は嬉《うれ》しげにきらきら輝いている。インタビュー掲載号が完売したと告げたら、梶井は子供のようにはしゃぎ、拘置所内の売店で自ら保存用に購入したという「週刊秀明」を前に出してみせた。自分のページをめくるかと思ったが、何故《なぜ》か若手女優のカラーグラビアを開いては、顔をしかめ、

「なんだか、この子、下品になったわね。そろそろ落ち目なんじゃないの」

と、毒づいている。その二十歳の女優は、爽《さわ》やかな白いノースリーブのワンピース姿で、見るもの聞くものすべてに感動しているような澄んだ瞳を大きく見開いていた。

「今日は別件でここにきました。サロン・ド・ミユコであなたは七面鳥を焼くことを拒否し、逃げ出したそうですね。何故あなたがそんなに嫌がったのか、やっとわかりまし

た」

梶井がこちらを見た。瞳の奥に、かつて一度だけ目にした、揺らぎが浮かんでいる。

「あなただけなんだそうですね。サロン・ド・ミユコで習った料理を、毎回完璧《かんぺき》に自宅でマスターしていたのは」

サロン・ド・ミユコに通っていること、山村さんに接触していることは、はっきりと言及していない。でも、彼女のことだから、もう気付いているだろうとは思う。

「五キロの七面鳥を焼いたら、だいたい大人で十人分になるそうですね」

今日の午後、取材相手との打合せを兼ねて、バルザックでランチを食べた。かつてサロン・ド・ミユコの教室で使われていたとされる厨房《ちゅうぼう》がちらりと見えた。オーナーシェフらしき恰幅《かっぷく》のよい白髪の男性が、若いコックが差し出した小鍋のソースの味見をしていた。あの磨き込まれた、巨大なオーブンがいくつもある、床に水路のある広い厨房。揺らぐことのなさそうな要塞《ようさい》めいた空間を、たった一人の力でめちゃくちゃに破壊するなんて。

「二人でなんとか食べ切れるくらいの、小さめのベビーターキーを手に入れられないことはないですが、それだと解凍にかける時間や焼き時間が変わってしまう。違う工程の違う料理になってしまいますよね。教わった通り、マダムの完璧なレシピ通りに作りたい人ですから。あなたくらい食欲旺盛《おうせい》でも十人分ともなると、さすがに無理だと思いま

す」

こちらの自信が揺らぐほど、梶井は動じた様子を見せなかった。

「あなたがあれほど嫌がったのは、七面鳥の焼き方を習っても、自分には作る機会がないと、瞬時にわかったからじゃないんですか？　他の生徒さんが教室で習ったレシピを作らないのは、『いつか』があるからなんです。みんな、『いつか』人が集まる時があったら、これぞという場面が来たら、作ろうと思っている。だから、やらないんです。あなたには『いつか』なんてない。小さい頃からずっとそうです。どんなに楽観的に振舞ってみても、あなたは今目でみたもの、今すぐ確実に手に入るものしか信じることができない」

里佳は言葉を切り、梶井を見た。できるだけ彼女の心に届くよう、マダムが生徒に説明するようにしゃべっていることに気が付いていた。

「あなたはどうやっても、どう頑張っても、十人の仲間を家に招くことはできなかったんです。崇拝者は多いけれど、婚活サイトで知り合った男たちを一箇所に集めることはできないですからね。付き合っている男性のうちから一人、それに妹さんの合計二名が当時のあなたの限界だったんです。いえ、色々と嘘《うそ》をついて交際している相手を自分の家族に会わせたら不都合が出るかもしれないから、それさえ無理かもしれません」

里佳は梶井を見つめた。なんだか、彼女は微笑んでいるように見えた。

「もしかしたら、あなたの個性とか能力とかを発揮できる唯一《ゆいいつ》の場所が、男性との出会いの場だったのが、すべての原因なのかもしれないですね。もしくは『いつか』を信じられるような、ゆとりや気楽さがあればよかったのかもしれない。自分には七面鳥を振る舞う場がない。それに気付いた時、あなたは、息が苦しくなって、もうどこにも行けない気がして、自分の未来に対して無邪気な生徒さんたちが憎くなって、一刻も早く、バルザックの厨房から立ち去りたくてたまらなくなったんでしょうか。唯一素直になれる場所だった教室に行けなくなったと悟った時、もう、何もかも、面倒になったんじゃないでしょうか」

梶井はにこっと笑った。今までのような底が見えない嘲笑《ちょうしょう》や思い出し笑いではなく、まるで早朝、通学路で一緒になったクラスメイトに肩を叩かれ、驚いた顔で笑いかける女子高生のような、意味を持たない健やかな表情だった。チヅさんが言っていたことがよくわかった。この女は、確かに、とても可愛《かわい》い。

「チヅさんは言ってました。お料理が本当に上手だったんですね。もしかして、あなたが友達になってもいいと思えた、唯一の女性って彼女ですか」

ようやく、梶井がのんびりと甘い声で言った。

「なに言ってるの。誰それ、知らないわ。聞いたこともない」

とぼけた風に明るく首を傾《かし》げても、語尾が細かく震え、瞳が濡れている。彼女が柔ら

かそうな唇をぎゅっと引き締めたのがよくわかった。そうすると優しげな桃色が青紫になって、肌もドス黒く変化する。

「私は『いつか』、うんと時間をかけて七面鳥を焼きます」

里佳はもう、攻撃をやめることにした。

「私、あなたが特別淋しいとは思いません。私がもし、七面鳥を焼いたとしたら、十人もお客さんを集められるのかなって。付き合いは狭いし、なにより、今私が住んでいるマンションにはそんな大きなオーブンはないし、そもそも十人も入るほど、広くもないです。椅子《いす》も食器も足りません。すんなり実行できる方が少数派なんです。でも、私が広い部屋を借りることができたら、人を集められれば、やってみるかもしれません。その時、もし、あなたの罪が晴れて、釈放されていたら」

一瞬だけ口ごもったが、里佳は思い切って言うことにした。山村さんが紹介してくれた、あの公園の前の物件が目の前に広がっていく。

「私の七面鳥を食べに来てくださいね。きっと」

梶井真奈子は堪えきれなくなったように、泣き出した。あのいびつな笑顔が、泣き出す寸前の助走であったと里佳は知る。

嘘泣きではなかった。鼻水をすすりあげ、次から次へとこぼれる涙を両手でせき止めようとしている。指の間から、赤く充血した目と腫《は》れぼったい瞼《まぶた》、大粒の涙がつぶれて

いくのが見えた。彼女はいつまでも、苦しそうに、嗚咽《おえつ》をもらし続けた。

もし、アクリル板がなければ、自分はきっと鞄の中のハンカチを差し出しただろうと思う。それが彼女にまったく似合わない、無骨で丈夫なタオル地であることがほんの少し、恥ずかしかった。次の休みにはデパートにでも行って、梶井がいかにも気に入りそうな、すました花柄のハンカチーフを何枚か買うとしよう。

15

その三桁《けた》の番号は、幸運を告げると言われる数字と死を予期させる数字が、交互に入り混じったものだった。

朝早くから、アルバイトの大学生を三人並ばせ、北村も付き添わせたが、当たりを引いたのは結局、里佳当人だけである。仕事柄、こうした行列に並んだことは数え切れないほどあるが、これだけ注目の集まる傍聴券を自分で当てたのは初めてだった。平日だというのに、わずか六十五席を求めて三百人以上が並んだのだから、やはり梶井真奈子と自分には、なんらかの縁があるとしか思えない。

メディアで「カジマナガールズ」と揶揄《やゆ》される、梶井真奈子の生き写しのようないでたちのあまり若くはない女性たちの姿が周囲には目立っている。いずれも、水色やピン

クの淡い色のワンピースにカーディガンを合わせ、リボン型のバレッタでハーフアップにした髪はよく手入れされている。

歩道の両端に揺れる木々が、青臭いにおいと木漏れ陽を放っていた。五月は始まったばかりなのに大気はからりと乾いていて、もう夏の気配が強い。北村たちをねぎらい、地下鉄の入り口に飲み込まれる背中を見送った後で、傍聴券を握りしめ、東京高等裁判所のエントランスを抜けていく。傍聴券を当てた男女でエレベーターはすし詰めだった。目的の階まで向かうと、彼らと一緒に吐き出され、長い行列を経て荷物チェックを受けた。改めて、空港のような空間だと思う。メモ帳とペンのみを手に、法廷の前に伸びる列に加わる。腕章をつけた報道関係者が背中をかがめるようにして、何度か目の前を通り過ぎた。

木目調のドアが開き、列がゆっくりと飲み込まれていく。報道用に法廷全体の写真を撮影する間、希望者のみ外で待っていてもいいことになっている。里佳はにわかに人が消えた廊下で、窓の外に揺れる緑を見つめていた。

一審から一年、マスコミの熱もだいぶ冷めたとはいえ、未《いま》だに倍率は五倍近い人気裁判である。昨日で最終回となった里佳の連載の影響で、再び事件に注目が集まりつつあった。社内ではすでに書籍化の話も持ち上がっていた。

六回目となる最終回は、梶井が料理教室「サロン・ド・ミユコ」で何を感じ、どう振

る舞い、いかに傷ついたか、逮捕、勾留《こうりゅう》を経て、現在は何を考えているかにまで触れた。

料理教室で里佳が実際に自分で見聞きしたことは一度すべて忘れ、あくまでも梶井の視点を通して、再構築した。彼女の口から聞く教室は、実際よりもずっときらびやかで、生徒達は取り澄ました印象だったが、里佳が偽名を使って数回通ったことを明かし、チヅさんの名前を出した上でいくつか質問をすると、途端にしおらしくなった。しばらく話があちこち脱線したのち、ようやく教室での居心地の良さを認めた。同性というと必ず悪《あ》し様にののしる梶井なのに、マダムや生徒の話になると、少しだけ優しい口調になった。

「私は、あの人たちに自分からたくさん質問をした。心を砕いて、歩み寄ったつもりよ」

それでも、

「予習復習してくるのは私だけだったわ。みんな、真剣に料理を学びに来ていないと思った。あまりご主人や恋人を大切にしていないように思えた。冷たい人たちよ」

と、陰湿な顔つきで批判することは忘れなかった。里佳がそれに同意したふりをしたものだから、ますます舌がなめらかになった。梶井が彼女たちにそれなりの好意を持ったものの、勝手に献立を決められたことに腹を立てて教室を飛び出すまでを、チヅさんから聞いた内容とほぼ照らし合わせする形で、記述することができた。ほんの少しでい

いから、あの教室への世間の偏見を拭《ぬぐ》い去れたらいい、と思っている。

傍聴席に着くと、里佳は周囲を見渡す。所定の場所で正面を向く弁護士、検事が、いずれもこちらの野次馬根性を冷やすような、何も映さない目をしている。山村さんの姿を探したが、見当たらない。このところ、物件探しはストップしている。やはり、熱心に探してくれる彼女に対しての罪悪感に負けつつあった。辺りには女性が目立つ。ライターや記者、見知った顔をそこかしこに見かけた。自分たちが寄ってたかって、梶井を不当に扱っているような錯覚を覚えた。淡い苦味が喉の奥から全身に広がった。

やがて裁判官が入廷し、開廷を告げる、裁判長の声が響き、法廷全体の空気が大きく揺らいだ。刑務官に付き添われ、両手を拘束された梶井が、左側のドアから姿を現したのだ。里佳は胸をなでおろす。梶井からは出廷の意志は聞いていたものの、控訴審《こうそ》には被告人が出廷する義務はないので、現れないのではないか、という気持ちがあったのだ。

裁判長に名前を聞かれ、彼女は聞き取れないような小さな声で「梶井真奈子です」と答えた。生年月日を確認されると「はい。間違いありません」と、いかにも弱々しい返事をし、弁護士の隣に着席する。

面会室の小さな空間から解き放たれた梶井は、天井が高く無駄を排した法廷の中で、ババロアのように見えた。突き刺さるたくさんの視線を跳ね返すどころか、ずぶずぶと己に沈めて、それでもかろうじて形を保っているような、強靱《きょうじん》な軟弱さだった。透明感

のまるでない白くつるんとした肌に、甘そうなピンク色の唇を、顎がくぼむほどへの字に結び、泣きはらしたように見えるまぶたの重たげな目は、救いを求めるごとく宙に向けられていた。一審での堂々とした態度や、普段の不遜《ふそん》さが嘘のようだ。

身体の線をすっぽり覆《おお》い隠す、チャコールグレイのスウェット素材のワンピース姿にレギンスは、本来なら部屋着にするのがふさわしいような、気軽なものだ。それでも、しっかりした硬い素材の、乳房の形を上向きに整える種類のブラジャーをつけていることが、この距離でも確認できた。少なくはないらしい男性支援者から贈られた下着を身につけているという噂《うわさ》は、本当かもしれない。それでも、後毛が頬にはりつき、少しやつれた印象を受ける。

彼女の傍に控えている、長髪をひとつにまとめた顎のがっしりした男性弁護士に目をやる。丸眼鏡に青いヒゲの剃《そ》り残し、いちいち細める目がどことなく自意識過剰な印象を受けるが、凄腕《すごうで》で有名だ。これまでに別の事件で、二回ほどインタビューしたことがある。

梶井は伏し目がちにしていたかと思うと、時折大きく目を見開いては睫毛《まつげ》を震わせ、悲しそうに肩をすぼめているが、眉毛だけは力強く、ぼさぼさと暴れている。

弁護士は控訴趣意書を、あまり通らない低い声で読み始めた。

梶井は時折機嫌をとるように、弁護士の方に向かって小首を傾げてみせる。里佳は夢

から覚めたような気持ちで、梶井真奈子を見続けた。

この半年間、何故こんなにもこの女に惹かれ、振り回されたのか。ふと、すべてが作り事に思えてきた。こうして、たくさんの人間に囲まれ、守られている梶井は、一人では何も決められない、意志薄弱な女に見えたから。この人はしたいことも、言いたいことも、ひょっとすると何もないのかもしれない。ただ、その場をしのいでいるうちに、本人の意志とは関係なく、ここに流れ着いただけなのかもしれない。自分では何も決定せず、世間一般で良いとされる価値観に、手を伸ばしてきただけなのではないか。その証拠に、彼女が求めてきたものは、すべて高い値段がつけられている。

突然、梶井が傍聴席に目を向けた。視線の動きから、誰かを探しているように見えた。里佳はとっさに、梶井から発された線を捕まえようとするが、何度やってもホタルのように取り逃がした。

弁護側の提出した新しい証拠は、ごくささやかなものだった。山村さんの弟が、亡くなる四日前に、打ち合わせで使っていた八幡山の喫茶店で、常連が回し書きするノートに、梶井の心変わりを予感してか、自殺願望をほのめかすような文章を綴《つづ》っていたこと、のみだった。その喫茶店が最近閉店することになり、店長がここ十年分のノートを読み返すうちに、もしや、と気付いたらしい。筆跡の鑑定によれば山村さんの弟のものでほぼ間違いないということだ。

弁護士と検事のやりとりを経ても、初公判はほんの三十分ほどであっけないくらい簡単に終わった。梶井の発言の機会は全くなく、裁判長により、ノートの再鑑定が求められた。次回となる二回目の公判も日程は未定である。刑務官に付き添われ、法廷から姿を消す梶井の丸い背中を、横から見るふくらんだ頰を、ほつれた黒髪を、里佳はそこにいる大勢の人間と一緒に見送る。審理の間中、ついに、彼女とは一度も目が合わなかった。

正月以来ずっと会っていない母を誘うこともできたが、今日はどうしても一人で来たかった。父の眠る、横浜の墓地を訪れるのは八年ぶりだった。ここは父が青春時代の数年を過ごした街だ。控訴審が始まったら、真っ先に訪れたい場所だった。遠くで船の汽笛がする。のどかなのに寂しそうな初夏の海が見えた。周囲に人がいないのを確認して、里佳は父の戒名の刻まれた、濡れた墓石に話しかける。

「料理教室に通ってるの。オランデーズソースを作れるようになった。ふんわりしていて、酸味があって。マヨネーズに少し似てる」

最後にかいだ、彼のにおいを思い出した。煙草の息詰まるようなヤニと中年の皮脂と日本酒の入り混じったそれは、何故か不快感を呼び起こさなかった。いいとか悪いとか

ではなく、それが父だった。彼に頬ずりされた時の、ひげの感触まで蘇った。

「パパにも作ってあげたかったな。パパの家で、じゃなくてね。あそこは汚れているから。あの部屋をいちから綺麗にするのは無理。パパを私の家に招待してあげたかったな」

ずっと勘違いしていたのかもしれない。

父を蝕《むしば》んだのは、孤独ではなく、そう、恥の意識ではないだろうか。だから、助けを呼べなかった。里佳が家に行けない旨《むね》を告げた時、ああも強く反応したのは、怒りや失望のためではない。娘にしか頼れず、その娘にさえ邪険にされた己が、恥ずかしかったのだ。

先週、朝帰りした伶子が、実は亮ちゃんと会ってきた、と淡々と打ち明けた、あの様子を思い出していた。

――中目黒で食事をして、散歩をしたの。私が元気そうにしていたから、安心したみたい。週末で人がたくさん居るのに、あの人、泣いてた。私もなんでかわからないけど、ちょっとだけ泣いた。二人で外食なんて久しぶりだった。帰りに、彼にホテルに誘われて、入った。不思議だね。彼とそういうところに行ったのは結婚前も数えるほどで、本当に何年ぶりかだったの。全然知らない空間に彼と二人でベッドで並んでいたら、家とか子供とか夫婦とか、そういうことがなんだか遠くに思えた。ただ、私の隣に亮介って

いう男の人が居た。空間に左右されるなんて莫迦《ばか》みたいだけどさ。

我に返ったように、伶子は忌々《いまいま》しげに顔をしかめてみせた。

——でもね、やっぱり父の生き方には賛成できない。家族とはセックスしたくないなんて。今も大っ嫌い。ただ、ひょっとしたら、あれが両親なりにずっと夫婦でいる最善の方法だと思い込んでいたのかもしれないね。

やっぱり、自分も彼女と少しだけ似ている。伶子が逃げ出したかったのは、亮介さん本人ではなく、あの田園都市線沿いの家、こうありたいと望み、自ら設けた家族の枠組みだ。里佳が恐れていたのもまた、父ではなく、記憶の中の、あの部屋だった。壁紙の黄ばみや、染《し》み付いた汚れに悲しみを見た。ただ、自己管理のできない、ズボラな父が掃除を怠っただけなのに。勝手に冷たくて恐ろしい妄想を膨らませていた。自分をひたすら責めるのは、どこか心地よい痛みを伴っていた。自分が悪いと思い込んでさえいれば、父を忘れる心配もなかった。これ以上、非情な娘になる心配はなかった。

あのうつ伏せの遺体を抱き起こしても、案外、安らかな顔つきをしていたのかもしれない。父だってひょっとすると、里佳や母を恨んではいなかったのではないだろうか。もし、仮にそうであっても、里佳はそれを受け入れようと思った。

「たった一人で死ぬことがあっても、私はたぶん誰のことも恨んだりしないよ。誰かがやってくるのを待たないで、自分のお金で材料を買って、食べたいものを自分で作って、

好きなように食べてそれで死ぬの」

　里佳は墓石に背を向けて、入り口の方に向かって歩き出す。海一面見渡せるという、両親がこの地で初めてデートした喫茶店に行ってみようと思った。父については苦々しい顔をする母だけど、その思い出話をする時のみ優しい笑顔を浮かべる。再び汽笛が鳴った。

　ガラス張りの部屋に呼び出されることも、最近はすっかり慣れた。

　編集長がこうして午前中に出社していることは珍しい。里佳は最近、早朝に出勤して夕方には帰る。一人だけ時間軸がずれていても、働く時間は変わらないし、全体会議やミーティングには必ず顔を出すので、もはや誰もとがめなかった。以前のようにだらだらと、社に残ることはない。今回の連載でついた女性読者層を取りこぼすまい、と現在は待機児童問題を追っている。無駄な調べものに時間を費やさなくなり、実りのない会食から離れても焦《あせ》らなくなっていた。

「さっき、俺のところにアテ取材があった。しあさって、これがトップ記事として誌面化されるそうだ。かなり反響はあるだろうから、一応、心の準備だけはしておいてもらいたい。先方も珍しく同情的だったよ」

里佳の前に編集長は、ライバル誌の記事らしき、ファックスを差し出した。大きく躍る見出しを見て、青い瞬《また》きが里佳の視界を覆った。

「梶井真奈子独占インタビュー！ 獄中結婚・父との本当の関係?! 控訴審直前にすべてを語り尽くした!! 『週刊秀明はすべて嘘』名物女性記者の歪《ゆが》んだ愛情とは？」

身体《からだ》が急に粘土に変わったように、手足の軸がぐにゃぐにゃと柔らかくなった。少し力を入れたら、取れるのではないかと思えた。何一つとして消化できないまま、里佳はすぐそばのパイプ椅子を引き寄せ、座り込んだ。椅子の重さも、腰を下ろした時の収まりも、上手く感じることが出来ない。里佳は事態を把握するために、まずは、からからの唇をなめる。ページをめくり、トピックから目で追う。こうなることをどこかでずっと予感していた自分もいる。

梶井はこの記事を担当した五十代のフリー男性編集者と恋仲になり、入籍を控えているらしい。

「この男、俺も名前だけは知っている。記事を仕上げてから、うち以外の出版社を徹底的に当たって、一番高い値段をつけたところに売ったんだろう。いろんなところで問題を起こして出入り禁止になっている、元大手新聞社に勤めていた、プライドの高い変人だよ」

何もかも、初めて耳にすることばかりだった。目の前にびっしりと連なる文字が、羽

虫のように震えている。

『週刊秀明のあの女性記者は、私に歪んだ感情を抱いていたのだと思います。ライフスタイルから食事まで、すべて私の真似《まね》をし、事件前の私の生活を追体験しようとしていました。あきらかに記者としての倫理を逸脱していました。驚いたことに、自分の性生活を報告してきたことさえあります。私への忠誠心を見せたかったのかもしれませんが、セクシャルハラスメントとしか思えませんでした』

「ここにあることは本当か」

里佳はローファーのつま先を見つめた。ずっと手入れを怠っているせいで、表面のエナメルが剝《は》げている。本当です、と弱々しい声が出た。編集長が低くうめいたのが、顔を上げずともわかった。嫌でも文章が目に入ってくる。

『彼女の好意は迷惑でしたが、恨んではいません。嘘だらけの、主観に基づいた記事を勝手に書かれたとしてもです。担当の弁護士さんは訴訟も辞さないと言っていますが、こうして真実を語る場所に恵まれたのですから、私からはもう何もする気はありません。彼女は私に片思いをしているのに過ぎないのです。自分の主張を通すために、世にはびこる、ガサツで自分勝手な女たちを肯定するために、同性の輪の中に入れず孤独を募らせたコンプレックスだらけの女、〈こうであってほしい梶井真奈子〉を都合よく描いているのに過ぎないのです。でも、いいんです。この記事を担当した夫以外、私という女

を正しく書けたライターや作家はいませんから。少女の頃から、そんなことが何度もありました。多くの人が私に惹かれ、勝手な幻想を押し付け、私に相手にされない、期待に応《こた》えてもらえないとなると、攻撃に転じる、説明のつかない奇妙な行動に出るのです。これで、世間の皆さんにも、ご理解いただけたと思います。私が、どなたの命も奪っていないことを。亡《な》くなった方々へのお悔やみ、楽しかった思い出はつきませんが、彼らは私とはまったく関係のないところで、お気の毒なことですが、自然の成り行きで命を失ったのです』

里佳への攻撃はほんの入り口に過ぎなかった。さらに、彼女は衝撃的な告白をしている。父親の死はひょっとすると自殺だったのではないか、と示唆《しさ》しているのだ。

『ここで初めて打ち明けます。あの、雪の日の朝、私は故郷に居ました。実家には寄らず、父と地元のホテルで会っていました。父に、これまで告げてきた東京の生活はすべて嘘で、男の人たちに暮らしを支えてもらっていると話しました。その生き方を変えるつもりはないことも。売り言葉に買い言葉で、こちらも言い過ぎてしまったことは、後悔してもしきれません。愛してもいない母と偽りの生活を続ける父に、激しい苛立《いらだ》ちをずっと抱えていたせいもあります。父は激怒し、私の頬を張りました。そこにあったのは、失望というよりも、男女間にあるようなジェラシーでした。父が私に抱いていたのは、肉親の愛情とはやや性質の違うものでした。私たちは精神的ではありますが、ほと

んど恋人同士のような関係だったのです。母はそれに激しく嫉妬《しっと》していたんだと思います。父もまた、男として、私という女の愛を求め、裏切られ、自ら事故に見せかけた死を選んだのではないでしょうか』

ただの妄想と笑い飛ばせなかったのは、梶井邸の独特の禍々しさを知っているせいだろうか。あのドライフラワーの手芸品だらけの部屋を、そしてあの家を離れた後も数日続いた全身にザワザワと見えない虫がからみつくようなむず痒《がゆ》さを思い出し、不穏な気持ちでいっぱいになった。

『ひょっとすると、私も長くは生きられないのかもしれません。でも、死を意識することによって、今の夫の愛を強く感じることができます。これまでの経験はすべて、無駄ではない。夫に出会い、思うようになりました。夫は初婚ですが、親戚《しんせき》の子供を預っていて、自分の息子のように育てている優しい人です。急に家族ができたようで、とても嬉しいです。彼は雑音に惑わされず、私を正しく見つめ、理解することが出来る、数少ない選ばれた人間の一人です』

乾いた咳《せき》が出て、ようやく思考が整いつつある。これから始まる苦しい時間を思い、一瞬息を止める。息を吐くと、それはすぐに雪崩《なだれ》のようにやってきた。

梶井の母や杏菜については調べ尽くした自負はある。でも、彼女と父親のことをあまり追及しなかったのは事実だ。実のところ興味があまりなかったという以上に、父娘《おやこ》の

話になると自分の暗部がえぐられそうで、どこかで意識的に避けていたからだ。この件に関しては、軽く撫《な》でたに過ぎなかった。梶井の話がどこまで正確かはわからない。でも、この核となる部分に触れなかったのは、里佳自身の怠慢だ。

「ここに書かれている事と事実はだいぶ違います。私は梶井の言葉を引き出そうとしただけです」

と、言うのがやっとだった。梶井は夫と二人三脚で、自伝を出版する、と結んでいた。

「お前の仕事ぶりは俺がよくわかっているつもりだし、この女がとんでもない女であることを承知で、俺がお前に記事を書かせたんだ。ただ、当分の間、お前は好奇の目にさらされるだろう。今までのように、取材で外に出すわけにはいかない。少し休んでもらうことにもなると思う。これまでと働き方が変わることだけは覚悟してもらいたい。今日はもう、帰宅して構わないから」

編集長の声はいつになく穏やかで、里佳は深く頭を下げた。同僚と目を合わさないようにして、社を後にした。一刻も早く、梶井に会わなければならない。この期《ご》に及んで、何かしら、この事態に違った解釈ができるのではないか、と信じたい自分がいる。

電車とタクシーを使って、できるだけ思考を止めて、まっすぐに東京拘置所に向かった。目の前の線路や、階段や、擦れ違う人の様子が、スマホ画面の向こう側のように現実感がなかった。

拘置所の受付に着いてから、いつの間にか二時間が過ぎていた。いつまで経《た》っても、自分の番号が呼ばれることはなかった。

前回の時とは比べものにならないくらい力強い陽差しが、黒いアスファルトを焼いている。短い車道に足を踏み入れ、しばらくして信号が赤に変わっていることに初めて気付いた。つま先のすれすれを自動車がすり抜けていき、全身が冷たい汗でびっしょりになった。引き返したいのに、身体がどうしても動かない。

車のブレーキ音の後、視界が回転した。みぞおちに鈍い痛みが走る。青空がいっぱいに広がり、次の瞬間、熱いアスファルトにまぶたが触れた。細かな砂利が眼球に飛び込んでくる。どうやら自分のものらしい血の色が視界の隅に入り、ようやく右腕と右足が経験したことのない、強い痛みで燃えていることがわかった。身に付けていたパンツとシャツが破れ、地肌が覗《のぞ》いている。しばらく里佳の前に停まって様子を見ていたらしい自動車が、走り去っていくのが、肌に伝わる熱い地面の振動でわかった。頬を擦り付けるようにして、なんとか歩道まで這《は》っていく。歩いている時はまったく意識しない、でこぼことした荒い質感とたくさんの人に踏みつけられたことがわかるへばりついたガム、舞い上がる砂塵《さじん》と埃《ほこり》に、数回むせた。

植物の強いえぐみがしてようやく目を上げると、あの日と同じように、ガードレールの下では、空き瓶に活《い》けられた菊の花が揺れていた。この花を供えられた誰かも、梶井

に、いや、梶井によく似た誰かに、命を奪われたのかもしれない。

歩道にうずくまり、里佳は悟る。こんな風にして、被害者は死んだのだ。それぞれが大切にしているものを、無残に打ち砕かれて。今度こそ向き合わなければならない。梶井は殺人犯だ。手を下したか、そうでないかは問題ではない。彼女の中には、明らかに他者への激しい憎悪《ぞうお》がある。自分がこうして消されかけるまで、わからなかった。自らの不注意が招いた事態ではあるが、梶井から受けたダメージがなければ、ここまで我を失うことはなかった。あの三人の男も同じ感情の流れと衝撃を経験したことは、間違いない。梶井と婚約したそのフリー編集者とやらも、遅かれ早かれ、同じ気持ちを味わうことになるだろう。恐る恐る、身体のあちこちを手のひらで探る。肘《ひじ》と膝《ひざ》が大きく擦れ、真っ赤な血とピンク色の肉が覗いていることを確認し、身体の芯《しん》が震えて目を逸《そ》らす。血でべったりと濡れた指先には砂がまとわりついていた。

幼い頃は怪我《けが》をするたびに、怖いとも思わず他人事《ひとごと》のように飽きずに傷口を見つめていたっけ――。自分の周辺だけ、時間の流れがゆっくりになっている気がする。歩道に寝転んでいるのに、自分の部屋の床でくつろいでいるような、やけに落ち着いた気分だった。青空が落ちてくる。このまま目を閉じたら眠ってしまいそうだ。その時、デニムの裾《すそ》とスニーカーをつなぐ細い足首がちらついた。

「大丈夫ですか?」

女性の声が降ってきて、里佳は相手を見上げた。はるか上からこちらを心配そうに見下ろしている子連れの若い彼女は、明らかに安全な岸に立つ人間だった。ボーダーのカットソー、健康的なピンク色の頰。こんな時なのに、拘置所のすぐそばで子供を育てるとは、どんな気持ちなのだろうか、と彼女に取材したい気持ちにもなった。目の端で、マンションの高層階の洗濯物が揺れている。

「警察……、救急車呼びましょうか？」

彼女はかがみこんで、明るい茶色の目でこちらを覗き込む。里佳はようやく身体を起こし、向き合った。背中を丸め、手足を折りたたんだのは、彼女の後ろに隠れている五歳くらいの男の子に血を見せてはならないという配慮だった。

「大丈夫です。ごめんなさい。信号も見ずにふらふら歩き出した、私がいけないんです。骨折はしていません。ひとまず自宅に帰って手当てをしてみます」

「わかりました。でも、すぐに動くのは危ないので、タクシーを捕まえますね。おうちはここから遠いですか？」

「都内ですので、大丈夫です。すみません、本当に……」

「いえ、お気になさらないでください。うちの子もしょっちゅうなんで。怪我ばっかりなんです。好きになったお友達とは必ず喧嘩《けんか》してどろんこになって擦り剝《む》かないと、気が済まないんですよ」

こちらの気をまぎらわすためか、彼女はわざとおどけた口調で続け、ウェットティッシュやタオルを差し出す。さっと立ち上がると、車道に目を向けた。しなやかな腕を大きく伸ばして手を振っては、すぐに落胆顔で引っ込めた。

「かさぶたができるね……」

ふと気づけば、うっすらと透明な水が張ったような黒目が、こちらの傷口に向けられている。男の子は怯《おび》える様子もなく、身を屈《かが》め、しげしげと擦り傷を見つめている。そこに羨《うらや》ましそうな色があったので、里佳は戸惑う。

「こら、やめなさい。この子、かさぶたを剝がすのが何よりも大好きなんです。友達のも剝がしちゃうくらい。ほんと、ごめんなさい」

そう言いながらも、若い母親は車道に目を走らせたままだ。

確かにその短パンから伸びる脚の、花のつぼみほどの大きさの膝や手の甲は、何度もかさぶたを剝がしたためか、無数の傷の跡に彩《いろど》られていた。とびきりの秘密を打ち明けるように、男の子は耳打ちしてくる。

「かさぶたって美味《おい》しいんだよ」

里佳はぎょっとして、その柔らかそうな頰をまじまじと見つめる。若い母親は、こちらには構わず右手を上げようやくタクシーを止めた。立ち上がる時に手を添えてくれた彼女にお礼を言い、腰から乗り込む。ドアが閉まった。芳香剤の香りが強すぎる車内だ

った。

六十代後半に見えるタクシーの運転手が、ずっとこちらを気にしている。座席に血が付着しないように、ハンカチを取り出し、広げてから座り直す。窓ガラス越しに、母親の隣であの子が手を振っている姿がゆっくり遠ざかる。弱々しく会釈《えしやく》をするのがやっとだった。川を越える時、スカイツリーが一瞬強く光った。里佳は無理に目を閉じた。

三十分ほどして、ドラッグストアが入っている神楽坂界隈《かいわい》では一番大きなスーパーマーケットの前で停めてもらう。包帯と消毒液と絆創膏《ばんそうこう》とガーゼを抱えた。食欲はないけれど、せめて何か栄養になりそうな飲み物だけでも、買わないといけない。もうこの件を知っているであろう、篠井さん達に会える心境ではない。久しぶりに自宅に帰ったら、もう外に出たり、調理する気力は残されていないだろう。これから本格的にひとりぼっちになった夜のことを考えると、恐ろしくなって、何か自分をまぎらわせてくれるものはないだろうか、と必死で探す。ふいに、スーパーのエリアから溢《あふ》れ出した白い光が呼びかけてきた。

乳製品売場の前までふらふらとやってきて、目が釘《くぎ》付けになる。あの紺色のくっきりしたロゴの小さなパッケージが力を誇示し、周囲の商品を圧していた。

あのエシレバターがこんな普通のスーパーに陳列されるようになるなんて。価格を確認すると千円以下だ。それでなくとも、様々なブランドのバターが売り場にあふれ自己

を主張していた。発酵バター、熟成バター、有塩、無塩……。ほんの数ヶ月前までは、一人一つと決められていたのに。信じられない速さで、物の価値は変わっていく。

里佳はしばらくの間、白い光の中に立ち尽くしていた。

天井が不思議な形をしていることに、この部屋に住み始め十年目にして、初めて気付いた。

積み木で作った城を伏せたようだ。上の階の部屋と、両隣の部屋が少しずつ、里佳の領域にせり出し、侵食しているのがわかる。壁と天井がどんどん迫ってきて、空間が狭まっていく。いっそこのまま、壁に押しつぶされて、何もかも消えてしまえばいいと思った。里佳は目を閉じる。少しも眠くないのに、ベッドから起き上がることが出来なかった。

編集長から、改めて七日間の休暇を通達され今日で三日目だ。四日前はサロン・ド・ミユコの教室の日だった。

かなり迷ったが、里佳は一人で訪れることにした。心配だから私も一緒にいく、と何度もLINEで訴える伶子に、「申し訳ないけど、今回は遠慮してもらえるかな」と、断った。

エントランスでインターホンを押し、おずおずと偽名を告げると、マダムの柔らかな声がした。

――本当はそのお名前じゃないんでしょう？　おかえりください。

――すみません、あの、せめて、マダムのノートだけでも、お返しさせてください。

冷や汗を流しながらそう懇願しても、自動ドアはついに開かなかった。

――それは、あなたのものです。持ってお帰りください。ただ、もう私たちには関わらないで。お願いします。飯野さんという女性にもそうお伝えくださいね。

感情の入らない事務的な口調だった。彼女の背後に広がる沈黙は、そのまま生徒たちの怒りだろうとわかった。

これは用意周到な復讐《ふくしゅう》だ。一体いつから、梶井はこの計画を立てていたのだろうか。

昨夜は初めて、自分の名前をパソコンで恐る恐る検索してみた。予想していたこととはいえ、あらゆる種類の罵詈雑言《ばりぞうごん》の洪水が押し寄せてきた。この間、すっぴんに構わない服装のまま社内の女性誌で受けたインタビューが、知らないうちにウェブにアップされていたせいで、里佳の顔写真は早くも出回っていた。

あの記事に対する意見より、ずっと自分の体型や顔立ちに対するそれの方が厳しいことに、里佳は驚いた。肥満なわけでもなく、そう醜いとまでは思っていなかっただけに、衝撃は大きかった。人前に出る職業なのに、体型管理や化粧を怠るなんて女として怠慢

だ、努力が足りない、というヒステリックな意見が目立った。これが今まで梶井真奈子が受けてきた視線だと思うと、彼女がどうして頑《かたく》なに主観の中で生きて行くのか、初めてわかった。あれほどまでにバリアを張り巡らし、強靱な精神力で自己肯定し続けなければ、胸を張って生きることが困難な程、この世界の容姿に対する基準は厳しいのだ。

　里佳が梶井に恋愛感情を抱いていたのではないか、自己投影して美化していたのでは、コンプレックスから愛憎を募らせていたのでは、という推測でにぎわっていた。やはり、梶井真奈子のしたたかさや賢さを女は見習うべきではないか、という意見が目立った。

　何よりも堪えるのが、この見えない誰かの発する心ない批判が、必ずしも間違っていない点である。この数ヶ月ですっかりたくましくなったつもりだったが、あくまでも恵まれた安全圏で、親しい人たちに見守られた中での、ごくわずかな変化に過ぎなかった。一つの文章を読むたびに、割れるような頭痛を覚え、食道が火を投げ込まれたように熱くなるのに、里佳は何時間も何時間も、自分への嘲笑を読むことをどうしても止められなかった。

　最初の衝撃が過ぎ去ると、どこか快感を覚えるようになってくる。自分が貶《おとし》められれば貶められるほどに、もはや身体も意思も感情も溶かされて、誰の目にも映らなくなっていくような気がした。この存在自体が消え、首都圏連続不審死事件にまつわる数々のエピソードの一部になっていくのを実感している。いつも以上にパソコンに向き合って

いたため、神経が高ぶっているのに、気力は湧《わ》かない。

伶子にも篠井さんにも母にも、連絡出来なかった。三日前に、会社に泊まり込みで会えない、という同じ内容のメールを送ったきりだ。彼らを前にしたら、すべての感情の歯止めが効かなくなり、自分がたちまち崩れてこの先、立ち上がれなくなる、という確信があったからだ。方々から数え切れないほどの着信やメールが届いているが、どうしても返す気が起きない。近いうちに、辞表を書くことになるだろうか。

おそらく、この間の控訴審の様子からいって、梶井真奈子は無期懲役をまぬがれないだろう。梶井は自分の周囲を混乱させる性分をアピールすることで、被害者たちの死は自然に引き起こされたと主張していく作戦らしいが、かえって裁判官の反感を買うだけのように思う。

誰かにケアしてもらうのをただ待っていた被害者たちの甘さに、助けを呼ばなかったプライドの高さに、口にせずとも批判感情を抱いたことはある。頼って、と里佳はしきりにそれを周囲に要求した。しかし、いざ、自分の番になってみると、どうしても他者に手を伸ばすことができなかった。これまでの里佳の行動や目指すところをすべて知っている伶子や篠井さんに、今、こんな様子を見られることを考えただけで、全身が熱くなり、皮膚に痛みを感じるほどだ。里佳が差し出した手をつかんでくれた伶子も篠井さんも、なんと強い人間なのだろうか。むしろ、今まで支えてもらっていたのは、こちら

の方かもしれなかった。

これほど何もしないで過ごすことは、もしかすると、少女時代にさえなかったかもしれない。よく考えてみれば、趣味らしい趣味もない。空っぽの胃が乾いていくが、少しも食欲は湧かなかった。かろうじて、ゼリー飲料を少しずつ口にしている程度である。胃の痛みをごまかすために、数時間ぶりに寝返りを打った。

その時、ざらりとしたものに指が触れた。スウェットの短パンから覗く、裸の膝が目に入る。確かに拘置所前であの男児が指摘したような、剝がしたくなるような種類の、赤いかさぶたに覆われている。里佳は少しだけ上半身を起こして、しげしげとそれを眺めた。

白い肌に浮かぶそれは、香ばしい色をした何かの料理みたいだ。バターでいためたベーコンによく似ている。あの子が美味しい、と言った理由もわかる気がした。その時は、ぎょっとしたが、そういえば幼稚園に入る前、里佳も躊躇《ちゅうちょ》なく、なんでも口に放り込んでいた。爪《つめ》をかむのに夢中になったのもあの頃だ。ただ単にどんな味がするか知りたいというだけで、つるつると甘そうな色をした小石をなめたこともある。御殿場のキャンプ場だ。慌《あわ》てて吐き出させようとした母の顔が蘇る。

そのままかさぶたを触り続けるうちに、それは大きく剝がれ落ちた。里佳はそれをつまんで、しばらくの間、眺めてみた。このどす黒い血の塊は、うつぶせのまま死んでい

た父の頭の周りにたまっていたものの、ミニチュア版ではないだろうか。父娘だから成分は似ているのだろう。何もかも父に似ている。太りやすいこの身体も、顔立ちも、自分の見失い方も。

そろりとなめてみる。鉄と汗の味がした。何かぬるぬるした感触がして膝を見ると、まったく痛くはないのに、かさぶたを剝がした傷口から血が細く流れていることに気付く。剝がすタイミングが早すぎたらしい。たらたらとシーツを汚す血を眺めていたら、部屋が薄暗いことに気付いた。今は何時なのだろう。

そろそろと身体を起こす。全身の血がどっと下降し、里佳はベッドに右手をついて、しばらくの間、視界が明るくなるのを待った。恐る恐るカーテンを開けると、空は淡い藍色《あいいろ》に染まっていた。サッシを開けると、思ったよりずっと温かい風が吹き込んでくる。それだけで焦りが収まり、里佳はキッチンに向かう。何か食べなくてはいけない。空腹は感じていないが、本能でそうわかった。冷蔵庫を開けるが、中はからっぽで、調味料とバターの箱があるきりだった。バターナイフで一切れ、すくい取り、そのまま舌にはこぶ。鋭い冷たさに一瞬身を縮めるが、それはすぐに蜜《みつ》のようにとけて、乾いた口内に膜を張った。今なお里佳の身体に熱が回っている証拠だった。

自分は梶井の被害者とは違う——。こうして、自力で起き上がって、口にものを運ぶことができる。味を感じることもできる。だから、助けを呼ぶのだ。里佳は最後の気力

をかき集めた。無様でも、ルール違反でも、後ろ指を指されても、死なないためだったら、なんでもしなくてはいけない。スマホに手を伸ばして、もうずっと目にしていない、あの名前を見つけ出した。もう守るものなど何もないし、拒否されたらそれまでだ、と自分に言い聞かせ、震える指でLINEを送る。

『ごめん。何か食べるものをもってきてくれないかな。迷惑なら無視して』

ここから抜け出すには、明るい方まで続く、気の遠くなるような道のりを辿《たど》らなければならない。そのためには、可能な限り低く設定したハードルを並べ、ひとつひとつ飛び越えていくしかないのだ。最初に超えるべきは、呼べる相手をここに呼ぶということ。どれくらいの時間、横になっていたのだろうか。インターホンの音がした。

里佳は目を開けた。スマホの時計を見ると、もう夜の十時過ぎだった。室内は真っ暗になっている。起き上がる時、胃がねじれた。身体の内側にはりついた、ひりひりした痛みに顔をしかめる。口臭がひどいことがよくわかった。身支度を整える時間も部屋を片付ける余裕もなく、電気を点《つ》け、上下スウェット姿のまま玄関のドアを開けた。

入り口に立っていたのは、里佳のまったく知らない男だった。太い首にタオルを巻いている。アイドルの名前と似顔絵の入ったエメラルドグリーンのやや小さなサイズのTシャツが体に張り付いていた。

「今日、恵ちゃんの卒業ライブだったんだ。着替えないでそのまま来た」

ファンやめたんじゃなかったの、と言おうとして、口をつぐむ。誠は特にこちらをいたわるでもなく、さっさとスニーカーを脱ぎ、室内に入ってきた。横を通りすぎる時、リュックサックから飛び出たアイドルの顔写真のついたうちわが、鼻先をかすめた。

何を買ってきたのだろうと見ていたら、流しで手を洗った誠がレジ袋から、牛乳、卵のパック、ホットケーキミックスを取り出した。水切りカゴに伏せてある小鍋《こなべ》の中に、ホットケーキミックス一袋をすべてあけ、牛乳を注ぎ、卵を割りいれる。

彼にならば、どこに何があるか、説明しなくていい。ありがとう、とつぶやくと、里佳はもう構わずに、ベッドに横たわり、目を軽く閉じることにした。こうして生きている人間を部屋に呼び入れただけで、今はもう精一杯だった。菜箸《さいばし》が鍋にかちかちと当たる音がする。粉っぽい甘い香りがここまで漂ってきた。本当は何も食べたくはないし、どうしてホットケーキなのかはわからない。でも、こうして調理してくれるだけでありがたかった。

「あまりにもみっともない状況だから、結局、まこっちゃんしか呼べなかった。あんな別れ方しといて、調子いいのはわかってるよ。でも、まこっちゃんとの、この距離感が必要だった。この距離感じゃないと、今は誰とも向き合えなかった」

冷蔵庫が開く。こちらの発言は聞こえていないかのようだ。誠の声がする。

「ああ、良かった。バターはあった」

じゅわわ、とフライパンにバターが溶ける音がする。動物性油脂だからか、命の気配がする。サラダ油やマーガリンには決してない、荒々しくてなまめいた、こくと香りだ。彼に向かって、里佳はもう一度声を絞り出す。

「あの記事読んだでしょ。あやまりたかったんだ。一番嫌な思いをしたのは、まこっちゃんかもね。私、あの日のこと、新宿に泊まったあの夜のこと、梶井に話したんだ……」

里佳の言葉を誠は背中を向けたまま、やんわり遮った。

「そりゃ、あの記事を読んだ時、最初は驚いたし、腹も立った。でも、あの時、なんとなく気付いていた。なんかあるんだろうなって。君から誘うなんて初めてだったじゃん。ひょっとして、週刊秀明でとうとう『死ぬまでセックス特集』でもやるんじゃないかって勘ぐってもいたんだよ。そういう人じゃん、君。なんでも仕事に繋げちゃう人じゃん。まあ、それは俺もだけど。だから、合ったのかもしれないね」

「本当に何も話してなかったね。私たち」

ほっとしたのと同時に、喉《のど》に冷風が吹き込んで、鼻の奥が痛くなった。

「恋人だったら許せなかったと思うけど、もう違うしさ。あのね、小さい頃、母親の手作りケーキに憧《あこが》れて、うらやましかったって話、前にしたでしょ。そしたら、俺をかわいそうに思ったらしい姉が、ホットケーキミックスを買ってきて、焼いてくれたの。こ

つは箱の裏に書いてある通りに作ることだと言ってた。昔、バレンタインにケーキ焼いてくれたじゃん。そのお礼ね」

「昔ってほんの三ヶ月前だけどね」

里佳は自分でも意外なくらい傷ついて、つい非難するような口調になった。

「そうか。もう何年も前のことみたいに思える。ここに来たこともあったなんてね」

「ちびくろ・さんぼは最後、バターになった虎《とら》をホットケーキにして食べたの。バターは生地にまぜたんだっけ。それともケーキにかけたんだっけ……」

こちらのつぶやきは、換気扇と、バターのふつふつと煮立つ中にじゅっと生地を流し込む音に飲み込まれ、本当に届いていないようだった。ぺたん、と生地がひっくり返って、フライパンにはりつく音がした。やがて、誠が皿を手にこちらにやってきた。見事な円形を描く、きつね色のホットケーキがほかほかと湯気を立て、添付のメイプルシロップで輝き、大きなバターのかたまりをとろけさせていた。大げさだと思いつつ、両手を合わせた。

「いただきます」

フォークでひとかけら、切り崩す。明るい黄色の断面が覗いた。細かい気泡と無数の柱のような生地の立ち上がりが、こんがりと焼けた表面を支えていて、よく攪拌《かくはん》したことがわかった。バターがのろのろと移動していく。口の中にほんの小さな一切れを押し

込んだ。咀嚼《そしゃく》しろ、と歯に命令を出し、無理に口を動かす。塩気のあるバターとシロップのしみた柔らかく温かいホットケーキを嚙《か》みしめる。胃がねじれたような音を立てた。味はわかるし、質感や温度も感じ取ることができる。それだけで、最悪の状態からは脱したことがわかった。胸がつかえたが、無理にもう一口食べた。喉が熱く、詰まった感じになる。さらに、フォークを動かす。四分の一ほど咀嚼し、ついに限界が訪れた。吐き出さないように堪えながら、フォークを寝かせた。あのね、とつぶやいたら、甘ったるい息がこぼれた。

「独り相撲だった。勝手にぐるぐる回って、自分の居場所も職場もだめにして、周りも傷つけただけだった。あの人はずっとこうやって、勝っていくんだと思う。ああいう人間が、どんどん増えて、私みたいな人種は退化していって、みんな滅びていくのかもしれないね」

きっといつものように何か、付け入る隙《すき》もないほど前向きなことを言うかと思ったが、誠はずっと黙っている。ようやく口を開いたのは、里佳が無理やり、もう一切れを口に押し込んだ後だった。

「恵ちゃんさ、あ、あの、俺が応援している、アイドルね」

彼のTシャツのロゴに、その名が読み取れることに気付く。

「今日の卒業ライブまでにさすがに仕上げてくるかと思ったけど、さらにぽっちゃりし

ていたの。でも、楽しそうで、いい笑顔だった。最高のパフォーマンスだった。マッチーの言った通りだよ。俺、ただ単に、彼女が批判されているから、応援しなくなったんだよ。たくさんの人が嗤《わら》うような女の子を好きでいるのが怖くて、自分まで嗤われるような気がして、推しを辞めたんだってわかったよ」

誠は驚くほどの早口だ。里佳はやや、あっけにとられていたが、安心した。ああ、誠はきっと、自分に見せなかっただけで、こういう会話をあらゆる場所で誰かと交わしていたのだろう。

「太って……、どんどん違う人になっていく恵ちゃんを見て、置いてかれる気持ちにも、なったんだよ。なんだか悔しかった。俺たちの期待なんて無視されている気がして。でも、今日の彼女は本当に楽しそうだったな。あ、キモいよね？　こういう話」

「まあ、そうかもなあ。でも、面白いよ」

と、里佳は笑ってみせた。口角が持ち上がり、少しだけ高い声が出る自分にほっとした。そんな小さな少女に救いを求めるくらい、彼もまた、何かと闘っては、傷ついてきたのだろう。里佳はどうしてもわかってやれなかった。

「ライブに行ってよかった。あれはアイドル史に残るだろうな。ずっと自慢できる。マッチーのおかげだよ。あの時、マッチーにああ言われなければ、俺、行かなかったと思う」

「なんだか、励まされたのか、オタク話に付き合わされたのか、わからないな」

梶井と里佳の関係も、一種のアイドルとファンのようなものなのかもしれなかった。

「じゃ、帰る。あ、これCDね。興味あったら、聴いてみて。ほんと、良曲だから」

そう言いながら、誠は包みを差し出し、立ち上がった。汚れた台所を見て、すまなそうに肩をすくめられたが、里佳は笑って首を振る。

「うん、おやすみ。こちらこそ、急に呼び出してごめん。どうもありがとうね。ホットケーキ、美味しかったよ。あとで聴いてみるね」

里佳はCDを取り出し、軽く胸の上まで持ち上げてみせた。

「あ、あのさ、ここに置いておいた短パン、持って帰りたいんだけど。今度、恵ちゃんのラストバスツアーで房総半島に泊まりで行くことになって」

洗ってないけど、いいかな、と前置きし、いつもの場所から、彼の服を取り出し、手渡した。何故、今日まで処分することを思いつかなかったのだろう。彼は玄関でスニーカーを履くと、小さく手を振ってみせた。里佳も手を振った。ドアが閉まる。部屋は再び静かになった。誠のにおいが残っている。でも、もう何も感じなかった。

ここに来たのも、ライブ後の高揚を誰かと分かち合いたかっただけなのかもしれない。話すだけ話したから、気も済んだのだろう。それでも有り難かった。あの人と抱き合ったこともあるなんて、真剣なやりとりを交わしたこともあるなんて、不思議に思えた。

もし、誠からSOSが出る日が来たら、何があっても、駆けつけよう。なんとなく、彼も自分もこの先、長いことずっと一人で居る気がしたのだ。部屋に戻り、誠がくれたアイドルのCDをパソコンで再生してみることにする。

食べかけのホットケーキを見下ろした。すっかり冷えて硬くなったそれは少しも美味しそうではない。素手でちぎって口に運ぶ。焼きたての時は気にならなかった、人工的な甘みとえぐみが舌に残る。その時、バターが生地の中でかたまって、舌にひんやりとぶつかった。脂肪の光り輝やくようななめらかさ、柔らかな歯触り、塩気を強く感じ、目を見開く。ああ、そうか、溶けたバターはすぐに再生するのだ。

梶井と出会わなければ知らなかった味や香りを数えてみる。どんなに自分を恥じていても、里佳はこの経験が自分の人生にとって必要のなかったものだとは思えなかった。

ふと下を見れば、先ほどかさぶたを剝がした時に流れた血がもうかたまり始めている。触れてみると、ふるふるしたゼリー状だった。

好きな子に喧嘩をふっかけずにはいられない、相手のかさぶたまで剝がそうとする。あの若い母親が幼い息子をそう説明していたことを思い出す。

相手を丸呑《の》みして、消してしまうまで咀嚼すること。それが梶井のコミュニケーションなのだ。でも、それは、彼女なりの愛の注ぎ方なのかもしれない。かさぶたを何度も何度も剝がして、一生消えない跡を時間をかけて作るような。里佳もまた、愛されてい

たのだろうか。とてもいびつな形ではあるけれど。肘と膝を覆うかさぶたは、里佳がこの数日間に、ほんのわずかでも、再生している証《あかし》だった。

冷えたバターがホットケーキの上に、流れ星が通り抜けたような、白い足跡をつけている。血もバターもすぐに固まる。だから、大丈夫だ。パソコンから流れ出したアイドルソングは、甘ったるさのない意外なほど本格的なファンクディスコで、生の気配を消していた部屋を、ジャングルのような湿度と原色で満たしていく。里佳は久しぶりに、たまった汚れ物を洗濯機に放り込んだ。ジェルボール洗剤を一つ放り込んで、ナイトモードのボタンを押す。洗濯機の回転する静かな音と少女の声がいつまでも、つかまりあって、からまりあっていた。

16

降り続いている雨はそう激しいわけでもないのに、新宿駅から数分歩いただけで靴の底に雨水が染《し》み込み、うっすらと靴下が湿っている。ずっと途切れない細い雨が何日も続いているせいで、夏が来た実感はとぼしかった。特に今日のような気圧だと、呼吸が浅くなり、柔らかい水の中を漂っているような気さえする。

小さなエレベーターに乗り合わせた、中東出身らしき若い女性が同じ階で降り、受付

でも一緒になった。女性は、更紗《さらさ》のような素材の服を衣擦れさせながらかがみ、ボールペンを握りしめ、刺繍《ししゅう》のように見える名前を書き付けていた。

入り口にまで流れてくる鼻の奥をつんとくすぐる匂《にお》いが、クミンを中心としたスパイスのものであると、今の里佳にはわかった。

クミンはマダムが好んで使うスパイスだった。あまり教室のことは思い出さないようにしているのに不意を突かれてしまい、感覚がふっと宙をさまよう。

最近は凝った料理を作る気にはなれないし、そんな時間もなかった。身体に組み込まれた機械作業のように、白米を炊《た》いて一膳《ぜん》ずつ冷凍、果物の皮をむいてカットしジップロックへ、野菜を茹《ゆ》でたり塩でもんだり、乾物を水に浸《つ》け、鶏《とり》の胸肉やささみを電子レンジで酒蒸しして指で裂き、同じサイズのタッパーウェアにつめていく。手さえ動かしていれば失敗なく出来上がるものばかりなので、作業中は何も考えなくていい。一ミリも動けない、何も食べたくない、と身体が重く沈むような夜、火も通さずに、容器からつまみあげ、そのまま口に放り込める自分のためだけの料理。それを淡々と用意するのは、延命のための儀式のような静かな時間だった。

ぎっしりと詰まった傘立ての中に、見覚えのある水灰色に小花の散ったものを発見し、隣に自分のビニール傘をそっと寄り添わせた。

天井の低いフロアに、ところ狭しとテーブルと椅子《いす》が並べてある。壁際《かべぎわ》に並んでいる

のは湯気を立てている鍋や炊飯器、山盛りの果物やチーズ、名前がまったくわからない野菜料理、ラム肉、色合いがグラデーションを織り成している数種類の小さな焼き菓子。その前には、使い捨てのアルミの大皿を手にした人々が、列を作っている。大学生くらいの女の子が各テーブルにチェリージュースを注いで回っていた。壁には会の趣旨を説明するプロジェクター、マジックで書かれた解説が張り巡らされている。年齢や性別、国籍が違う人々で盛況な、子供時代のお楽しみ会を思い出させる、手作りの空間だった。

指定された席に案内されると、約一ヶ月ぶりに会う親友は、特に気遣う様子もなく、おどけた表情で里佳を見上げた。トルコ文化を日本に広める団体の断食イベントに一緒に参加しよう、できるだけご飯を食べないできてね、という誘いをLINEで受けた。さっぱり意図がわからなかったが、会社を抜けて、久しぶりにプライベートで都心に出た。

「不思議でしょ？　ストレスがこれだけかかっても、そんなに痩《や》せないって」

そう言って、里佳は向かいに腰を下ろす。この一ヶ月、眠れない日々が続いた。食欲も完全には戻らないが、痩せることはなかった。

でも、きっと――。何キロ痩せても、たぶん合格点は出ないのだろう、と里佳は、とうに気付いている。どんなに美しくなっても、仕事で地位を手に入れても、仮にこれから結婚をし子供を産み育てても、この社会は女性にそうたやすく、合格点を与えたりは

しない。こうしている今も基準は上がり続け、評価はどんどん尖鋭《せんえい》化する。この不毛なジャッジメントから自由になるためには、どんなに怖くて不安でも、誰かから笑われるのではないかと何度も後ろを振り返ってしまっても、自分で自分を認めるしかないのだ。

「でもね、これまで溜《た》め込んだ栄養のおかげで、なんとか立っていられるって感じ」

よかったよ、思ったよりずっと元気そうで、と伶子は言った。以前に比べて多少ふっくらと、血色が良いように思える。久しぶり、と里佳は笑いかける。

おそらくこの瞬間、一番の友達を前にするプレッシャーさえ乗り越えれば、自分が底を脱することはわかっていた。やはり、世界中にみじめな姿をさらしたとしても、伶子の前ではできるだけ「王子様」でいたい欲を捨て去ることはできない。胃がきゅっときしむ。

「ごめんね、大変な時に、なんにもできなくて……」

二人の間の紙コップの中で赤いジュースが揺れている。複雑なスパイスの香りが二人を取り巻き、初老の男性による撥弦楽器《はつげんがっき》の演奏が始まった。

「ううん。私こそ、あんなにあなたをサポートするとか張り切っていたくせに、いざ自分がてんてこまいになると、ほったらかしにしてて、悪かったよ」

伶子は亮介さんと、外で会う回数を少しずつ増やしていったようだ。篠井さんがとうとうマンションを売却することを決めたため、やがては完全に元の暮らしに戻っていっ

たらしい。ごく最近になって、篠井さんから聞いた話である。伶子は亮介さんとともに離婚届を書いて、いつでも取り出せるようにした。籍はすぐに抜ける、ならば会いたいと思えるうちはできるだけ一緒に過ごしたい。そんな風に考えることにしたという。

「トルコのラマダーンを、日本人にも体験してもらおうという試みなの。どう、断食できた？」

「うん。って言っても、朝はヨーグルト食べちゃったけど。ていうか、断食なんて言うから、もう、ダイエットしろってほのめかされてるかと思って軽く傷ついちゃったよ！業界ではさんざんデブで頭がおかしいって言われてるし」

「批判ばっかりじゃないよ」

自虐《じぎゃく》的な笑い話にするつもりだったが、伶子は優しくこちらを見ている。

「里佳のこと、敏腕記者だって言ってる人も大勢いるよ。里佳の見解が正しくて、梶井が嘘《うそ》をついているか、裏切ったんじゃないかって言う人だって、いっぱいいるよ。反対派がいるときは必ず賛成派もいることを忘れないで。一日中うちにいる暇なネット好き、子供のいない専業主婦の捜査網をなめないでよね」

穏やかな口調が、彼女には珍しい。伶子がせっぱつまっていないことが、里佳にまで大きな救いをもたらしている。おのずと、彼女が気休めを言っているわけではないこともわかる。泣きそうになるのをごまかすために、里佳は何気ない口調で引き継いだ。

「いや、私も以前に比べればずっと暇だよ。バタバタしているのは、お詫《わ》びに駆けずり回っているだけ。部署の異動先は決まってないけど事実上、現場の仕事からは外されてるし、もっぱら内勤で事務仕事や調べ物にあたってる。誘ってくれて、ありがとう。確かに気分が変わったよ。やっぱりこうやって、二人だけで遊ぶのはいいね」

二人は皿を手に、バイキングの列に加わった。

色とりどりの野菜や果物。いずれも普段スーパーで見るものより、ずっと大きく色鮮やかで、異国の市場に来たようだ。ケバブや種類豊富なパンも気になるが、やはりどうしても、お米に惹《ひ》かれてしまう。羊肉を炊き込んだピラフ、ブドウの葉で巻いたピラフ、中にピラフを詰めて焼いたピーマンが、特に気に入った。つるつるした舌触りの水餃子《すいぎょうざ》に甘さのまったくないヨーグルトソースを添えたものも、食欲を刺激する。豆のサラダは噛みしめるたびに腹の底からしたたかさのようなものが湧いてくる。たっぷりのシロップを吸い込んだ、小さくて硬いパイの奥歯がきしむ甘さに、脳の普段使っていない部分に蜜色の光が差して溶かされそうだ。同じものを口にした伶子は少し苦しそうに、眉《まゆ》を下げている。

「トルコのお菓子ってめちゃくちゃ甘いよね。舌がしびれそう」

「うん。すっごく甘い。でも、私これ好きかもしれない。一日一度の食事がこんなごちそうだったら、そりゃあもう、うっとりするくらい満足するよねー。私、断食を誤解し

てた。飲まず食わずが何日も続く、超辛くて苦しいものを想像してた」

「だよね。ねえ、これ読んでみてよ」

伶子が蛇腹折りされたパンフレットを広げてみせる。里佳は声を出して読み上げた。

「断食を免除される人は旅行者、病人、妊婦、子供、生理中の女性、意志が続かなかった人、そして、誤って断食を破ってしまった……人？」

とっさのことで里佳は吹き出してしまう。伶子が、ね？という風にうなずいてみせた。

「なにがなんでもっていう訳じゃないんだ？断食って……」

「うん、出来る人だけ出来ればいいっていう考え方なんだって。出来ない間は休めばいい。出来なかった日数分、喜捨すればいいんだって。ラマダーンってそもそもは恵まれない人たちの気持ちを理解するためだから、苦しみとか減量が目的じゃないわけよ。イスラム教って今の社会で、すごく誤解されやすいでしょ？トルコにおける、正しい神の教えを学んで欲しいっていう意味もあるみたいよ、このイベント」

「へえ、いいね。出来る人が出来ればいいか……」

「そうだよ。すべてにおいて言えることだよ。だからね、里佳」

伶子は椅子からほんの少しだけ背中を離す。パンフレットに印字された一部を指し示し、くっきりと暗唱した。

「アッラーは、あなたがたに易《やす》きを求め、困難を求めない」

「……易きを求め、困難を求めない」

里佳は思わず、繰り返す。

「そう。もし神様がいたとしたら、私たちが与えられた試練に苦しむのを見て、満足したり、喜んだりしないんじゃないのかなって。だから、なにもかも自力で乗り越えなきゃいけないわけじゃないよ。成長をし続けなきゃいけないわけでもないよ。そんなことより、今日一日をやり終えることの方がずっと大事」

改めて伶子の外見がとても好きだと、急に里佳は思い、彼女を見つめる。自分にないもので出来ている。甘くて柔らかそうで、毒や鬱屈《うっくつ》のスパイスも効いている。ありきたりなレシピでは決して作れない、香りが強く味わい深いプチフールみたいに思えた。

「今週、亮ちゃんと大学病院でカウンセリング受けるの。二人だけでどうにかしようとしたり、他の夫婦はどうなんだろうとか、理想はどうとか悩むの、私たちもうやめたの。お金がかかるから、いざというときは金沢の親に援助を頼むかもしれない。あの人たちに頼るのを負けだとか、調子いいかもとか図々《ずうずう》しいとか、もう考えない。両親は面食らってるみたいだけど、まずは話だけでも聞いてみたいっていうから、初めて亮ちゃんと会いに行く。あとね、勉強も兼ねて、近所の漢方薬局で経理のパートを始めることにした。もし、その先に子供ができない結果が待っているとしても、それならそれで、仕方

ないって、思えるようになった」

里佳は深く頷《うなず》いた。

「梶井みたいな女に関わったら、誰だってこうなる。きっと女はみんな梶井に傷つけられて、男は死ぬようにできてるんじゃない？　ほら、私を見てよ」

伶子はふざけた仕草で、両手をぱっと広げてみせた。

「ありがとう。話してくれて」

まるで懐《なつ》かしい同級生の話でもするような何気ない口調で、伶子は続けた。

「梶井が女友達を欲してたって知って、なんだかほっとしてもいる」

里佳が本当に惹かれたのは梶井真奈子ではなく、彼女という存在が気になって仕方ない女たちの方ではないだろうか。

「チヅさんも同じようなこと、私に言ってたよ」

「待って、連絡とってるの？　あの人と」

驚いて聞き返す。伶子はチェリージュースを一口飲むと、甘酸《あまず》っぱい息を吐いた。

「うん、そうだよ。本名も打ち明けてる。里佳との本当のつながりも、私の生い立ちなんかもね。向こうに心を開いてもらいたいなら、それくらいしないと。って、里佳の仕事のやり方をパクったの」

「すごいよ。伶子のコミュ力って。私より断然記者向き。チヅさん当然、怒ってるよね、

私のこと」

「今はもう、そうでもないよ。時間をかけて、いろいろ話したもん。私と里佳の関係とか、けっこう、個人的な恥ずかしいことまでね。それより、心配していたよ。あんなことになって、里佳は心や身体《からだ》壊していないかなって。チヅさんはね、永田町で議員秘書をしているんだって」

「ああ、どうりでどこかで会ったことがあると思ってた……」

スターバックスで過ごした夜を思った。自分と同じようないでたちの彼女と、こんな風に長年の友達とするように向かい合っていた。もう何年も前のことのようだ。

「それにしても、よくコンタクトとれたよね」

「このままじゃいけないと思ったの。チヅさん本人も、話聞いて欲しそうな感じあったし。梶井を気になっちゃう女の人、梶井に関わった女の人はみんな、きっと話し相手が必要なんだよね」

それはたぶん、梶井自身が誰よりも同性の聞き手を必要としていたからだろうか。

「あ、里佳もチヅさんと会いたい？　今度彼女も誘う？　まだ、早いかな？」

その瞬間、視界にリボンのようなものが流れた。ひらひら舞うものは、ブログ用の横書きの文章だ。

――もうすぐクリスマス。一年で一番街が華やぐこの季節が――。

どうしてこんな大切なことを忘れていたのだろう。梶井の調書も、ブログも数え切れないほど読み返したのに。逮捕前日にあたる十一月二十八日のブログで確かに、梶井はこう記していたではないか。

クリスマスは七面鳥を焼くつもりだと、梶井は確かに書いている。教室で習ったレシピ通り、という言葉もある。

あれほど、七面鳥を嫌がっていたのに。教室を飛び出してからわずか二ヶ月の間に、一体どんな心境の変化があったのだろう。誰に向けて、何をアピールするために？　なにより、どのようにして、レシピを手に入れたのか。

あの時、彼女は目黒の自宅を離れ、川崎の横田宅で、せっせと手料理を振る舞っていたはずだ。伶子を連れ出す時に目に入った、小さなキッチンを思い出す。あそこに七面鳥が収まるようなオーブンがあるとは思えなかった。

「あのね、伶子から、チヅさんにいくつか、確認してもらいたいことがあるの」

撥弦楽器の演奏がいつの間にか終わっていた。

「この部屋を買います。買わせてください」

里佳が広げた間取り図は、三ヶ月前山村さんに紹介された、公園のそばの大きなオー

ブンがある3LDK築三十年の中古物件だった。西新宿のペンシルビルの中にある小さな不動産屋で、しきりのついたテーブルを挟んで二人は向かい合っている。昼過ぎでほかの社員は出払っていた。

「そんないい加減な気持ちで選ばれても、困ります。大きなお買い物ですよ。あれから、計画していた内見ツアーも途中だったじゃないですか。連絡もつかなかったし」

これまでにない冷淡な調子や蔑《さげす》む目で、彼女がとうにこちらの素性を知っていることがわかった。梶井に関するニュースを、どんな小さなものでさえ、山村さんが見過ごすわけがない。少なくともネットで流れているような情報は、すべて把握済みだろう。

「違うんです。理由は二つあります。一つはなにがなんでも私が会社勤めを続けなくてはならなくなるように、今すぐにローンを組むためです。二つ目はあなたとの確固たるつながりを作って、将来的にはインタビューをさせていただきたいんです。私は『週刊秀明』の記者です。もうご存知でしょうが」

里佳がまくしたてると、彼女の目がみるみるうちに感情を覆《おお》い隠し、二人の間の壁になった。

「もちろん、やり手の不動産営業であるあなたから、三千万円そこそこの買い物をしたくらいで、恩を作れたとは思いません。すぐに取材に応じていただけるとも思っていません。このまま、無視していただいても構いません。でも、これは私にとって一生をか

けた買い物であることはおわかりですよね？　だから、あなたから買いたい。私はこれで仕事から解放される自分の逃げ道をふさぐんです。それも、出来るだけ早くする必要があります。だから、今まで紹介してもらった物件の中で、即決定してしまいました」

山村さんの表情が途端に厳しいものになった。窓から差し込む陽差しの角度のせいか、顔中の産毛《うぶげ》が逆立っているように見えた。彼女はうんざりした口調でこう言った。

「いいですよね、大手マスコミの記者さんは。結局のところ、あなたたちはどんなに世間から糾弾されても、出来心でひと一人の人生をめちゃくちゃにしても、セーフティネットがある。そんな職業、この世界にどれだけあると思います？　ふと思い立って三十年近くのローンを堂々と組める独身女性が、今日本にどれだけいると思います？」

「そうですね、私と亡《な》くなった弟さんは世代も近く、同じような労働時間で、私生活で、年収でしょうね。私と弟さんの違いってもしかすると、性別だけかもしれないです」

彼女が大きく息を吐いた。殴られることを覚悟していたが、彼女は表情を崩さずに、席を立つとウォーターサーバーのところで、水を一杯飲み干した。プラスチックケースの中の水が大きな泡を一つ弾《はじ》けさせ、ぽこんと音を立てる。戻ってきた時、山村さんの顔つきからすべての力が抜けていた。唇が濡《ぬ》れている。ぞんざいに椅子に腰掛け、もはやこちらをなんとも思っていないような投げやりな口調で問う。

「他にも遺族はいるのに、なんで私なの？」

「あなたが、弟さんの死には自分に責任の一端があると思っているからです。これまでのメディアでの発言や、そのお仕事ぶりを拝見して、そんな風に感じました。弟さんが家庭的な女性に惹かれた。それがあなたや、お母様を傷つけたんじゃないでしょうか。だから、家というものに、こだわるんですよね。あんな形で大手建設会社の仕事を辞めることになっても、また家を扱う仕事に就いたのもそのためなんじゃないでしょうか」

顔を上げた彼女から、甘い水のにおいが漂う。控訴《こうそ》審では再び、山村さんの弟の私生活が暴《あば》かれていた。趣味の電車と仕事以外に何もない日常は大変さびしいものだと決めつけられていた。喫茶店のノートにつづられたポエムは、梶井への想《おも》いというよりも単に仕事のストレスを吐き出したものであるとの見方が強まっている。

「家庭的ってそもそもなんなんでしょうか。家庭的な味とか家庭的な女性とか」

里佳はつぶやいた。山村さんが耳を傾けてくれているかどうかはわからない。

「これだけ家族の形が多様化している現代で、そんなのもう、なんの実体もないものです。そんな形のないイメージに振り回され、男も女もプレッシャーで苦しめられている。実はこの事件の本質はそこにあるような気がします」

ウォーターサーバーの水がまた、大きなあぶくを爆発させた。

「私がこの部屋を欲しがるのは、いい加減な気持ちじゃないんです。ここには作り付けの立派なオーブンがあるからです。紹介してもらった家の中で、これだけ大きなオーブ

ンがあるのはここだけでしたから。私、七面鳥を焼きたいんです。できるだけすぐ。決心がぶれる前に。梶井真奈子が一つだけ作れなかった、味わうことがかなわなかったのが、そのメニューなんです」

「そんなものが、家庭で焼けるの……？」

怪訝《けげん》そうに山村さんがこちらを見たが、目を合わせないように注意しているのがわかる。

「私、教室に通ったおかげで、サロン・ド・ミユコのブフ・ブルギニョンのレシピも手に入れました。弟さんが亡くなる寸前に梶井に食べさせられたものと同じものです。サロン・ド・ミユコに通う、ある人のつてで手に入れました。作ってみたんです。昨日」

「ねえ、私にどうしろっていうのよ……」

小さな声だったけれど、それは悲鳴のようにも聞こえた。山村さんは抗議を込めて、こちらの鼻のあたりを睨《にら》みつけている。ようやく里佳は彼女と被害者の顔立ちに重なるものを発見した。幼い頃はよく似た姉弟《きょうだい》で通っていたのかもしれない。

「ビーフシチューだと思ってたみたいですよね。それで、彼はご飯にかけようとした。梶井は法廷でそのことを笑っていたけれど、作ってみると本当にほとんど、ビーフシチューと同じようなレシピなんですよ。ブフ・ブルギニョンて。洋食って明治に流行《はや》り出したヨーロッパの料理を日本人の口に合うようにした料理だから、弟さんの抱いた感想

は、何も間違っていないんです」

「だから、それがなんなの？」

「ビーフシチューは、お母様の得意料理だったんじゃないですか。お二人は、お母様が作ったそれをハヤシライスみたいに、必ずご飯にかけていたんじゃないんですか」

山村さんは何も言わない。ただ、間取り図のキッチンを見下ろしている。

「ブフ・ブルギニョンだけじゃないんです。梶井真奈子の作った料理を、この数ヶ月、私は徹底的に作ったんです。被害者が彼女にどうして惹かれたのか、彼女が彼らの何を満たそうとしたのか、彼女自身が何を感じていたのかが、漠然とわかるようになったんです」

山村さんは背もたれに身体を預けて、ぼそりとつぶやいた。

「そんなことまでしなくちゃいけないの、記者って？」

「山村さんのお仕事ぶりを拝見していると、同じことをするタイプに見えますが。プライベートを割いて、担当物件のある町を自分の足で歩いて、地元民じゃないと知らない情報まで仕入れているのは、二度一緒にマンションを見に行っただけでもよくわかりますよ」

ややあって、ため息混じりに彼女は吐き捨てた。

「うちは母子家庭みたいなもので、母は仕事で忙しく、家事には時間がかけられなかっ

た。その罪滅ぼしみたいに、弟のことだけは甘やかしてね。私はほったらかし。あの子が望むものはなんでも叶《かな》えようとした。私が梶井だけはやめろっていっても、時ちゃんがお嫁さんにいいと思うんなら、もう少し様子を見ようの一点張り。母にも、家庭的な女っていうのにコンプレックスがあったからよ。うちのは、小麦粉を炒《いた》めて作るような本格的な作り方じゃなく、市販のルーを使ったビーフシチューだった。でも、野菜はごろごろ切ってたっぷり入れて、味噌《みそ》とバターも少し足してたはず」

少しだけ椅子を机から離して脚を組むと、彼女が本来持っている、柔らかな曲線が解き放たれた。

「それはもう私に言わせれば料理です。立派なおうちの味ですよ」

そう言うと、ようやく山村さんの顔にぎこちない微笑らしきものが浮かんでいた。

「なんで、こんなことまでしゃべっちゃったんだろう。もう懲《こ》りたはずなのに」

「私にまたインタビューさせていただけませんか。今回の件で、私の名前も顔も、世の中に知れ渡りました。梶井真奈子を正しく見つめられなかったのかもしれませんが、彼女の事件によって名誉を傷つけられた女性たちのことなら、正しく見ることはできます。彼女たちはみんな私によく似ているから。チャンスをいただけませんか。もちろん、プライバシー厳守で、以前うちがしたような無礼……、山村さんのお仕事に差《さわ》し障らないように最大限、配慮します」

子供の甲高い声がどこからか聞こえた気がするが、甲州街道を行き交う車のブレーキのようだ。山村さんは立ち上がると、ようやく、ウォーターサーバーのお湯を使って、今日初めてのお茶を淹《い》れてくれた。

「購入した新居のお披露目に、八月一日の夜、我が家でささやかなパーティーを開きたいと思います。七面鳥を焼きます。お世話になっている皆様、この機会に是非お越しくださいませ。各自、お好きな飲み物と一品、手作りでも市販のものでも、何か食べものをお持ち下さい。椅子もテーブルも足りないので、余裕がある方はクッションやざぶとんを持参していただけるとありがたいです。　町田」

ＬＩＮＥを送るなり、何か手伝うことはないか、と真っ先に申し出てくれたのは有羽である。こういう時には必ず伶子から一番早く連絡が来るのだけど、今は亮介さんとの暮らしの立て直しで手がいっぱいらしく、こちらに構う暇はないようだ。里佳はそれをほんのり嬉しく思う。

遠慮なく有羽に頼ることを決め、終業後彼女を誘って、麻布の外国人向けスーパーマーケットへと向かった。

伶子、亮介さん、有羽、北村、篠井さん、母、水島さん、編集プロダクションで働く水島さんの五歳年下のご主人、保育園に通う水島さんのお嬢さん。どうにかこうにか、かき集めた九人だった。あと一人で十人となるのでかなり迷ったが、招待客から誠を外すことにしている。自分と誠はよくても、周囲が気を遣うだろう。

入り口から続くエスカレーターを上りきると、籠《かご》に山盛りのドラゴンフルーツとライチが二人を出迎え、生鮮食品売り場のひんやりした甘い空気に包まれた。もう夜十時を過ぎているせいか、客の姿はほとんどない。あたりにはオレンジと生肉のにおいがした。どこまでもガラスケースが連なる肉売り場は、あらゆる文化圏に対応できる日本一の品《しな》揃《ぞろ》えというのも嘘ではないらしく、ワニの肉や毛のついた獣の腕のようなものまで並べられていた。

数メートルに及ぶ冷凍ケースの中に、ぎっしりと七面鳥が詰まっていた。ビニールコーティングされた上に網がかかっている巨大なラグビーボールのようなそれは、小玉すいかサイズのものから、うずくまって眠る零歳児くらいの大きさのものまで、あらゆるサイズが揃っている。いずれも、うっかり足に落としたら骨折する程、かちかちに凍っていた。

探していた、すでにマリネされて味付けが済んでいるタイプは見当たらない。仕方なく無味のものから、霜で覆われたそれをぺたぺたと触ってみて、五・八キロに相当する

ものを選んだ。英語で表記された値札を見ると、噂《うわさ》には聞いていたが意外なくらい安い。新居のオーブンに備え付けの天板は浅く、焼き汁が溢《あふ》れてしまいそうなので、七面鳥専用らしい深めの特大サイズのアルミケースも手に入れ、レジに向かってカートを押す。

「先輩、保冷剤、つけなくていいですかね？」

「いいよ。だって、ここから三日かけて解凍するんだから。家までくらいなら」

こちらが頼んでいないのに、有羽はどんどん紙皿や紙コップ、プラスチックフォークをカートに放り込んでいく。越したばかりだし十人分のお皿なんてないでしょう？　と諭されて、里佳は食器のことをまったく考えていなかったことに気付く。有羽はあきれたように笑い、いいというのに、紙類はすべて自分で精算した。

冷え切ったスーパー内から出ると、湿気をふくんだ生暖かい外気が心地よかった。七面鳥の入ったビニール袋の持ち手を有羽と分かっても、腰にまでずしりと響くような重さは変わらない。並んで通りを歩きはじめたら、あ、と有羽は小さく声をあげ、すぐにしまった、という顔つきになった。その視線の先には、大手チェーン書店の店先に貼《は》られたポスターがあった。『梶井真奈子　初の自叙伝　8月10日発売』とある。久しぶりに見る梶井の写真は、報道時に使われる見慣れたものだが、修整がかけてあったので、実物よりもずっと若く華やかだ。

「もうゲラが回り始めてるみたいだけど、絶対に売れないと思います。この旦那《だんな》ってい

うのがとんでもない守銭奴の承認欲求こじらせ野郎で、売り込みにほうぼうかけずりまわっているんですよね」

有羽は何故《なぜ》か怒ったような早口で、急にまくしたて始めた。

「ほら、梶井って徹底的に主観の人じゃないですか。だから、いざ語らせたものをそのまま読むと、なんか目が滑っちゃうんですよね。町田先輩の書いた記事の方がリアルで面白くて切実さがあったもの」

そういえば、研修を経て決まった彼女の配属先はノンフィクションの編集部だと聞いている。

「仕方ないよ。だって、この人」

話に耳を傾けてくれる相手がいないんだもの、という言葉を里佳は飲み込む。

こうして脚光を浴び、支えてくれる異性がいても、事実を捻《ね》じ曲げてしゃべり続けている限り、彼女は永遠にひとりぼっちなのだろう。どんなに叫んでも、たった一人でどこにも受けてもらえない言葉を排出しているにすぎない。哀れとも思わず、ごく当たり前のこととして、里佳はただそう認識する。それはそれで一つの生き方であり、そうした人間は何も彼女ばかりではないのだ。

梶井はこちらを静かに見つめている。あの巨峰の目がじっと里佳に注がれている。それはこう挑んでいるように見えた。

何が嘘で何が真実か。そんなものに大した違いはない、だったら自分が美味《おい》しいと感じる方を選んで何がいけない？　苦い真実が一体全体、身体のどこを満たすんだ、と。殺伐として味気ないリアルに、香辛料や調味料で味付けすることの何が悪なのか？　それが私なりの処世術で、生きてきた上で自然とそうなった、ひとつの進化の形なの。あなたは、すべてが正しく向き合うに値するものだと、本気で思っているの？

さあ、この世界は生きるに値するのかしらね？

「カジマナって本当は、グルメじゃないのかもな――」

里佳はそうつぶやいていた。走り去る大型トラックが、排気ガスとともに梶井と自分を分かつ。

有羽が怪訝な顔をしたので、里佳はビニール袋の持ち手を彼女の分も奪い、歩き出す。手間のかかった美味しいものばかり食べていきたいわけではない。深夜のオフィスでかきこむコンビニ弁当やカップラーメン、一人の夜に喉《のど》を詰まらせながらの冷たいご飯と納豆、タッパーに作りためたおかず。予想のつかない未知の味も、全部が同じくらい好きだ。苦い感情や屈辱も、恐怖も、これから先存分に味わうだろうが、それもそう嫌ではないと思えるのは、あらゆる味を知り、最低の状況をくぐり抜けた後だからだろうか。

里佳は梶井から、ネオンと排気ガスに満ちた六本木の夜空へと目を逸《そ》らす。それはどんなに汚染されているとしても、梶井真奈子の瞳《ひとみ》より、はるかに明るく澄んでいた。七

面鳥の包みから、水滴が道路にしたたっている。里佳は後ろに居る有羽を促し、地下鉄の降り口へと向かっていく。

車内で座る場所を見つけると、冷たく重い七面鳥をハンカチを敷いた膝《ひざ》に抱えた。最寄り駅に着くまでの間、就業中に入っていた、伶子からの留守電を頭の中で反芻《はんすう》していた。

——チヅさんに確認した。あなたの言う通り。最初は否定していたけど、動揺してたから、すぐにわかったよ。里佳の言う通り、二〇一三年の十一月、チヅさんたちは全員、梶井から招待状を受け取っていたの。ちょうど、逮捕の報道が出た頃で、みんなすぐに破り捨てたみたいだけど。親しかったと思われたくなくて、警察にも言わなかったみたい。

まだ住み始めて間もない新居への道のりは、どうしても旅している気がする。凍えた膝に、なまぬるい外気が心地よい。駅から十五分以上は歩くので、東西線の駅を出ると、タクシーを捕まえた。

マンション前の公園では昼間のように蟬《せみ》が猛《たけ》っていて、特に用事もなさそうな大学生くらいの男女五人が水道の前で話し込んでいる。オートロックを解除し、外階段を使って部屋を目指す。

灯りをつけるなり、おじゃましまーす、と有羽がいい、きょろきょろと珍しそうに室内を見渡した。まだベッド以外の家具はなく、カーテンさえかかっていない。つるりとした十畳におよぶ寄せ木貼りの部屋は、真新しい壁紙がほのかに青みがかっていて、よ

そよそしい。窓を開け、網戸を引く。もったりした風が吹き込んだ。

まずはアルミケースに七面鳥の包みを入れて天板に載せ、作り付けのオーブンのドアを開き、押し込んでみた。開け閉めの時に錆《さ》びた音がし、かすかに焦《こ》げた林檎《りんご》の匂いがした。火が入っていない炉内は真っ暗で、何も見えない。でも、ちゃんと七面鳥がオーブンに収まったことが確認できて、ほとんどの不安は解消された。

里佳は新品の冷蔵庫を開けた。この日のために棚を外してある。食材がほとんど入っていない、白い光で満ちた広々とした空間に、七面鳥はすんなりと収まった。背後から覗《のぞ》き込んでいる有羽がぴかぴかと輝く冷蔵庫のステンレス製の取っ手に、若いおでこを映している。

「え、もしかして、この七面鳥を入れるために、わざわざ冷蔵庫買い直したとか？」

「うん。元から使ってたやつはビジネスホテルにあるような小さいものだったし」

「室内に出しておけば三日もかからず、すぐに解凍できそうですけど」

「ああ、それだと外側の肉が傷んじゃうんだってさ」

玄関で有羽を見送る。靴を履く、彼女の背中に向かって言った。

「あ、そうだ。有羽ちゃんに限ってそれはないと思うけど、まずは辞めないことだけ目標に、無茶な働き方はしないでね。業務外でこんだけ手伝わせておいてあれだけど」

有羽は腰を伸ばしこちらに向き直ると、ドアを押しながらこう言った。

「私、町田先輩って本当にすごいと思います。口には出さないけど、味方は社内にいっぱいいます。あんなことくらい、なんでもないですよ」

ありがとう、と里佳はつぶやいた。

翌日、目が覚めて枕元《まくらもと》のスマホを引き寄せると、篠井さんからのＬＩＮＥが届いていることに気付いた。

――確かに君の指摘した通りだった。逮捕後、梶井真奈子の自宅の冷蔵庫から、腐敗した五キロ前後の七面鳥が発見されている。こんな昔のことなのに、どうしてわかったんだ？

里佳はあまり驚かなかった。梶井が三人、いや五人の男を殺してまで、本当に作りたかった料理。冷蔵庫の中で人知れず、腐っていった七面鳥。

その日は仕事中も、なんとなく頭の片隅に、昨夜購入した七面鳥が居座っているのがわかった。何をしても意識が自宅キッチンから離れない。梶井もそうだったのだと思う。横田宅に暮らしながらも、梶井は必ずや、あの部屋に帰るつもりだったのだ。冷蔵庫の中でゆっくり解凍されていく七面鳥をずっと気にかけていた。横田と共に生きる道など、本当のところちらとも考えなかったのだ。自分の部屋を飾り付けて、サロン・ド・ミユコの仲間たちとクリスマスパーティーをする。完璧《かんぺき》主義の彼女のことだから、里佳のようにぶっつけ本番ではなくあらかじめ何度か試作するつもりだったのだろう。招く

からには、美味しいもの好きのチヅさんたちをうならせる必要があった。

その夜は帰宅するなり、冷蔵庫の前にすっとんでいった。一日が経過したというのに、七面鳥はずっしりと岩のように重たく、表面はまだしゃりしゃりと半分凍っていた。


二日目の夜になってから、恐る恐る指で押してみると、まだ内側は氷の塊が残っているものの、表面はほぼ柔らかい生肉に戻っていた。

初めて網をとり、包装紙をはがしていく。やっと、ピンクがかった生白い肉の塊があらわれた。白くこんもりとした胸部分がふっくらとした曲線を描く。律儀《りちぎ》に折りたたまれたむっちりとした脚が、哀れみを誘った。焼き上がりを教えてくれるという赤いピンが突き刺さっている。人間の身体の一部を歪《ゆが》めたように生々しく、今にも動き出しこちらに話しかけてきそうで、里佳は早くも心がくじけそうになる。

七面鳥全体に塩をすりこんでいく。皮のブツブツした感触に、背筋が粟立《あわだ》った。この中に手を突っ込んで、処理済みの首やレバーを取り出すことを考えたら、先延ばししたくてたまらなくなる。プラスチック製の硬いひもに、ぱちんとキッチンバサミを入れる。皮をめくり上げると、そこに真っ暗な空洞に続く開口部が現れた。

まるで梶井の瞳のような底が知れない暗闇《くらやみ》に、里佳はどうしても手を差し込むことを

ためらってしまう。身体を引いて、七面鳥の全体像を眺めて、恐怖を鎮《しず》めようとする。こんな小さな身体の内部への入り口とはとても思えなかった。

あと十数時間ほどで、ここに仲間達がやってくる。たった一人でやらねばならぬことを数えているうちに、目の前が暗くなってきた。自分から言い出したこととはいえ、真新しい部屋の四隅が、こちらに迫ってくるようなプレッシャーを覚えた。

目をつぶり、右手をその開口部に差し込む。冷気が閉じ込められた、ぽっかりとした湿った空間が手の甲の上に広がっている。手のひらに肉越しに盛り上がる骨格が当たった。もう二度と、自分の指先に再会できないような不安が湧《わ》いた。こうしている今、宇宙のどこかで里佳の右手はさまよっていて、未知の生物たちがそれを珍しそうに見ている気がした。ようやく、細長いソーセージのような首部分、パラフィン素材の袋に入ったレバーや心臓を探り当ててむしり取り、初めて目にしたように己の手をしげしげと眺めた。

下味は自分でつけなければならない。事前にネットをあちこち探したレシピをつなぎ合わせ、見よう見まねでブライン液を作ることにした。セロリ、人参《にんじん》、玉ねぎ、クローブをたっぷりの塩水に沈め、ワインが見当たらなかったので、引越し祝いで届いた日本酒をどぶどぶと注ぐ。それらをポリ袋の中に七面鳥と一緒に入れる。白い袋を覗き込むと、蛍光灯を透かしていて明るい。そこに溜まった水の揺らぎを見ていると、小さな屋内プールを手に入れたような気がした。袋の口を固くしばる。さらにもう一枚重ねて、

しっかりと封じ、輪ゴムを幾重にもかけて、冷蔵庫に収めた。

休む間もなく、七面鳥の首をブーケガルニと一緒に鍋《なべ》で煮出した。バターで炒めた小麦粉を加え、とろみをつける。グレイビーソースはまだ完成ではない。明日になったら、七面鳥の焼き汁をたっぷり加えなければ。できるところまで終わらせると、里佳はシャワーを浴びることもなく、居間の隅に置いた簡易ベッドに倒れこんで、そのまま眠りについた。

昼過ぎまでしっかりと眠ったため、普段よりずっと目覚めがよかった。身体を起こした瞬間から、厳かな気持ちになった。いよいよ、本番だ——。ベッドを折り畳み、キッチンに行くと、冷蔵庫の周りが水びたしになっていた。扉を開けると、あれほどきつく封じたにもかかわらず、ブライン液が漏れ出ている。里佳はパニックにならないように大きく息を吸い、キッチンペーパーをたくさんちぎり取って、四つん這《ば》いになる。床を拭《ふ》き取り、手をよく洗うと、七面鳥をようやくポリ袋から取り出した。粘り気を得て、すっかり柔らかい肉の塊になったそれは、持ち上げるとぐんにゃりと形を変え、今にもずるりと手からすべり落ちそうだ。水気を拭《ぬぐ》って塩とレモン汁を全体に擦り込み、アルミケースに収めた。

いよいよ、スタッフィングと呼ばれる、もち米と米の詰め物作りにかかる。

七面鳥から昨晩取り出した心臓、砂肝、レバーを洗い、細かく刻む。牛ひき肉、玉ね

ぎのみじん切り、刻んだ臓物、米類、松の実、ベイリーフ、ハーブを加えて、よく炒めた。レシピでは、そのまま水を加え鍋で炊くのだが、初めてのことで不安なので、炊飯器に入れて早炊きを設定する。伶子が教えてくれた失敗のないパエリアの作り方を真似《まね》た。

炊飯器の通気口から漏れ出る、旨味《うまみ》をたっぷり吸い込んだ米の匂《にお》いを嗅《か》ぎながら、里佳の緊張は高まっていく。料理ブログやネット情報によれば、七面鳥にスタッフィングを詰めることは、最近では食中毒の危険があるとされているらしい。生肉部分に具材が触れるためだ。しっかりと火を通すことが肝心だが、あまりにもそこにばかり囚《とら》われると、ぱさつくこともあるという。焼く直前に詰め物をすること、ゆるめに詰めること、焼きながらバターを塗ること、この三つを守れば問題ない、とされているが、なにしろ九人もの客だ。真夏で、幼い子供もいる。何かがあれば、自分の責任になるのだ。

オーブンを設定温度に温め始め、バター一箱を冷蔵庫から取り出し、室温に戻す。炊飯器のメロディと共に炊き上がった、褐色に染まり、内臓の脂《あぶら》で一粒一粒が光っているピラフをバットに広げる。責任の重大さに、みぞおちがかすかに痛むほどだ。ああ、そうか。料理を任された女にとって、いざとなれば、人を殺すことなんて簡単なのだ。里佳はエアコンの温度を低くした。

冷めたピラフを開口部から、七面鳥の中に詰めていく。ゆるくゆるく、側面に触れないようにと必死に言い聞かせながら。念のため一膳《ぜん》程度残して、スタッフィングを詰め

終えた。タコ糸を引き出し、脚を縛る。爪楊枝《つまようじ》を四本使って、開口部に皮をかぶせ封じた。

柔らかくしたバターを素手で七面鳥に塗り込めていく。自分の指の熱で白いバターが生肉に延びていく様は、いつか誠の裸の背中にマッサージを施した感触を思い出させた。どこまでもなめらかに、バターは面白いように浸透していく。ところどころ小粒の突起がある、ぬるぬると滑る七面鳥を両手で抱えアルミケースに収め、天板に載せオーブンを開ける。

青い炎で照らされたその空間は、サーカスの火の輪のようだった。潜《くぐ》りぬけた先では、大勢が拍手を以《もっ》て出迎えてくれる気がした。頬が熱い。里佳はようやく、七面鳥をオーブンに送り込んだ。扉を閉めると、安堵《あんど》の大きなため息が出た。

ここから約三時間。手を洗いながら、息を大きく吐く。時々オーブンを開いて、溶かしバターを塗りながら、あの巨大な肉の塊の隅々まで、火を通さねばならない。焼きが甘かったら、誰かが身体を壊すかもしれないのだ。かといってパサパサな肉では申し訳が立たない。そのためには丹念に隅々まで、溶かしたバターを塗り込めなければならない。

一膳分残したスタッフィングを、立ったままスプーンで口に押し込む。ねっとりとしたレバーが行き渡ったもちもちのご飯は、そのままでもうっとりするような味わいだった。小鍋でバターを溶かし、洗いものをし、冷蔵庫の周囲をアルコールで拭き清める。

スマホのタイマーが、一時間が経過したことを告げる。ミトンを両手にかぶせると、

里佳は恐る恐る、オーブンを開ける。全体は肌色に染まり肉質はパンと張っているが、焼き色はまだまだ付いているとは言えない。しかし、しっとりと汁をにじませ、じゅくじゅくと音をさせている一羽の七面鳥は、もはや不安要素でいっぱいの生肉の状態を脱している。

里佳は途方もなく心が落ちつくのを感じた。ケーキ用の刷毛《はけ》をとると、金色の溶かしバターをゆっくりと塗り込めていく。熱い肉は貪欲《どんよく》にそれを吸い込んでいった。驚くべきスピードでバターが消えていく。オーブンに再び肉を収めてしばらくすると、その日、最初のインターホンが鳴った。オートロックを解除し、手をよく洗った。

「いらっしゃいませ」

と、里佳は大きく扉を開く。伶子と亮介さん、そして、下で一緒になったという母と北村だった。作り物ではない笑顔が自然と湧き上がる。

「わー、広い部屋だね」

「新居購入おめでとう！」

「テーブルもないんですか？　よくこんな状態で人を集めようと思いましたね！」

母の前だというのに、北村がずけずけ言う。それぞれが持ち寄ったざぶとんやクッションを床に直《じか》に並べると、北村がアウトドア用だという北欧ブランドのラグを広げた。それだけで部屋全体が、居心地の良い巨大ソファになったような気がする。中央に前か

ら使っていた、低い折り畳みテーブルを据えれば、すでに食事が可能になった。

「なんだか、遊牧民みたいね」

と、母が笑って脚を横にして座る。初対面の北村や亮介さんに、しきりに自分から話しかけている姿が頼もしい。伶子はマッシュポテトや手作りのホットビスケットを紙皿に並べていく。やがて水島さん夫妻と五歳になるお嬢さん・美希《みき》ちゃんが到着した。

「うわー、いい匂い!!」

と部屋に着くなり、美希ちゃんが叫ぶ。窓の外には夏の夕暮れが広がっていた。彼女の言う通り、部屋中に焦げたバターと、チキンよりはるかに深みのある焼けた肉の匂いが漂いはじめていた。

めいめいがワインやジュースなどの飲み物を手にし、持ち寄ったお惣菜《そうざい》やチーズをつまむ。すいかを抱えた有羽がやって来た。里佳がオーブンにつきっきりでも、自然とパーティーは始まっていた。伶子がまるで医療助手のように、冷たい飲み物や一口サイズのサンドイッチをこちらまで運んできてくれた。

二度目にオーブンを開け、里佳は成功を確信した。誰にも七面鳥が見えないように腰を屈《かが》めて、溶かしバターを刷毛で塗り込めていく。

最後の客となった篠井さんがやってきたのは、七面鳥が焼きあがる十五分前だ。インターホン越しに彼はこう言った。

「一人、連れがいるんだけど、大丈夫かな。急にすみません。話をしたら、行ってみたいと言い出して」

「そんなことないです。むしろ、十人レシピなんでありがたいです」

ドアを開けると、彼の後ろから現れたのは、Tシャツにデニムというあっさりしたいでたちをした、色白で手足の長い、大柄な女の子だった。

「神山咲耶《かみやまさや》です。大学三年です」

耳を出したショートボブから複雑なデザインの小粒のピアスが覗く。彼から聞いていた少女の話と目の前のごく平凡な女子大生の姿がどうしても重ならず、里佳は救いを求めるように篠井さんを見た。彼は照れくさそうでもあり、困惑してもいる顔つきで、言葉を詰まらせている。咲耶さんは父親をまったく見ないで、丁寧な口調でこう続けた。

「父からうかがいました。単に昔から七面鳥というものを一度食べてみたくて……。家政科で栄養学を学んでいるので、何か手伝えることも、あるかもしれないと思ったし……」

彼女はあの経験を前に進む方向に活《い》かしたのだ。じろじろ見てはいけない、と思いつつも、どうしても健康状態が気になった。痩《や》せすぎているわけでも、ふくよかなわけでもない、標準的な肉のつき方だった。大きく見開かれた垂れ気味の瞳はやや悲しげでもあるが、意志の強そうな黒い眉をしている。篠井さんにはあまり似ていないから、母親

似だろうか。

以前、話を聞いた時は、もはやこの父娘《おやこ》は修復不可能かと思っていたのに。

「今日はよろしくお願いします。突然、ごめんなさい」

「町田里佳です。お父様にはお世話になっております。お料理、上手なんですよね。私はまだまだ初心者なので、色々教えてくださいね」

自己紹介をしている横で、篠井さんと亮介さんが名刺を交わし、頭を下げ合っている。

「初めまして。その節は妻がお世話になったみたいで、本当にお騒がせしました」

話を横で聞いているうちに、里佳は驚いた。伶子は家出中どこにいたのか、すべて正直に話しているらしい。

「いえいえ、留守宅を伶子さんがよく手入れして住んでくださって、お礼を申し上げたいのはこっちです。おかげで、高く売れそうですよ」

篠井さんを前にする夫婦を眺めているうちに、里佳はようやく理解する。

ああ、そうか――。ある瞬間から、吹っ切れたようになった伶子。よく笑い、よく食べるようになった。彼女に釣られるようにして、亮介さんもおおらかさを取り戻した。そこに篠井さんの存在が大きく影響しているのは明白だった。篠井さん自身もこうして娘と会うようになった。自分の考えていることは、下世話な勘ぐりだろうか。もしそれが事実だったとして、この世界の誰が彼女を裁けるというのだろう。

スマホに設定したタイマーが鳴った。里佳はこれ幸い、とキッチンの奥に走っていく。深呼吸してミトンをした両手で、オーブンを勢いよく開ける。そこから現れた、こんがりと黄金色に覆われ、所々に濃い褐色の焼き目をつけて、じゅうじゅうと肉汁をにじませている七面鳥は、間違いなく、今まで目にした中でもっとも鮮やかで、長いこと心に思い描いた形が具現化している、すべての成功の象徴のような光景だった。これから何かにくじけた時、きっと何度でも思い出すのだろう。赤いピンはすっかり持ち上がっていた。オーブンの熱で目が痛い。

里佳はお腹《なか》の底から叫んだ。

「七面鳥が焼きあがりました！　伶子、焼き汁をグレイビーソースに足すの手伝って！」

里佳はその赤ん坊ほどもある重たいアルミ皿を抱え上げ、皆の中に運んでいく。お世辞ではないことはすぐにわかる、大きな歓声が上がった。誰もが目を輝かせている。スマホを向ける者が何人もいる。

「すごーい!!　ねえ、これ、どうやって切り分ける？」

「それね、考えてなかったんだよね」

伶子の問いに、里佳は両手が使えないので首を振ってみせ、中央の折り畳みテーブルに七面鳥を据える。肘《ひじ》から下が、重みで痙攣《けいれん》していた。

「マーサ・スチュワートの感謝祭ターキー切り分け動画を見つけました。これでイケる

かもしれません」

と、咲耶さんがスマホを有羽に見せている。年齢が近いせいか、二人の会話はそれなりに弾んでいる様子だ。そうおしゃべりには見えないが、食べ物が絡《から》むと俄然《がぜん》、積極性を発揮できるタイプらしい。

画面を見つめながら咲耶さんはてきぱきと手を動かす。焼き汁にまみれたタコ糸がくるくると外された。まずは脚を切り取られ、胸の上部が削《そ》がれる。ナイフさばきにまったく無駄がない。ぱりっとした褐色の皮から中身が現れ、湯気が上がる。思ったよりずっとみっしり肉が詰まっていることに驚いた。母がほうっとため息をついた。まるでなめらかな桃色のハムのような断面である。傍の紙皿に、様々な部位の肉が積み上がり、はしばみ色の骨が外される。七面鳥の骨格が、ようやく里佳にも理解できるまでになった。こうして見ると、手を入れた時は無限に思われた空洞はとても小さなもので、スタッフィングで占められた容積は全体の五分の一以下ほどである。

部屋中にこってりとしたバターの甘さと、香ばしい匂いが立ち込めている。

「マーサ・スチュワートって、インサイダー取引で刑務所にいた間もジャムを作ったり、けっこう女囚ライフをエンジョイしていたらしいですよね」

と北村が言い、すかさず水島さんが混ぜっ返す。

「うわ、アメリカのカジマナじゃん！」

もはや、誰も里佳に気遣うことなく、くだけた雰囲気で笑っている。咲耶さんもかすかに顔をほころばせていた。そうすると顎《あご》が丸く、頬が持ち上がり、あどけない印象になった。大勢の大人が神妙な顔で動画を覗き込みあれこれと話し合いながら、肉が切り分けられていく。おもてなしを頑張り過ぎるのは日本人の悪いクセ、何もかも一人で完璧にやろうとするから日本では仲間を気軽に招いてただその空気を楽しむ習慣が定着しないの——。里佳はマダムの教室での言葉をふと思い出し、これから先の暮らしが急に楽になるようだった。引越しと長時間の調理でこわばっていた身体の力が抜けていく。肉を取り分けた紙皿、新しくワインやジュースが入った紙コップが行き渡る。北村が立ち上がった。

「はい、乾杯の音頭は主役にとってもらいましょう！」

視線がこちらに集まる。ワインの入った紙コップを手に、この数日間に起きたこと、決めたことを、頭の中で整理しながら、里佳は口を開く。

「実は来月から、社の女性誌で連載を持つことになりました。一連の騒動を私なりに書き綴《つづ》ったものと、梶井真奈子によって日常を狂わせられた女性たちのインタビューです。被害者の遺族が一人、梶井真奈子の妹と母親、そして梶井が通った料理教室のマダム、生徒さんの何人かから話を聞く許可を得ました。編集長にしつこく食い下がって、週刊秀明の誌面以外でなら、という条件で勝ち取った仕事です。編集部では今のところ事務

の仕事が多くて、当分外には出してもらえそうにはないし、今までと働き方は変わるかもしれないけど、色々なやり方を模索しながら、仕事を続けていきたいと思います。アクセスは悪いですが部屋数だけはこの通り多いので、篠井さんの御宅をそうしたように、皆さん、何かあったら利用してもらえたら嬉《うれ》しいです。家具はないけど、来客用の布団《ふとん》なら三組も買ってあるんですよ。応援してくれる皆さんに、まずは感謝申し上げます」

場が一瞬静まった。沈黙を破ったのは、いつものように親友だった。

「私も是非、その取材に登場したいな」

伶子が真面目《まじめ》な顔で言った。

「名前や身元がわからないように、書いてくれるよね」

「うん、もちろん、検討させて」

乾杯、と紙コップをぶつけ合い、誰もがもう我慢ができなくなったように競い合って肉を口に運ぶ。

「七面鳥って初めて食べたけど、なにこれ、めちゃくちゃ美味しいっすね!!」

北村が普段とは別人のような、興奮した声を上げた。皆、口々に感嘆した。

「チキンとも鴨《かも》とも違う感じ。香りがあってやわらかくて。旨味《うまみ》が濃くて」

「皮が北京《ペキン》ダックみたいにぱりぱりしてて、身はしっとりしてるね」

「こんなの、初めて食べる。中の詰め物、絶品じゃない？　これ全部、一から作った

の？　レシピ知りたい！　あとで教えてよ」

里佳は一番最後にフォークを取り、切り分けられた肉を嚙《か》みしめる。淡くピンクがかったそれは、十分に火が通っていて、まずはほっとした。大量の溶かしバターを吸い込んだせいもあってか、難なく嚙み切れる柔らかさだ。落ち葉を踏みしめながら歩いている時のような独特の香り高さと、澄んだ肉汁で口の中がいっぱいになる。七面鳥のエキスとバターを吸って重たくなった、もち米とひき肉、松の実たっぷりの詰め物は、吸い付くようなもっちりとした舌触りで、詰める前とは別物のような、ずっと食べ続けていたい豊かさを凝縮した味わいだった。

「なんだか、ごちそうを食べてる感じがするなあ」

と美希ちゃんはグレイビーソースで汚れた顔をほころばせ、そう言った。

「悪かったねー！　普段は手抜きレシピばっかりだって、喧伝《けんでん》しなくていいの！」

水島さんがナフキンで乱暴に娘の頰をぬぐいながら叫び、笑いが起きる。

「たまに、だから、ごちそうなんです」

と、里佳は言った。

伶子の仕上げたグレイビーソースはみんなの手から手へと渡っていく。焼き汁をたっぷり足したそれはこってりとこくがあり、すべての部位の旨味を抽出したようだ。伶子のホットビスケットに吸わせると、ほろほろした生地と汁気がたまらない。あっという

間に両方が消えていく。里佳は隣にやってきた伶子に小さな声で言った。

「私はこのレシピをサロン・ド・ミユコのマダムからもらった。でも、マダムは女子大の同級生で、アメリカに住んでいた人からもらったって言ってる……。考えてみれば、梶井真奈子との始まりもレシピだったな。結局、彼女から教わったレシピもほとんど、人のものだったけど。レシピを交わすのって不思議だね」

伶子が急に声を低くしてこう尋ねた。

「それにしても梶井真奈子、どうやってこのレシピを手に入れたんだろう」

「私はやっぱりマダムが教えたんじゃないかって思う」

「え、あんな騒ぎを起こして、教室を飛び出したっきりなのに？」

「だってさ、教室をちゃんと辞めるためには、連絡とらないわけにはいかないでしょ。私も相当気まずかったけど、会員登録解除するために、マダムにメールしたわけだし」

なぜマダムが自分にあのレシピノートをあっさりとくれたのか。その理由を考えれば、おのずと彼女の気持ちはわかるような気がする。

料理を繰り返し作るうちにそのレシピはいつしか身に付き、血肉になる。マダムのようなプロならなおさらだ。だから、あそこにあったレシピノートは、もはや彼女のためのものではなかった。あの場所に料理を習いに来る女に見せるためだけに存在する、公的なものだった。口コミとはいえ、門を大きく開いた以上、梶井や自分のような異分子

も何度となく紛れこんだこともあるだろう。マダムは自分を慕う愛弟子《まな》にだけではなく、そんな二度と会わない、会いたくもないような女に、レシピを伝えることにまったくためらいがなかった。それは、おそらく自分が発信したレシピが世界に伝わり、広がっていく時に、ある種の気持ちの良さを感じていたからではないか。自己顕示欲ではない、もっと個人的な快楽、開放感のようなもの。

梶井だってその快感を知っていたからこそ、里佳に数々のレシピを、美食を、伝授してくれたのだ。

サロン・ド・ミユコの生徒達、そして伶子が教室で習った料理を作らないのは、怠慢だからでも、興味がないからでもない。レシピを手に入れている、一つの料理のすべてのマニュアルを自分のものにしている、という安心感のためだ。ひょっとすると、レシピを手に入れた時点で、梶井の目的もまた、達成されていたのかもしれない。

いつの間にか、切り分けた肉はわずかばかりになった。アルミ皿に積み上がった、様々な形のかすかに紫がかった骨を見つめながら、この四日間を振り返る。突然、疑問が湧いてきた。

虎《とら》の骨はどこにいったのだろう？

ちびくろ・さんぼの虎たちは回転し続けてバターになった。でも、あの木の周囲に骨はなかったはずだ。骨までバターの中に溶けてしまったのだろうか。いや、違う。骨が

見つからないのならば、その生き物が本当に死んだのかどうかはわからない。ひょっとすると、案外、虎たちは今もジャングルで元気に生きているのではないだろうか。

梶井の被害者たちだって、本当のところは、彼女に心を奪われていたのかどうか、誰にもわからないのだ。すべてが面倒で、食べることにも暮らすことにも投げやりで、激しい回転になんとなく身を任せて日常を放棄していただけではないか。梶井が誰かに熱烈に愛されていたという、目に見える何か、そう、今里佳の目の前にあるような、篠井さんが咲耶さんに向けている視線のような、亮介さんに肉をとりわける伶子の仕草のような、確固たる愛情の証《あかし》を、里佳はまだ一度も目にしていない。

いつの間にか、誰もがラグに手足を投げ出し、お腹を突き出すことに躊躇《ちゅうちょ》がなくなっている。母が久しぶりに酔ったのか赤い顔で、こう言った。

「はあ、この満足感。しかも胃もたれしないのがいいわね。本当に美味しかった」

「いわば感謝祭の翌日がメインディッシュみたいなところもあるんだって。ほぐした肉の残りとマッシュポテトを重ねてチーズをかけて焼いたり、ターキーサンドイッチにしたりするのがポピュラーみたい。ハリウッド映画とか翻訳小説でも登場するよねー」

と、伶子がうっとりとした口調で言った。里佳はそうした料理の匂いや形をふと思い浮かべてみる。憧《あこが》れも感じるし、是非いつかは味わってみたいとも思う。でも、あまりしっくりこない。自分が食べたいのはまったく違うものではないだろうか。胃にそっと

手をあててみる。自分の欲求や体調としばらく、冷静に向き合ってみた。

「今日はこってりだったから、あっさり和風とか、だし醤油《しょうゆ》味が気分だなあ」

「七面鳥を和風に調理するの？　そんなこと出来るの？」

伶子が信じられない、といった様子で、声を上げた。

「できるよ。私がそうしたいと思えばね」

ごく自然にそう言った。口にしてみると、やけに自信たっぷりに響き、みんなの驚いた顔をみて、恥ずかしくなってきた。大声で宣言してしまう。

「あ、明日、七面鳥の残りメニューを召し上がりたい方はこのまま、泊まっていってくださいね。王道ではなくて、私なりの和食になるかと思いますが」

母がうきうきした様子で、「じゃあ、泊まる！」と宣言した。祖父の世話に追われる母にとって、外泊は滅多にないことなのだろう。篠井さんはまだかすかに酔っているらしく、珍しくふにゃりとした口調でこう言った。

「僕も食べたいなあ。いや、女性ばかりだから、遠慮するべきだろうけど」

「お父さん、無神経すぎる。そんなんだから……」

あきれたように、咲耶さんがつぶやき、座はさっと冷めた。可哀想《かわいそう》なくらいしょげている篠井さんの方を見ないで、咲耶さんは淡々と言った。

「私も泊まっていく。ここからの方が大学に近い。明日、サークルあるし」

「お部屋は三つあるんですよね。私がお父さんの隣の部屋で寝る。なら、問題ないですよね。申し訳ないけど、里佳さん、なにか楽な服貸してください」

と、咲耶さんがきっぱり言って全員をびっくりさせた。

「いいのか？　無理してるんじゃないのか？」

篠井さんは面食らった様子で目の周りを赤くしているが、咲耶さんは無視して、さっさと紙皿を片付け始めている。もし、父が生きていて、この席に居たら、ひょっとすると自分も——。こんな風にさらりと第三の道を示すことが出来たのかもしれない。

「深い意味はなくて、単に七面鳥の朝ごはん、食べてみたいし」

母と篠井さんと咲耶さん。少し前なら、考えられない組み合わせだったが、このメンバーで一つ屋根の下で眠るのは、何故かしっくりする。部屋が広いせいか、七面鳥を分け合ったせいか。皆はこちらにお構いなく、しゃべり続けているが、篠井さんだけは無言のまま娘の横顔をじっと見つめていた。

一人、また一人と、客が帰っていく。最後まで残っていた伶子と亮介さんが肩を並べて闇に消えていくのを、ベランダから見送り室内に戻ると、母と咲耶さんと篠井さんとで手分けして、後片付けをした。紙皿と紙コップをどんどん捨てていくだけなので、時間はかからなかった。七面鳥以外の料理は食べ切っていた。順番に入浴したら、すでに

午前一時を回っていた。三部屋それぞれに布団を敷き、部屋着を渡すと、それぞれにおやすみを告げる。篠井さんはかつて誠も身に付けていた、男女兼用のスウェットの上下を身につけ、湯上りの顔を恥ずかしそうに火照《ほて》らせていた。

里佳はようやく、居間の簡易ベッドに横になる。

今日のように仲間が集まり、孤独を感じなくて済む夜はごく稀《まれ》な奇跡だとわかっている。次にこんな会を開けるのは何年先になるか。寝そべったまま、読みかけの文庫本をぱらぱらとめくっていると、里佳の部屋着を着て、肌を光らせている母が立っていた。

「あ、なんか、足りないものある?」

「ううん。今日は久しぶりに楽しかった。あなたの周りは変で面白い人ばっかりね」

そう言うと、母はまだ何もない寝室を見回し、遠慮がちにこう言った。

「仕事が大変そうで心配してたけど、元気そうでほっとしたよ」

本に紐《ひも》を挟み、里佳は身体《からだ》を起こす。こうして向き合っていると、二人で住み始めた頃の四十代の母と何も変わらないように思える。もし今の自分に中学生の娘が居たら、とても母のようにほがらかで居られる自信はない。

「私、自分のことにかかりっきりで、ママを何も手伝っていない。いつも悪いって思ってる。しんどくなったらいつでも来てね。一緒に住めることを想定して、ここを選んだの」

「ありがと。でも、今はまだまだ踏ん張れそうよ。でも、もう無理ってなったら、遠慮

なく頼る。それにね、里佳が自分のやりたいことを我慢して手伝ってくれるより、こうやって、好きなことして、自己管理してくれる方が、親孝行。私も身体を大事にして、楽しくするようにするから。そのために、離婚したようなものだもん。辛《つら》くなるためじゃなく、楽しくなるためだよ」

そう言うと、母は照れくさそうにさっさと部屋を後にした。里佳はようやく消灯する。暗闇を見つめながら、明日作る料理を里佳は考え始めている。そういえば、引越し後に食べようと思って買い込んだ乾麺《かんめん》が流しの下にあることを、思い出した。

「そうだ、七面鳥せいろにしようっと」

暗闇の中、声に出してつぶやいた。大晦日《おおみそか》、父が機嫌を損ねて以来、すっかり苦手になった味である。なのに里佳は急に、あたたかく香り高いつゆに、冷たいそばを絡めて食べるあの味がとても恋しくなった。七面鳥はバターをたっぷり吸っているが、もともとバターとだし醤油味は相性がいい。和風に寄せていくことにまったく無理はない。骨をことことと煮出してかつおだしと合わせ、醤油とみりんで味を調える。そばを茹《ゆ》でて、冷水でよく洗い、引き締める。熱いつゆには、わずかに残った七面鳥の肉、柚子《ゆず》の皮、本当ならせりが欲しいところだが、サラダに使ったクレソンをたっぷり入れよう。最後にわさびと刻みネギを添えて。

梶井はなんのために七面鳥を焼こうとしたのか。それはきっと教室の女たちと仲直り

するつもりだったのだ。幸いにも、梶井はチヅさんたちが招待状を破り捨てたことを知る前に、逮捕された。ひょっとすると、今でも生徒たちのことや里佳のことを考えているのかもしれない。自分が徹底的に傷つけ、内側に入り、破滅させることに成功した女として、里佳は彼女の中でどういう位置づけになっているのだろう。

そもそも、私、破滅したんだろうか？　いやいや、結局のところは、それさえできなかった、というのが正解かもしれない。破滅することさえできないくせに――。確かに、梶井はかつて忌々《いまいま》しそうに叫んだ。なんてつまらない女たちだ、と彼女だけではなく、里佳の破滅をわくわくしながら願う人々も、不満と失望に震えていることだろう。それでも、いちいち立ち止まり、軌道修正しつつ、じりじりと前に進む不恰好《ぶかっこう》な生き様を梶井がどんなに憎悪《ぞうお》しようと、もう変える気はなかった。足りないものを見極めたら、それを自分の手で作り出せるようになった今、明日も明後日も、せめて現状よりはましなものであるという予感しかなかった。

我ながらなんと図々しいのだろう。記者生命を絶たれたに等しいのに、書くことをあきらめず、しぶとく会社に居座り、ゴネ得で仕事を手に入れ、ローンを組んで道筋を決め、明日食べるもののことを考えている。世間から見たら梶井真奈子ばりのふてぶてしい変人かもしれない。里佳は他人事《ひとごと》のように考えて、ふふっと笑ってしまう。

それでも、七面鳥せいろは里佳が生まれて初めて自分一人で考えついた、自分の欲求

や好みや体調と向き合った、自分のためのレシピだった。

これからも暮らしていく中で、たくさんのオリジナルのレシピを生み出したい。その中でもとっておきのものを、誰かに伝えたい。好きな相手でも苦手な相手でも、会ったことのない相手でも、構わない。その人もまた、里佳のレシピに手を加えて、自分のものにするだろう。自分が味わったような心の流れや喜びをもし誰かが経験してくれたら。それだけで里佳の胸は躍る。そうやって、自分が考えた名もなきものが、色や形を変えながら、世界に波紋のように広がっていけばいい。スープに加えた最後の一滴の隠し味のように。そんな連鎖を心のどこかでかすかに感じながら、生きていきたいと思った。

梶井に今、会いたい。会って、こう伝えたい。この世界は生きるに、いや、貪欲に味わうに値しますよ、と。

隅々まで気を配り、病人も出さず、やりきった、という、これまでにない達成感で、身体が心地よく重く沈んでいく。これで、この四日間が報われた気がした。里佳は自分のにおいのしみついたタオルケットを鼻の下まで引き上げる。いくつかの壁を隔てた向こうで、緩やかに再生していく父娘の気配を感じながら。

あとはもう、骨だけになった。

里佳は目を閉じて、冷蔵庫の中のあの形のよいはしばみ色の骨、そして明日の朝の手順を思い浮かべながら、久しぶりのみっちりと身のつまった眠りに落ちていく。

【参考文献】

『毒婦。　木嶋佳苗100日裁判傍聴記』北原みのり（朝日新聞出版）
『毒婦たち　東電OLと木嶋佳苗のあいだ』上野千鶴子・信田さよ子・北原みのり（河出書房新社）
『理不尽な進化　遺伝子と運のあいだ』吉川浩満（朝日出版社）
『ポンパドゥール侯爵夫人』ナンシー・ミットフォード著　柴田都志子訳（東京書籍）

なお執筆にあたり、株式会社神田酪農の皆様に大変お世話になりました。
心から感謝申し上げます。

著者

解説

山本一力

本作を著した柚木麻子さん。彼女の紡《つむ》ぎ出す小説には、太い背骨が通っている。女性同士の友情と信頼。

活字にすると、ありふれた語句に読めるかもしれない。しかしわたしには、それを確信するに足る理由がある。

彼女は平成20（2008）年の、第88回オール讀物新人賞を受賞された。

「フォーゲットミー、ノットブルー」が受賞作で、わたしは選考員のひとりだった。まったくわたしの守備範囲とは違う、青春小説に近い作品。選考員でなければ、読むことはなかったと、いまでも思う。作者が描こうとしたと感じた、未完成のものに対する、揺るぎない信頼。その思いに打たれて一票を投じた。

本作『BUTTER』は読み始めるなり、現実の犯罪が下敷きだと分かる。それほどに世間に知られた犯罪であるがゆえ、その部分を指摘する書評などが目立った。

わたしはまったく違う読み方をした。

本作こそ、柚木麻子さんが創作において大事にしている、あの背骨の集大成だろう、と。以下、そう読んだ理由を示しながら、本作の肝に迫りたい。

＊

エド・マクベイン作「キングの身代金《みのしろきん》」（ハヤカワ・ミステリ文庫）は、同氏の「87分署シリーズ」の一作だ。未読の読者のために内容には触れない。

かつて黒澤明監督は、この作品のプロットを翻案し、あの名作「天国と地獄」を制作された。監督は「キングの身代金から」を、冒頭でクレジットされた。しかし翻案はプロットのみで、映画はオリジナル脚本の名作だった。

『ＢＵＴＴＥＲ』も然《しか》りだ。

本作着想の根底には、世に知られた事件があったのは確かだ。しかし物語が進むにつれて、事件からも犯罪者からも遠ざかる。独立したオリジナリティーに富んだ物語が展開される。進路を定めた羅針盤こそ、冒頭に記した「女性同士の友情と信頼」である。

＊

本書タイトル『ＢＵＴＴＥＲ』も、まことに重層的な意味を持つ題名だ。

昭和23（１９４８）年生まれのわたしには、小学校給食の主食は、パンだった。

コッペパン一個に、小さな正方形の銀紙包みバター（もしくはマーガリン）が付いていた。早々と焼かれてきたコッペパンは、当然ながら冷たい。付属のバターをパンに挟んでも溶けなかった。生徒は塊のままをパンと一緒に口にいれた。そして口中の熱で、塊を溶かしたものだ。

あるとき母が高知市内（我が郷里）の女性宅を訪ねるとき、わたしも連れて行ってもらった。

「これがトースターやきに」

進駐軍の払い下げ品だったトースターで、その女性は食パンを焼いた。そしてまだ両面が熱々の食パンに、バターを塗った。小麦色に焼けたパン。その表面で溶かされたバター。両者の混ざり合った美味《おい》しげな香り。こどもは鼻をひくひくさせた。

「おいしいきに、食べなさいや」

これがわたしのトースト事始めだった。

古希を去年に越えたいまでも、朝はトーストだ。バターの塊を焼けたパンで溶かす。しっかり染《し》み渡ったあと、醬油《しょうゆ》をひと垂らし。さらに焼き海苔《のり》を重ねて仕上がりだ。

柚木さんが作中に書く「雪印バター」こそ、遠い昔の初トーストのバターだ。

パンとバターのコンビで仕上がるトーストだが、もうひとつ、欠かせぬ要素がある。

それは「熱」だ。

コッペパンには熱がなかった。たとえ給食の品がマーガリンならぬ上等なバターだったとしても、パンに熱がなければ溶けない。これがバターなのだ。

作中の脇役《わきやく》で殺人事件の被告人・梶井真奈子《カジマナ》は、バターを使いまくれと、主人公町田里佳をそそのかし、煽《あお》り続ける。カジマナのインタビュー記事を書くという功名心に走った雑誌記者の町田里佳は、まんまとカジマナの術中に嵌《は》まる。町田里佳のはやる気持ちを熱源として、バターは溶ける。

まさにカジマナの思うつぼの展開だ。

さらには町田里佳の親友伶子もまた、カジマナに操られる羽目になる。

その詳細は、読者ご自身で精読されたい。

ここでわたしが申し上げたいこと。

バターが真価を発揮するには、熱が不可欠だということだ。バターの熱源となる人物を、作者はさまざまな形で登場させる。それが物語に深みと奥行きを与えている。

まこと『ＢＵＴＴＥＲ』なる題名は出色である。

＊

いまの時代は寛容さの欠如が著しく表面化するばかりだ。

たとえば調理において、使う調味料などの「適量」という表現ができない。数値で示

さなければ、理解してもらえないという。そんな時代だからこそ、作者は「友情も信頼も、適量が大事」と思っている気がする。

ただしここで言う適量とは、少々ではない。汲《く》めども尽きぬ無尽蔵な適量である。寛容さが欠如している時代なればこそ、友情と愛情は尽きることはないと、作者は伝えたいのではなかろうか。「甘さ控えめ、カロリー控えめ、薄味、あっさり、なんてものが褒め言葉になる、この日本は本物を知らない」

「私が欲しいのは崇拝者だけ。友達なんていらないの」

いずれも作中の梶井真奈子のセリフだ。

友達はいらない、のではない。友情を分かち合える相手がいないのだ。だから日本の現実を辛辣《しんらつ》に看破せずにはいられない。

対極に位置するのが町田里佳と伶子の間柄だ。カジマナを狂言回しの役どころに置いて、ふたりの友情譚《たん》が展開される。

作者は「バター」の使い方が巧みだ。調理が山ほど登場するが、それを指して言ったのではない。柚木麻子さんはバターをも、物語展開における小道具として活用しているということだ。

終盤、町田里佳は、築後30年という古いマンションを購入する。建物は古いが、これ

が町田里佳の再スタートのシンボルではなかろうか。

物語に登場した何人もが、このマンションに集まることができたらと、読者に感じさせる形の再スタートである。

柚木麻子さんのオール讀物新人賞受賞作は、建築途中の駅舎に未来を託して閉じられた。『BUTTER』もまた、町田里佳が購入したマンションに、未来を託したと、わたしは読んだ。

ゆえに本作は女同士……いや、それに限らず、ひとと ひととのつながり、信頼を、作者が信じている物語だと思えてならない。

（令和元年十二月、作家）

この作品は平成二十九年四月新潮社より刊行された。

CW01262261

BUTTER《バター》

新潮文庫 ゆ - 14 - 3

令和二年二月一日発行
令和七年二月十日十七刷

著者 柚《ゆず》木《き》麻《あさ》子《こ》

発行者 佐藤隆信

発行所 株式会社新潮社

郵便番号 一六二―八七一一
東京都新宿区矢来町七一
電話 編集部(〇三)三二六六―五四四〇
読者係(〇三)三二六六―五一一一
https://www.shinchosha.co.jp

価格はカバーに表示してあります。

乱丁・落丁本は、ご面倒ですが小社読者係宛ご送付ください。送料小社負担にてお取替えいたします。

印刷・株式会社光邦 製本・株式会社大進堂
© Asako Yuzuki 2017 Printed in Japan

ISBN978-4-10-120243-3 C0193